对生死之事毫无执念者

乃是世上数一数二幸运之人

因为那个人一定还没有经历过真正绝望

的别离……

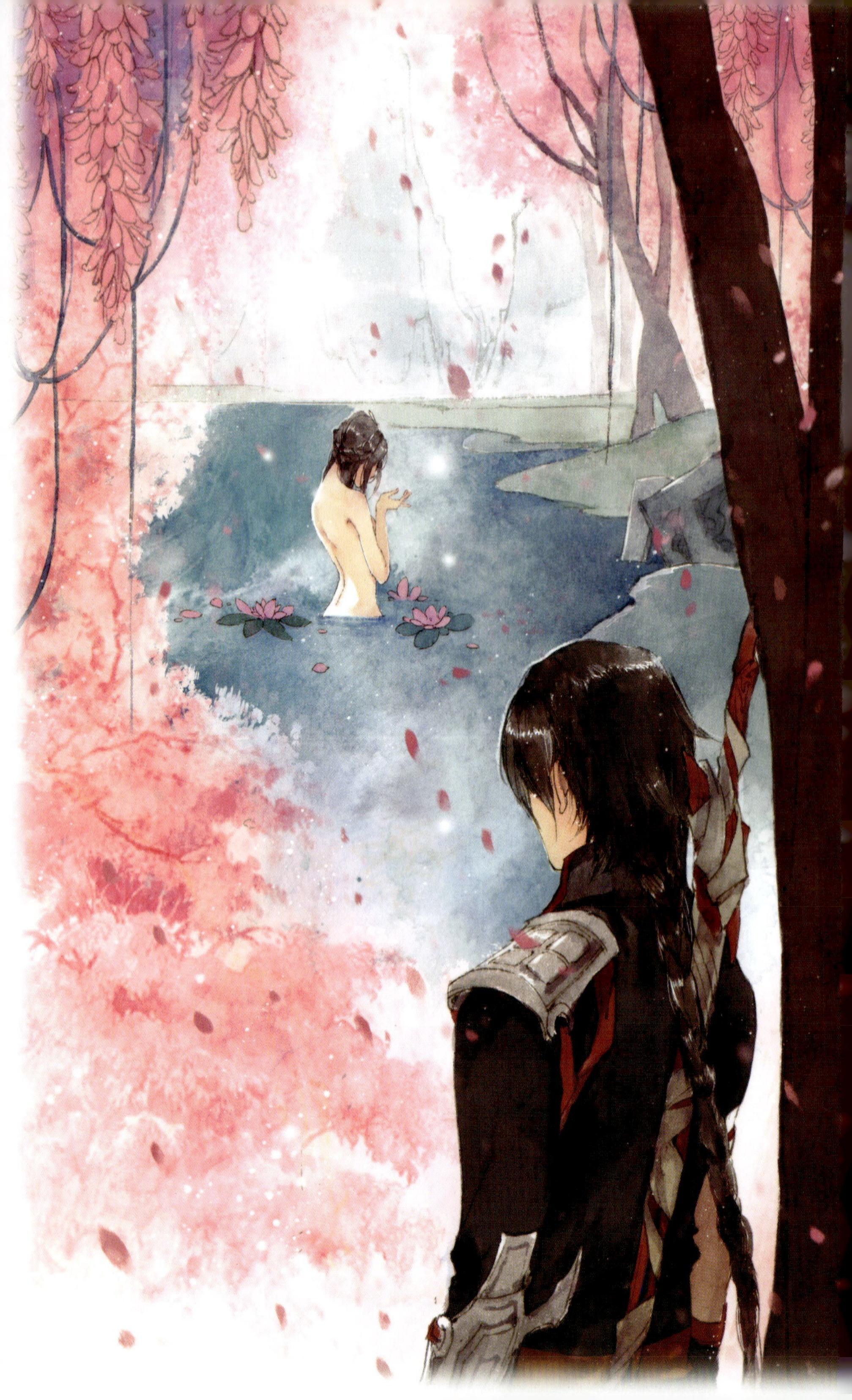

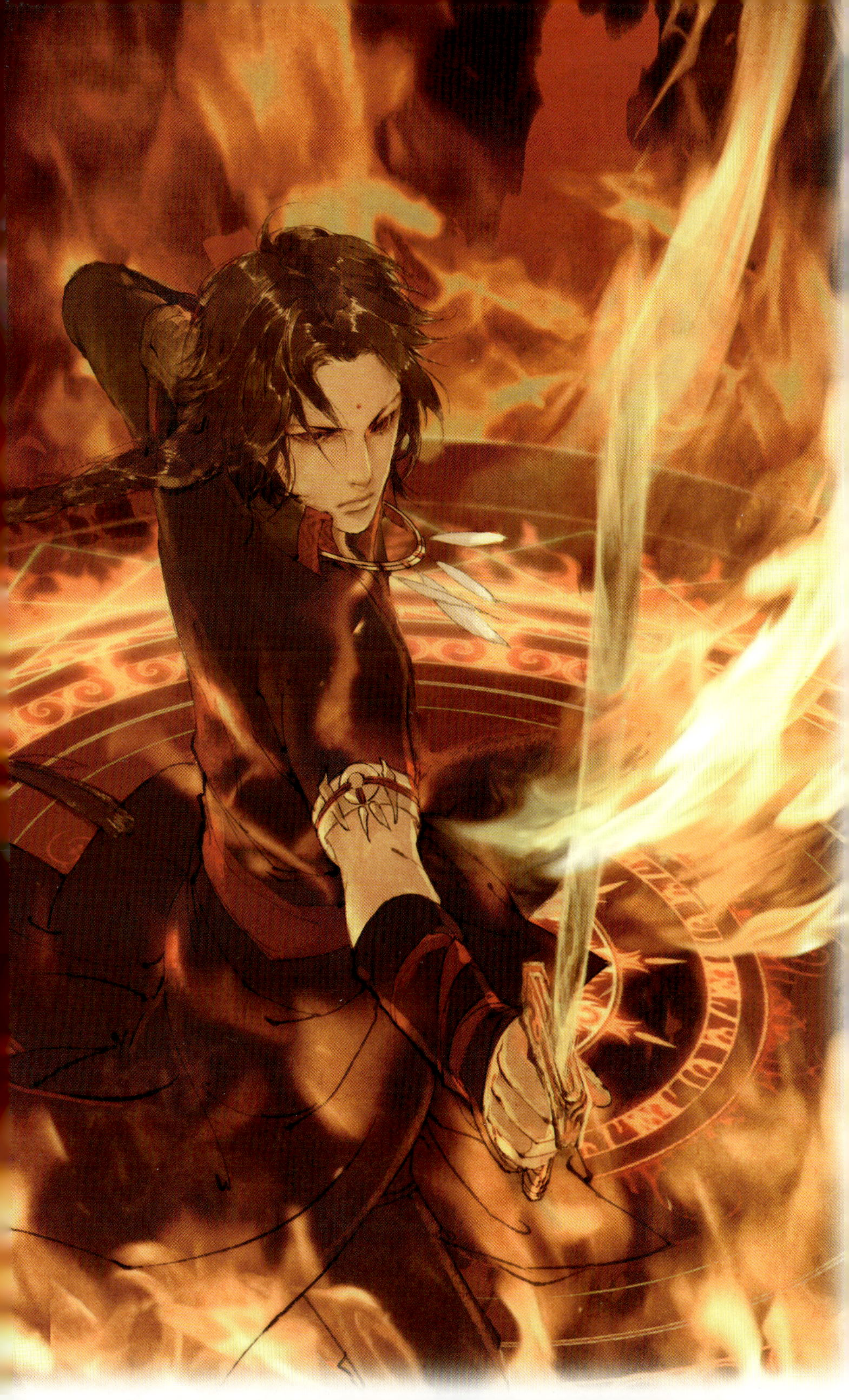

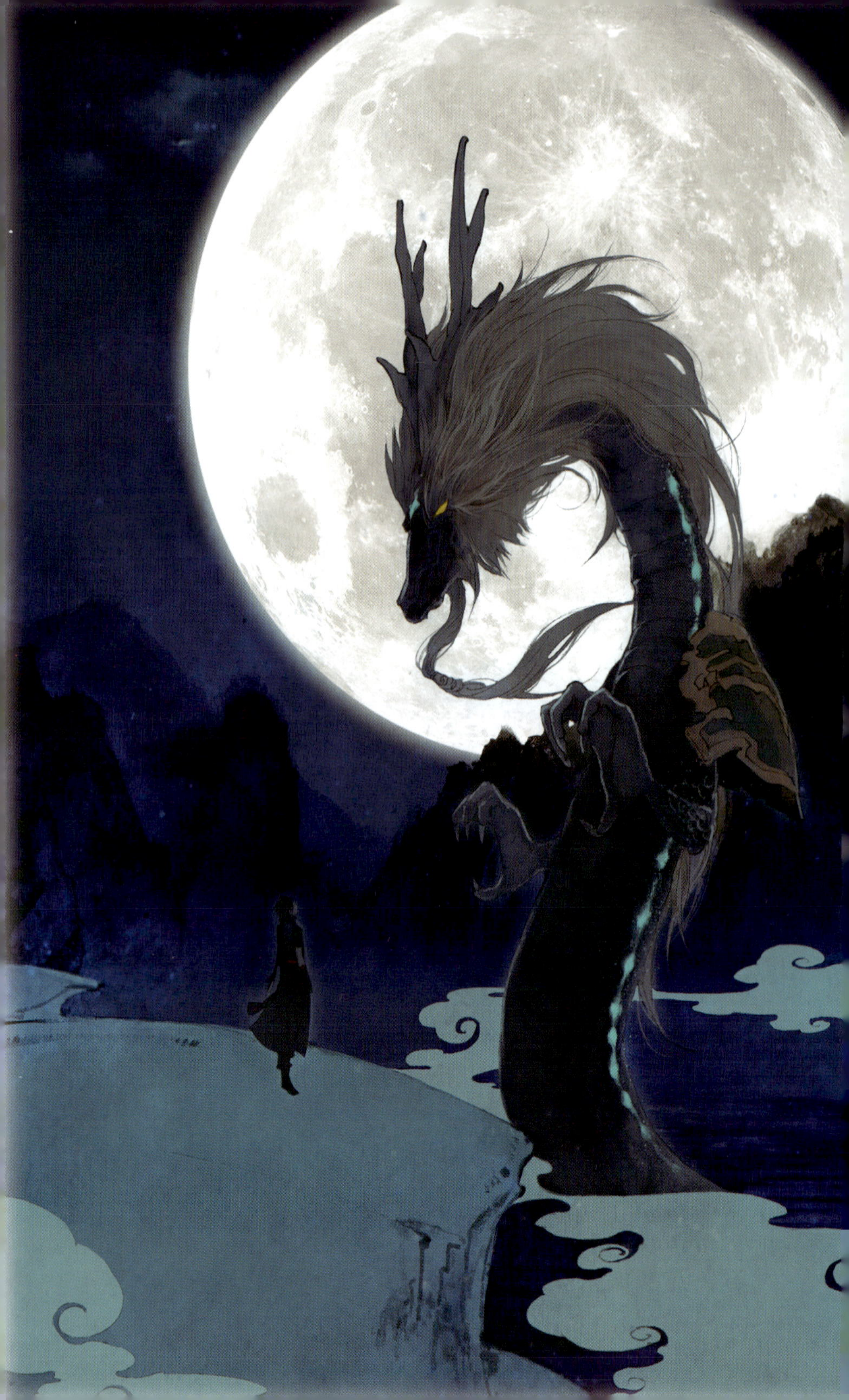

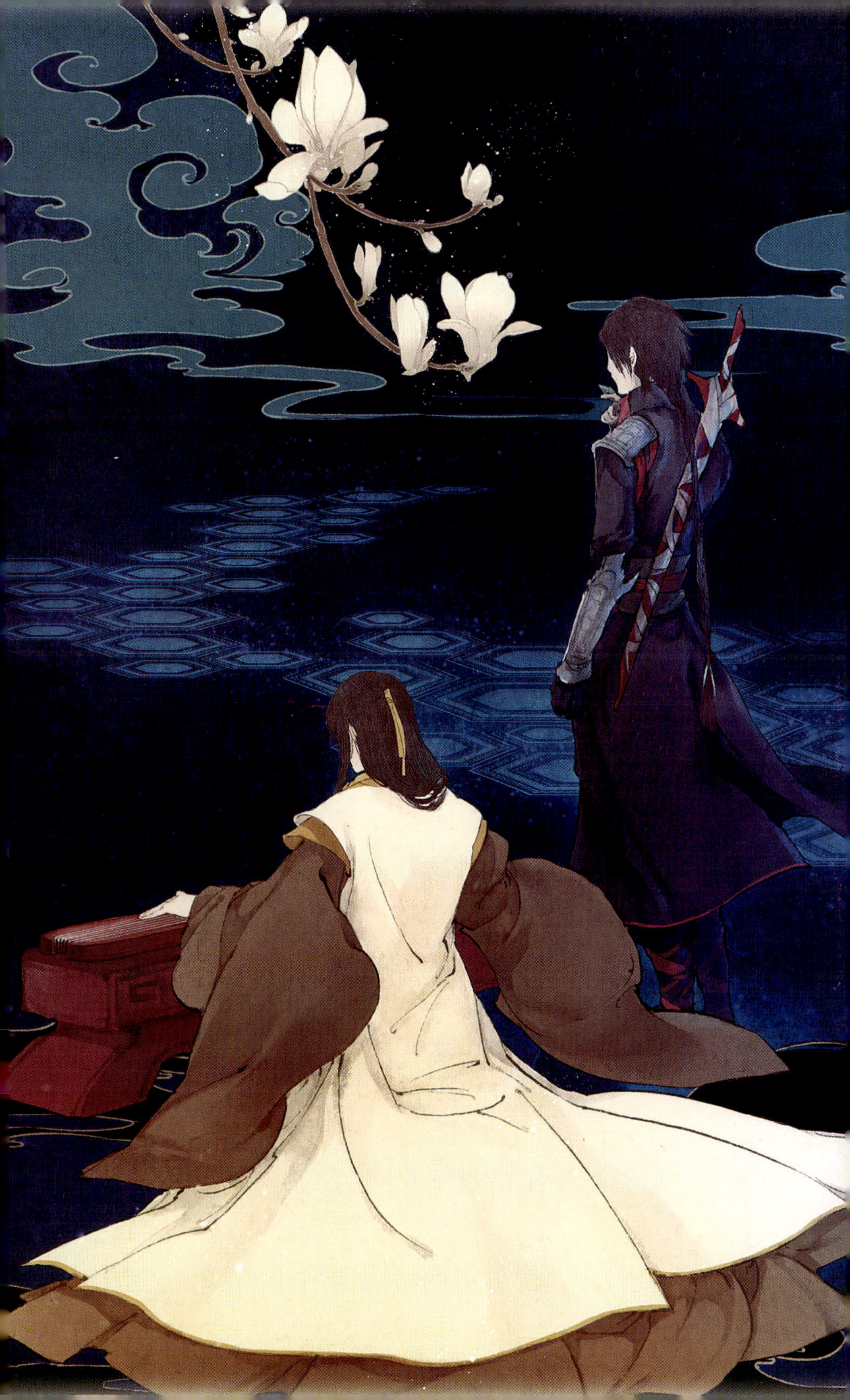

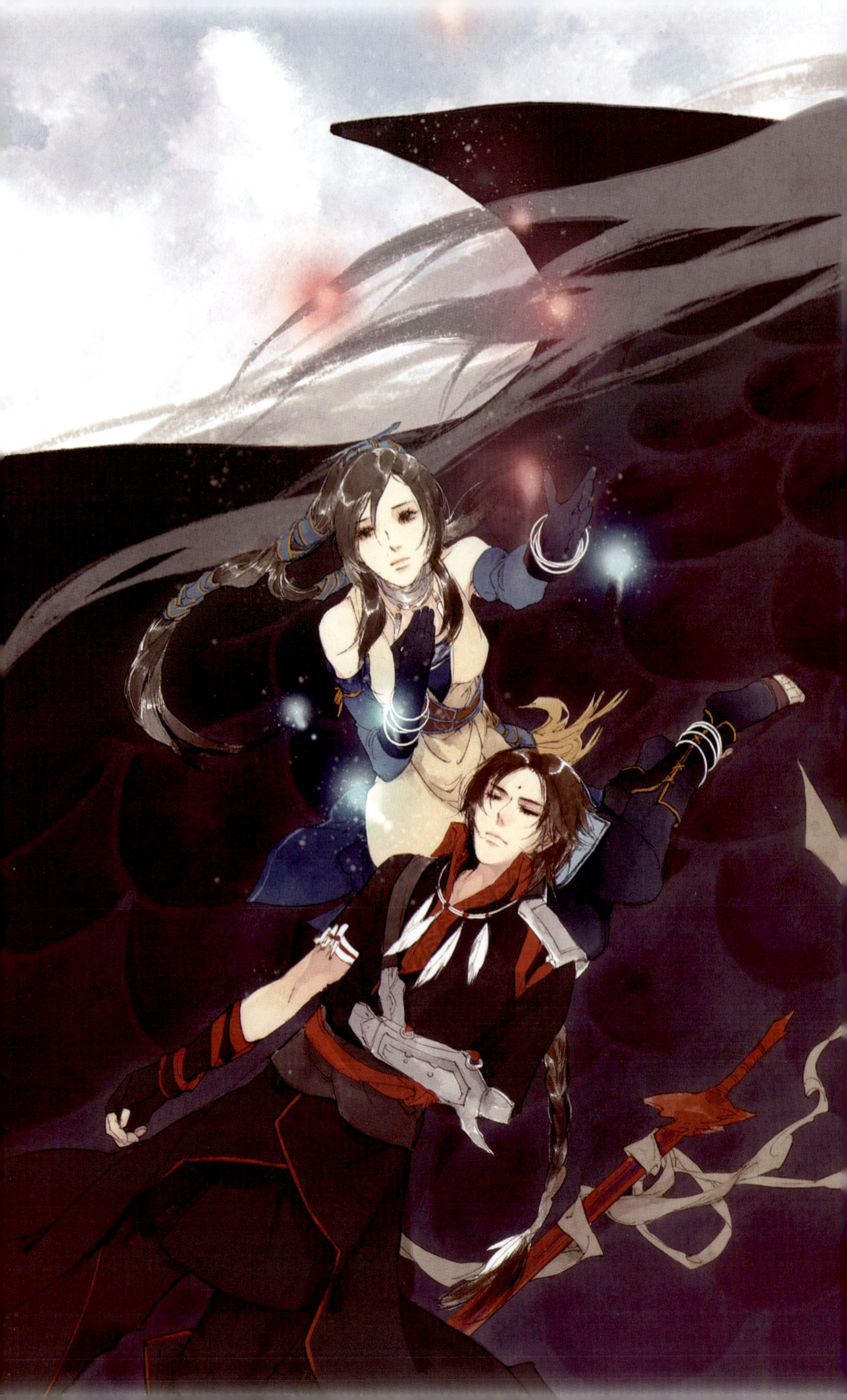

古剑奇谭 I

琴心剑魄 上

著——某树 宁昼

新星出版社　NEW STAR PRESS

前言

《古剑奇谭》项目负责人、主企划、编剧：某树

不知不觉间《古剑奇谭》上市将近两周年了，根据这款单机角色扮演游戏改编的剧情小说也终于快要出版了。

作为故事原作者，我被要求写一篇前言，说说心里的想法。其实这事还是让我挺茫然，不知道要讲些什么。公司里的妹子说，之前《古剑奇谭》企划设定集里你也没有特别写创作这个故事的最源头的想法，不如这回就写一写吧。于是我继续茫然，要说整个故事的设定，大至世界观的脉络，小至一句对白、一个标点，都已经在心里、眼中过了无数遍，可以把每一个设计点都清清楚楚地说出来。但是，关于为何会开始这样一个故事，大概是因为所有的想法已经分散为千言万语、数不清的方方面面，融入了游戏本身，因此一时间反而不能成言。

我试图回想当初，然后用最易为旁人所理解的语言去表述所谓"源头的想法"。

最初至最后，大概都是想创作一个关于"时间"的故事，造出一个有着时间流动感的世界。

曾经听到过这样的说法：你后续所创作的每一部作品，其实都只是第一部作品的延续。我不知道这个理论是不是对于所有设计者都通用，但是于我而言，至少《古剑奇谭》中确实

有着想在以往作品中表达却因种种缘由而未能实现的一些想法。它们并不是某个具体的情节或人物，而是一种大概念上的构思。

我想去描述时间洪流中的一些碎片，它们是奔腾河水里的一朵浪花，也是流星划过天际的刹那光华。每一块碎片都是独立的存在，正因为只是大千世界里微小的一部分，只是近乎永恒的时光中的一个瞬间，才显得弥足珍贵。

于是有了《古剑奇谭》的世界观，有了天地人三界、大地上的众多部族、魂魄铸剑之法、星河与忘川里的命盘、天界乐师与不周山的龙、相隔数千年的因和果……即便所有这些，可能也仅仅是这个天地的一部分而已。

有人说是不是想要借此表现一个宏大的世界观？

是，也不是。

我未曾想过一直用广角镜头去讲述世界，即便用了，也是从大事件入手，随后转入小事件。这其中固然有外界客观条件对表现手法的制约，但也和我最初的设计思路相关。正如之前所说，每一块时间碎片都可以成为一个独立的故事，你不用想着门槛带着负担去看它。若是遇上更为有缘的人，那无论作为作者还是作为读者，我们彼此间的乐趣应该都会更多一点。或许你能够尝试着将这些碎片拼凑起来，逐渐看到更多的关于这个世界的面貌与法则。

《古剑奇谭》的故事会在这样抽丝剥茧、逐步从小见大的方式中慢慢讲述下去。在它的世界观衍生小说《神渊古纪》中亦是如此。

而PC游戏《古剑奇谭》一代的剧情今次将由《九州志》

的作者宁昼以小说的形式为读者们娓娓道来。

　　说起认识宁昼的过程，也是相当奇妙。我自己算得上是《九州志》的读者，虽然由于工作繁忙不免有三天打鱼两天晒网的嫌疑，但《九州志》中着实有几篇十分打动我的故事。《古剑奇谭》一代的研发工作结束后，我得知朋友伊吹五月在帮《九州志》做插画，于是兜兜转转就认识了那边的人。之后又听说杂志社内居然有人在玩《古剑奇谭》，而且还不止一个，尤其那位叫宁昼的北大才女是百里屠苏的铁杆粉丝，第一次同我聊天打招呼的叫法是"小红点的亲妈"……这大概就算缘分吧。

　　不管是做游戏研发还是写幻想故事，能够以作品打动其他人，本身就是搞创作最大的乐趣之一。衷心希望宁昼笔下的改编能够打动更多的人，令老玩家感到亲切，也让新读者拥有一扇推开《古剑奇谭》世界的大门。

2012年6月

序
这么些年，我离开了很久，而你还一直在

江南

其实没有玩过《古剑奇谭》，因为我在两年前改用了MAC系统，而古剑不能在MAC上跑。我在手中翻着那张古剑的光盘，想起了很多年前宿舍兄弟买的那张正版《仙剑奇侠传》。

那是我生命中所见的第一张正版光盘，把它从光盘盒里拿出来的时候，那份慎重不亚于玉器藏家从锦盒中拿出新红山古玉。

那景象直到今天我还能记得，一张樱花粉色的光盘套在你的手指上旋转，仿佛那是能够开启一个世界的钥匙，推开世界之门，剑气斩裂苍穹，少女拈花一笑。

那是1997年，我在北大读本科，盗版光碟卖30块钱一张，正版游戏卖大约200块。而我们一个月的伙食费大约是300块，一个月的宿舍费好像是70块，攒一台能跑游戏的电脑要8000块。

不难想象在那个年代一份正版的游戏拷贝该是多么罕见，同宿舍的阿剑在某个下午出去买了它回来，珍重地收藏在他的

衣箱里。他不是买来玩的,因为在那之前我们已经通关七八遍了,修改存盘文件之后我们开局就能冲到满级,然后一路在迷宫中狂奔,最快两个半小时就能跑完游戏进度。但是停下来看每一段过场动画和那些青涩懵懂的对话,仿佛看一幕电影一本小说,反复无厌倦,只是遗憾不能改变那个结局。

阿剑尝试过改结局……他是个林月如粉,所以通过修改存盘文件强行把最后陪着李逍遥通关的阿奴和赵灵儿都改成林月如,其心昭昭,可感日月。多年之后我想,若是当初有条件,他会把结尾动画也给重制的,打造一个全新版本的"阿剑版仙剑",贩卖给全中国的林月如粉。

我想阿剑买那盒正版的仙剑是为了他的林月如,当那块巨大的石头砸落在林月如的头顶上,阿剑的心里真有一个娇蛮的少女死去了。所以那张粉色的光盘静静地躺在阿剑的衣箱里,好似旧情人的墓碑……有时候阿剑在深夜里躺在床上读那份正版游戏说明书,好像在读旧情人的日记。

如今阿剑在遥远的北美,希望他跟一个像林月如那样娇蛮而深情的姑娘好好地生活着。

顺便说,我也是一条林月如粉。

年少的时候我们穿着大裤衩、裸着肋骨嶙峋的胸膛在宿舍的楼道中走来走去,但我们幻想自己长袖当风、手挽利剑,等待在我们面前的是斩魔的功业和美貌的少女,我们随时准备牺牲自己,如果是为了世界的和平或者女孩的眼泪,在所不惜。

多年之后我们的生活改变了,匆匆忙忙,有时候庸庸碌碌，每天考虑买房换车的问题，每周看一集新番动画，每月领一次薪水，每年休一个短短的假期。我已经开始考虑给自己买一份比较舒服的商业保险用于养老了，考虑过要不要买一个带小院子的别墅。

斩魔或者命中注定相逢的少女不太记得起来了，至于牺牲自己更是绝对不能的，我还得对家里人和公司上下几十口子负责呢！我现在出去旅行会自觉地阅读酒店的逃生指南，以备在起火等意外状况下跳起来裹着睡衣就跑。

哦，生活里我除了是个作者，还是个主编和版权经纪人。

某一天版权经纪人的办公室被前任助理敲响，进来后她对我说她想写一个叫《古剑奇谭》的游戏的官方小说。

得首先介绍一下我的前任助理，这个人叫宁昼，北大毕业，是个标准的御姐，身高170公分，穿上高跟鞋180公分，威风凛凛，媚眼锋利，全公司上下的小姑娘们畏惧她胜于畏惧我。她升职之后在我们公司负责版权销售，每天要跟十几个作者谈购买版权，风风火火。

我很诧异。这在我看来就像是一个酒店大堂经理忽然要求去端盘子上菜一样。我记得我扶了扶眼镜说，你找个作者帮你写一下就好啦。宁昼同学说，那我给你讲讲这个故事吧。

她用了两个小时给我讲《古剑奇谭》。

从眉间有一颗红点的少年开始，到前世抚琴的仙人，然后是蓬莱的废墟，然后是那柄宿命不祥的剑……我如今已经很难得花两个小时来听一个故事了，通常我的编辑找我来谈一个大纲，我只需要听15分钟，就会做出判断，有时候说到5分钟我就会说停，不用说下去了。

但我听了两个小时的古剑，宁昼还没有把这个故事说完。它庞大如一个真实的世界，每个人物在这个世界里都有属于自己的故事，甚至可以说它并没有那么刻意地区分主角和配角。那种感觉就像是当初我们一起玩仙剑的宿舍兄弟们穿越到了我们曾经梦想的世界，我们会聚在一起斩妖除魔，也会分开和宿命中的少女遭遇。

每个人都会是自己生命中的主角。

我想这个游戏的设计者一定很爱她笔下的世界吧，一如阿剑和我当年那么爱林月如。

宁昼说游戏的监制是原来上海软星的工长君，也是《仙剑奇侠传》第三代和第四代的监制，顿生敬仰。于是我们在一个下午去工长君发起的新公司上海烛龙访问，见到了工长君和《古剑奇谭》的总设计某树，漫谈了两个小时。

我曾经在九城和完美时空工作过，认识不少偏重游戏策划的制作人也懂得游戏美术工作的方式，但委实在某树那里，我能够感受到的不只是创意，而且是一个女孩对自己心目中的世界的憧憬。唯有你怀着这种憧憬，才会不遗余力地把游戏中的每个人物塑造得栩栩如生，便如雕塑家塑造自己心中的杰作，即便是衣褶的细节也务求完美。

作为中国作家代表参加伦敦书展的时候我去参观大英博物馆，在帕提农神庙的浮雕前站立了很长时间，那些乘着健马奔驰的男儿有着流畅的线条和极尽完美的细节，在那里站的时间越长你越是能够体会到其中奔腾的动感。《古剑奇谭》的设计给我类似的感觉，这部游戏里沿着每个线索走出去都能找到一个完美的结局，无论百里屠苏、风晴雪、方兰生或者红玉，甚至欧阳少恭，每个人生活在那个世界中都有着自己的理由和爱恨，所以活泼真实。

  让我想起大学时候玩《仙剑奇侠传》，相比《轩辕剑》，它的世界观未必宏大，但胜在每个人物栩栩如生，能够让你在一个世界中反复行走不觉厌倦的，并不是瑰丽的设计，而是鲜活的人物。

  我也得以理解为何宁昼那么期待自己亲自执笔这个游戏的小说版。她的工作其实已经相当繁忙了，有时候需要加班熬夜，公司文案部的同事和我也为这本书提供了想法和细节修改上的帮助，虽然未必能做到完美呈现，但确实是怀着对旧日的怀念和对这部游戏的敬意。

  感谢上海烛龙，在告别游戏世界的多年之后，我忽然发现有人依旧坚持着我们少年时的梦想。

  你们仍旧站在那片浩瀚广大的世界中，手握古剑，仰望仙山，斩一切妖魔，与自己命中注定的人相逢，过着我们曾经羡慕不已的人生。

2012年6月

爱有千结，心度尘世

陈少峰

有想象力的作品永远都会受到读者的欢迎，我经常这样想。

这么一个探究灵魂的故事，确乎有点玄；有点玄的故事加上主人公的灵与爱之旅，就显得有点小清新、有些创意、很有特点，而且还有不少引发玄思的要素与促动许愿的感觉。无论是风晴雪还是百里屠苏，无论是在尘世中的体验还是灵魂的交会，都是与情缘有关的。尽管"情缘"二字是一种老套的说法，但它已经老套得让人们不自觉地时空倒置，老套得在几千年当中都在和人性纠缠不休，有着谁也难以拒绝的今生来世愿意付出的纠结。或者，在读者看来，很多小说的作者都会以爱情做故事的主线，因为爱情是文学最具魅力的主题，也是最有艺术表现力的内涵。不过，这本小说中的故事里有着不一样表现和表达的爱情故事，也有足以打动读者的丝丝情愫。

一直在研究游戏产业，也一直在理性思考，但是我喜欢用心去感受。而我最喜欢的是用文字表达寓意或者浪漫情调的故事。我一直很喜欢读小说，不管是言情的、心理的、侦探的、武侠的、穿越的、灵异的、玄幻的、科幻的、恐怖的，还是历史的、写实的、红色的、当下的，只要有想象力、剧情跌宕起伏的就好。但是，我好像也不太适合多阅读小说，因为经常受到感动或者引发遐想，哪怕是心理的、行为的、动作的、言语的某个片段，特别是爱心焕然的一句话，都会令我的感觉快速地植入进去，或者是勾惹起对主人公命运展开的关切与过后流连怀念的愁思——这本小说中的爱情故事，既令我心起波澜，也令我生出参与其中的冲动。

从《古剑奇谭》游戏改编而来的这部小说，自有不同于游戏作品的文学化表达的韵味，其中的人物刻画由五彩的屏幕转向了细腻的笔尖，故事的展开也多了些灵动的文字指引。相信读者还可以自己去再次构思不一样的故事结局，或者通过再想象来参与塑造其中的人物形象，发挥在阅读中容易耽于幻想的独特创造力。

无意间，我自己竟然也体验了一回灵魂移形换位。

作者系北京大学哲学系教授、北京大学文化产业研究院副院长、文化部-北京大学国家文化产业创新与发展研究基地副主任

目录

1	楔子
4	序章
31	第一章 十里琴川
66	第二章 盛世江都
88	第三章 泉水深处
117	第四章 镇妖铁柱
156	第五章 安陆闲居
191	第六章 碧山幽魂
249	第七章 海纳百川
301	第八章 乌蒙前尘
356	第九章 魂之彼岸
440	第十章 琴心剑魄
500	尾声
503	后来……桃花幻梦

楔子

这不是太子长琴第一次离开洪涯境。

这个时代，众神仍居住在人间。

鸿蒙初开，三界未立。这世间的景致，还处在无人烦扰的绝美风貌中。开天辟地后诞生的神祇们守护着这片大地上的生灵。

太子长琴并不是神，而是从凤来琴中化生的琴灵。

火神祝融取榣山之木，制琴三把，名为凰来、鸾来、凤来。祝融对三琴爱惜有加，尤喜凤来，时常弹奏。凤来化灵，具人之形态，且能说人语。祝融大喜，请地皇女娲用牵引命魂之术将琴灵化为人身，以父子情谊相待，为之取名太子长琴。

自太子长琴从琴中苏醒，便常常梦到一个地方，人间那个叫榣山的地方。

若说祝融是他的父亲，那么榣山，则是他魂牵梦萦的故土。

眼前出现的，是一片水墨山水般的所在。云海流转，时聚时散。云间层峦叠嶂，高大的榣木和红色花枝的若木顺山势渐次而生。山间有清泉流下，汇聚成潭，山腰有一块嶙峋巨石凸向潭中，像一座高台伸入水云之间。

饶是他性情平和淡然，看到这样美丽的所在，仍是心中一动。

一道白光掠过，修长的身影已来到那高台之巅。微风卷着水雾花香，扑面而来，清新沁人。

太子长琴席地而坐，手腕一转，凤来琴已摆在面前。

此情此景，只有乐声能述说一二。

他素白的指尖轻拢慢挑，一首新曲渐渐成形，乐声洗练，随风漾开，回荡在榣山的山水之间。

一朵若木花落在水中，茜红的花朵随潭水微微地旋转，令他的曲声中又染上几分明亮俏皮之色。

一曲终了，太子长琴悠悠地叹了口气，既觉得满足，又有些怅然若失。自化为人身以来，这是他所作的最心爱的一首曲子。

只可惜山水寂静，无人来和。

正微微出神间，身后不远处的灌木丛中，传来窸窸窣窣的声音。

太子长琴没有在意。如今世间万物繁盛，人畜兴旺，山林之中多有走兽。他身具法力，便是遇到猛兽，也不必惧怕。

但那声音直冲他而来，鳞片摩擦着山石的微响，逐渐逼近。

他回身去看，对上一双金色的瞳子。

是一只水虺。水湄旁多见这样的生灵，却没见过生有金眸的。

太子长琴饶有兴致地望着水虺。水虺也望着太子长琴，并不惧怕，墨色的身体蛇行而来，像是被乐声感召，径直来到太子长琴的身边。

水虺打量了一会儿，竟然开口成言："以前没见过你，你叫什么名字？"

语气大大方方，像是一见投缘的朋友。

"太子长琴。"太子长琴忍不住笑了，真是只有意思的小水虺。

"我叫悭臾。太子长琴，你的曲子真好听，我喜欢。"

直到数千年后，太子长琴被夺去仙籍、毁去原身的那一刻，许多记忆于脑海中一一浮现，其中便有那一日在榣山，他对小小的水虺许诺道：

"好，那我便常来弹给你听。"

序　章

　　就在刚才那短暂的瞬间，连他自己都没有意识到，他已经握手成拳，骨节轻微作响："想不到世间竟然真有起死回生之药？"

昆仑

昆仑山，上覆皑皑白雪，下隐弱水三千。

昆仑八派之一的天埔城，夜如凝墨。

黑衣的少年痛苦地在床上翻滚挣扎，颈间青筋暴起。

他已经不知昏迷了多久，面色灰败，像是被无形的妖魔缠裹着，抽干了精神之力，注进阵阵死气。

小屋中，立着一位身形颀长的男子。那男子面若冠玉，看年纪不过三十许，却有一瀑银发长及腰间。

他眉宇微锁，暗下了什么决心，继而凝神布诀，自体内幻化出一道白光，直刺入少年的眉心，一闪便不见了。

白光所处之地，已是少年的梦境之中。

这里的世界比外面的夜更加漆黑幽深，时而有幻彩的光从四面掠过，却并不让人觉得美，只觉得妖异莫名，像是诱人的毒菇、幻彩的迷蝶。

紫胤真人以手捏诀，展出一环光晕，如不灭的明灯，照亮四野。

远方有一抹暗色，那是一个无尽深潭，潭内蜿蜒生长出一株巨木，树身枯槁，形似濒死的猛兽。

紫胤真人心中明了：那便是魔魅的所在了！

他腰间古剑似已按捺不住，要出鞘嘶鸣。

但这是在梦中。魔魅这类妖物，以无形之躯潜入人之梦境，吸食人的精神，防无可防，万难拔除。

周遭的晦暗和明媚，那墨黑潭水，抑或潭中巨树，皆是魔魅化生，它无形无质，却又无处不在。

而如紫胤真人这般，以"魔镇之术"潜入昏迷之人的梦中，极易被魔魅迷惑吞噬。若是心志不坚，被寻到一星半点儿的破绽，便会被吸食精神意念之力，和他打算施救的人一样成为魔魅的手下亡魂。

每个人都有弱点，而魔魅最擅长的，就是刺入人的弱点。

此行的凶险，他已有所准备。

接近那潭中巨树，妖气也渐盛起来。紫胤真人心沉如水，定睛凝看，只见那巨树之巅，竟埋着一个人。那人垂首不言，生机渺然，胸口以下的血肉似乎已经与树同化，融为一体。

而那人紧闭的双眸，刀削般的侧颜，正表明他就是那昏迷的少年、紫胤真人的二弟子百里屠苏。

巨树的枝丫弯曲延展，似有生命，不断地缠上百里屠苏的身躯，每一枝都刺进他的血肉，吸食着他的精神之力，滋养着巨树的生长。

当巨树将人完全同化之时，便是他再无抵抗、自身的"神"和性命都成为魔魅腹中物的时候。

紫胤真人再不犹豫，长剑随意念而发，啸鸣一声，直刺巨树的根系。

潭水突然暴涨，激起数道红黑色的光带，向紫胤真人缠去，势头凶猛，煞气冲天。

紫胤真人身法灵动飘忽，左腾右挪，可那几道光带便如有生命一般，如影随形，难以摆脱。

他冷冷一哼，脚下轻顿，长袍立时被飞腾而出的剑气高高吹起。他清修多年，一招一式皆属浩然正气，剑气所至之地，黑气立时消弭无踪。

黑气既消，剑气再无阻挡。只见紫胤真人右臂一展，千道光剑应运而生，随着他的手势，俱都刺入那深潭中的巨树，巨树的根系迅速枯萎衰败下去。

几乎就要成了。

"嘻嘻……唉……"

一阵叹息掠过耳畔，好像又有妖异的乐声传来，仿佛风中的妖精在他的发间嬉戏吟唱，呻吟呵气。

紫胤真人心知，这是魔魅外攻不成，又来破他心防。他屏神凝气，不为所动。

却有一个熟悉的声音夹在那忽远忽近的乐声中而来……

"紫胤……紫……"

那声音不大，亦不刺耳，却直钻心底而去。

紫胤真人清修多年，自问已做到心中明净，不以外物为喜悲，此时却被这声呼唤引得杂念繁生，仿佛数百年间的前尘往事都一一掠过心间，难以克制。

这缝隙只是一瞬，但被魔魅抓住了！

"哈哈，饶是已入仙道的紫胤真人，也有一念未防啊……"

刺耳的声音扎入脑际，带着灼烧的痛楚，那棵被光剑刺伤的巨树，似乎又恢复了生机。

紫胤真人却不理睬魔魅的嘲弄。

他缓缓地调匀呼吸，凝视着即将被吞噬的徒儿，唇边轻吐出五个字——空明幻虚剑！

紫胤真人被称作天墉三百年御剑第一人，空明幻虚剑便是他的剑术之巅!

整个晦暗的世界都被刺目的蓝光穿透,那蓝光撕开迷障,吞噬了煞气。

随着这绝世的剑气穿破一切,紫胤真人身形浮于空中,银发舞动,手心幻化出一柄蓝色光剑,剑随心动,刹那间将整株巨树平平斩断!

只听一声哀鸣,潭水下一股腥臭之气漫溢开来,巨树与树干上的人形皆瓦解星散。

成了。

天墉城,天光稍明。
少年终于安静了下来,尽管虚弱,仍是安稳地睡去。
紫胤真人立在床边,周身大汗淋漓。
魔魅已除,徒儿的性命得保。只是扪心自查,他心头亦被染上一抹煞气,怕是拂也拂不去了。

修仙之路尚有两次天劫未度,未臻圆满。犹记得天墉城上一代妙法长老曾替他卜算第二次天劫为何,最后只批了一个"煞"字。观今日之事,恐怕妙法长老已是一语成谶。

然而他看向那沉沉睡去的少年,只觉得,诸般皆是值得。

翻云寨

江南小镇琴川,东北近郊。
阴云聚集,却不是将雨之象,而是冲天的妖邪之气。

黑衣劲装少年静倚在半枯的古树旁，双目微阖，似在休憩，眉心一抹朱砂，衬得肤色愈显苍白。

仿佛不知杀机已现。

身披猩红皮毛的妖犬伺机接近猎物。那猎物太过安静，像是泥塑的偶人，却散发着鲜活生命的甜味，令它垂涎欲滴。

妖犬喷着腥臭的鼻息，狰狞利爪踏地跃起，其凶猛的扑杀之力足以撕开猎物的筋骨。

倏忽间，黑衣少年睁开双眼，眼风如刀，迎上急扑而来的血盆巨口。他的表情未有一丝变化，坚毅的唇线仿佛在宣判妖犬的死期已至。

右手轻翻，长剑斜指，恰好摆在妖犬的必经来路。

妖犬惊恐之余，已是避无可避。不可遏制的飞扑之力将它送到了剑锋之上，"噗——"它听到的最后一种声音，是利剑破开血肉的钝响。

一切不过瞬息间。

少年岿然不动，妖犬却已身首异处，腔子的断口处汩汩流出绛紫色血液。那血液淌到断草之上，竟有腐蚀之效，燎出刺鼻青烟。

阴云下掠过一道黑影，鹰啸声刺破天空。少年的目光随之看去，不远的山坳处，一座座木寨环环相连，灰紫色烟雾袅袅而起。

就是那儿了。翻云寨。

盗匪啸聚的翻云寨中，回荡着妖魔的脚步声，空气中弥漫着呛人的血腥味。

已是炼狱。

"求求你，放了我吧！我很脏，炼不出好药的！求求你！"男子凄厉地喊叫着，扑在地上拼命挣扎。

但铁链锁死了他的琵琶骨，令他无法挣脱，铁链另一端抓在一双惨绿色的手爪里。男子挣扎的力道越来越小，声音越来越嘶哑，嘴角溢出青色的苦汁，最终归于寂静。脚步声消失在地牢尽头，只留下一行腥臭的尿迹。

"今天的第三个人了！"少年书生狠狠地捶打牢门，"这些妖怪到底要炼多少药？人真能炼出药来？"

"以活人精魄炼药是禁忌之术，犯者必遭天劫。这些妖魔却如此嚣张……"说话之人安然端坐，微微合眼，温润如玉的脸上波澜不惊。

不似被囚，却似参禅。

"少恭你倒是好胆色！看这帮妖怪炼药的速度，没准什么时候就轮到我俩了。"书生摇头叹气，"要不是通灵佛珠被他们夺去了，我早就给他们好看！"

书生又急又恨，手中比画，虽然使不出力气，拳路倒也凌厉。

"轮到我们，那也没办法。我是在想……"名为少恭的男子悠悠地说。

"想什么？"书生一愣。

"想这事的前因后果。据小兰你所说，翻云寨这伙盗匪，平日里只是抢劫，却忽然变成半人半妖的怪物，还不知从哪里学得了用人炼药的妖法。"少恭皱眉，"这事透着蹊跷。"

耳边忽然传来轻微的咳嗽声，少恭扭头看去，牢房角落里蜷缩着的老妇正强自压抑着身体的颤抖。少恭起身走到她身旁，关切地问道："寂桐，你还好吗？"

老妇脸上呈现病态的潮红："喀喀……没什么，这里有些湿冷罢了。"

"再撑一撑……我们总有办法出去。"少恭温言安抚。

寂桐所需的药物都在随身的包袱里，而所有人的包裹早已给那些妖怪夺去了。

地牢的洞口处突然传来妖怪的吼叫，紧接着一阵窸窸窣窣的声音，仿佛有什么东西循路而来。牢房中的众人惊慌起来，一名衣袍富丽的年轻人闻声尖叫着抱头蹲下："妖怪又来了！"

"可恶！"书生扑过来，挡在少恭和寂桐前面，愤愤地说，"等我出去，非把这些妖怪碎尸万段不可！"

半晌，从洞口转出一个人来，并不是尖额青面的妖怪，而是一名提剑的少年，眉心一点朱砂，衬得脸色略显苍白。

最令人难忘的，是他的眼神，冰冷、不可亲近，仿佛对整个世界怀有敌意。牢中众人死死盯着他剑尖上淌下的血珠，一时摸不清来的是救星还是阎王。

少年锐利的眼风扫过洞内，冷冷开口："你们可都是家住琴川之人？"

少恭上前答道："正是。请问少侠是？"

"受苏家所托，救你们出去。"

于必死之境突现生机，所有人都激动起来。

那躲在角落的富家公子扶着墙挪起身子，猛扑到牢门上，哭喊着说："爹终于派人来救我了……快放我出去！这里的妖怪把活人丢到大锅里去煮！用来炼那些让人吃了力气变大、变妖怪的丹药！"

黑衣少年见他这般歇斯底里，却并不接话，只是快速地将牢房深处查看一番，确定并无其他妖怪埋伏看守。

"少侠可是孤身前来救人？这山寨人兽俱已妖化，丧失人性。少侠不惜以身涉险，高义令人钦佩。"少恭敬道。

"不过几只道行浅薄的小妖，不足挂齿。"少年所说之言好似傲慢，少恭却看得出，他只是直率地说出心中所想。

书生闻言眼睛发亮："都说江湖侠客仗义助人，今日一见，果然名不虚传。以后我也要多离家走动走动，正所谓'读万卷书不如行万里路'啊！"

"拿人钱财，与人消灾。"少年似乎已经不耐烦这样对答下去，眉头微皱。

书生没有领会，自顾自地说下去："少侠不必谦虚！我听说江湖侠客都是救人于水火不喜自夸，浩荡深恩不求回报，杀身成仁，舍生取义……"

"闭嘴，很吵。"对于书生排山倒海的赞美之词，黑衣少年用四个字表达了态度。

牢房内一时静了下来。这几个字音量不大，却好似抡圆了的巴掌打在面颊，书生眼睛瞪得溜圆，半晌，似乎终于意识到那四个字的意思，一下子激动起来，恨不得冲出去踢他两脚："你这人好没礼貌！'来而不往非礼也'，我夸你那么多句，你好歹也该说句'不敢当'吧？居然还嫌我吵！"

黑衣少年再没有多看书生一眼，只是将剑缓缓推出鞘，准备将牢门破开。

"且慢。"

黑衣少年停下动作,看向出言的少恭,以示询问。

"那些妖怪曾逼迫我们服下'软筋散'。我们行不出百步,便会四肢绵软,倒地不起,因此无法逃脱。在下自幼习医,随身带有丹药,可解此毒,却被山贼搜走,不知少侠可否先将在下的包袱取回?我们继续在此候着,牢门也不必毁去,以免打草惊蛇。"

黑衣少年思忖片刻,点点头:"我速去速回。"

"少侠留步。"少恭温言道,"在下欧阳少恭,旁边这位书生是方兰生,与在下乃是总角之交。适才忙于议论逃脱之计,尚未请教少侠尊姓大名?"

"百里屠苏。"黑衣少年不甚情愿地答道,"今日之缘,明朝逝水。这种事情,无须在意。"

"百里屠苏……倒是极其特别的姓名。"黑色的挺拔身影消失在洞穴尽头,欧阳少恭口中念叨着这个名字,若有所思。

"哼,一副高不可攀的木头脸!"方兰生愤愤不平,"名字也够随便……他家里人一定是腊月里喝屠苏酒时给他取的吧?"

"屠绝鬼气,苏醒人魂。"欧阳少恭似乎对那少年有着很深的兴趣,"贱名金身,内藏玄机,这位百里少侠不简单。"

"他不简单,我也很强啊!拿回佛珠以后,我就要让那群妖怪尝尝方家的降魔大法!"

地牢之外。

一只白羽黑纹的大鸟见百里屠苏出来,欣喜地飞扑到他肩头,看身量约莫是海东青,却出奇地肥硕,不似寻常隼类。

"阿翔,引我去那些匪徒聚集之地。"百里屠苏一声指令,阿翔便向翻云寨深处最大的一座木寨飞去。

山寨主厅之中,喧哗嘈杂,一派酒肉狼藉。

这些匪徒说是妖怪,却也并不准确,其心智与言语,都还是旧时人类面貌,有的还穿着衣物,只不过食了以人血精魄所炼的丹药之后,俱都肤色转青,生出鳞片和尖利的爪,浑身筋肉虬结,双颊骨骼外露,更有的长出了蜥蜴般的长尾,显得颇为可怖。

但仅仅化为半妖,便已力大无穷,远超常人。这些日子,他们劫夺财物,杀人炼药,简直无恶不作。

为首的山寨大王,体形约有寻常四五人之巨,目色赤红,像是生啖血肉的猛兽人立于此。

"哈哈哈,兄弟们尽情喝,明日跟着我下山,再掳一批来!"他身后,横着一柄两指厚的斩马刀,刀身饮多了人血,透着猩红颜色。

倏地,一阵劲风穿透厅帘,接连几声惨叫打破了筵席的热烈,两柄明晃晃的长刀直直没入厅内半妖的身体。刀柄上有山寨的刻印,可见门口看守的两人已经丧命。

"什么人?"妖寨主一声怒吼,手中的青铜酒盏,便如面做的一般,被捏成铜饼。

左右匪众戒备地四散开来,不知何人来犯。

厅帘软绵绵地飘落,持剑入内的,是一名未及弱冠的少年。那少年冷面黑衣，唯一相伴的，只有肩上的海东青。

妖寨主见来者不过百里屠苏一人，不禁有些愣怔。他使了个眼色，离门口最近的半妖匪徒蹿出去查看后，比了个手势，确认此人并无同伙。

妖寨主气极，怪笑起来："哈哈，俺还当是什么厉害角色！黄毛小子，也敢闯寨？"

周围半妖匪众也来附和："细皮嫩肉的，正好拿来炼药，咱们大王很快便能长生不老！"

"区区半妖，还妄想飞升？既非人，亦非妖，不过一团腐臭烂肉。"百里屠苏语气平静。

妖寨主哪里受得这般相激，拍案而起，呼令麾下众妖："小子狂妄！杀了他，给我下酒！"

半妖匪徒早已提刀在手，此时立刻有三四道白光直刺向百里屠苏的要害。

百里屠苏长剑一挑一拨，轻松挡过这波毫无章法的攻击。半妖逞凶，靠的是妖化后一身超常的蛮力。百里屠苏对此却并不忌惮，他以巧力相击，长剑多落于那些半妖的关节要害，不一刻便轻松地将凶猛的攻势化于无形。他手下毫不留情，一招守，两招攻，每一剑刺出去，必取一条性命。

满以为杀掉这个少年如踩死蝼蚁一般轻松，却眼见手下兄弟迅速倒下，妖寨主再不能坐视。他一掌震起原木的长案，携着钝风砸向百里屠苏。

百里屠苏一脚踏在身侧的妖匪腰际，飞身躲过长案。人还未落地，妖寨主已冲到了他的眼前，青铜色的蒲扇般巨掌直击面门,似是一把便能捏碎人的骨头。

"小子拿命来!"怒吼声中,妖寨主没有如预料般捏住那令他生厌的清秀面孔,反倒是一道疾光刺过,浓重的血腥气扑鼻而来,令妖寨主面上剧痛不已。

下一瞬,他才意识到自己左脸已是一片血肉模糊:"咯咯……啊!"

是那海东青——阿翔在护卫主人,一爪撕烂了妖寨主半张脸。

百里屠苏更不犹豫,长剑催劲平带,横贯妖寨主腰间,那巨熊般的身体还停滞在发狂扑杀的那一瞬,腰腿却已分离异处,轰然倒下。

死亡的阴云笼罩了整座寨厅,催命的阎罗却是这清瘦的少年。

"大王!"群妖见寨主被杀,惊慌不已,但仍是悍不畏死地向百里屠苏汹涌扑来。

百里屠苏长剑微震,剑意更昂,看向群妖的冰冷眼神,已是宣判了他们的死刑。

寨厅搏杀,其实不过一会儿的工夫,但对被困在牢中、命悬一线的众人而言,却如几个时辰般漫长。随着一声鹰啸,百里屠苏又出现在地牢之中,面不改色,看上去像是散步回来,不过袍角沾染上几块暗红,渗出淡淡的腥气。

"百里少侠此行可有凶险?"欧阳少恭关切道。

"匪首已诛,山上半妖也所剩无几。但仍须尽快下山,以免夜长梦多。"百里屠苏将从主厅搜出来的几个包裹递入牢房,各人物品尽在其中。

"哈哈,我的紫檀佛珠!"方兰生大喜过望,"你们都退后,看我的!"

方兰生手持佛珠,凝神念出法诀:"唵班札巴聂吽——破!"

青色光芒划过,牢锁微微一震,应声碎成齑粉。方兰生面有得色:"少恭你看,我厉害吧?"

欧阳少恭忙着为诸人分发解药,只是宽和地笑笑。不多会儿,所有被困的人都已行动自如,就连角落里被抓来的灰兔子和金毛小狐狸,也在寂桐的关照下恢复了力气。

出得地牢,乍见天光。山寨的空气中充斥着腥臭之气,满目疮痍,血迹斑斑。

翻云寨原本是个强盗窝,烧杀掳掠之事难免,经此剧变,已是处处透着妖异。

地上有不少尸体。有的是误服了药渣的走兽,毛色血红,尖牙外露;更多的是寨中的半妖,有些身上有明显的剑伤,多是一剑致命,显然是死于百里屠苏剑下;还有不少尸体面色狰狞痛苦,恐怕是服下丹药后,因药力凶猛,妖化到半途,便承受不住,走火入魔而死。

此地的植物都受了药力侵染,变得枯萎纠结,树木的枝丫像怪物的手臂一般伸展着,好似想抓住什么。

众人有的惊惧,有的作呕。方兰生目露不忍,停在几具尸体前,手缠佛珠,闭目轻念:"阿弥陀佛……但愿以身死净除业障,地狱之中不用经受刀山火海。"

"方小公子倒是好心！这些妖怪可是险些把咱们都扔到大锅里煮了……"旁边一位同乡提醒道。

方兰生露出一丝犹豫，却又摇头反驳，面现不忍之色："可几天、十几天之前，他们和我们一样都还是人啊……"

"吼……"

突然从房屋掩映的一蓬衰草后，窜出一只半妖。这半妖浑身血迹，半只眼睛迸出在外，满面凶残之色，全力一爪，抓向离它最近的寂桐。方兰生佛珠一甩，挡在寂桐身前："桐姨别怕！我念咒禁制住他！"

可是咒语还未出口，挥舞在半空的尖利妖爪便重重地跌在了地上，那半妖已被长剑洞穿，再没了声息。

半妖身后，百里屠苏还剑入鞘，仿佛刚才只是掸了掸身上的灰尘。

"好快的剑……"周遭乡民叹道，"怪不得可以一人之力挑平翻云寨。"

方兰生一愣，却是怒意横生："你怎么这么狠？他已经受伤了！说不定他自己也不想变成妖怪，说不定他还有人的神志！"

"如此这般，哪还算人？"百里屠苏面色冷然。

"明明是你杀心太重，连一个已经重伤的人都不放过！"方兰生只觉得面前此人冷血无情，不可理喻。

"小兰——"欧阳少恭正要劝阻，却突然见百里屠苏胸口出现了一片亮光，同时周围几具半妖尸体身上慢慢溢出光点，像是被那亮光召唤一般。

百里屠苏一脸迷惑地从胸口摸出一片发热的玉石碎片。碎片现身后,光芒骤盛,周遭尸体溢出的光点被牵引过来,逐渐被吸收进那光芒中,而后暗淡沉寂下去。

"这是什么妖法!"方兰生看得最真切,指着百里屠苏大叫。

欧阳少恭微微合眼,叹道:"果真有人在玉横上施以吸取魂魄的邪法。"

"吸取魂魄?"百里屠苏脑中悚然一动,无数破碎的画面骤然浮现。遍地杀戮的故乡,邪恶密布的红光,痛苦死去的族人,数道光点飞出……这个情形与当年何其相似!回忆伴随着剧痛直冲脑际,他紧咬牙关,才定住身形,吃力地开口:"这玉石碎片乃是我从匪首身上寻来,欧阳先生莫非清楚事情缘由?"

"略知一二。"欧阳少恭答道,"在下幼年之时即离开琴川,近日重返,正是为了寻找一件名叫'玉横'的器物,百里少侠所持乃是它的碎片之一……"

他向百里屠苏一揖:"在下尚有一个不情之请。少侠来相救前,那些半妖刚从此地带走一人作为炼丹之用,可否将他一并救出?之后再容我慢慢说来。"

百里屠苏引着众人,寻到炼丹之所,只是丹炉浊气含毒,那被带走的外乡人已然浑身冰凉,没了气息。

"我们来得晚了……"方兰生缓缓合上男子残留着惊恐之色的双眼。

欧阳少恭眉头微皱,从怀中取出一颗绛红色丹药,向那人的唇推送进去:"他尸骨仍在,或许还有办法……"

"少恭你给死人吃药做什么?难道还能起死回生?"

欧阳少恭比了一个"嘘声"的手势，方兰生乖乖地闭上了嘴巴。

炼丹之处安静下来，只闻炉火噼啪作响。

令人难耐的等待，不一会儿，所有人都屏住了呼吸，瞪大了眼睛。

那尸身的指端微微颤动起来，原本已冰冷僵死的男子，竟然睫毛翕动，缓缓睁开了双眼……

除欧阳少恭外，其余众人俱是悚然一惊，几欲扑上去探他呼吸。但是就在这刹那间，生机转瞬即逝，那人张开的双眼无力地合上，手指软软垂下，又过了半晌，终是再也没有动静了。

欧阳少恭眼角微垂，露出深深的失望之色："果然……仍是功亏一篑！这还阳丹终究……"

"他……刚才真的把眼睛睁开了！"方兰生难以置信，拼命晃着脑袋。

百里屠苏面上血色尽褪，颇感惊奇。

就在刚才那短暂的瞬间，连他自己都没有意识到，他已经握手成拳，骨节轻微作响："想不到世间竟然真有起死回生之药！"

"功败垂成！离真正的起死回生尚有一步之遥。不过也正是这一步，耗费数年都无法圆满……"欧阳少恭回过身，看向百里屠苏，"实不相瞒，在下乃是七十二福地之青玉坛门下弟子。"

众人下山路上，欧阳少恭将他的来意娓娓道出。

洞天福地,乃天地钟灵之处,多为道家名门所居。

青玉坛擅长丹药炼制之术,两百七十年前,其金丹之术达到极盛。

当时的掌门厉初篁炼丹,是以人与牲畜魂魄之力入药。此法乃世间禁术,真相大白于天下后,青玉坛为世人所不齿,日渐衰败。

十几年前,欧阳少恭拜入青玉坛,因在药理方面天赋过人,年纪轻轻便位居丹芷长老,专修炼药之术。是时掌门亦励精图治,青玉坛呈现中兴之象。

玉横此物,有门派宝物之名。据说以其力量炼出的丹药,拥有常人不能想象之异能,故此只可由历代掌门保管。

数月之前,青玉坛突生变故,掌管武艺一脉的武肃长老雷严带领手下弟子作乱,害死掌门与不屈从于他的其他长老,自立为尊。雷严冀望制出各式修仙灵药,故将欧阳少恭囚禁起来,威逼利诱,要欧阳少恭为其效力。

雷严夺权自立后,不知何故,玉横失窃,且被人施以邪法,化为碎片。他带人出山找寻,欧阳少恭寻机逃脱,携同家仆寂桐一同逃亡……

欧阳少恭背向众人,回身看向翻云寨。此时已离得远了,但仍能感觉到那冲天的邪气,众人看不到他唇边微含的笑意,只听得他忧心忡忡道:"在下逃出青玉坛后,担心有人以这些碎片随意炼药、酿成祸害,于是研习占卜之道,于此地发现了一些妖兽的踪迹。贸然寻访,却失之大意,被半妖所擒。"

欧阳少恭握着百里屠苏交给他的玉横碎片,面上忧色加深："玉横碎片流落江湖，若不及时寻回，不仅是门派大祸，更会危害人间。"

"少恭不要急，我帮你一起去找其他碎片！"方兰生拍拍胸脯。

"小兰莫要胡闹！你若不是偷偷跟我上山，怎会置自身于险地？若再纠缠，便修书一封，予你二姐，请她多加管教。"

"二姐"二字大约是方兰生的命门，一下子使得他怕了起来："别别别！不去就不去！你若写信给我二姐，难保她不会打断我的腿……"

百里屠苏初见玉横碎片吸纳魂魄的景象，就一直若有所感，此刻他向欧阳少恭比画了一个形状，问道："欧阳先生，敢问玉横在碎裂之前，是否为如此这般一个内凹的玉器？"

欧阳少恭微显惊诧："百里少侠如何知道？"

百里屠苏却不知该如何作答，只是摇了摇头。

他的记忆是那样的残破模糊，无法依赖。

可即使是浮光掠影的记忆，也比一无所得好得多。下山这段日子以来，他所追寻的事情都毫无进展，这一次，总算有了线索。

百里屠苏下定决心，抱拳对欧阳少恭行了个礼："若蒙不弃，我想与欧阳先生一同去找寻其他玉横碎片。"

"这……"欧阳少恭面上先喜后忧，"在下经年炼丹，于道法修为可谓粗浅至极，百里少侠武艺高绝，自是一大助力，只不过受此大恩，怕是无以为报……"

百里屠苏摇摇头："金银俗物非我所愿，但求欧阳先生赐予一颗起死回生之药。"

欧阳少恭眉梢一挑，露出一点讶异，继而坦言道："少侠于在下有救命之恩，尽心以报乃天经地义。只是适才少侠也亲眼见到了，此药尚未炼成，若要炼成，尚须一味奇异药材。传说此药远在海外，难以获得，在下实在没有把握……"

百里屠苏并未因此而觉得失望。他深知所求之事极其不易，只是这一点点希望，就足以让他欣喜若狂。若是真的能求得奇药，是不是母亲就能……他不敢再往深里想，一切都还只是开始。

"药材我会尽力寻找。谋事在人，成事在天。若是最终炼不成起死回生药，我亦绝不强求。且此事与寻回玉横并无关联，无论如何，我都愿陪欧阳先生走此一趟。"

欧阳少恭粲然一笑："既是如此，在下多谢百里少侠这份古道热肠。待回了琴川，稍作休整之后，明日辰时，我们在琴川门楼下会合可好？寻访玉横之事迫在眉睫，在下想尽快动身。"

"一切听先生安排。"

雾灵山涧

琴川城外，雾灵山涧。

山间流水潺潺而下，蓬蓬花树如云如雾。

百里屠苏护送琴川众人下山，由官道返乡之后，便独自一人进了雾灵山涧。今日是朔月，他体内气血翻涌，焦躁不安，若不能寻个山野清净之处调顺气息，只怕又是一番折磨。

雾灵山涧之中，多有精怪灵兽的传说，道路又曲折难行，来往之人多不喜欢由此穿山而行，而拣笔直平坦的官道，哪怕远了一些，如此反而成就了此处的天然静谧之美。

雾灵山涧最美的是溪水。山溪曲曲弯弯，层次分明，粉色的花雾下掩映着高低错落的溪流瀑布，花瓣缓缓跌在水波里，一旋儿就不见了；也有水流徐缓的水潭，清透如碧玉，一眼可以望见潭底细沙中的游虾。

草丛中窸窸窣窣，钻出一只金色的小动物，毛茸茸的身子，蓬松的尾巴，眼睛一眨也不眨地瞧着百里屠苏——正是翻云寨地牢里一道救出的那只小狐狸。

百里屠苏伸出手来，小狐狸眯着眼，蹭了蹭他的手心，但看到一旁虎视眈眈的海东青，又有点惧怕，摆动着圆滚滚的尾巴，消失在茂密的草丛之中。

阿翔颇有兴趣地叫了两声，百里屠苏比了个禁止的手势，心中若有所思。

儿时似乎也遇见过这样一只金色的小狐狸……

童年的记忆，在那一场灾祸后丢失了大半，会反复出现在脑海的，是他从昏迷中醒来时，眼前比噩梦还惨烈的景象……乡人的尸体，干涸的血迹，烧毁的屋舍……曾经的世外桃源，化为一片死寂的焦土。

还有母亲。严厉的母亲吝于微笑，竟然唇边带着笑意，环抱着自己，只是她的脸那么冰冷，再也不会醒来。

这是一场灭族之灾，若不是那时偶然被师尊相救，带回天墉城，奄奄一息的他也会和族人一同去往阴间。

如今，十几年过去了，百里屠苏有太多的事想要做：找回当年记忆、找到变故的真相、为母亲和所有人报仇、让母亲醒过来……虽然每一个愿望听来都是不可能实现的。可是如果不去做一点什么,他的心永远也不能放下。

他解下背上所负的剑囊。被布条包裹缠绕着的,隐约是一把残剑的形状,磨旧的布条间露出红铜色的繁复纹路。这并非他平日里所用的兵刃,然而他的手轻轻摩挲过去,也有灼热的触感,仿佛那把剑也流淌着生命,与他体内翻涌的气息共鸣着。

这就是焚寂之剑,从故乡废墟中取出的凶剑。他说不清它的来历,却知道它的凶煞……就是这样一把剑,却和自己的命运息息相关,难以分割。

师尊的嘱咐犹在耳边:"你体内煞气纵横,无形中便可令你杀心加重。昆仑山天墉城乃是天下清气鼎盛之地,虽无法消弭你体内凶煞,却可减缓其将你蚕食之势……焚寂之剑乃上古邪物,似具吸煞之功。你切勿受其牵引、失去本心,更不可让其为他人所得……"

他凝神调息,让焚寂将他体内的凶煞之力吞噬掉了几分,继而深深吸了一口气,重新绑缚好焚寂,继续前行。

百里屠苏沿着水路前行,走得越深,心里那种堵塞的烦闷越见减轻,好像山间水流中,隐含着什么治愈的力量。

阿翔早就飞远了,不知又去捕捉什么猎物。前面大约有座瀑布,能听见奔流直下,拍击在水面发出的隆隆声。直到离得足够近了,才能分辨出水流声中夹着悠远宁谧的歌声,像是林间精灵的吟唱。

百里屠苏循着声音行去,转过一棵山壁旁的藤花树,视野豁然开朗。

眼前是一片开阔的水面，中间点缀着几块礁石。水潭正中心，有歌声缥缈而来，调子悠长婉转，和着潺潺的水声，分辨不出歌词，倒像是呓语。

一个女孩窈窕的背影出现在晨光水雾之中。她的长发如曜石雕成的瀑布，漆黑光亮，她的肤色是罕有的雪白无瑕，就算用昆仑山最好的玉石，也刻不出那样莹白的曲线。

女孩许是沐浴得开心，手臂一抬，舒展在空中，撩起水花阵阵，指尖的水滴裹着日光，沿着手臂滑至肩头，又顺着肩头圆润的弧度滑入潭中。

百里屠苏看到此处，大觉不妥，抽身欲走，女孩的歌声却忽然转为高亢，音色清越，摄人心魄，令百里屠苏想起当年在师尊书阁里偶然看过的句子——"声振林木，响遏行云"。

真的有一种歌声可以让云都止步？他呆愣在原地。

这将迈未迈的一步惊动了那女孩。她止住歌声，转身看过来，晶亮的一双眼，睫毛还湿漉漉的。她确是美丽的，但并不是艳丽的绝色，而是带着温暖的光晕，让人看得越久，越觉心头舒泰，仿佛被她的柔美抚平了心境。

百里屠苏顿时惊醒，慌忙退了一步，扭过头不看女孩，脸上已是一片羞赧之色："在下唐突！无意到此，并非有心窥看！"

女孩听了百里屠苏的话，若有所思地说："窥看？哦……你就是所谓的'淫贼'吧？"她竟不惊不避，一手拢着身上单薄的轻纱，涉水而来。

百里屠苏合上眼，只听得水花撩人，紧接着是细碎的脚步声，那女孩显然已经走到了身边。

女孩并无寻常女子的羞赧矜持，反而饶有兴味地绕了百里屠苏一周，似乎要将他看个仔细。

她贴得太近，身上的水滴都坠在百里屠苏的脚面，只听她好奇道："婆婆和我说过，人间有许多男子喜欢偷看女孩子，没想到这么快就遇上了……"

这番话简直匪夷所思，百里屠苏听闻，急欲解释，便睁开了眼："在下并非……"

女孩身上只有一层单薄的白纱，被水浸湿后更加令人无法直视，他迅速地垂下视线，却又看到她一双白皙的赤足和纤细的踝骨。

一种像是恼怒，又像是别的什么情绪冲向百里屠苏的脑际，他生硬地转过身去："姑娘可否先将衣服穿上？"

"两只眼睛一张嘴……也没什么不同嘛。"女孩似乎略有些失望地嘀咕了一句，却忽然从地上摸起什么东西抛向百里屠苏，学着说书人口中江湖人士的腔调说，"看我的定云索！"

她的腔调虽然古怪，抛出的这条绳索却真的带有法力。百里屠苏猝不及防，睁眼时已被绳索捆缚结实，难以解脱，不禁怒道："你做什么？"

女孩轻吸一口气："真的定住了！那店里的人没骗我呢，可惜只买了一个，就这么浪费掉了……"

这女孩说话各种情理不通，百里屠苏又何曾中过这样的暗算，怒气越炽："我已说过，绝非有意冒犯，姑娘为何还要用此手段？"

女孩披上衣服，歪头一笑："婆婆说了，淫贼都不会承认自己是淫贼的。我怎知要不要相信你呢？所以啊……怎么教训你一下比较好呢？"

她围着百里屠苏转来转去，眼光落在他背后的剑囊上。囊中焚寂虽有残缺，就连上面捆缚的布条都因年久脏旧，翻出毛边，裸露出的部分剑身之上泛出猩红色的光芒，隐隐蕴含着一股力量。女孩一时兴起，探手取走焚寂："这个就归我吧！"

"姑娘！"百里屠苏背上一空，不由大惊失色，"我的剑不可随便拿！快放下！"

焚寂之剑凶煞异常，兼之和自己血脉攸关，哪想到冒出这样一个大大咧咧的姑娘，就这么拿走了它！

"淫贼，你要是追上我，我就把它还给你！肚子饿了，我得去吃饭……"女孩说话间，干净利索地收拾好了衣物，转身消失在林间。

百里屠苏情急之下，一声呼哨，唤来阿翔："可曾见一女子往那边去了？追上她！"

阿翔点头，轻叫一声，向琴川方向飞去。

去往琴川的官道上。

欧阳少恭和寂桐走在人群的最后。

"少爷，你似乎很高兴。"说话的是寂桐。一缕银丝从微松的发髻中滑下，嚼在她干瘪的嘴角。年龄使她的身形有些伛偻，动作也难免迟缓，举手投足间却有种娴静优雅的气度。

她眼眸低垂，话语虽然平淡，却难掩关切之情。

"真没有想到啊！我奔波多年，苦苦追索，竟比不过一时机缘所得。"

欧阳少恭面带微笑，从宽袍中取出一张黄色的符纸。他轻念了几句符语，符纸便在指尖泛出金光，光球又化为一只金色的小鸟，停在他的面前。

"去，找到他。他自会知道如何行事。"欧阳少恭右臂轻挥，小鸟展动双翅，不一会儿就消失在蔚蓝的天空中。

"那人是闲散惯了的。事情当真如此紧要，竟要迫他出手？"寂桐面有忧愁之色，许是话说得急了，掩口咳嗽起来。

欧阳少恭见状，忙扶住她身体，从怀中取出一小颗雪白的丹药，小心给她服下。过了半响，见寂桐咳嗽止住了，才淡淡回答："请他帮忙，并非为了玉横，而是另有要事相托。"

他显然并不想就这个话题多说，挽着寂桐，向山下缓缓而行，口中语气和缓："寂桐，你自从随我逃出青玉坛，一直未曾好好休息过。此去寻找玉横，前途未卜，我已在琴川租下一间小院，你安顿下来，安心等我便是。"

寂桐一时沉默，眼中有枯槁之色浮起："如今我已老迈，反倒要少爷来照顾我了……"

"我自小便由你费心，照顾衣食起居，虽无血缘之亲，却有养育之实，照顾你本是理所应当。"欧阳少恭眼中显出不同于平日的温柔，"我知你喜爱花草，院中不如多买些花花草草的种子种下，也好打发时日。"

寂桐有些急切地说："我只担心……"

欧阳少恭面色一冷，挥手打断了她："寂桐不必多虑！此去诸事，我已有计较。"

山风微凉，欧阳少恭的外袍随风鼓起，看上去竟是如此疏离于他人。

寂桐嘴唇翕动，一时间只觉得，眼前这个人的心事，自己竟是再不能懂。

第一章 十里琴川

　　百里屠苏没见过这样的女孩，脸上永远挂着乐观、真诚的笑容，对整个世界都抱着期待和热忱。他不禁睁开眼看向她，好像在看一轮明月。

寻剑

琴川镇。

这个小镇三面环山,一面向水,河水琴弦似的穿城而过,所以有"琴川"之名。

正是大好春日,梧桐掩着青瓦,游船穿越柳荫,满城人间烟火。风尘仆仆的南疆少年面无表情地穿过人群,目光微闪,扫过人群,旋即垂下眼帘。英挺的面目和额心的一滴殷红朱砂痣,令许多少女心里暖流翻涌,偏偏眉眼之间那股冷气,却让人不敢靠近。

他所到之处,人群悄无声息地让开道路。这样一个人,锋利得如同一柄出鞘的利剑,碰上便会伤手。

他是百里屠苏。

他在找失落的"焚寂"。

算算脚程,那个女孩应该就在这座小镇里游荡,但是他找了大半个镇子,却是一点踪迹也无。

快日落了。今晚正是朔月,体内那股霸道的煞气似火焰缓缓流淌,在无声地烧灼着骨骼,他的五脏六腑仿佛都被放入了炭炉之中。

他的眼底有些微红,"杀戮"之气正在缓慢地吞噬着他的意志。众人的避让令他的感觉好一些,这时候他确实该离活人远一点。

河边人群涌动，拥挤得寸步难行，只怕有几百个人聚在那里，等着看好戏。

今晚除了花灯盛会，还有桩大喜事：琴川镇首富孙家的小姐要抛绣球选婿。

不知道这首富的独生女为什么要以这种方式选择夫婿。她是相信命中注定的那人，会在今夜她举起绣球之际，悠闲地经过绣楼？

百里屠苏摇了摇头，没有多想，这些事跟他无关。

心中的凶焰起伏，他不敢靠近人群，正要继续前行，肩上的阿翔低鸣了一声，毛羽乍开，利爪一按他的肩头，似要起飞。百里屠苏眼角余光一转，扫见一个金色的影子迅疾地闪入了深巷之中。

大约是有人在跟着他。

但不是他要找的人。以他的目力，绝不会认错那个幽蓝色的曼妙身影。

一个剑客，不会认不出自己的敌人。

百里屠苏的眼角抽动了一下，灼热之痛向着四肢百骸蔓延，再找不到焚寂的话……他会不会把这座小镇变成死城？

他自己也不清楚。

"阿翔，去找！"他低声说，"我……先出镇子。"

也许真正适合他这种人待的地方就是荒野。在那里，就算你疯了，狂了，也不过是如野兽般咆哮着奔跑，把剑当作爪牙挥舞，最后一个人疲惫地倒在朔月之下。

满城烟柳和娇美的新嫁娘……与他本就无关。

阿翔感觉到主人声音中的焦急，如箭般腾起，长鸣着扶摇而上，融入晦暗的夜色。

百里屠苏有如一个醉酒的人，跌跌撞撞地奔跑在窄巷中，红色蔓延入眼睛深处。此刻令他沉醉的东西不是酒，而是对血腥的渴求，没有焚寂，他不知道还能支撑多久。

一声裂空的长鸣，阿翔在空中划过一道凌厉的长弧。

它找到了！

纵然冷漠如百里屠苏，也不由得一阵喜悦。他循着阿翔飞行的轨迹，快步奔向前方的小巷。

小巷寂静深长，地上铺了一地落花，却没有人迹。按说阿翔是不可能看错的，可为什么没有人？一阵剧痛从脑海中冲出，百里屠苏觉得双眼仿佛被无数根灼热的针刺穿，眼前所见的一切忽然都染上了血色。

"嘻嘻！淫贼，怎么现在才追上来呀？"好听的声音从头顶上方传来。

话说得那么轻松，倒似老朋友相逢。

百里屠苏挣扎着抬眼，映入眼帘的是一双赤足。

幽蓝色的纤细身影坐在高墙之上。星光之下，火红色的断剑被随手搁在一旁。

女孩歪着头，长辫垂在一旁，颊边一对浅浅梨窝："这剑来头不小吧？你从哪里得来的？"

"把剑还来！"百里屠苏低喝。

朔月隐藏在暗淡的云层里，正逐步引燃百里屠苏体内的煞气，他知道自己剩下的时间已经不多了。

"把剑还我……然后……快……走开！"他身子晃了晃，单膝点地，说出这最后一句。他的牙齿似乎都要咬碎了，仍是克制不住心头的杀意。

女孩跳下墙头，凑了过来："你不舒服？"

她伸手想去摸百里屠苏的额头，却忽然怔住。

眼前是一双盛满血与火焰的眼睛。黑衣少年好似变了一个人，缓缓起身，拔剑，黑气仿佛藤蔓滋生，笼罩了他周身上下。

"别这么生气啊！又没说不还你……"女孩话犹未尽，剑气已霹雳般刺至。

女孩震惊中腰肢顿挫，剑气堪堪擦着鼻尖掠过。

百里屠苏已然被煞气控制，剑势和步伐都凌乱不堪，剑上噬人的凶气却寸寸生长，每一击都直指要害。

女孩既惊且忧，一边躲闪一边问道："我……我没有敌意……你怎么了？"

然而百里屠苏已无法唤醒。

女孩被凌厉的剑气逼到墙边，已经没有了退路，不得已只好用手中的焚寂抵挡。

焚寂和百里屠苏的剑交击，撞出黑红色的光焰，笼罩百里屠苏的煞气越发炽烈。

"淫贼！你醒醒啊……我打不过你……我错了还不行吗……"女孩觉察到剑的异状，不敢再格挡，只能不断跳跃闪躲。

两人错身而过，百里屠苏不假思索地反手刺杀，剑上煞气和空气交击，发出刺耳的嘶嘶声。女孩只能凭直觉挥剑回挑，剑身相击，火花溅落如夜中烟火。

女孩再难支撑，跌坐在地。百里屠苏回身挺剑直指，女孩再也无力抵挡，闭上了眼睛。

"大哥!"她在心里轻声说,"我还没有……找到你啊。"

原来所谓死亡,就是这么……简单!

剑锋临体的瞬间,缠绕在百里屠苏身上的煞气猛地收缩,如千万妖魔从地狱中扑出,却忽然被极大的吸力拉了回去。

女孩战战兢兢地睁开眼睛,不敢相信眼前的一切。

"你没死……那就……好……"百里屠苏喃喃地说。随之,他瞳光暗淡,倒在地上,长剑脱手,如银蛇般弹跳开。

女孩呆了片刻,小心翼翼地上前,捧起百里屠苏的手臂,按上他的脉搏。

"这个人……"她脱口而出,惊讶地看着身旁昏厥的少年,明澈如水的双眼中,涌起隐隐的忧虑。

行舟

百里屠苏不知道自己在哪里。

也不知道自己还是不是自己。

他在高山之畔,对着幽谷深潭抚琴。水中雾气蒸腾,雾气中龙影闪灭。

他奏春风徐来之曲、夏日篙荫之曲、秋山枫叶之曲、冬雪绵绵之曲。雾气中龙影翻转,以长吟相和。风吹起他的广袖长袍,渺渺然有如神仙。

他分明没有学过弹琴,可这一刻指尖琴音流转,已浑然忘我。

多年来,体内一股煞气一直伴着他,只能靠断剑焚寂来镇压,而焚寂本是凶物,他这身躯就靠着煞与魔的相持,以守住内心的一丝清明。这种折磨反复袭来,苦不堪言,令他的人生如焚，不知尽头。

偏偏这一次，琴声陪伴中，身心似被清暖之意全然包围，无法降伏的煞气居然慢慢消弭。

他睡了记忆中罕见的一个好觉，嘴角含着一丝笑容。

百里屠苏睁开眼睛。眼前是陌生的乌木房间，自己正躺在一张木床上，房间微微晃动，似乎是在水上。

下一瞬，他忽然警醒地坐起——

那夺走焚寂的女孩，此刻正伏在他身侧，睡得很安稳。

她的额发轻轻柔柔地垂下，虽然睡着，戴着黑色手套的双手仍紧握着他的手。两人交握之处，蓝光盈盈，有真气流转之象——她，是在给自己传功治疗。

已经很多很多年，没有人握过他的手了。

百里屠苏望着对方，愣了半晌，之后僵硬地将手抽了出来。

女孩被他的动作惊动，揉着眼睛起身，见百里屠苏醒了，露出欣慰的笑容："你醒了！"

"这是何处？"他的语气有些警惕。

"你不记得了？"女孩歪着头看他，"之前我们打了一架，明明你赢了，却忽然昏倒。我背着你，想找人看病，走到河边，船上的人说认识你，我就带你上船了。"

阿翔立在窗口，清啸一声，似是附和女孩的话。

"你可好些了？"女孩关切地问。

百里屠苏调整了一下呼吸，体内真气流转自如，不但没有受伤，之前被煞气折磨的种种痛楚反倒被安抚了，这个朔月之日，变得不再那么难熬。

"是你助我压制体内煞气？"

女孩眨了眨眼："煞气？我不太明白……你杀气倒是挺重的呢！只是见你很痛苦的样子，也不知道是生病，还是受伤了，就想试试看把真气度给你。有用吗？"

百里屠苏已觉察到此女言语处事不似常人，不断给他带来更多迷惑，他静静感受着体内真气的流转，沉思不语。

女孩指指放在一边的焚寂："这把剑还你吧！是我不好，不知道你会那么生气……"

百里屠苏接过焚寂，收回剑囊缚好："并非生气，只是此剑不敢交于他人之手，姑娘见谅。"

"你能告诉我关于这把剑的事情吗？"女孩兴致勃勃地问。

百里屠苏摇摇头，不愿意回答。

这个女孩太过热情，让他不知所措。

女孩当面被拒，却好像更兴奋了："这是你的秘密？那……我们来换吧！人界不就是喜欢换来换去吗？我告诉你我的一个秘密，淫贼你就把剑的秘密告诉我，好不好……"

"我不叫淫贼！"回想起雾灵山涧一幕，百里屠苏不由得有些尴尬。

"对哦，船上的人说你叫百里屠苏。"女孩点着头，忽又一笑，"我叫风晴雪。交个朋友吧！你这人蛮好玩的，养的鸟也这么威风……"

阿翔听闻这话，得意地鸣叫了几声，展翅跃起，临水盘旋了一圈，似乎要证明自己的威风凛凛。

百里屠苏却愣住了。威风……自从他步入这人世红尘，男女老幼看见他的爱鸟阿翔，十个有九个会把它错认成一只肥胖的芦花鸡。

女孩性格跳脱，举止古怪，似乎人世间的规矩她都是从书本中学来的，只会笨手笨脚地照本宣科。百里屠苏觉得自己完全不能跟上她的思路。她说她叫……风晴雪吗？

他心中思绪盘旋，口中却冷冷地问道："你说船上的人认识我？是何人？"

风晴雪却答非所问："人界的规矩我懂，打胜了才能发话。等你身体好了，我再找你比试，要是我赢了，一定要告诉我那把剑的事情哦！"

"勿要自作主张。"

风晴雪伸手去摸百里屠苏的额头，却被他躲开了，她也不介意，笑着皱皱鼻子："苏苏，不早了，我约了新朋友一起放灯呢，你先休息吧。"

"苏……"百里屠苏脸上现出不易觉察的红晕，"休要胡乱相称！"

"青山不改，绿水长流，后会有期！"风晴雪学着江湖中人的模样，抱了抱拳，不伦不类地告辞，"嘻，这回铁定没念错。"莞尔一笑，便钻出了船舱。

"真是个好性格的姑娘！"

百里屠苏还在发愣，舱门口有人掀帘而入，声音清雅，悦人身心。

他举目看去，见来人宽袍广袖，发尾松松地束在胸前，面孔斯文秀雅，正是从翻云寨地牢中相遇的欧阳少恭。

"原来是欧阳先生，多谢先生相助。"百里屠苏起身行礼。

欧阳少恭淡然一笑:"今夜恰逢琴川灯会盛事,在下租了艘船,沿河观灯,偏巧遇到晴雪姑娘求助。只叹在下学艺不精,切过脉后,并无办法缓解少侠体内煞气,幸亏晴雪姑娘施为,情况方才有所好转。少侠若要感谢,还是当谢谢晴雪姑娘。"

想到刚才那位姑娘,百里屠苏心头思绪良多,只是沉默以对。

欧阳少恭一挥大袖,只见他袖底窸窸窣窣,一只浑身金毛的小狐狸钻了出来,一路爬到床脚,怯生生地看着百里屠苏。

"这儿还有个小东西,翻云寨里见过的。"欧阳少恭温和地笑道,"它似乎是跟着百里少侠,一路来到琴川。"

阿翔一见金毛狐狸,便激动地叫着,抓了两把窗框,一副蠢蠢欲动的模样。

"阿翔勿闹。"百里屠苏心下明了,在琴川镇内跟着自己的金色影子,多半就是这个小家伙。

小狐狸缩了缩,见那海东青当真不来扑它了,这才放下了心,轻轻一跃,跳上床榻,蹲在百里屠苏身边。

此刻窗外虽无月光,却因正值灯会,满河灯火映入船舱,小狐狸的身体被灯光笼罩着,好像也发出金色的微光,这光渐渐膨胀数倍,将它整个身体都包裹了起来。光芒散去后,小狐狸竟幻化成了人形,水润的杏核大眼,橘色的衣裙,手腕上还有只金色的铃铛,随着动作而叮当脆响,怎么看都是美丽的及笄少女——只是这少女长着尖尖的耳朵和毛茸茸的尾巴,泄露了她的原身。

"屠苏哥哥……"少女跪在床上,痴痴地看着百里屠苏,眼里透着说不出的崇拜和喜爱。

欧阳少恭笑道:"古往今来,多有狐妖报恩之说,莫非……"

少女猛点头:"襄铃是来报恩的!襄铃在山上玩,不小心被那些大块头抓去了……那时候在山洞里,你们讲的话我都听见了……要不是屠苏哥哥来救,襄铃就被吃掉了!襄铃一定要报答屠苏哥哥的救命之恩!屠苏哥哥叫襄铃做什么,襄铃就做什么……"

听完这名叫襄铃的狐女的诉说,百里屠苏言道:"翻云寨中,我只为救人。雾灵山涧中见你真身,便已知你是狐妖。人妖本非同路,你且去吧。"说着,他背转过身,全然不看那可爱少女。

襄铃听了这话,大颗的眼泪涌出眼眶:"呜……屠苏哥哥是不是嫌弃襄铃连变人都变不好?可是我真的很努力了!我会扑蝴蝶,还会抓虫子……少恭哥哥说了,你们要找什么玉横,我也能帮忙的!屠苏哥哥不要赶我走好不好……"她一边哭,一边揉着眼睛,耳朵尖都垂了下来。

欧阳少恭静立一旁,只看百里屠苏怎样处置,等了半天,见他双眼紧闭——原来只是"置之不理"四字,别无他法。

欧阳少恭见状,浅浅一笑:"百里少侠今日辗转奔波,想是十分劳累。不如襄铃与在下先行告辞,少侠早点歇息,若有事情,明日再说不迟。"

襄铃一听似有回旋余地,连连应和:"那明天我再来找屠苏哥哥……"原地一个翻转,变回了金色小狐狸的模样,跟着欧阳少恭,乖乖地离开了舱房。

人皆走了，小动物也走了，百里屠苏的心绪却是久久难平。

今日险情，令他心中生出几分犹疑与愧疚。当初不遵师父教导，一味自作主张，离开清修之地，进入这烟火凡俗，却不想，这条路果如师尊所说，并非自己能轻易走得了的。若非及时寻回焚寂，若非遇到这些萍水相逢的人热心相助，若非……那奇怪的女孩风晴雪以真气相救，自己一夕凶煞发作，船舱外这派静好的人间繁华，不知会被自己手中剑锋毁成何等模样。

他这般想着，心头越发郁郁，舱外却响起了悠扬的琴声。那琴声像随风飘浮的丝线，缚住人的神魂。琴声清澈，似能治愈他胸中的这份窒闷，而且那曲子十分熟悉，仿佛在哪里听过。不知不觉间，百里屠苏已走到了甲板之上。

"百里少侠既已来了，何妨小坐一会儿。"

欧阳少恭并未回头，指尖轻轻按在弦上，手已停而琴声未息。百里屠苏走到他身前坐下，见古琴木色沉腻，梅花断纹，龙池凤沼，音色澹远，纵使不通音律，他也能断定这是一把绝佳的琴。

直到琴音完全消弭在夜风之中，欧阳少恭才温文地开口："少侠年纪轻轻，修为已是了得，但这一身煞气凶险异常，若是不能寻得方法根除，未来只怕……"

"先生不必讳言，百里屠苏自知冷暖。"

欧阳少恭颔首："霁月光风，超然洒脱。少侠武功品性皆属上乘，敢问师承何人？"

有顷，百里屠苏才开口回答，只是音色降了半分："师门劣徒，无颜相告。"

话已至此，欧阳少恭也不再多问，捻起琴边那尊小巧的错金博山炉，挑了挑其中的香饼，复又抚起琴来。炉内所焚之香清幽淡远，缠绕着琴音，随水面延宕而去。

百里屠苏发现，这尊博山炉与常见的有所不同，山间雕有楼宇亭台，仙人起舞，特别是那香炉的莲瓣，上层暗淡，底层却蕴着幽幽光亮他对此颇感新奇，不免多看了几眼。

"少侠可是好奇这莲瓣的光芒？"欧阳少恭手指轻轻点过，柔声解释道，"此炉唤作'蓬莱'，内里藏着在下一桩心愿……在下深知，此愿达成不易，于是做了此炉，每离心愿得偿之日近上一步，莲瓣便亮起一层，漫漫时日之中，望见此光，便不致颓废。"

百里屠苏点点头。

他初见欧阳少恭时，只觉得欧阳少恭温润如玉，翩然一身，不沾烟火，好似谪居世间的仙人，却没有想到，欧阳少恭也有如此深沉的心事。或许这世间所有的人，不论男女老少，不论出身尊卑，皆逃不开某种牵绊吧？

欧阳少恭琴声如诉，声音也显得茫远："在下寻访过三山五岳、洞天福地，多少被称为人间仙境的地方，所在青玉坛也是七十二福地之一，山中浮岛，昼夜相对，但在我心中，蓬莱之美，无处可及。"

"先生去过蓬莱？"

"并没有。"琴声一滞，复又通旷起来，"只是心中幻境而已。不过，古今如梦，纵是人间仙境、风华佳人，俱也抵不过日影飞去，这世间又有何物能够恒久不移？说不得幻境能够成真，而曾以为是真实在握的却成幻梦……"

欧阳少恭话中颇有感慨，见百里屠苏微微蹙眉，又笑而自嘲道："在下便是这点煞风景！每见繁盛，必感凋零，百里少侠勿怪。"

今夜的琴川当真热闹，河岸上绣球招亲的盛事刚刚散去，夜半灯会却又繁华起来。岸边来放灯的，有年轻的小夫妻，扶着老迈的父母，牵着幼子，一起放下平安灯，期许阖宅安康；有面若桃花的女孩，一手拈着裙角，找僻静处放一盏荷花灯，祈愿觅得佳偶。

河的对岸，有一抹俏丽的身影，正是风晴雪，蓝衫雪颜，赤着一对足，手上却依旧戴着黑色织物的手套。她身边是两名衣衫褴褛的乞丐，大约就是她先前所说的"新结识的朋友"。三人有说有笑，身边放着几盏河灯。

风晴雪蹲下身子，探着手，小心翼翼地将河灯送入水中。河灯扎得虽然简陋，行得却稳，柔和的光芒顺水而下，不知载着怎样的心愿。

风晴雪大约是第一次放河灯，兴奋地拍手欢笑。她一抬眼，正瞧见船上二人，便向他们用力地挥挥手，喊了几句什么，笑靥如花。

欧阳少恭向风晴雪点头致意，百里屠苏却想要把脸别过去，不去看那怪姑娘。

但是，风晴雪的笑容比这满河的灯火更加璀璨夺目，令他不由自主地望向那一团温暖的光亮。

河上浮灯，组成一条流动的光带，灯水相映，衬得两人的脸上也笼上光晕。这光景静好如画，但也像画一般，与两人之间隔着时空。他们并不属于画中之人，只是看客。若伸手去触的话，那些生动美好便会如镜花水月般散去了。

百里屠苏怀着这样的想法，却又觉得自己有些多愁善感，实在可笑。眼睛的余光看到欧阳少恭脸上某个神情一掠而过——那种神情百里屠苏十分熟悉，每一次他临水濯面的时候，每一次他在铜镜里看到自己的时候，都会看到那种神情。

大约是孤独。

两人听着琴音在水间流淌，各自沉默了一会儿，百里屠苏想起一事，问道："翻云寨中，亦曾听闻先生一席话。先生似对生死魂魄之事颇有所知所感……"

欧阳少恭停下琴音："魂魄之事终究缥缈。人生在世，谁曾见阴间地府，幽冥忘川？翻云寨中所说轮回往生之妄言，少侠万勿放于心上。"

"那先生为何要炼制起死回生之药？是为治病救人？"

欧阳少恭不答话，指尖一撩，又是一首新曲。

"都道是人死灯灭，便如这灯会盛景，终有尽时。人生岂非正如夜间行船，黑暗之中，时而光华满目，时而不见五指。然而灯会熄灭，船会停止，生死本是凡人无法可想、无计可施之事。欧阳少恭不自量力，妄想逆天行事，看一看凡人若有朝一日超越生死，又将是何种光景？"琴声送得更远，整个琴川都像是欧阳少恭手中的一把琴。

百里屠苏似有讶异，又复沉思："先生高志！无怪乎琴曲中隐有沧海龙吟之象。"

"少侠亦通音律？"

百里屠苏摇头："师尊曾言，琴乃圣人所制，治身怡情，禁邪归正，以和人心。"

"不错，古来有'琴心剑魄'一说，琴与剑冥冥之中似有天定之缘。百里少侠擅剑，而在下喜好琴艺，结伴同行，也算是一段缘分了。"

谈话到这里戛然而止，两个男人各怀各的心事，琴川之上，只余空茫琴音。

结伴

百里屠苏这一夜的梦，比以往更加清晰。

梦境之中，那是一片水墨山水般的所在，云海流转，时聚时散。眼前层峦叠嶂，高大的榣木和红色花枝的若木顺山势渐次而生，山间有清泉流下，汇聚成潭，山腰有一块嶙峋巨石凸向潭中，像一座高台伸入水云之间。

石台之上，有一白衣男子，端坐抚琴。琴声悠悠，一只黑色的水虺盘于琴侧。

男子一曲弹毕，待所有袅袅音韵均随风散尽，才向身旁的水虺问道："悭臾，今日之曲如何？"

被称为悭臾的水虺睁开赤金色的双眼，显然十分陶醉，懒懒地说："你作的曲子总是好的。"

"那我明日再来。"他收了琴，长身玉立，看天边云卷云舒。这样的日子过了多久，连他也不记得。

"太子长琴，你天天来给我弹琴，我不能报答什么，等到有一天我修炼成了通天彻地的应龙，就让你坐在我的龙角旁边，乘奔御风，看尽山河风光吧。"小小水虺，却有气吞山河的架势。

太子长琴闻言微笑："佳曲易得，知音难觅。山中不知岁月，若无你陪伴，未免也太过孤单。难得你日日都说喜欢，不嫌絮烦，又何来报答之说？不过你的话我记下了，纵然悭臾尚有数千年方能修为应龙，今日之约永远不变。"

"永远不变。"

这样的梦，并不是第一次做了。

百里屠苏记忆中并未去过那样的地方，但梦境真实得如同亲历……他在船舱中醒来，望着乌木舱板静默了片刻，梦中的琴曲萦绕徘徊，一时间令他有些分不清今夕何夕，身在何处。

走出船舱，却见天光大亮，船已靠在岸边码头牢牢地拴好。欧阳少恭正独自一人坐在船头，托着剔透瓷盏，好整以暇地向他看过来："百里少侠，昨晚休息得可好？"

"欧阳先生的琴声颇有安神之效。"

"寻访玉横之事迫在眉睫。在下在江都有一位旧友善于卜算，我们不妨即刻起程，去往江都，请她卜测其他玉横碎片的下落，再做打算。百里少侠意下如何？"

百里屠苏没有什么行李，不过一人一剑一鹰，对于玉横之事，心里更是只有个模糊的念头，并无太多规划，遂点头道："但凭欧阳先生安排。"

两人向船家还了船，向城西北门而行，尚未出城，却闻远处传来焦急的呼唤声:"屠苏哥哥,少恭哥哥……等等我!"

声音如银铃,还伴着发髻上金色铃铛的脆响,那娇小的身影一路跑来,如一朵橘色小花随风舞转,正是小狐狸襄铃。

百里屠苏眉头一拧,转开身子。

一腔热情扑了个空,襄铃沮丧不已,揪着自己的衣角,扭来扭去,不知如何是好。

欧阳少恭笑着摸摸襄铃头上的铃铛:"襄铃,此去绝非玩乐,一路上艰难险阻,难以预料,你一个小姑娘……"

襄铃抬起头,大眼睛闪烁着坚定的光芒:"我不怕!襄铃知道你们有大事要办,我、我也能帮忙的!不信你看,今天就变得很好了,没露出耳朵和尾巴!"

她急慌慌地原地转了一圈,让欧阳少恭检验她变化的成果。确实今天没有尖尖的耳朵和毛茸茸的尾巴露在衣服之外,二人眼前是一个娇俏的人类少女,还有一把长命锁挂在胸前,看上去有说不出的俏皮可爱。

欧阳少恭苦笑摇头:"难得你有这份心意!既是要向百里少侠报恩,在下也不便多言,一切由你本心决定——若是不怕,便同路而行吧。"

襄铃大喜过望:"少恭哥哥你真好!"

"不可。"百里屠苏一声沉沉的话语传来。

襄铃一腔热情又被泼了冷水,简直觉得委屈极了:"为什么啊?屠苏哥哥……"

百里屠苏看了看她,又看了看欧阳少恭,想说什么,却又闭上了嘴唇。他微凝着眉,眼光灼灼,似有什么焦虑,却只是默然藏在心里。

"少侠……莫非有什么麻烦？"欧阳少恭聪敏过人，一语问出，直入百里屠苏心底。百里屠苏仍是未答话，只是默默看了他一眼。

看到百里屠苏的神色，欧阳少恭心下却已明白了些许，转而对襄铃言道："想来百里少侠并非冷漠，却是怕有什么麻烦，连累不相干之人。"

他这么一说，襄铃脸色立时由阴转晴。

欧阳少恭笑了一笑，又道："这一路上，有些艰险自不必说的。襄铃并非凡人，料来身手也是不俗，就连区区在下，少侠亦愿同行，又何必担心多她一个？"

百里屠苏沉默了许久，终究再未出言反对，只是凝眉说了一句："麻烦，已经到了。"说罢，转身便往城外行去。

三人出了城，步入虞山山道，琴川小镇秀雅的剪影渐渐消融在江南的氤氲水雾之中，而前路之上，草芳花茂的野趣越来越浓。

虞山上有一处胜景，种着各色梅树，花色雅致秀丽，香气深远芬芳，唤作"芳梅林"。眼下正是花开灿烂时节，百里屠苏等人走入芳梅林，满山梅花，映在晴空日光之下，让人的心境也恬淡舒展起来。

几人一路行走，一路赏花。梅树夹道而立，许多品种都很罕见。亏得欧阳少恭博学广闻，一边闲行赏看，一边就为二人一一讲解：莲湖淡粉，银须朱砂，六瓣红，小玉蝶……非但花好看，就连名字叫出来也是各具雅趣。

百里屠苏虽是严肃寡言，也不免被这等赏心悦目的见闻渐渐移了神思，专注地听着，怔怔地点头——这一瞬间的他，方才显出十七岁少年本应有的那等天真与懵懂，其稚嫩单纯，与那不谙世事的少女襄铃，看起来竟是不相上下。欧阳少恭将这些看在眼里，不禁唇边微翘，露出一缕笑意，其含义疏淡不明。

花香清幽，蜂蝶乱舞，这一路平静得很。襄铃苦于没有机会施展自己的身手，让屠苏哥哥看看她的本事。恰好有一只小猴精不知死活地路过，襄铃才扑上去，猴精就吓得落荒而逃，大叫着："救命啊！哪里来的九尾灵狐？"

襄铃出师未捷，渐渐也忘了显露本领这回事。美景当前，恨不得每一棵树、每一株草都要仔细看一看、嗅一嗅，见到翩翩飞舞的蝴蝶，定然还要蜷身缩手，作势扑上一扑。她初化人形不久，一身小动物的习性其实全然未脱，平时只不过故作姿态掩盖，一旦走神忘情，便故态复萌。若是这样子走在大街上，被哪个道士看见了，不必照妖镜，何须叫魂铃，只消眼睛不瞎，早提着桃木剑来斩她了。

襄铃正玩耍间，忽然听到一个颤抖憋屈的声音在头顶响起："少恭、少恭……"

她往声音来处窥视，只听得树枝断裂的脆响，紧接着有什么东西从梅树上掉了下来，激起一片尘埃。襄铃敏捷地向后跳开，险险闪过当头一砸，再睁眼仔细看时——原来是一个大活人从树木繁密的枝叶中跌了下来，重重地栽在地上，手脚乱舞乱抓之间，弄掉了不知几多嫩枝与花朵。

泛着芳香的花瓣半空飞舞，过了片时方徐徐落下，落了那人满身满脸。

"哎哟！疼、疼、疼！屁股要开花了！"

跌在梅树下的，是一个少年，一袭青衫，斜背着挎包，看那方巾儒袍的打扮，约莫是狐妖一族的前辈常常传说的，人间所出产的一种糊涂可笑、痴情好色、榆木脑袋、纸片身子的绝品物种——"书生"。

但是这些，襄铃却一无所知。

她圆圆俏俏的眼睛里映出这少年狼狈的模样、呆滞的眼神——不由得一下子笑了出来。

少年的眼神的确呆滞——他的三魂七魄被摔散之际，忽然瞧见了襄铃的眼睛：纯真到不谙世事，又不失俏皮和妩媚。

"千里姻缘一线牵……书中诚不我欺……"书生看了一会儿，嘴里念叨起来，念着念着，屁股被摔成八瓣造成的面部扭曲，已经化为一脸傻笑，差点就忘了自己的来意。

"小兰？怎么是你？"欧阳少恭慢慢踱到树下，低头问道。

百里屠苏只觉得头更疼了。

是的，这个被称作"小兰"的书生，就是曾经跟欧阳少恭等人一起被关在翻云寨地牢里的——方兰生。

他的啰唆聒噪，让百里屠苏记忆犹新。

"少恭，这次你一定要帮我！"方兰生见了欧阳少恭，终于回过了神，如见救命稻草一般，一把抓住他的袖子，"我仔细想过了，我要和你一起去找玉横！"

"你又胡闹。"欧阳少恭肃声打断了他，"你如此离家，你二姐可知晓吗？"

"让她知晓，我哪儿还有活路！"方兰生抓狂般地叫了一声，转而一怔，扯出一个笑容遮掩，"我、我向来仰慕修仙门派,玉横又事关重大,我怎么能袖手旁观!"

"说真话。"欧阳少恭淡淡地说。

"好吧。"方兰生的嬉皮笑脸立时隐去,嗫嚅半晌,只好垂头丧气地言道,"少恭,我、我必须得逃,还得快一点……要不然会死得很难看!我、我昨晚……唉!不知怎么的,路过孙家绣楼下,被个绣球砸到头上。他们说那是孙小姐抛绣球招亲……我不快逃的话,就要被孙家绑走,去做上门女婿了!"

欧阳少恭沉默了一会儿:"小兰是想逃婚?"

"我根本没答应要娶啊!他们这是强买强卖!何况那孙家奶娘,有我四个那么壮,血盆大口、狮鼻鹰眼,还口口声声说她家小姐和她一样美貌……"方兰生手舞足蹈地比画,说到后来,声调渐低,想到孙奶娘的时候,仍然浑身打寒战。

"总……总之,我非走不可!"他攥紧双拳总结道,"你到底答不答应?"

欧阳少恭苦笑:"此事还须问过百里少侠。"

"不可。"欧阳少恭话音才落,一直背身站在一旁的百里屠苏立即劈头扔下两字。

麻烦已经近在眼前,这些人为什么还要一个一个地凑上来呢……

他心里烦闷不已,恨不能将兰生那滔滔不绝的嘴巴用剑柄堵住才好。

"喂,你这个木头脸!我跟你有仇吗?"方兰生听了一急,跳起来叫道。

"少侠想是又在担心方才所说的'麻烦'?"欧阳少恭挡下方兰生,笑而言道,"小兰也算有些功夫,麻烦来时,能助少侠一臂之力。他既要同行，以在下看，却也无妨。"

百里屠苏蹙眉不展，清冷言道："欧阳先生既如此说，百里屠苏并无他言。麻烦来时，请自躲远些。"

他这话说得平淡，方兰生听在耳中，却是无比气愤，不禁赶上去叫道："你这是什么意思？"才说一句，襄铃忽然蹿到眼前，对他叉腰喊道："不许你对屠苏哥哥这么凶！讨厌的矮冬瓜！"

方兰生见到襄铃，大张着嘴，一字也未再说出，只怔怔地盯着她看。

百里屠苏不理睬他们的吵闹，背对着众人，向空中抬起了手臂。阿翔从高空中飞落，低低鸣叫了几声，百里屠苏听了，若有所思，面上神色更见凝重。

"百里少侠，究竟何事？"欧阳少恭近前两步，低声问道。

百里屠苏只是摇了摇头，继续迈步前行。

麻烦

百里屠苏所说的麻烦，在夜幕笼罩的时候终于降临。

一行四人行至山林僻静之处，预备就地露宿歇息时，几道紫影从天而降。

来者身法迅捷，瞬间包围了四人。这些人无论男女，皆身穿紫色道袍，看起来仪态飘逸，有如仙家，表情却是凶狠冷漠。他们手握长剑，戾气森森，看来是敌非友。只有为首的一位娇俏女孩，流露出焦急关怀的神色。

冰冷的剑锋，已指出了他们此来的目标。

百里屠苏。

百里屠苏纵身而出，立在同行伙伴的身前，淡淡地望着来敌，目光冷峻，却并未亮出剑来。

紫衣道者队伍中，一名男子跨前一步，张口便骂："百里屠苏你这混账！肇临师弟被你所害，尸骨未寒，你竟敢私逃下山？"

"尸骨未寒"这四个字振聋发聩，方兰生毫不掩饰地叫了出来："杀人？"

"肇其住口，师兄才不是这样的人！"为首的女孩喝止了男子，转向百里屠苏，脸上浮起一层忧色，怯怯地言道，"屠苏师兄，跟我回山上好不好？"

百里屠苏面色微冷，垂首不语。

紫衣女孩仍是急切："师兄，我知道你是冤枉的！是戒律长老年纪大了，加上陵端从中挑拨，才会怪罪于你。我去求师父，让他跟戒律长老说，不许把你关起来……等到执剑长老出关，定会替你洗清冤屈！"

女孩说得十分诚恳，情真意切，然而其他几名持剑的道者却显然并不是如此想——

"芙葉师姐，如今真相未明，屠苏师兄这样跑下山来，岂不是心中有鬼？"

"百里屠苏不过仗着自己师父紫胤真人是执剑长老，就敢恣意妄为！"

名唤"芙葉"的女孩有些恼怒，不禁高声喝道："你们住口！"

众人一时噤声不言,只有为首那男子仍然恶语相向:"天墉城门户森严,若非门中弟子,肇临怎会如此轻易地被人杀死?百里屠苏残害同门,罪无可恕!"

"肇其!"芙蕖正要制止,已见百里屠苏提剑上前。他本就冷淡的脸上,又蒙了一层冰霜。

肇其的气势瞬间矮了半头:"你、你待如何?"

不待肇其有何反应,百里屠苏手中长剑已点中肇其胸口,剑仍在鞘中,却也将肇其逼退了四五步,跌坐在地上。

"我已说过,肇临之死与我无关,休要诬陷于我。给我滚回昆仑山!"百里屠苏冷冷道。他看向芙蕖,语气平缓了许多:"你也回去吧。掌门师伯一向疼你,不会怪罪。"

芙蕖脸色忽而绯红:"师兄你怎知我们是偷偷跑出来的?人家还不是担心……"

"百里屠苏,你欺人太甚!"肇其狼狈地爬了起来,又羞又怒,向着余下的几名男弟子呼喝一声,"抓了他,直接押回昆仑山认罪!"

众弟子仗着人多势众,一时血气上涌,不再顾及芙蕖的意思,拔剑相向,围攻上来。

百里屠苏的剑却仍未出鞘,只是静静地站在那里,对四面八方刺来的剑影无动于衷。

肇其的剑最先刺到。他选了个刁钻的角度,自百里屠苏背后斜刺里袭来。眼看几乎得手,却见百里屠苏微微侧头,比剑锋更犀利的目光已向他瞪来。

肇其一惊——自己的攻势在这个人面前,根本毫无威胁可言。

百里屠苏好像是在耐心地等待，等着缓慢的剑锋来到足够近的距离，再从容应对——而这一剑，却已是肇其多年修行的极致。

肇其惊恐之间，回剑已是来不及了，只好咬着牙将招数使老，却忽见一道光芒从天而降，继而铮地一响，手中的剑被硬生生地格开，力道之大，震得肇其虎口一痛。

众人惊诧地看到，出手的并不是百里屠苏。

格开肇其那一剑的，是一柄凭空出现的巨大镰刀。

墨黑色的巨镰映着漫天星光，带起的风中飘来淡淡香气。

一个幽蓝色的身影飘忽落下，挡在百里屠苏身前，那纤细的身形衬得手中巨镰更显夸张。长兵器最善以一敌多，那身形巨镰一挥，便将四面围攻上来的数支长剑尽数格开。

一个甜美的笑容，自利刃光影中闪现。

百里屠苏眼角跳了一跳。

是她——风晴雪。

"苏苏已经说了不是他做的，你们为何还这样凶巴巴的？"风晴雪横摆手中巨镰，一脸纳闷的表情，歪头问道。

"苏苏？"芙蕖姑娘看着眼前来人，愣了一下，"你是在说屠苏师兄吗？你是……"

风晴雪眨了眨眼，刚要回答，却被百里屠苏一把拽在了身后。

"你们走吧。"百里屠苏对天墉城众人肃然言道，"我不想再对天墉城的人拔剑。此处外人甚多，勿要牵连他人。"

肇其冷哼一声："这几个只怕与你是一伙的！大家摆阵，

一并抓了！"

众人应和，脚下飘然移动，俨然已摆出一座剑阵，将风晴雪、襄铃等人一同围住。

百里屠苏并未惊慌，目光反而投向剑阵之外，似乎察觉到了什么异动。

"天墉城这以多欺少的本事，倒是厉害得紧呢。"娇美的女子声音忽然在空中响起。在场众人皆是一怔。这声音动听中带着一丝寒意，于双方而言却都是陌生的。

话音未落，只见两道金光一闪，似乎是两把短剑倏忽而过，一片红影若云霞般降落，在暗夜中耀人眼目——竟是一个身着古式长裙、相貌艳丽异常的女子。

女子就这样凭空出现在战圈中央，方才出手之迅捷，竟似比百里屠苏犹有过之。双剑剑气犀利，周遭草木都被那尖锐的杀伐之气所威慑，明明是恬静的春夜，一时竟现出些寒秋般的萧索之意。

而她的双剑一过，似乎划破了剑拔弩张的空间，将百里屠苏一行与紫色道袍的天墉城弟子们两相隔开，方才还团团包围的剑阵，就这样被拆解于无形。

"你又是何人？"肇其惊骇半晌，大声喝问，"百里屠苏，你私逃下山，结交了些什么妖鬼之人？"

"我不过是个好管闲事的人。"红衣女子打断肇其的责骂，语含讥讽，"这少年已经说了，不会对你们拔剑，你们却还对他动武，此等事情传扬出去，不怕令天墉城蒙羞吗？"说着，她一拂衣袖，红色的袖风中又荡出一股剑气，看似不经意，却逼得一干紫衣道者又退后了一步。

"妖女！结阵，结阵！"肇其目露畏惧，向左右大喊着，又向芙蕖叫道，"师姐，你怎么还不拔剑？"

"闭嘴！我才不会对师兄挥剑相向！"芙蕖反喝了一句。众天墉城弟子听了，一时目露赧意，未再贸然行动。

"师兄，你真的不和我回天墉城吗？"芙蕖缓缓上前一步，望着百里屠苏，忧郁言道，"那天我去找掌门师父，无意中听见长老们说，要派大师兄下山带你回去。大师兄若来，只恐情势便难以挽回了，我这才匆忙来找你……"

大师兄……

百里屠苏微微皱眉，终究还是摇了摇头："师妹，我有要事在身，你且回去吧。日后，若我与师兄交手……你也不必多管。"

"可是，你和大师兄……你们任何一个受伤，我都会难过的……"芙蕖说着，低下了头，"只怕执剑长老更会痛心。"

百里屠苏心下黯然。师妹的担忧，他心中明了，可此时若是放弃，所追寻的一切，怕是再也不会有答案。他只好转过身去，不再看芙蕖。

"我知道了……"芙蕖见状，臻首低垂，语带感伤，"师兄你多保重，早点回来！"

肇其兀自不甘："师姐，怎能就这样放过他？"

"多说什么！你们眼里要是还有我这个师姐，现在就跟我回去！"女孩抛下这样一句话，深深地看了百里屠苏一眼，转身离开，同一干弟子隐入茫茫夜色。

"木头脸，快说清楚这是怎么一回事！你当真杀了同门？

天墉城又是什么地方？"天墉城众人身影刚消失，方兰生便按捺不住地跳了起来。

"与你何干？"百里屠苏的心绪烦闷不宁，不愿和方兰生多说。麻烦算是过去了，还是变得更加难以收拾？身边的这些人，迟早会被自己拖累吧……

"你这浑蛋！"方兰生被百里屠苏这种冷淡的态度激怒，"我看少恭和你同行太危险！你连同门都可以杀，还有什么事做不出来！"

"小兰，怎可这样讲话！"欧阳少恭摇摇头。

"你胡说，屠苏哥哥才不会害人！"襄铃也跳出来吼他。

"我……"方兰生一时语塞。望着百里屠苏瞬间僵直的背影，他也觉得自己似乎过分了些。

百里屠苏背对着众人，看不见表情，但语气如常，仍是淡淡的："天墉城要捉拿的仅我一人，断不会连累他人性命。谁若怕我加害，自可早早离去。"

"你……"这话又激得方兰生忍不住开口，话到嘴边，却生生咽了回去。他干站半晌，不得已想要转换话题，转着眼睛，却忽然一愣，"咦？那个红衣服的女妖怪呢？怎么不见了？"

"那些人一退，她便消失了。"欧阳少恭淡淡言道，"去如飘风，就像来时一样不着痕迹。"

方兰生听了，正在发愣，欧阳少恭却转而向风晴雪微躬施礼："姑娘仗义出手，令人感激！原本只见姑娘风采洒脱，却不想身手亦如此不凡，在下钦佩得紧。"

欧阳少恭用词温文，风晴雪听得半懂不懂，但明白是夸奖之意，遂连连摇手，笑道："没什么的！我本来只是想躲起来吓苏苏一大跳，没想到正好碰到那些人。唉，这下没吓唬成呢！"

百里屠苏微微侧耳听着风晴雪的说法，见她说出此等无聊的动机来，不禁嘴角抽动，又别开了头。

风晴雪又笑道："我可不算身手不凡，苏苏才厉害呢，我完全打不过他。刚才那位红衣服的姐姐也很厉害，不知以后还能不能见面。"

欧阳少恭微笑着听完，转向百里屠苏问道："百里少侠可识得那位红衣女侠？"

百里屠苏笔直地站着，摇了摇头。

"照此说来……"欧阳少恭琢磨了片刻，"此人，却是敌我不明了。"

"怎么这么说呢？"风晴雪眨了眨眼，转到百里屠苏身边，笑道，"红衣姐姐既然帮了我们，当然是朋友啊！是不是呢，苏苏？"

襄铃盯着风晴雪，嘟着嘴，一副老大不高兴的样子。

"莫……"百里屠苏这半天一直沉默不语，此刻却被风晴雪逗得开了口，"莫要胡乱相称。"

说罢这一句，他便快步走开了。

这一晚的麻烦总算了结，可百里屠苏心中郁闷，只想一个人往山林深处而行。

夜风凉爽，带着春日梅花的幽香，他兀自走了一阵，觉得心中的烦闷略散去些，才站定了，胸口却仍然有些隐痛。

被同门围攻、被误解栽赃，真的是因为这些而觉得如此愤怒吗？他身带煞气，无亲寡友，别人怎么样看待他，并不是那么在乎吧？令人恼火的是，在刚才的某个瞬间，百里屠苏觉得体内的煞气几乎要控制了内心，把星火点点的怒意化为燎原之火……

煞气，伴随他一生的煞气，难道真的已经在无形之中改变了他的心吗？

当年在天墉城，他一时莽撞，动用焚寂之剑和大师兄陵越比试。焚寂之力与煞气相乘，威力远超想象，他根本把持不住，陷入狂乱，失手重伤了师兄，险些酿成大祸。

此番私自下山，师兄又将奉门派之命前来拿他。倘若来日当真相见，针锋相对，以师兄性格，是非面前，断不会退让半步，自己却再不可伤害师兄分毫了。

然而……当长剑在手、凶煞在心……自己真的，还属于自己吗？

低空一阵鸟鸣，是阿翔追随到此，停在他的肩头，用尖喙磨蹭他的脸颊。百里屠苏反手抚过阿翔水滑的羽毛，心绪稍平。

月光如水，映着一山芬芳。百里屠苏靠住一棵梅树，随手拈起一片树叶，含在唇间，吹起悠扬的曲调。这是他唯一会的"乐器"，音色简单清亮，调子正是梦境中太子长琴所奏的曲调，因为反复梦到，渐渐也就记住了。吹着这支曲子，仿佛回到了梦中高山流水之间。那个叫作太子长琴的人，似乎很是孤独，陪伴他的，只有那只水虺，便如自己，也只有阿翔为友。

便如自己，便如自己……

遐思之间，曲声突然停止。

百里屠苏低喝一声："出来！"

白梅绿萼的花树后，露出风晴雪精灵般的面孔："呃，还是被你发现啦……"她吐了吐舌头，大方地走过来，"刚才的曲子真好听，只是有些……悲伤。"

百里屠苏已经开始慢慢习惯这个女孩的自来熟，他只是僵立在那里，并不搭话，仿佛自己也是一棵不言不语的梅树。

风晴雪走近一些，对着天空伸出了双臂，似乎想要拥抱仰面可见的那片星海："苏苏，你看天上的星星多美！出来之后我每夜每夜都看不够！"

说完，她款款地走了过来，也靠在那棵梅树上："你知道吗？我离家是为了找我大哥，等找到了，就会回去，再也不出来了。可要是没找到，也得回去。所以我要抓紧时间，多看看星星。"

百里屠苏虽然还是没有搭腔，却听得认真了几分。

"我大哥叫风广陌，他是我们那里最厉害的人。"

风广陌？听到这几个字，百里屠苏额间的血管不规律地跳跃起来，带来头脑深处的隐痛："我似乎……听过这个名字。"

风晴雪闻言有些激动，转身抓住了百里屠苏的手臂："真的吗？大哥好多年没有音信了，你要是知道他的事，一定要告诉我！"

百里屠苏轻轻地挣开风晴雪，摇头说："我帮不了你。"

"为什么？你不是认识他吗？"

百里屠苏合上眼，平淡地说道："以前的事情，我大都不记得了。是不是曾经认识他，也都不记得了。"

"不记得……就是说，想不起来了？"风晴雪一时怔住，"和自己在一起的人、说过的话，都想不起来？"

百里屠苏微微点头。

"怎么会这样呢？"风晴雪一下子安静了下来，似乎在设身处地地想象那种感觉，"一定很难过吧……"

百里屠苏想要说并没有，却最终没有说出口。

风晴雪粉拳紧握，好像在给谁打气："苏苏你真坚强！你不记得也没有关系，我自己去找大哥就好了，会找到的……"

百里屠苏没见过这样的女孩，脸上永远挂着乐观、真诚的笑容，对整个世界都抱着期待和热忱。他不禁睁开眼看向她，好像在看一轮明月。

"对了苏苏，你背的剑，我以前好像见过。"

风晴雪跳上一棵较为粗壮的梅树，坐在枝丫上，有一搭没一搭地闲聊。

说者无意，听者有心，百里屠苏眉心微蹙，凝起了精神。

"我大哥的卷轴里画了好几把剑，其中之一和你这把很像，不过没有断。"

"你……究竟从何处来？所习心法又师承何人？"

百里屠苏只觉得这女子身上处处是谜，且仿佛与自己有所关联，只是不知道是否该探究下去。

风晴雪却露出为难之色："从哪里来……这我不能说。心法是大哥教我的。是不是用这个心法就可以治你的病？那我可以……"

百里屠苏闻言，突然冷淡地打断她："我乃不祥之人，结识无益。"

"可谁都不理你的话,你不会感到孤单吗?"

"与你无关。"百里屠苏转身欲走。

风晴雪从梅树上跳下来,挡在百里屠苏面前:"可是已经来不及了啊!自从苏苏做淫贼的那天起,我们俩的缘分就已经有了。婆婆说过,人和人只要遇上,无论是一个时辰也好,一天也好,缘分也就抹不掉了。"

听到"淫贼"这个称呼,百里屠苏脸上漾起一层赧然:"休要再提'淫贼'二字!"

"所以呢,刚才那些人对你凶,我就在他们身上放了跳跳。琴川那个请我吃饭的哥哥教过我,好兄弟,要讲义气!"风晴雪忽然笑眯眯地说道。

百里屠苏闻言,又惊又疑:"那是何物?有毒?"

"跳跳就是跳跳嘛。"风晴雪只是笑,丝毫不觉得自己做了什么过分的事。

"解药拿来!"百里屠苏急得瞪大了眼睛。虽然那些人对自己拔剑相向,但在百里屠苏的心中,他们毕竟是同门,他绝不希望任何同门师兄弟受到伤害。

"解药?被跳蚤咬也有药治吗?苏苏放心,我见你挺喜欢那个辫子姑娘,所以在她身上撒了驱虫子的粉,她不会被咬的。"

百里屠苏脸色一会儿青一会儿白,憋了许久,才丢下八个字:"乱七八糟!多管闲事!"

这一夜,百里屠苏很晚才睡着。奇怪的是,竟一夜无梦,那种心头暖暖的感觉似乎又萦绕在心头，安抚了无限纷乱的魂魄。

他清晨醒来之时，风晴雪仍然酣睡在不远处。那呼吸之声，犹如昨夜睡梦中所闻的一般平缓、宁静。

风晴雪，就这样也加入了他们的队伍，当然，也是丝毫不管百里屠苏那沉默的反对意见。按照欧阳少恭的指引，一行五人早早地起行，不及晌午，便赶到了长江渡口。搭上渡船，不多时他们便可过江，去到那个叫作江都的大城，也是这盛世之中天下第一的繁华富贵之乡。

第二章 盛世江都

　　走出去好远,百里屠苏仍觉得能闻到那一团酒气,身后隐约传来醉狂之句:"诗万卷,酒千觞……几曾着眼看侯王……"

运命之事

江都。

江南第一大城。

此地拥吴楚而连中原,濒东海而纳大川,商贾云集,货殖繁兴。

纵使众人心系追回玉横一事,也难免要被这繁华的大城一时迷花了双眼。

此时娇春,正当琼花盛开,叶茂花繁,烟雨蒙蒙。亭台楼阁藏在看不透、望不尽的阳春烟景里,让人留恋,久久不忍离去。方兰生只恨两只眼睛太少,四下里探看着,一边催问欧阳少恭:"少恭,你说的那个善卜的异人在哪里?待我们找过了他,可得在城里好好转转!"

欧阳少恭笑笑,领着众人往城西北走去。路边,一泓曲水穿城而过。那河水宛如锦带,如飘如拂,时放时收。两岸翠柳依水而植,颇有清瘦摇曳之姿。

走了不多时,便见到一泓湖水。三五岛屿曲折相连,如一串珠链延向湖心。湖心有一座高楼,极尽富丽堂皇,上面一块金字的牌匾,写着飘逸的三个字:花满楼。

"花满楼?听起来有好多花儿……"襄铃眨着眼睛。

"好漂亮的大房子!"风晴雪看到什么都雀跃兴奋,显然也是懵懂无知。

方兰生则好像想起了什么,张口结舌,指着欧阳少恭:"少恭,你你你……"

"哟,几位公子怎么带了女人来找乐子?花满楼白天可不做生意。"一个花枝招展的女人走了出来,娇柔的声音酥到人的骨子里。

欧阳少恭淡定自若,躬身一揖:"烦请这位姑娘通报一声,欧阳少恭特来拜会瑾娘。"

女人满眼都是暧昧不明的笑意:"这位俊哥哥认识我们老板呀?难怪……老板就爱你这样眉目清秀的俊哥哥!跟我来吧。"

方兰生再也忍不住了:"少恭……欧阳少恭!你怎么能把我们带到这种地方来啊?"

不错!花满楼,正是全江都,或许是全国最豪华的——青楼。

欧阳少恭笑道:"少安毋躁,进去便知。"

其他人都随着欧阳少恭前行,只有方兰生挨着步子,扭捏了好一会儿。众人才踏入了雕饰繁复的楼内,便见一名盛装丽人款款走来。那丽人云鬟高耸,顾盼生姿,开腔便是高高的调门:"少恭来了啊!好久没见,我瞧着可是瘦了些!"

那一身贵气逼人,一脸脂粉描画,怎么看,都不像是什么世外高人,只是一名颇具风韵的青楼鸨母罢了。方兰生十分不自在,身子扭来扭去,恨不得夺门而出。

丽人热络地笑着,显然是见到欧阳少恭格外高兴:"少恭此行可有收获?"

欧阳少恭施施然以礼答曰："多亏瑾娘指点，已在琴川附近寻得了一块玉横碎片。"

"那便好。上回太匆忙，我知道你惦记此事，后来又仔细为你推算过，该如何行事，均已写在上面，拿去便是。"瑾娘令身边丫鬟取出一个信封，交予欧阳少恭。

"瑾娘恩情，欧阳少恭定会记在心里。"

瑾娘熟不拘礼，大方地挥挥手帕："今天倒是热闹，还带了些朋友过来！"

她的目光扫过众人，望见停在百里屠苏肩上的阿翔，竟是柳眉高挑，露出不可思议的神情，尖声叫起来："阿宝！真的是阿宝！这只鸡……"

百里屠苏不善掩饰，已然露出不悦的神情。欧阳少恭轻咳一声，提醒道："瑾娘，这是百里少侠驯养的海东青。"

"海东青？鹰？不是母鸡？"瑾娘摇头不信，"怎么会呢？明明和我以前养的那只芦花鸡阿宝长得一模一样，简直是阿宝再世！"

阿翔闻言颇为生气，不屑地叫了一声，扭头不看瑾娘。百里屠苏安抚地捋了捋它的羽毛，对此话题也不想多言。

瑾娘却不在意，拍手笑道："它一定是阿宝转世来的！连看不起人的那股劲儿都一个样子。"她越看阿翔越是亲切，双眼露出了热切的光芒，对百里屠苏深深一福身，"小女子有个不情之请，望公子能将阿宝割爱予我。金银财物，若能换来阿宝，公子尽管开口，小女子定不吝啬。"

百里屠苏斩钉截铁："万金不换，休要纠缠！"

瑾娘还要多说，欧阳少恭连忙笑了笑，将话扯了回来：

"瑾娘心有,这只海东青百里少侠十分珍爱,你就莫要强人所难了。今日前来,除去玉横之事,尚有其他事想请你帮忙。"

瑾娘心有不甘地瞥一眼阿翔,微微叹息,道:"少恭的托付,瑾娘自是不会推辞。"

却见欧阳少恭敛容一拜,郑重言道:"敢请瑾娘一开天眼,替这位百里少侠算一算命数凶吉。"

此话一出,百里屠苏心下有些吃惊,立刻摇了摇头:"不必。"

"百里少侠无须这样客气。你我虽然结识的时间不长,但在下深知少侠并非凡夫俗子,日后尚有许多重要之事必须去做。"欧阳少恭言道,"翻云寨中救命之恩无以报答,在下只好借花献佛,替少侠卜一卜前程。"

百里屠苏沉默不语。命运之事,他无心窥看。况且,他一直视自己为不祥之人,依他过去十七年的经历推算,他的前程,又能好到哪里?

欧阳少恭殷勤劝道:"百里少侠,命运之事虽不可尽信,但亦可趋吉避凶,多少有所补益。少侠若是并不反对,便与瑾娘去到内室。瑾娘施展天眼秘术,不可有第三人在旁。"

百里屠苏自觉却之不恭,虽不太情愿,也只好抱拳应了:"如此便多谢两位厚意!"

这一去却是良久不出。众人捺着性子等了半天,总算见到百里屠苏与瑾娘一前一后自内室走了出来。百里屠苏依旧只是面无表情,不喜不悲。那瑾娘却是神色凝重,面带灰败之相。

"大凶。"瑾娘看了看满心关注的众人,垂目说出了这两个字,"前所未见的凶命。"

"啊……"风晴雪低低地叫了出来。众人闻言,亦皆是一惊。

瑾娘此刻再不似风尘中人,而是肃穆端庄,神色俨然,满头的珠翠似乎也变得黯然:"这位公子命里乃是'死局逢生'之相,空亡而返,天虚入命,六亲缘薄,可谓凶煞非常。"

方兰生挠挠头:"死局逢生……按字面理解,不是有否极泰来的意思?"

瑾娘苦笑道:"差之毫厘,谬以千里。可知天时循环,万物荣枯有序。事有反常,必为妖孽!死局逢生,此等逆天命数,又有几人承受得起!非但不吉,反是大凶。"

欧阳少恭深深看了一眼百里屠苏,才问道:"可有办法化解?"

瑾娘看向百里屠苏:"命、运不同,运可扭转,命却由天定。改命一说,岂是凡人之力所及?百里公子勿怪瑾娘直言:公子命虽大凶,运却多有变数,其中异怪之象,实乃我生平仅见。"

"你已说了,命由天定。日后如何,与你今日所言无甚关系。"百里屠苏淡然道。他并没有露出悲戚之色,在内室看到瑾娘的神情,他心中已经揣度到结果必是不堪。

只是"六亲缘薄"四个字,仍然像一柄尖刀,深深地扎进心里。

"公子胸襟令人钦佩……但愿是瑾娘错看……"瑾娘转向众人,似已心力交瘁,"偶开天眼,窥伺天机,未料竟是如此不祥之相,七七四十九日之内,不敢再妄动卜术。今日言尽于此,各位请稍坐,我与少恭还有几句话需单独分说。"

"可是……"风晴雪等人一个个担心不已,还想再追问下去,但瑾娘拒客之意昭然,只得眼看着欧阳少恭随瑾娘进了内室。

进了内室,瑾娘也不拘谨,劈头便说:"少恭,你是从哪里招来了那个煞星?此人命数诡异凶煞,千万不可和他过从甚密!"

"瑾娘莫慌。"欧阳少恭笑如清风,不忧不惧。

瑾娘倚桌而立:"怎能不慌?你我相识已久,我一直将你当亲弟弟看待。你带着这个煞星到处走,实在太凶险了……"

欧阳少恭唇边笑意更浓,缓缓说道:"瑾娘,若说百里屠苏便是我多年寻找之人,我愿为此经历千难万险,你仍要劝我放弃?"

瑾娘花容失色,惊叹道:"他竟然是……"

欧阳少恭语气坚定:"原本不甚确定,待你开天眼后,我已有九成把握。"

瑾娘沉吟了半晌,方才开口说道:"好吧!少恭,我虽不知你多年执着所为何事,但你看似温和,实则固执,也不必听我这些妇人之言……那天你临行之前,我心中忽有所感,觉得这一次你定会遇到些什么,堪为一生转折。可如今看着你,我却什么也看不透了,只觉得……少恭会越走越远,再不回头……"

欧阳少恭微微一笑:"瑾娘勿要胡思乱想!我自会一切小心,安然无恙。"

"但愿如此……其实,我颇为后悔替那位公子算命。我也不是心冷之人,若命途多舛,又何必早早说出,令人感伤……"

"你不是说，他尚有许多气运变化？"

一声幽幽长叹，有若哀歌："唉……即便那些全是好运，又有什么用呢？命运、命运，命在前，运在后，孰重孰轻，已不用多说。可怜阿宝跟着他，怕也是要受苦……"

二人内室相谈，不知说了些什么，其余几人无奈，只得在外厅等候。

瑾娘所说命运之事，大家固然并不尽信，但也有八分入心。面对着百里屠苏，众人一时难过，一时担忧，踌躇着不知如何开言。

襄铃踢着面前的一块砖："算命什么的最讨厌了！早知道就不算了……"

方兰生清了清嗓子，对百里屠苏说："那什么……木头脸，禅家云'梦中说梦'……这事……这事就当它是做梦好了……是吧？"

"无须在意此事。"百里屠苏轻轻摇头。

他并不是故作坚强。

只不过有些事情早在预料之中，真的面对的时候反而淡然了。

瑾娘所说的话，听起来残忍，却并非危言耸听。但是"死局逢生"四个字，他一时也参不透。

"怎么能不在意呢？"一向乐观的风晴雪也有些郁闷，她绞尽脑汁想了半天，忽然击掌道，"这样吧，从小到大，婆婆都说我运气还不错，我把我的运气分一些给苏苏好了！"

这话说得天真，却是一片诚挚，让百里屠苏一阵窘迫。

命运之说，岂容戏言？若是一语成谶，她为自己折损了气运，又该当如何？"

"此话休要再提！"百里屠苏别过脸去，拉开了彼此的距离。

市坊之间

待欧阳少恭与瑾娘私谈完毕，已是临近晚饭的时辰。一行人出了花满楼，寻了一间客栈投宿。方兰生张罗着几人在这江都名城找个好馆子大吃一顿，商量的话还未说完，却见百里屠苏独自望了望天色，转身便出门去了。

方兰生见了，慌忙唤他："喂，你去哪里？千万别想不开啊！虽然你这个人平时既阴险又凶暴，还总是喜欢装模作样，但……"

襄铃两只手一起捂住了方兰生的嘴，做出威吓的模样："矮冬瓜住嘴！屠苏哥哥才不是你说的这样！"

"唔嗯……唔之士素熬夜……安息他（我这是好意，担心他）……"方兰生被捂了嘴，还是停不下来。

百里屠苏本心是不愿意回答的。他一直觉得方兰生好生聒噪，可是听得多了，也就习惯了这种聒噪，甚至从这种聒噪中听出了一点关心的味道。

既然是同伴了，也许，就需要多迁就一点吧？

想到这里，他的脚步略顿了一下，头也不回地说："买猪肉。"

阿翔一听这三个字，愉快地叫了一声，跟着飞走了。

余下几人，愕然站在原地。

"他……买猪肉？我没听错吧？！"

没错，百里屠苏真的是去买猪肉。阿翔最爱吃的，猪肉。

江都是商业繁荣之地，市集上琳琅满目，既有当地特产的通草、绒花、香粉、玉器，亦有西域番邦来的流华宝爵、金桃、轻绘。肉铺的猪肉也是格外新鲜，阿翔见了，开心地跳来跳去。

站在猪肉摊前，百里屠苏却纠结起来。

"要不……瘦肉？"他转头看了看阿翔，"最近很多人说你胖。"

阿翔不屑地扒了两下百里屠苏的肩甲。

"考虑一下，再胖下去……"

阿翔却不耐烦，抗议地叫了一声。

"好吧，吃完这顿再考虑。"百里屠苏转向老板，"一块五花肉，要最好的。"

阿翔饱餐一顿后，身子又增添了几分分量，压在肩上沉甸甸的，一动不动开始假寐。百里屠苏带着它漫无目的地闲走——据他自己认为，这是阿翔的餐后运动，虽然不知这只胖鸟到底运动了哪里。

江都城从表面上看去，最繁华的地方是市集，店铺的房檐挤挤挨挨，旗幡接连不断。可有一些楼宇之内，却要比市集还热闹。

比如到了晚上才开门营业的花满楼。

再比如，无论昼夜流水营业的赌坊。

百里屠苏走过一家大赌坊门口时，真正的运动来了。

空中一道黑影飞速掠来，百里屠苏本能地闪开，那物事"铛"地一声撞在地上，摔得粉碎，依稀是个酒壶的模样。

又一团黑影低空飞来，却比刚才大得多了。百里屠苏皱眉让过，竟是一个彪形大汉被人大力掼出，跌在街角。幸好是屁股先落了地，尚还有口气在，那人"哎哟喂呀"地叫着，眼泪鼻涕都喷出来，看样子是浑身皆痛，不知该先顾哪里才好。

赌坊门口转出一名身材高大、神情落拓的男子。那男子黑发披肩，宽袍的衣襟随意地散开，粗布上淋淋沥沥的一片湿迹，大约是酒液。他每摇晃着迈出一步，就更倒向地面一些，眼睛半睁不睁，一看便是醉到了九成九。

男子一手拄着一把巨剑，一手持着酒壶，东倒西歪地向百里屠苏走过来。几个赌场打手模样的人在巨剑的攻击范围之外围着他，想要一拥而上捉住他，又唯恐男子身负蛮力，将自己打飞。

就这么僵持着，这个包围圈慢慢向百里屠苏移动，完全堵住了他的去路。

百里屠苏眉头微皱，打算折返原路，绕开这群人。

正在此时，男子又是随手将剑一挥，一个打手躲闪不及，被扫到腰间，号叫一声就坐在地上。而那高大男子醉得太厉害，这一挥之后，力道卸不掉，一个趔趄跌在百里屠苏的脚边，巨剑也甩在一旁。

百里屠苏拔腿要走，袍角却被男子拽住了，他略挣了一挣，居然没挣得开。

男子仰起头，费力地支起半个身子，对百里屠苏扯出笑容，露出一整排雪白的牙："好酒……再来一坛！"

下一秒，他像抱着救命稻草一般，抱住百里屠苏的左腿，轰然倒地，醉成一摊烂泥。

百里屠苏抽了抽腿，又没抽动。男子虽然醉过去了，力道却还在，更把半个身子都倚在百里屠苏腿上，酒气熏天。

那些原本虚张声势的打手们见男子巨剑脱手,醉得不省人事,又纷纷围了上来,为首一个尖脸的振臂一呼:"那醉鬼倒了!兄弟,咱们上!"

另一个一脸横肉的打手刚要靠近,见百里屠苏脸色不善,又负剑在身,谨慎地停下了脚步:"喂!你小子什么人?可认识这个醉鬼?"

尖脸的声音也尖,在一旁帮腔:"这混账赌钱使诈,今日咱们兄弟非得取他一只手不可!劝你快快滚开,少管闲事!"

百里屠苏不耐烦和这些人说话,只是不动声色地运力一抖,将左腿从男子双臂中抽出。

落拓男子怀中忽然空虚,眼色迷蒙,兀自伸手去抓百里屠苏的袍子。百里屠苏这次学乖了,身形一晃,已到了一步之外。男子抱了个空,不满地哼哼:"喂,别走啊……嗝……"

一个接一个酒嗝漾上,男子虚晃着坐起来,顺了顺气,浑然不把围上来的人看在眼里:"好不容易来了,怎么又要走……嗝……"

分明是醉话,横肉男却当了真:"你小子果然和醉鬼是一伙儿的!"

百里屠苏不欲解释,转身便走。

麻烦,是他最讨厌的东西之一。

尖脸男却以为百里屠苏是怕了,讥笑道:"一伙儿的也不怕!看他那张小白脸,娘儿们兮兮的,哪挡得了咱们兄弟?"

百里屠苏脚步顿住。

横肉男也不比同伴精明多少,高声附和道:"还带了只这么胖的鸟,笑死人了!哈哈……啊!"

他的笑声戛然而止，化为痛呼，是阿翔怒叫一声，扑了下来，一口啄在他肩头。横肉男捂着见血的肩膀，慌不择路地往赌场里跑。

百里屠苏不发一语，只是转过身，眼中如寒冰包裹着炭火。

尖脸男子被那眼神逼得不禁退了一步，声气大弱，憋了半天才壮着胆叫嚣了一句："干什么？想找打？！"

百里屠苏用出鞘的利剑回答了这个问题。剑光闪过，恰恰划过尖脸男的喉头，尺寸拿捏得精准，只划破表皮，未伤血脉。那男人感到了仿佛被蚊子叮了一下的痛感。

这一点点的痛击溃了尖脸男最后的强撑，他的恐惧爆发，大叫一声："妈呀！我的脖子断啦……"捂着脖子滚在地上，过了一会儿，大约是发现头还在项上，迫不及待地想要逃跑，只是手脚发软，连爬起来几次都跌回到地上，狼狈不堪。

"快滚。"百里屠苏收剑回鞘。

身后的几个喽啰搀起尖脸男，头也不回地往后跑。

"多谢相救……"背后传来酒意浓浓的声音，落拓男子摇晃着站了起来，笑眯眯地说，"恩公好、好身手……养的鸟也忒威风……"

一场横生的是非终于烟消云散，百里屠苏并没有回应男子，看看天色，呼哨一声把追着横肉男而去的阿翔召回来，径自往市集方向去了。

这一场麻烦的源头，自顾自地对着百里屠苏的后背说话："在下尹千觞，大恩……大德……嗝……有缘再报……"

走出去好远，百里屠苏仍觉得能闻到那一团酒气，身后隐约传来醉狂之句："诗万卷，酒千觞……几曾着眼看侯王……"

两个男人去往不同的方向，不知道有没有下一次的相遇，也不知道会是何时。

赌坊门前，只留下残破的酒壶碎片和干涸的酒液。

百里屠苏回到客栈，一桌丰盛的晚饭正在等着他。

这段时间里，大家分头去市集买回了各种好吃的东西，却并没人先动一碗一筷，伙伴们只是摆好了碗筷，等着百里屠苏回来。

见到他回来，大家都凑到桌前，预备开饭。

襄铃蹦着跳着就过来了，坐到百里屠苏身边，给他看自己刚买的一对儿铃铛发饰："屠苏哥哥，好看吗？"

百里屠苏不置可否，方兰生凑过来搭话："我帮你选的，自然好看，干吗非要问他！"襄铃却只是看着百里屠苏，扭来扭去地不依，晃得满头叮当脆响："好看吗？好看吗？好看吗？"

"嗯。"

"嘻嘻。"只是淡淡的一个字，也能让襄铃开心不已，拿起一只肉包子，开心地吃起来。

风晴雪也坐在了百里屠苏身边。她看见什么都新鲜，无疑是转得最开心的一个："苏苏你去哪儿啦？这儿真热闹！这么明亮，卖的东西也好玩……不像我们那里，没有白天也没有晚上，人很少，总是静静的。"

"你的家乡没有白天也没有晚上？"方兰生好奇地问，"那是什么情形？"

想起家乡，风晴雪的眼神有些落寞，仔细想了想，复又露出笑容:"嗯……我家那里,树和草会发出莹莹的光亮,有一条大河从天上经过,也、也还是很漂亮的!"

"骗人的吧?天底下哪会有这种地方?昼夜交替是再自然不过的事,河又怎么可能跑到天上去?"方兰生听了这话,夹到半截的菜都忘了送进嘴里。

"可是我的家乡就是那样啊!"风晴雪很认真地说。

"太荒谬了!书本典籍里可没有记录这样的地方!"方兰生大摇其头,分明不信。

"天下之大,非凡人思想所及,由生到死,不过如天地蜉蝣,穷极目力又能知晓几分?偏喜妄说荒谬。"百里屠苏凉凉的声音突然响起。

这家伙平时寡言少语,好像根本不存在似的,偶尔说出话来,却能噎死人。方兰生每每被这样的突然袭击搞得忘了反驳,也不知如何反驳。

而风晴雪看着百里屠苏冰块般的脸,须臾,静静地一笑。

桃花之谷

入夜,百里屠苏和衣躺在床上,静静地想着这几天的事。

真奇怪,他从未想过自己会跟那么多人同行。

就像一头习惯了独自漫步荒原的狼,就很难再加入任何一个狼群。百里屠苏曾见过这种狼。它只在远方淡淡地回看你一眼,既不攻击,也不嚎叫,然后默默地掉头离去。他跟着那头狼在荒原上走了三天,狼一直去往北方,一路上曾经有三四个大狼群的腥风吹过荒原,但那头狼没有露出任何兴奋的神色，相反，它警觉地藏在低凹的地方。

倒是没有避开百里屠苏这个人类。

他们在三天之后分别，狼继续去往北方，百里屠苏掉头南行。他想，即便再跟随那头孤狼三日，也不会发现什么别的，那头固执的狼，就是一直向北向北向北。

北方有什么？也许什么都没有。

有些人跟狼一样，生来就要自己去北方。

比如他。所以那头狼才没有刻意地避开他，也许是闻见了他身上相似的味道吧？

即便是在天墉城的时候，昆仑山上下那么多子弟，他也始终独来独往，不与他人亲近。

可是忽然间就有了那么多同伴，居然有一点……温暖的感觉，虽然还没有适应这种温暖，但比风和冷的感觉……似乎是要好那么一点点。

门吱呀一声，仿佛风动。

"什么人？"瞬间，百里屠苏已经翻身下床，手握剑柄，剑气流转于鞘中。

屋里的蜡烛没有熄，是风晴雪推门而入。她坦然地四下看看，笑道："咦，苏苏你那么紧张干吗？我看你屋里有亮光，以为你还没睡呢。"

"有事明日再说。"百里屠苏神色不善，把剑放回床头。

风晴雪双手背在身后，歪着脑袋看他："吵醒你啦？生气啦？"

百里屠苏摆手："男女有别，不宜深夜共处一室。"

"都是人，哪里不一样？我可是敲了门的！"风晴雪遇到不明白的事情，就会不经意地睁大眼睛，露出呆呆的神色。

这两日来，百里屠苏已经深知风晴雪不太懂世事。跟不懂世事的女孩说什么伦理和避讳呢？他只好耐着性子问："深夜来访，到底何事？"

风晴雪一笑，露出白净的牙齿："反正你也醒了，不如……去看星星？"

百里屠苏皱眉："在下并无此等闲情。"

一阵微风，烛火明暗，照着风晴雪脸侧一道柔软的弧线和一缕细细的鬓发。百里屠苏看了一眼，心里不由得软了一些，觉得这样生硬的拒绝似乎有些失礼。

"就是这样才更应该去呀！大哥说过，心情不好的时候看一看星星，烦恼就全都丢开了。我还想起一个故事要和苏苏说呢，是有关七把古剑的……"风晴雪有些不依不饶。

百里屠苏心中的抗拒又生："不是让你不要再管此事吗？"

"只是说个故事，也不行吗？"风晴雪小声嘟哝。

心里那股子柔软又升了上来，百里屠苏沉默片刻，叹了口气。

夜色如水，风中暗香流动，月光照在静谧的山谷中，山色青青如黛，寒潭水色湛碧。

男孩和女孩坐在小山之巅，星光垂落在他们身上。

"观星何必要跑这么远？"百里屠苏望着寒潭中反射的细碎星光。

这一路他走得没头没脑，全仗风晴雪领着他，感觉像是姐姐把一个走错路的小孩领回家似的。这让他有点不习惯。

"看!"风晴雪蹦了起来,指着头顶星空,又指向下方山谷,眉眼间满是得意,"上面是银河,下面是山花,你坐在中间,就好像整个世界都是你的了!你还要什么别的吗?你什么都不想要!"

百里屠苏默默地想,你其实根本不需要我回答,你自问自答就好了。

"苏苏不觉得这个山谷很美吗?这可是我最先发现的!我把它叫作……嗯!叫作'苏苏谷'!"风晴雪转着眼睛。

百里屠苏的脸骤然涨红,突兀地站了起来:"胡闹!乱说什么?"

"好吧好吧,那叫……就叫'桃花谷'好了!"风晴雪吐吐舌头,满脸捣蛋的神情,"别生气嘛,你大人有大量。"

百里屠苏有些无奈,大概风晴雪早料到他会是这般反应。不过话说回来,这里……确实很美。

此刻银河如泼天的水,横贯长空;四野蛩鸣,山花和草木的香气恣意流淌,溪水潺潺流动。俯仰天地,忽然觉得自己那么渺小,但是这样一个渺小的自己有个女孩陪着看星星,在这样寂静的夜里在意你是不是开心……

你还能要什么别的吗?

两个人一站一坐,默然良久,百里屠苏重新坐下:"此处并无桃花。"

"我在这里撒了很多桃种哦!不过才种下,还没长出来呢。"风晴雪满怀期待地望着她的小小山谷,"这里灵气很盛的,花草都会长得快很多……可惜不能带回去给婆婆看看。"

百里屠苏心里一动："你和你婆婆很亲？"

风晴雪点点头："爹和娘在我出生百日后就过世了……是婆婆一手把我和大哥带大的。大哥有大事要做，很少待在家里。我想念大哥的时候，婆婆就给我讲故事……七把剑的故事，就是那时听到的。想听吗？"

百里屠苏点点头，实在没有拒绝的理由……而且，他心里是有点想听那个故事的。

风晴雪一笑："其实，这个故事我们那儿的人都多少知道一些——传说在很久以前，有一个叫作'龙渊'的部族，他们在安邑覆灭的灾劫中侥幸延续下来，代代传承，一直等待着向神复仇。他们聚于龙渊地下，建了七座巨大的铸剑炉，以禁法铸成七把凶剑。"

百里屠苏意识到她有所指，于是解下身后的焚寂，拂过仅剩的半截剑身："七把凶剑可有名字？"

"婆婆没提起过。"风晴雪盯着焚寂看了半晌，摇摇头，"龙渊部族不供奉任何神明，认为大地应该由人来统治，这种信念激怒了天神伏羲，他决意将龙渊部族彻底毁去。女娲娘娘却不忍心看着一个部族消亡，她从龙渊人那里夺走了七把剑，分别封印在大地各处。这样一来，伏羲就没有理由杀光龙渊部族的人了。"

"封印……"百里屠苏似乎想起了什么，可脑中纷乱芜杂，摸不清头绪，"或许确有渊源吧！师尊曾断言此剑乃上古邪物。此剑剑名'焚寂'，是娘告诉我的，其他的，她没有来得及说，又或许她说过什么，我却记不得了。"

"你娘……"风晴雪问。

"她死了。"百里屠苏轻声说。

"对不住,我不该问……"

"问与不问,并无分别。"

两个人一起沉默了。夜空看似繁星点点,伸手探出去,却只有风从指缝中穿过。

"苏苏,晚上的事多谢你。"

不知过了多久,风晴雪开口说。

百里屠苏转头,愣愣地看着她,不知她在说什么。

"谢谢你为我分辨啊!谢谢你相信我说的那些,我的故乡……也许和世上其他地方都不太一样……"风晴雪微微抿住嘴角。

百里屠苏摇摇头:"天地无涯,人生渺渺。规则常理不过世俗所约,若有不同便被视为异类,委实可笑。"

风晴雪粲然一笑:"苏苏……有时候你真的挺为别人着想的,并不是表面上看起来那样不理人啊,你该多笑笑才对!"

百里屠苏的脸忽然僵了,心中本能地想斩断这个话题。就像那头向着北方去的狼,他跟了它三天三夜,它没有对他投来哪怕一抹多余的目光。夜间,狼和他相隔很远入睡,他始终扣着剑柄,狼始终磨着牙齿。

白首相知犹按剑。剑客相信人,不如相信自己的剑。

也别说那么多亲近的话。多年后想起来,会觉得那么蠢!

他霍然起身:"事已说完!回去吧!"

风晴雪仰起头,牵住百里屠苏的手,声音柔软地央求:"再陪我待一会儿好吗?难得看到这么漂亮的星星呀!"

风晴雪不论何时都戴着一双黑色的长手套,但此刻隔着那双质地怪异的手套,隐约可以感觉到她掌心的温度。这令百里屠苏想起自己在船舱中醒来的一刻,那是他此生为数不多的温暖。

夜风钻入他的衣襟,胸口微凉,百里屠苏呆站在那里,一时不知该走还是该留。

星河中,一道银芒闪灭,仿佛时间的刀刃短暂地划破夜空。

"苏苏你看!"风晴雪欢喜地喊了起来,"那是流星吗?我还是第一次见到呢,真了不起!"

百里屠苏仰望星空。

"啊啊!真漂亮真漂亮啊!"风晴雪大喊着。

"可惜……那么短啊……就熄灭了。"她轻声地说着,对着流星逝去的天幕发呆,声音幽幽的,透着夜风般的寒意,"以前我很羡慕大哥,能够离开故乡,看到许多家乡没有的东西。如今我也看到了,跟哥哥说的一样,外面的世界真的非常漂亮……我都记住啦,即使以后看不到了,也能记起来,记起来……也会开心的!"

"星空四季,亘古不变,若是想看,离家出来便是。"百里屠苏觉得她话中透着一丝隐约的悲伤,却想不透为何会如此,只能这么蹩脚地安慰。

风晴雪摇摇头:"我家乡的人说,远游的日子,就像好梦一样珍贵。婆婆说,人一辈子做好多好多的梦,里面只有一百个是好的。做到了好梦,要牢牢地记住,一辈子都记住。"

百里屠苏心中凛然。

这一刻,风晴雪的目光透过茫远的夜,仿佛看到了许久以后的时光。

可郁郁只是一刻,她立刻就恢复了满是朝气的样子,咧嘴一笑:"也是啊,我想那些干什么……苏苏,你看这山谷多美!除了桃花,我还想在这里种各种花草,还有大眼蛙、跳跳、噗哟噗哟蛇什么的……到时候一定会很热闹吧!"

百里屠苏眺望出去,想着风晴雪描绘的将来,桃花盛开,生机盎然,只是风晴雪的癖好很另类,她描绘的美景中有些奇怪的东西也混进去了。

百里屠苏想着,不禁嘴角有些上扬。

"喂!"风晴雪忽然大声说。

百里屠苏被吓了一跳,原本能被压下去的那一丝笑意跳了出来。他呆呆地看着风晴雪。

风晴雪也呆呆地看着他:"喂!苏苏……你笑了……"

第三章 泉水深处

女子浅浅一笑:"不敢!小女子红玉,专爱管点闲事,也算与你们有缘。不过我只顾赶着救人,并没来得及问清其中情由。"

甘泉村

依着瑾娘推算,玉横的踪迹恰好在江都城郊。

欧阳少恭在案上摊开一幅简略的地图,向江都城西北方向一点:"经城郊去西北,有一村落名唤'甘泉村',不如我们到那附近探查一番,再作打算。"

百里屠苏听了此话,只一点头,并未多言。看着地图上那被标为"甘泉村"的一个小小红点,他的心中幽幽一动,不知有什么会在那里发生。

但他一如既往,未将心事出口半点。

而命运,总在前方,微笑着等待。

出了江都城,向西走了不久,山势开始起伏,路也变得狭窄,有的地方仅容两人错身而过。渐渐能听闻泉水流动的声音,有时似在脚下不深处,有时又隐在身侧林间。

出行之前,大家已经打听清楚甘泉村的所在,遇到岔路,就沿着水声的方向走,总不会错。

百里屠苏一路默默走在前头,又遣阿翔在前探查,却一直没有发现什么异动。日已过午,天空下起蒙蒙细雨,雨丝绵绵,接连不断,使得本就水汽氤氲的山间更加如梦如幻。

绕过一道山坳,前方顺水又见一条岔路,望去隐约可见高大的竹制牌坊,匾额上镌着竹般挺秀的三个字,正是"甘泉村"。

"便是这里了!"欧阳少恭道,"竹林清幽,地势向心愈低,有泉涌出,其水甘美,是以名甘泉村。"

"先生说得不错!只是诸位是——"牌坊之内走出一位老人,须发皆白,长髯曳地,拄着一根少见的方竹拐杖,行止之间颇具威严。他看看欧阳少恭,又看看百里屠苏,流露出一点戒备之意。

百里屠苏一向不擅与人打交道,这种寒暄应酬,自是欧阳少恭来做。欧阳少恭向前几步,温言道:"我等由琴川一路到此,旅途疲顿,少不得要盘桓几日,以作休整。敢问老丈,村中可有借宿之处?"

老人连连摆手道:"咱们村子地方小得很,不方便外人留宿,我看你们……"

正说着,众人身后传来一个声音,打断了老人的话:"裴公,远来即是客,哪有拒之门外的道理!我那里还有两间空房,让客人将就一下就是。"

说话的青年从百里屠苏等人身边经过,一身粗布衣衫,背后的草药篓子看上去分量十足,被雨水打湿的黝黑面庞上透着健康的红晕。

那被称作裴公的老人一阵急咳,脸色都呛得紫红:"云平你……这么早就回来了啊?"

青年放下药篓,轻轻拍打着裴公的后背:"裴公您的风寒刚好,怎么就出来了呢?还是回屋多歇息歇息,客人们便由我招呼吧。"

裴公欲言又止,眉宇紧皱,过了半晌才道:"那你们慢聊。云平你……你莫要怠慢了人家啊。"说完拄着拐杖,缓缓走回村中。

青年看向百里屠苏一行,"幸会!鄙人洛云平,是甘泉村的村长。"

他的热情带着农家特有的亲切,感染了众人,只有百里屠苏并未展颜,眼神沉沉追索。

方兰生惊讶道:"村长?我还以为村长什么的都只有老爷爷才能当上……"

洛云平哈哈一笑:"小哥说的倒也没错。只不过本村年轻人几乎都出外谋生去了,村中剩下的多是老弱妇孺,大伙儿便推举了我照顾这些亲眷。"言及此,他脸上掩不住一瞬凄凉之色,但紧接着便又热情洋溢起来,"看几位衣饰打扮,不像寻常乡民。若要投宿,前后再行些路都有大城驿站可以落脚,怎么会绕到我们这个小村子?"

百里屠苏抱剑别立,惜言如金,方兰生却心直口快,将玉横为祸、众人四处寻访之事简略述说一遍。洛云平听毕,表情变得凝重起来:"这……几个月前,有位重伤之人倒在村口,我们试图施救,却回天乏术。临死前,他曾拿出一小块玉石给我,说正是为了这件宝物,才被人所害……那东西莫不就是玉横碎片?"

欧阳少恭忙问道:"不知玉石现在何处?是与不是,一望便知。"

"我不知此物是福是祸,就将它藏到了村中溶洞里。那处名唤'藤仙洞',白天为泉水所掩,晚上泉水退去才能进入。"

"如此……能否劳烦洛兄取来予我?或是由我们亲自去取亦可。事后定会答谢。"

"先生客气了！那东西本来就不属于甘泉村，自该还给你们。眼下天还早，随我在村子里逛逛好了，若要休息，我家就在竹桥那边，好认。"洛云平说话十分痛快，引着众人往村里走，边走边问道，"你们刚才说……用玉横碎片的力量炼药，会炼出邪物，人服下后是祸不是福。这种……这种离奇事，都是真的？"

"千真万确！所以在下急于将碎片寻回，以免贻害无穷。"

洛云平点头："我明白了，入夜以后我就带你们进洞。"

入得村中，欧阳少恭转身看向一直沉默不语的百里屠苏："少侠似乎有心事？"

百里屠苏望着洛云平的背影，轻轻摇了摇头："若真是玉横碎片，倒极其顺遂了。"

欧阳少恭深望了他一眼，坦然笑道："不生波折，自是好事。此处风光甚美，大家不妨四处走走看看，也算偷得浮生半日闲吧。"

"竹，临池，似玉。悒露静，和烟绿。抢节宁改，贞心自束。"欧阳少恭倚风而立，口中吟哦，手中一把油纸伞，大半罩在亭亭玉立的风晴雪身上。

风晴雪透过雨幕，迷醉地看着一村碧竹。

甘泉村到处都是竹，挤挤挨挨地顺着地势长成一枚碧玉环，村落静卧环心，在浓郁的水汽浸润下，竹身与竹叶都透着莹润的浓绿，仿佛一拧就能滴下汁液。

竹子长得高了，渐渐撑不住重量，竹节延伸到两三人高的地方便开始向心倒伏，如同谦谦弓腰的青衫公子，和站在竹下的欧阳少恭有几分相仿。

更稀罕的是，水边有片疏松肥厚的沙壤土，生着一大丛方竹，绿意婆娑，聚成塔形。

"这种竹子我从来没见过呢！刚才的老爷爷用的拐杖就是用这个做的吧？"风晴雪好奇地去抚摸那方直的竹管。

"小心！"欧阳少恭长袖一拂，掩去风晴雪的手，"都说竹中空外直，堪称君子。这竿形端方正的方竹更是君子中的君子，是竹中上品。可是大家却常常忘了，这种竹子节头生有利刺，轻易可以划开皮肉……"他望着风晴雪那听得过于认真而显得有点呆气的面孔，试探着问道，"这样锋锐于外，可也称得上君子？"

"君子是好人的意思吗？好人也可以佩剑，可以习武，可以出刀保护自己至亲至爱的人呀！这竹节上面的刺，就是它用来保护自己的佩剑，如果我们不去碰触它，它也不会来伤害我们，对吧？"

雨水打在油纸伞面，滴滴答答。

"以竹拟人，那大约也是个伤心人。竹子长寿却无情，六十年花开一次，开过后便枯萎死去。"

"开过一次就很好呀！就算立刻死去也没有什么可惜了。"风晴雪认真地说。

欧阳少恭定定地看了风晴雪很久，才接着说道："晴雪喜欢竹子？"

"喜欢呀！外面的世界什么都很好，我都喜欢。小草小虫，都不像我们那里枯燥。"

欧阳少恭又问道："外面的世界这样好，晴雪还要回到家乡去吗？"

"啊……"风晴雪脸色微黯，"虽然家里面没有这么多好玩的，但找到了大哥，还是要回去的。"

"若是你大哥，不愿意回去呢？"

风晴雪显然并没有设想过这样的情景，一时语塞。

欧阳少恭哑然失笑："在下只是随便说说，晴雪不必当真。他日你们兄妹重逢，自然可以回到家乡，共叙天伦。"

"嗯！我也希望是这样！"

欧阳少恭望着风晴雪又欢快起来的侧颜，笑得温柔。

地下溶洞

天色擦黑，红云染墨，雨势已歇。几人休息已足，都聚在了村长洛云平家门外。

这半天里，襄铃和村里的老人们玩在一处，说是想爷爷了。这村里的年轻人都在外打拼生活，老人们久不得见，膝下空冷，见到襄铃这样活泼俏皮的女孩，都是喜爱得很，絮絮地拉着她讲了一下午话。方兰生也在一边陪着，有时听老人们讲掌故，有时也说一些自己家里的事，什么被二姐拧耳朵、被天仙肥婆逼婚之类的，逗得老人们和襄铃都大笑不止。

洛云平带着众人到了村子中心那泉涌之处，果然泉水干涸，露出一个六七尺宽的洞口。往里望去，只是黝黑冰凉，不知深浅。百里屠苏将阿翔留在了外面守望，众人点起火把，随着洛云平下洞。

下探了七八步之后,土石渐渐变得平滑光亮,地方也宽阔了起来。众人举起火把一照,面前出现一个遍布钟乳石的天然溶洞,仿佛一座敞亮的大厅。这小小的泉口之内,竟然别有洞天,造化之妙,令每个人都啧啧称叹。

洛云平走在前面,嘱咐道:"诸位小心脚下!这里与潮汐之力相反,白天涌水、晚上枯水,石头表面十分湿滑。我将那玉石碎片藏在洞中最深处,还要麻烦几位多费脚力了。"

洞中之路似乎只有一条,偶然有些深陷的石穴或者剑突的钟乳石,在火把的照耀下显现出不同的光泽与色彩。

越往内里去,水汽越浓,只是这水汽中还夹着一点腥臭之气,说不上是鱼腥还是腐败的水草,让人不太舒服。

走到一处略显狭窄的通道,洛云平忽然停住不走了。

方兰生挠挠头:"咦,不是说在最深处?前面还有路,不走了吗?"

可洛云平只是站着,不应答,宽厚的肩膀从背面看去,像一座坚实的石山。

欧阳少恭伸手碰了碰洛云平:"洛兄?"

石山岿然不动。

百里屠苏忽然抢上前,白光一晃,朝洛云平一剑劈下。洛云平闪也不闪,剑就直直地劈在那石山样的肩上。这场面看得襄铃一下子捂住了嘴,然后又小声地"呀"了一下。因为她看到百里屠苏的长剑未受到任何阻力,就那么轻轻巧巧地划过虚空，不见一滴血肉，而原地的洛云平则在这一劈之后，化为淡淡烟雾，散去了。

"这……"

身后百步开外，隐隐是洛云平的身影。不知道他在山壁上扣动了什么物件，轰隆隆一声巨响，一块巨石落在诸人身后，将整个洞口堵得严不透光，断去了他们的来路。

"喂！你干什么？放我们出去！"方兰生第一个冲到巨石旁，又是出拳又是施法，却丝毫没有撼动巨石。

"莫要轻举妄动！若强行击破巨石，只怕引发洞石崩塌。"百里屠苏一把扯住了方兰生。方兰生震怒中、哪里管得了那许多，一边挣扎、一边还在踢那巨石："木头脸你不要拦我！那个卑鄙小人，居然在背后暗算我们！"

百里屠苏脸色微黯："是我大意了！明知他是妖非人，竟未留心幻术。"

欧阳少恭问道："百里少侠言下之意，早知洛兄并非常人？"

方兰生总算从百里屠苏手中挣脱。他可没有欧阳少恭的镇定："少恭你别洛兄洛兄的了！那家伙分明是个浑蛋！把我们骗进来，不知什么用心！"

百里屠苏沿着巨石四处摸索，巨石上方隐约可以看到一个暗绿色的印记，时隐时现，像是什么符咒："此门附有妖力，寻常法子也是无用。"

"若是我们被困到早晨，泉水上涌……"方兰生更加暴躁了，"饿不死也会淹死！"

欧阳少恭按按方兰生的肩膀，说："洛云平费心引我们来此，必有所图。既来之，则安之。已无退路，不如往里行进，看他究竟是何目的。"

风晴雪和襄铃一时帮不上什么忙，站得比较靠后，此时襄铃突然张起耳朵："襄铃好像觉得，有什么奇怪的声音……"

众人听到她的话，都安静了下来，一时却只听到钟乳石上凝结的水滴落下的声音，哒、哒、哒，在这境地下，让人悚然不安。

就在这诡秘的寂静中，有什么东西从洞内破风而来，击破了静谧的空气，将最靠近洞内的襄铃一把卷走。襄铃尖叫一声，手中的火把跌落，火光闪耀之间，可以看到圈在她腰间的，竟是一条半人粗的藤条。那藓绿色的触手显然是什么妖类，垂落着几滴黏腻汁液，暗红的颜色竟仿佛是血。

藤条一卷一弹，掳起襄铃，只一刹就消失在洞内深处的幽暗中。事情发生极快，众人均不及反应，只听见襄铃惊呼："啊！屠苏哥哥！少恭哥哥……"

"襄铃！"方兰生第一个扑了出去。

百里屠苏带着诸人立时追赶，往前的路不再是钟乳林立，而是以淤泥为主，黑暗中不时地蹿出更纤细些的藤条触手攻击他们。它们是幽暗中的生物，没有眼睛，却敏锐异常，躲避时柔软滑腻，攻击时却像生着锐刺的铁鞭。

"且慢。"百里屠苏手起剑落，削下几只藤怪的触手。他用剑尖拨弄了一下那触手的断面，这藤怪外表是藤，内里却是血肉一般的东西，散发出腥臭气味，"恐怕有毒。"

"小兰一语成谶。藤仙洞恐怕是怪物巢穴，这些藤蔓都是藤怪的触手分身，我们被关进来……是作果腹之用。"欧阳少恭闻了闻那血腥之气，点点头，"而且这些触手的血气中确实有毒，若是吸入多了，可能昏迷，甚至致残。"

"那襄铃岂不是要被吃掉？！"

几人再不浪费时间，护着欧阳少恭，一路杀向洞内。

一路上遭遇的攻击越来越频繁。那些神出鬼没的藤蔓看上去越发粗壮和强韧，可见是距离藤怪本体越来越近。诸人顾不得和触手多作纠缠，只是刀削斧砍地往前冲。

洞内狭小，风晴雪的巨镰施展不开。她一路手捏法诀，结合洞内的水汽，释放冰雪之术，将藤蔓大片大片地封冻起来，百里屠苏跟着一剑劈碎，倒也并没有耽搁多久。

前方道路豁然开朗，那种腐烂腥恶的味道也扑面而来，浓郁难当。

风晴雪走在最前面，她猛地收住了脚步，面露惊愕之色。

只见一只巨大的妖物盘踞在若干个溶洞连通起来的宽阔大厅正中，像是数棵倒伏腐烂的古树伴生在一起，中间结着一个蜂巢般的囊。那妖物说是藤妖，却又融着些人类的血肉在其中，扭曲虬结，无数粗粗细细的触手蠕动着伸向四面八方，看上去说不出的恐怖和令人作呕。

"天哪，这是什么玩意儿？！"方兰生哪里见过这么凶险的家伙，可下一秒他连感慨也顾不上了，因为就在那最高的藤蔓触手上缠着、被毒雾所笼罩的，正是已经昏迷了的襄铃。

这藤妖发出甚至算不上嘶吼的沉闷怪声，啪地甩动藤条，直朝方兰生的面门而来。它的每一只触手都像一条灵活凶猛的毒蛇，咝咝地吐着芯子。

几人与藤妖缠斗了片刻,都发觉形势并不乐观。

那些藤蔓此消彼长,腾挪往复,竟是源源不断,且比方才路上遇到的那些还要坚韧难对付些,有时候一剑下去,只能在那触角表面留下一道伤痕,竟不能斩断。

百里屠苏临敌经验最为丰富,他将大家聚拢到一起,一边抵挡藤怪的攻势,一边部署道:"照着来时路上那般,你们施法冰冻,我用剑击碎。"

"谁要听你的……"方兰生表面上还忍不住斗嘴,可为救襄铃,哪还顾得那么多意气之争,手捻佛珠,施起水系法术。

果然有效。

藤蔓被冰封住后,血肉凝固,失去韧性,一击便碎。百里屠苏剑落如雨,很快就将洞内的藤蔓除掉大半,只是藤妖本体仍然毫发无伤,扭动着不断生出新的触手来。

欧阳少恭手持一把短匕首,躲在一处岩壁下,掩护着自己,以免拖累同伴,目光却片刻都没有离开激战的众人。

未几,他发现了什么,招呼大家过来:"诸位,这么耗下去只怕襄铃要支持不住了。在下看了许久,那妖物本体中心的莹绿囊袋不断膨胀缩小,散发阵阵黑绿的毒雾——大约就是它的本源,若是能靠近那毒囊,一举破之,或许会事半功倍。只是……"

"我去。"

"我去!"

百里屠苏和方兰生几乎同时开口。

欧阳少恭摇摇头:"且慢!那怪物周身发散出的毒气已令

人忌惮,若要刺破那毒囊,取它性命,只怕它临死反扑,溢出的毒气更加凶猛。就算能除掉毒囊,自己安有命在?"

方兰生看着昏迷不醒的襄铃,急得抓耳挠腮:"那总不能一直杵在这儿吧?!"

百里屠苏听着二人对话,不断挥剑阻断攻来的藤蔓,心中计较着,若能在闭气时间内斩落毒囊,救回襄铃……风险虽大,但值得一试。

"让我去吧。"风晴雪站到了百里屠苏身畔。

方兰生大不以为然:"你去和我去有什么不同?别告诉我你百毒不侵!"

风晴雪的表情却是轻松:"虽不至于,但我从小是不太怕毒的。"

百里屠苏略有些迟疑,但看着她笃定的神情,又很难不相信她。

风晴雪似乎看出了他的担忧,拍了拍他的臂甲以示安心:"苏苏别担心!我的体质和别人不一样,肯定没事。"

一抹蓝衫飘然跃入藤妖切近之地,纤细的身影穿插交错,踏着较粗的藤蔓,几个翻腾跳跃,靠近了那毒囊。藤蔓疯狂地扫、抽、刺、缠,方兰生和百里屠苏在外围亦是一刻不停地猛烈回击,吸引着藤妖的注意力。

离近了看,那毒囊像是一只油绿的大灯笼,又像是一只硕大的眼睛,散发着幽光。毒囊上面布满了气孔,一个收缩之间,呼出大量的黑雾。

风晴雪落稳脚跟,寻机一击,那藤怪似是发现了她的意图,两只比她腰肢还要粗的藤蔓从下方迅疾袭来。

"小心！"百里屠苏反手持剑，架在攻来的两只触手之上。触手力道奇大，上攻之势不停，一下挑翻了他，露出一个空当。方兰生见状，毫不犹豫地运气施法，两簇真气凝为冰箭，阻住触手。百里屠苏此时恰好自空中落下，长剑左右一挥，就将两只触手斩碎。

整个过程惊险却又默契，由两个对头做来，十分不易。

"事不宜迟，快！"

欧阳少恭一指，那毒囊正在吸气的样子，鼓鼓囊囊，很快又要开始一次新的喷射。

风晴雪单足一蹬，高高跃起，整个人都被幽蓝的水系法阵包裹着，像是冰雪中的精灵。她口中念念有词，释放出一个满月状的冰环。那冰环将毒囊牢牢套住，展开了一层层冰雪羽翼，将毒囊包裹起来，生生封死了即将散发到空中的雾气。

"就是此刻！"在下方的三人心中都是一般念头，百里屠苏将手中长剑奋力抛出，风晴雪运力飞扑而上，整个人仿若一把冰雪的宝剑，刺向妖物的心脏。

法力裹着利器，轻松地破入已被封冻的毒囊。

"成了！"方兰生高喊一声。

看上去是成了。那藤怪发出状似痛苦的狰狞嘶吼，整个身体迅速地坍塌下去，那些刚刚还在凶猛鞭挞的触手，此刻一支支都萎靡不振地落了下来，也丢下了昏迷不醒的襄铃。风晴雪一跃而下，接住了她："襄铃……听得到吗？"

襄铃似乎想要睁开眼，又没有力气："这……是哪儿？襄铃的头……晕乎乎的……"

百里屠苏也不恋战，赶紧过来扶住风晴雪和襄铃："我们走。"

"襄铃!"方兰生接过襄铃那藤怪还未死透,大家一直往回撤到来路上的空地,才让欧阳少恭仔细地为襄铃查看起来。

"襄铃所中乃是尸毒。我已喂她服下解毒丸,应无大碍,只是大约还要昏迷一日。"

方兰生猛抽一口气:"尸毒……那怪物身上看到的血肉……"

欧阳少恭叹道:"非腐体聚集之地不能成尸毒,多半藤为皮囊,尸为脏腑。"

风晴雪摸摸襄铃的头发:"襄铃受苦了……呀,你们看!"

襄铃的齐刘海,在一阵略暗淡的光中,变成了金色的细毛,她整个身体都笼在那微弱的金光中,竟变成了一只金毛小狐狸。

风晴雪看了看自己的手,又看了看襄铃:"咦!怎么变成了个毛团?"

方兰生跌坐在地上,又猛扑在欧阳少恭身边:"少恭!她怎么变狐狸了?莫非这毒还能把人变畜生不成!"

百里屠苏拎住方兰生的衣襟,把他揪开:"襄铃本是狐妖,化身狐狸有何不妥?"

这话仿若晴天霹雳,方兰生双手一时不知道该捂耳朵还是该捂脑袋,才更能表达此刻的惊异:"什么?襄铃是狐妖?"

方兰生看了看那蜷缩成一团的金毛小狐狸,仍然很难相信自己的眼睛:"就算……她是只狐狸,可平时瞧着都是人样……怎么好端端又变回去了?"

欧阳少恭解释道："妖类若受伤昏迷，十之八九会化为原形，任妖力游走体内，聚气不散，是为自行疗救。"

"哦……"方兰生抓抓头，想着襄铃平素娇嗔可爱的模样，看着那金光在憨态可掬但气息微弱的小狐狸身上游走，起初的惊惧都被心疼的感觉冲淡了。一旦接受了这个事实，也并不像第一瞬听到的时候那么不可思议了。

"此地不宜久留，还是得想个办法出……"百里屠苏正说着，洞穴深处传来藤怪的嘶吼，那是兽类濒死前反扑的声音。

"苍天啊！又、又活过来了吗？那恶心怪物会自己疗伤吗？"

百里屠苏拔剑护住诸人："带上襄铃！走！"

藤蔓复又蹿了上来，几人且战且退，很快已退回到了钟乳石溶洞。

藤怪濒死反击，堪称疯狂，藤鞭如暴风骤雨劈洒而下。百里屠苏与风晴雪、方兰生三人拼力而战，护着身后抱着襄铃的欧阳少恭，可藤蔓绵延不绝，如潮水般退而复返，不知什么时候才是个尽头。

洛云平

正焦急之时，巨石却突然松动，发出隆隆巨响。紧接着，巨石像一座大门般缓缓向上方开启，外间火把的光芒映照进来。

众人回头，只见一袭红裙飘扬，竟是在虞山相遇的神秘女子。她身后跟着初进村子时遇到的裴公，还有一位白发苍苍的老婆婆。

"快出来！"红衣女子指尖微弹，释出一道红光，正击中新一波攻上来的藤妖触手。

红光所及之地，触手像是遇到了克星，疯狂地退缩，红衣女子复又放出一个金色法诀，形成一道禁制模样的屏障："这样应该能暂时制住它……你们还不出来？！"

裴公也在后面慌忙招呼道："你们快、快出来！"

面对突如其来的生机，众人面面相觑，不知这葫芦里到底卖的是什么药。

百里屠苏定了一定，率先走出洞去："即便有诈，也要出去一搏。"诸人点点头，跟着百里屠苏一路奔出。

匆匆站定，方兰生才发现自己已经四肢酸软，耗尽了力气。

裴公双手合十："感谢老天，总算还赶得及！你们……都还好吧？"

"半点也不好！"方兰生大叫一声。

"小兰……"欧阳少恭轻咳一声，对红衣女子和裴公行礼，"多谢几位救命之恩，只是这其中玄虚……"

女子浅浅一笑："不敢！小女子红玉，专爱管点闲事，也算与你们有缘。不过我只顾赶着救人，并没来得及问清其中情由。"

虽然红玉来去无踪，十分神秘，但每一次都破解了他们所处的难局。百里屠苏已从心底相信她是友非敌，大约就是因为风晴雪曾经说过的那句话吧——"红衣姐姐既然帮了我们，当然是朋友啊。"

裴公面对众人疑问的目光,面色发苦,不住摇头:"唉,这要如何开口……"

这时,熟悉的爽朗声音从身后传来,听起来却带了十足的焦急:"裴公!你们怎么能……"

正是洛云平。

"洛云平你这浑蛋!差点把我们害死!"方兰生立刻就要扑上去,被百里屠苏和欧阳少恭一起拦下。

年迈的老婆婆扯住洛云平的袖子,语带哽咽:"云平,把那东西还给人家,让他们走吧……"

方兰生在村里已混得很熟,他小声解释给欧阳少恭和百里屠苏听:"这是曲婆婆。她的儿女一个出去做工没再回来,一个远嫁了,十几年都不得音信,一直都是洛云平在照顾她。"

洛云平攥住曲婆婆干枯的手指,语带痛苦:"婆婆,我也不想啊!可是不找东西给他们吃的话,余公、元伯、周婆婆、蔡婆婆……不就要通通饿死?"

裴公长长地叹了一口气:"可如今这样,倒不如死了,一了百了……"

方兰生实在撑不住了,打断他们说:"你们能不能讲个明白!我们几个被那怪物又打又追,差点死在里面,总该让我们知道是怎么回事吧!"

长久的沉默。最终,还是裴公苍老的声音,讲述起整个甘泉村的遭遇。

"其实,你们要找的那块碎片,就在云平手里……几个月前,村里来了个修道的人……说是为了泽被苍生、广行善举,留下一件宝物……用那宝物炼药,就能炼出延年益寿的仙丹……"

欧阳少恭与百里屠苏目光相对,俱是有所了悟:"那位修道之人可是自称衡山青玉坛弟子?"

"不错……原本,我们这些老家伙活得也够久了,不在乎能不能多磨个一年半载。可是人哪……要是那东西给你摆在眼前,难保不会起了贪念。云平自小就是个很孝顺的孩子……他千方百计去找药材,用那所谓的宝物炼了几颗丹药,让平日里身体不好的几位老人先服了下去……谁料到……"

说到此,裴公哽咽不能成言,曲婆婆也流下两行压抑许久的泪水,那泪水中有怨恨,有恐惧,更有无数的心酸:"谁料到那根本不是什么仙丹!把余公他们都变成了只食血肉的怪物啊……"

最痛的疮疤就这样揭开了,洛云平痛苦地闭上眼。

"一开始他们吃些生肉,后来就趁人不注意抓了村里的猪羊来吃……眼看着他们越来越可怕,盯着活物时,眼睛都冒绿光,云平只好将他们带到这洞里。到了这儿,本来还是一个人一个人的,慢慢地却融在一起,越变越大,血肉还被这里原本生长着的藤缠着……大概在洞里没了其他吃的,他们就、就互相吃起来……"

"那以后,云平把村里的牛羊鸡鸭偷偷丢进来喂……可是牲畜要再少下去,其他人也会起疑。最后,云平想到了个法子,就是……把来村里投宿的人骗进洞做食物。甘泉村离江都近,往来借宿的人虽不算多,但余公他们……总不至于饿死……"

方兰生听到此处，再也按捺不住了："这也太狠毒了吧！那种恶心怪物养着它做什么？！"

洛云平大吼一声："住口！不许说什么怪物！难道样子变了，余公就不是余公，元伯就不是元伯？！几十天前，他们还都是人啊！是我的亲人！"

方兰生被这番话震在原地，不由得扪心自问：若是自己换到洛云平的位置，又会如何作为？而少恭亦在此时深深地看了洛云平一眼。

洞里又传来怪物的嘶吼声，那声音越来越盛，竟像要突破禁制、离洞而出的样子。

果不其然，藤怪的几只触手从洞里狰狞地钻出，向着最近的曲婆婆袭去。正在此时，几柄亮银光剑破风而来，刺入藤怪飞扑而出的触手，法力灼烧下，藤蔓剧烈地扭动着枯萎下去，散发出焦臭之气。

"空明剑……"百里屠苏心中一震，随着光剑来势看去，果然，是那人来了。

洛云平见藤怪被伤，不无愤怒，大喝一声："什么人？"

洞穴之外走来几个紫袍的年轻人，为首的一人清隽凌厉，头发高高地用发冠束起，额角两缕碎发，衬着淡淡一弯美人尖。

"在下陵越，昆仑山天墉城门下。"

红玉看向来人，目光充满打量。其余几人见又是天墉城弟子，心中都有些戒备。

百里屠苏深施一礼："师兄。"

陵越只淡淡扫了百里屠苏一眼，道："且待片刻，自会与你分说。"

"昆仑山？"洛云平又惊又怒，语中带刺，"昆仑山与此地相隔万里，众位道长就算一心除妖，何苦特地跑来我们这小村子？"

陵越冷哼一声："本不为此怪而来，如今既然碰上，亦不会任其逞凶伤人。你身为妖类，混迹人群，安分度日便罢，却要纵怪行凶，如此恶行，按理当诛……"

洛云平心中不忿，却又不知从何辩驳，只紧紧咬着下唇。

裴公颤巍巍地赶上前来求道："这位道长！云平他都是为了我们才会……他虽然是妖，可从不曾有心害人……道长您高抬贵手，就饶过他吧……老朽给您跪下了……"

老人的膝盖重重撞在泥地里，苍老的脸庞上老泪纵横。洛云平脸色瞬间变得惨白，慌忙挽住裴公，扶他起来："裴公快起来！您别这样……"

裴公枯瘦的手拂过洛云平的脸庞："你啊，是我们一手带大的孩子，要说有错，我们几个老骨头就没错吗？总不能看着你……"

听闻此言，陵越微微动容："老丈爱惜之心，自可体谅。然而天道承负，善恶之报，非陵越擅自可决。陵卫、陵孝，即刻将那藤缠怪物斩除，妖孽带回天墉城问罪！"

他身后的两个天墉弟子抱拳应道："是！"

"等等！"洛云平大喊一声。

"怎么，还要狡辩？"陵越剑眉微皱。

洛云平阖住双眼，语声艰涩："害人……便是害人了，没什么好辩解。是我咎由自取……只求一人做事一人当，和村子里其他人全无关系。"

裴公吃了一惊："云平，你要做什么？"

洛云平看看裴公，又看看曲婆婆，一声长叹，从怀中掏出一件东西，递给欧阳少恭，说道："欧阳公子，之前多有欺瞒坑害，实在对不住！我自诩为了村中长者，却已然踏上邪路……这碎片还给你。"他半是恼恨、半是心痛地望了山洞一眼，"此物凶煞至极，一场横祸皆因其而起，但愿欧阳公子能早些找回玉横，不让这东西再加害别人……"

欧阳少恭摇摇头，叹了口气："自当尽力！"

洛云平抖抖身上布衫，缓步走向石门。

那个名叫陵卫的天墉弟子长剑一指："停下！你这妖怪，是不是想使什么诡计？"

陵越却示意陵卫噤声。

"大师兄！"

"罢了……"陵越只是轻轻摆手。他已猜到了洛云平的用意，一声叹息，几不可闻。

洛云平蹲下身去，抚过那藤妖枯萎的残肢："最后一次，就由我来做余公他们的食物吧。"

曲婆婆的手杖都在哆嗦："云平你、你疯了？"

"我不忍他们挨饿，我也对不起死掉的那些人……就让我用这身血肉来赎罪吧……"

百里屠苏上前一步，阻道："事已至此，死有何用？"

欧阳少恭也温言劝说："洛兄勿要情急！若有心弥补，总有他法。此事由青玉坛而起，亦不能全怪洛兄。"

洛云平坚定地摇摇头："我心意已定。事到如今，我再也撑不下去……害了第一个，就有第二个、第三个……夜夜噩梦，永没个尽头……等上七七四十九日，我早就被吃了，余公他们……也饿死了，到时麻烦裴公打开石门，收了我们骸骨，葬在甘泉村吧……"

方兰生急慌慌地说："你……虽然不是什么好人，不，好妖……但也别这样想不开……"

洛云平在洞口转过身来，说道："你们都说藤妖是怪物，可对我来说，那是余公、元伯、周婆婆、蔡婆婆……都是养育我二十六年的恩人啊……明明发现捡到的这个小孩是妖怪，还是把我养大。我想要尽孝，到最后反而……养育之恩，终归是回报不了了！我虽没读过多少书，也知道'求仁得仁'的道理，至少，将这身血肉偿还……"

裴公已是捶胸顿足，泣不成声："云平，你这又是何苦！"

洛云平惨然一笑："要是有人来村里寻找亲友，就告诉他们，一切都是我的错，诅恨咒骂别找错了人……云平不孝，以后不能再给你们端茶送水……保重！"

不知他在哪里一按，石门轰然落下，洞里洞外，隔成两个世界。

曲婆婆扑在石门上："门，门怎么就掉下来了？裴公你知道怎么开门，快、快打开！"

方兰生也想起来:"对!不是还有机关吗?"

裴公急忙跑到机关旁边,上下摆弄,又捶又按,石门却纹丝不动:"打不开!打不开了!怎么会?!"

红玉面露哀伤:"没用的……洛云平的妖力平平,却似乎十分擅长禁锢之术,之前若不是有裴公相帮,我亦打不开这石门。这门上附有他的法力。他心意已决,只怕期限到来之前,再难开启。"

欧阳少恭也叹息道:"村中长者不因洛云平是妖而稍有嫌恶,反而关爱抚养,而洛云平也不因老人们神形皆散、化为妖物而恐惧躲避,依然不离不弃,尽心尽孝……世间无论妖还是人,都难免趋利避害,排斥异己,能够做到如此的恐怕寥寥无几……"

话已至此,众人心下都怅然,裴公的手杖刺入泥土中,老泪纵横。

陵越望着紧闭的石门,轻声道:"求仁得仁……以此了结,可谓用心良苦。想不到妖亦有如此性情!陵隐,你将三位老人先送回村中,令其安睡,以免一时伤心过度,承受不起。"

陵隐领命,扶着颤抖的老人们离开这伤心之地。

藤仙洞外,余下的众人仍对峙着。

陵越手持长剑,诸位弟子待命而发,颇有师门风范。

陵越对百里屠苏道:"跟我回去!未有师命便私自下山,成何体统!"

百里屠苏长拜:"师兄见谅!百里屠苏如今身负要事,不能回山。"

陵越眉间微皱："仍是心有不满？肇临之死尚未彻查，戒律长老便将你禁于思过崖，确有不妥，但身为晚辈，怎可与长辈动气？！"

旁人听来，这话难免苛责，但百里屠苏心知，这已经是陵越最大限度地为他开解，遂答道："师兄，我并非为一时之气，只待重要事情了结，自会回山向师尊请罪。"

众天墉弟子见百里屠苏如此固执，都面露不悦，有些骚动起来。

陵越语气转厉："胡闹！何事有这般重要？比你清白、比师尊声名更甚？你可知这般妄为，只会越发惹人生疑？有此孽徒，师尊颜面置于何地？"

风晴雪眉毛一扬："你好凶……苏苏不是说了吗，把事情办完就回去，也不差这些时候吧？"她其实不理解这到底是怎么回事，不过护着百里屠苏，对她来说纯属习惯。

她横里插嘴，天墉城门下一个个都按捺不住了。陵卫最为敬重大师兄陵越，哪里容得别人指点，第一个站出来呵斥道："你是何人？外人凭甚过问天墉城之事？大师兄因他这不肖师弟受人奚落，你们又能体会？"

百里屠苏对陵越摇头："师兄，对不起！但我心意已决。"

"好你个百里屠苏！大师兄亲自下山，辛苦寻人，你偏如此不识好歹！"

陵越抬手阻止陵卫多说，仍是捺着性子："师弟年幼，是非曲直尚且不明，亦是我这个师兄的过错，带回昆仑山后，自当从旁劝导。"

一个娇美的声音穿过人群："哟！素闻天墉城执剑长老乃

是得道高人,座下大弟子颇得其师风范,今日一见,原来仅是得了紫胤的骨,未得紫胤的神。动辄搬出长幼辈分、声名颜面之说,实在是无趣呢!"

红色裙摆一晃,站出来的正是红玉。

天墉城执剑长老紫胤真人,乃是一代道家高人,早已修成仙身,长生不老,鹤发童颜。紫胤真人剑术奇绝,被称为"天下御剑第一人"。因他三百年前接掌天墉城执剑长老之位,天墉城才有今日道法剑术两相繁荣的兴盛景象。

整个天墉城上下,都对紫胤真人尊崇有加,年轻的弟子更是崇拜至极,只可惜紫胤真人不喜收徒,掌剑三百年,只在最近十几年,才收了陵越和百里屠苏两个弟子。

红玉语涉紫胤,虽然是意在贬斥陵越,也难免激起天墉城众人怒火。

天墉城众弟子都变了脸色。

陵孝、陵卫一同上前:"你说什么?"

陵越身为紫胤亲传弟子,又是这一代天墉城弟子之首,待人处世远比师弟们沉得住气,上前行礼:"敢问姑娘何方高人?尊姓大名?"

红玉耸肩:"哎哟,高人可不敢当!不过是个小小女子,看不顺眼的事儿,随便说上两句。"

陵越点点头:"既是如此,天墉城内务,还望他人勿要插手。"

欧阳少恭看这情形剑拔弩张,上前劝解道:"这位道长有礼!在下欧阳少恭,乃青玉坛门下弟子。百里少侠受在下所托，帮助寻找门中一件失物。此物流落江湖，祸害百姓，故少侠亦是存着仁义之心，方才有所耽搁。"

陵阳通闻江湖掌故，故而有所耳闻："青玉坛……不就是数月前掌门易位那个？"

欧阳少恭点头："门派不幸，令诸位见笑！。"

陵越朗声应道："道友有难，我等理应倾力相帮。待我回去禀明掌门，应可遣人助你门中。然而师弟既犯门规，不便滞于山下，须得由我领回，待师尊出关后再作定夺。"

"先生不必说了。"百里屠苏示意旁人不必多言，之后转向陵越，"师兄，你若执意相逼，请恕师弟无礼。"

陵卫、陵孝闻言，立刻拱卫在陵越两侧："大胆百里屠苏！想以下犯上？"

"那么……拔你的剑。"陵越看了百里屠苏半晌，手按剑柄，语气低沉，"五载光阴转瞬即逝，那之后再也无缘与师弟试剑，实乃心头大憾，若要一战，求之不得！"

五年前，二人俱是少年心性。陵越醉心剑术兼一时气盛，不顾师命，私自与师弟比剑，结果百里屠苏为焚寂之中的煞气所引，重伤陵越，令他几乎生死一线。此时陵越提及旧事，百里屠苏心中一沉：这剑，却不知当拔还是不当拔？

二人各怀心思，一时僵持不动，方兰生却突然惊叫一声："少恭！"

众人循声看去，却发现欧阳少恭身上不知何时出现了淡淡的光带，如绳索般环环相绕，禁锢得他不能动弹。

欧阳少恭身后，走出两名青衣道者，一左一右，呈挟持之势。他们身后跟着一位白发的老妇，赫然竟是寂桐。

欧阳少恭挣脱不得,默默看向寂桐。

左边那名道者故作礼敬的模样,躬身行礼:"有请丹芷长老速回青玉坛!"

欧阳少恭看也不看,只盯着寂桐:"是你将我的行踪通报雷严?"

寂桐面带伤感地看着他,并不回答。

欧阳少恭自嘲般叹息道:"瑾娘曾嘱我此行有变数……却不料应在你身上。"

"桐姨,这两个是什么人?你们要做什么?"方兰生赶上前来,想护住欧阳少恭。

右边道者宽袍一挥:"若要叙旧,来日方长。长老先与我们走吧!"说话间,一阵刺眼光芒笼罩在二人和欧阳少恭、寂桐身上,众人援救不及,再睁眼时,已经失去了那四个人的踪影。

方兰生四下张望:"少恭去了哪里?"

"这是青玉坛的闪行之术。障眼法罢了!走得不远,我们速速去追!"红玉答道。

方兰生动如脱兔,沿路追去。

但此刻陵越横剑立于路前,把百里屠苏拦了下来。风晴雪怀抱化作金狐的襄铃,本也不便追击,又担心百里屠苏有事,只得在他身侧翼护。

红玉略微踌躇,不知该顾哪一头才好。

百里屠苏缓缓地说:"去追先生!"

"那你——"

"去追先生!"百里屠苏声如斩铁。

红玉再不迟疑，催动身法，瞬息不见。

百里屠苏转身面对同门师兄，却见陵越已经收了剑，无奈地长叹一声。

他警觉地四顾，才发现其他三名天墉城弟子不知何时已站立三方，形成合围之势，同时举剑念咒，一圈白光向上腾起，围住百里屠苏、风晴雪二人。

糟了！

风晴雪只觉得浑身的气力都被这白光压制住了："苏苏……这是什么？"

"灵虚三才阵。"

陵越摇头："这不是我的本意。我没有一日不盼着再度与你交手，但此行将你带走才是最重要的事。身为大师兄，不能因一己的好恶而违背师门之命。"

"可恶！"百里屠苏深知灵虚三才阵的威力。这阵法伤害虽然不强，却是极好的禁制法术，可以困人手脚、压制力量、令人昏迷。这是戒律长老的得意手段。

三名天墉城弟子念咒已到紧要关头，法阵忽然白光大盛！

百里屠苏担忧地看了一眼身旁的风晴雪，就这么失去了知觉。

第四章 镇妖铁柱

　　他还是那个人,但眼已不是那双眼。那眼中尽是血红,冒着森然杀气,这双眼竟和那水下的狼妖如此相像!

牢房

这是一间牢房。

巨大青石垒砌而成的墙壁,高逾两人,经过百年岁月洗礼,冰冷不动如山。生铁铸成的手腕粗细的铁栏,密密地树立,上面附着淡紫色的光纹,仿佛会呼吸的图腾,光芒起伏不定,一看便知是某种精妙的法阵。

"唔……"百里屠苏醒来的时刻,一种难以名状的疼痛便从头顶蔓延到四肢百骸。他迅速察觉到,身上的法力如同被抽干的深井,空洞干涸。

昏迷前的记忆迅速涌入脑海,甘泉村、藤妖、师兄、三才阵……风晴雪她们呢?

"苏苏,可有哪里受伤?"风晴雪温柔的声音响在耳畔。

还好……

他摇摇头,一手抵墙站了起来。打量了下风晴雪,见她气色如常,想是没有被为难,暗暗松了一口气。这间牢房不大,除了他和风晴雪二人,受创后未能恢复人形的襄铃仍是金毛狐狸的样子蜷在角落。少恭说过襄铃要睡上一天,既然她还是本体样子,那就是一天还没到吧。

"没事就好。我醒过来就在这儿了,也不知是什么地方。"

百里屠苏还未开口,就有一个刺耳的声音在外面响起:"看你百里屠苏平日那么嚣张,如今不还是乖乖束手就擒,做我们的阶下囚!哈哈哈!"

墙角转过一个人来,负手而立,面带讥诮。那人身着天墉道袍，和其他弟子的款式相仿，但佩戴的玉饰更显华贵一些。

"陵端，不要无礼！"

随着那肃正的声音，陵越的身影走下石阶。

他见百里屠苏醒了，眉头一松，但仍是严肃地说道："师弟，我奉掌门之命，有要事与铁柱观观主相商，随后便带你回天墉城，届时是非曲直，自有公道。你此次私自下山，违抗师命，拒不回门，掌门和戒律长老十分震怒，我也不能袒护于你。你且在这铁柱观的牢里静心自省，切不可再行差踏错。"

听到此言，身后跟随的叫作陵端的天墉城弟子，忍不住高声开口："你小子最好老实一点，别动什么逃跑的念头。牢门上的结界你可看到了，那是大师兄亲自布下的，任何人皆不能穿过。如今这铁柱观内，有我们师兄弟与观中道友一同看着，你若是想逃跑，休怪我们不念同门情谊！"说到最后，他轻蔑地甩甩头。和别的天墉弟子干练整齐的束发大有不同，他留着长及左腮的斜刘海，大约是用来遮掩额头上若隐若现的几颗红色面疮。

百里屠苏并不理睬陵端，只不卑不亢地对陵越道："师兄既要将我带回门派，便和其他两人无干。请放了她们。"

陵端挑了挑下垂的眼角："不是两'人'，是一人一妖！笑话，没把那小狐妖一剑宰掉，已是它上辈子积了德，还想放了她们？少做白日梦！"

陵越用手势制止了陵端，转头对百里屠苏解释道："待我们回了天墉城，自会放她们自由。为求周全，还请师弟体谅。"

"大师兄何必要对这小子这么客气！他平日里仗着执剑长老的宠爱，倨傲无礼……"

"陵端！随我去见观主。"

陵端分明还想留下来羞辱百里屠苏一番，但碍于大师兄威严，只得一甩额发，悻悻然离去。临走时，还不忘勒令另一名师弟秉悟留下来严加看管。

看着师兄消失的背影，百里屠苏没有说话。铁栏杆上闪动着清冷的紫色光芒，映得他的脸色越发苍白。

风晴雪轻轻碰了碰他，说："苏苏，你还好吧？你的师兄师弟都好凶。"

"师兄只是恪守门规……"百里屠苏摇摇头，"他身为这一代弟子的表率，不能徇私逾矩。"

"若你跟他们回去，他们会把你一直关着，直到你师父出来？"

"嗯。可师尊这次闭关疗伤，少则数月，多则年余，待他出关，不知何日。"

"那样……"风晴雪的话说到半截，百里屠苏已知其意，点点头，道："不能回去。"

风晴雪瞧了瞧不远处坐着看守的两人，低声嘀咕："我们得赶紧寻个法子溜出去呢……"

百里屠苏俯下身子，探了探襄铃的气息，又回到墙边坐下，抱剑在怀："灵虚三才阵令人短时间内功力受制，襄铃也未苏醒，先不要妄动，且静待时机。"

牢中无光，不知日夜，但应是数天过去。襄铃早已醒来，每日里无精打采，就想着何时能够出去。

这天，秉悟溜达过来，对百里屠苏放话："天亮后我们便起程回昆仑山！哼，回去有你受的！"

百里屠苏闭着眼养神，仿佛睡着了。秉悟讨了个没趣，走回去和铁柱观的道士絮絮说话，内容不外是诋毁咒骂，百里屠苏只是合眼不理。

风晴雪却有些担忧，见秉悟走得远些了，才轻声开口问："你哪里不舒服吗，苏苏？从下午开始就不太对劲的样子……"

百里屠苏缓缓睁眼："今夜，朔月。"

"啊……你怎么知道呢？这里看不见月亮呀！怎么了？"

百里屠苏没有过多解释："去叫醒襄铃。"他站起身来，走近牢门，抬手欲做什么。

秉悟余光瞟见，三步并作两步过去，喝道："你做什么？"

有陵越的结界罩着牢房栏杆，那看似微冷的光芒却比铜墙铁壁还要难以穿越，秉悟倒也不怕百里屠苏会逃跑，只是不想在回昆仑山之前生出什么事端，右手已经握住了剑柄。

百里屠苏毫不理睬，抬起右手，慢慢地靠近牢门，手势轻柔得像是要抚摸什么心爱之物。

即将触到结界那紫色光芒的瞬间，他身上黑色的煞气暴起，那煞气如雾型的妖兽，一口吞噬掉结界的紫光，使他的手毫无阻碍地穿过了铁栏间的缝隙，手指如妖兽的尖牙，精准地扼住秉悟的脖颈。

这一切发生得太快，秉悟全没防备，瞬间被制，想要挣扎，却使不出半点力气。百里屠苏的双眼透着妖异的红光，手臂青筋毕现，轻松地将秉悟举在空中，只听得秉悟喉咙中挤出几声"呃呃咯咯"，接着就没了动静。另一名看守的道士见情形不对，冲了过来。见秉悟被制、生死不明，百里屠苏出手凶煞，他骇得连退两步，后背结结实实撞在牢房对面的墙壁上，心中想要逃离，又欲呼喊求援，一时竟没了主意。

可他既没有走成，亦没能呼喊出声，大睁的双目瞬时被不知哪儿来的力量夺去了神采，身体像是被倒空的米袋子，擦着墙上的青苔慢慢滑下，昏软在地。

百里屠苏身上的煞气渐渐淡去，眼睛也恢复原本的漆黑颜色。他松开昏迷的秉悟，让其和那道士跌作一团。

风晴雪虽然目睹这一切，却全然没有头绪，只觉得电光石火之间，两个人就都被制伏："这、这个人怎么也倒了……"

襄铃杏核大眼中的金光已收，兴奋道："他、他中了我的昏魅术呢……襄铃头一次用，居然成功了耶！"

百里屠苏探手从秉悟身上取下钥匙，开了牢门，道："很好！我们趁此机会速速离开！"

三个人沿着台阶一路向上。地牢只关了他们，并无他人把守。出了地牢，只见外面夜色晦暗，无光无影，确是朔月之日。眼前一方开阔之地，隐隐看到正中立着一根擎天铁柱，黑黝黝的，足要六七个成年人才能合抱，柱身八面锁有手臂粗的铁链，与地面四方相连。

"屠苏哥哥，襄铃不喜欢这个地方，阴冷冷的，让人害怕，我们赶紧逃吧。"襄铃轻声道。

铁柱观乃是一座依山而建的道观，这铁柱约莫是在地势最高处。明显的大路只有一条，沿着石阶往下，前面有不知几进院子，透着光亮。

百里屠苏皱眉道："若是由此下山，必会惊动旁人，需得另寻他路脱身。"

四下无人，草丛疯长，有半人多高。他们小心地围着柱子绕了一大圈，百里屠苏细心探查，竟发现草丛中有条山路，是向山谷中去的。

"便从这里走吧！想办法翻过山去。"

襄铃望见前路漆黑一片，难掩惧意，往百里屠苏身后缩了缩，说："这路通向哪儿啊……看着也好可怕。"

百里屠苏揉了揉眉心，脸色又苍白了几分。风晴雪忧心不已，问道："苏苏你没事吧？刚才你身上冒出黑色气息，正像那天在琴川……"

百里屠苏轻轻摇头，强打精神说："无妨，自行催动煞气罢了。"

"原来是屠苏哥哥的法术……吓到襄铃了！那个黑黑的东西感觉好可怕……不过也好厉害，一下就把人打倒了。"

百里屠苏道："那些容后再说，我们先离开此处！"

前路晦暗，三人沿着被荒草掩盖、几乎难以分辨的山道，向前走了不大一会儿，便发觉再往前走，三面皆是厚实的山壁。

百里屠苏说："回头想想，一路上并无岔路，这条路竟是死路，怪不得荒草丛生，不见人迹。"侧身回望，远处山下隐约可见丛丛火把之光跳跃而上，可见是有人发现他们逃跑了，正在四处追查，此时退回去，正面相撞不可避免。

百里屠苏上前，伸手碰触石壁："师尊曾言，遇咒术障眼，所见皆虚。适才来路之上的铁柱铭文,应是记述后山情状。我虽未及细看,但料想既在山峦之间开辟此路,尽头便应该不会是悬崖绝壁。"

风晴雪点点头:"苏苏说的有道理。那么是说,前面的路被遮起来了?要怎么做才能让它出现呢?"

百里屠苏剑眉紧锁:"若是知道咒眼在何处,我倒可以试着一破,但此处顽石累累,山壁高耸,却不知出口设在哪里,难以下手,若是一点一点探查过去,只怕追兵已至。"

他突然想起什么,伸手探入怀中,摸出一只小铜匣子。铜匣像是有生命力一般,溢出明亮的光芒,在百里屠苏手中抖动了几下,竟浮向空中,紧接着传出一阵机簧变化之声。

光芒大盛,如日当空。

光芒之中,似有一团光核,充满能量。

襄铃被那突如其来的明亮光芒吓到了,捂住眼睛往后缩了缩,风晴雪则眨眨眼,好奇地往前探看。百里屠苏大喝一声:"映虚,吾知汝名,速来相就!"

那富有生命力的光芒像是感应到了百里屠苏的召唤,在空中翻转几下,映照着周遭石壁。那石壁在光芒照射之下,几乎变成透明,襄铃从指缝中偷偷看去,发现右侧山壁之上,竟然隐约能看到洞口形状的暗影,她欢快地叫道:"那里有个洞,襄铃看到了!"

那团光芒慢慢地收缩,显露出中心是一只小小的鸟状灵兽。它的身体似乎还没完全凝聚成形,呈现金黄的蛋形,头顶一簇碧绿的翎毛,看起来无比可爱,一双金光璀璨的眼则透露出灵兽的神秘威力。

"这是什么？好可爱！"襄铃和风晴雪二人一个幼稚，一个天真，俱是玩心甚重，难得一致地发出呼喊，扑上来想要抚摸映虚。映虚在空中啾啾叫了两声，轻巧躲开，眨眼间就隐在百里屠苏胸口不见了。

"啊……"两个姑娘扑了个空，不禁失望。

"此乃师尊所赠灵兽，不可把玩，速离此地要紧。"

风晴雪吐吐舌头，说道："既然知道山洞在这后面，直接把这一大块石头打破就能进去了吧？"

百里屠苏摇摇头："此咒并非简单的障眼之法，须得以咒破咒。我自幼专注剑技，于咒术只得师尊皮毛，唯有尽力一试。"

风晴雪和襄铃后退，让开给他施咒的空间。百里屠苏四下看看，朝虚空行个道家正礼："此地应为铁柱观秘境，不知通往何处。如今为躲追兵，方出下策，观内列位有灵，请恕百里屠苏大不敬之罪。若有降责，皆由我一人承担，与襄铃、风晴雪二人无关。"

"苏苏……"听闻此言，风晴雪眉头轻蹙。

百里屠苏手中捏诀，口中咒法由徐至疾："吾为天地师，驱逐如风雨，妙法似浮云，变动上应天！含天地炁咒，咒金金自销，咒木木自折，咒水水自竭，咒火火自灭，咒山山自崩，咒石石自裂！既得神咒，不得相违……"他双眼暴睁，双手蓄力前推，"急急如律令！"

一圈金色光芒旋转着飞向石壁，在接触到石壁的瞬间，迅速向外扩散，厚重坚实的石壁在金光隐去后，出现一个洞口。百里屠苏催促二女："速进山洞，入口不久之后便会闭合。"

风晴雪随着百里屠苏走到洞口，脚步却迟疑了。她伸手拉住百里屠苏的胳膊，嗫嚅道："要是……要是进去了，苏苏会不会被那些看不见的人怪罪？你刚刚是在和他们说话吗？"

百里屠苏摇头："不必担心。"

"可是……"风晴雪欲言又止，最后还是点点头，"……嗯，我知道了……大不了他们要打苏苏，我就帮苏苏打他们！"

襄铃在一边听着，半懂不懂，但也接着道："襄铃也不会让屠苏哥哥被欺负啊。"

百里屠苏尴尬不言，只是率先走进洞去。三人身形隐入洞中不久，那洞口便渐渐隐去，石壁恢复如初，再没有半点痕迹。

恰在这时，火光循路而上，三名天墉弟子已追及此处。见是绝路，就借着火光四处查看。

为首一名叫陵云的说："这儿确定已经没路了，看样子不是往这边来的。岩壁如此之高，滑不留手，除非他们几个长了翅膀……记得大师兄说过，百里屠苏不懂御剑飞行。"

陵隐摇摇头，道："难保和他一起的那一人一妖不会……"

正说着，百里屠苏的大师兄陵越带着几个弟子也追了过来。

陵越将火把交给一个师弟，自己仔细检视着山壁。

陵云在一旁行礼，道："大师兄，此为绝路，我们未能找到百里屠苏，往其他方向去的师兄弟或有所得。"

陵隐补充说:"我看未必。一来他们一行中有妖,难保不会飞离此地;二来听说此路通往铁柱观禁地,恐怕石壁之后另有隐秘。"

陵云摇摇头:"那小妖修行尚浅,否则便不会轻易现出原形。至于禁地一说,我听铁柱观弟子讲,此处施有咒术,料想他们也弄不明白其中关窍。我们还是去其他地方再细细搜查为是。"

陵越一直沉默着前后探查,检查到右侧那块石壁的时候,不由得脸色一变:"陵阳,你速禀观主,我那不肖师弟逃入铁柱观禁地!得观主允许,我们方可进去寻人。"

其他几人大吃一惊。

"大师兄你是说……百里屠苏找到了去禁地的路?这怎可能!"

陵云更是不相信:"是啊,大师兄!勿怪陵云直言,你又没亲眼所见,怎会知道……"

陵越手抵石壁,像是在对身后的师弟们解释,又像是在对石壁那一侧的人说:"咒术虽不是他的长项,但他心智果决,远超常人……即便站在这里的所有人都解不了这禁地门户之咒,我那师弟也办得到!"

禁地

山洞另一侧,无月无光。三个黑影依着山石而立,朦胧难辨。

百里屠苏仔细听了一会儿外面的动静,脸色一暗,对坐在一旁的风晴雪和襄铃说:"师兄猜到我们躲进来了。起来,往里走!"

他以剑鞘探地,缓慢地往前走了几步,周遭像是一片平缓的石台。他回身招呼二女小心,才发觉只有风晴雪跟了上来,仔细瞧去,襄铃还立在原地踌躇。

"襄铃?"

襄铃抵着山壁,嘟着嘴小声说:"屠苏哥哥,里面又黑又冷,我们不进去好不好……"

"虽然山洞内另有出路的机会十分渺茫,却无论如何也不能继续留在此处……"百里屠苏摇摇头。

"嘻嘻,有了这个便好些……"风晴雪左手手心向上,嘭的一声,一丛蓝色的阴火出现在她手中,火光虽然阴冷不盛,但也足以照亮周围,"这是大哥教我玩儿的举火之术,想不到还能派上用场。"

襄铃往前看了看。她的本体乃是小狐狸,耳目都比常人更灵敏些:"前面有条路哎!还能听得见水声,襄铃不喜欢水……"

风晴雪举火,随百里屠苏走在前面,将襄铃护在身后,百里屠苏说:"外面那些弟子提及此为禁地,洞中不知会有何物,我们务必警醒,放轻呼吸!"

往前走了不远,洞中景物渐渐清晰,黑铁与深潭映出寒光,竟是另一番天地。

在约四人多高的山门之后,是一条长逾百丈的悬于深潭上空的铁索桥。铁桥的尽头,是一座恢宏的大殿。整座大殿竟然是建造在巨大铁柱之上,堪堪露出潭水,大殿平台四角皆有一人粗的铁链,绵延向下,直直浸入水中,似乎深连到那看不见的幽冥之地。

三人探察一番，目力所及之处，除了这座铁索桥，并无他路，只得沿路而行，到平台处再想办法。沿路两侧，桥柱上虽有灯台，但皆是不曾启用的样子。

"这地方不是冷冰冰的铁，就是冷冰冰的水，有种阴森森的感觉……"越接近那水中大殿，襄铃越是害怕，一种来自本能的危机感油然而生。她话音才落，百里屠苏一个踉跄，扶住铁索才稳住身形，只见他眉目紧锁，鬓发间冷汗涔涔，显是十分痛苦。

"屠苏哥哥，你怎么了？"

"苏苏……是不是又头疼了？"

"急速前进，勿做停留！"

"明明这样难受，就别逞强了。"

百里屠苏只是摇摇头："并非逞强。此刻若停下，恐怕再无力前行。"

"……苏苏自己都这样说了，恐怕已经是勉力支撑到了极限。"风晴雪看着他惨白的脸色，心中一阵酸楚，"怎么会严重到这个地步……"

百里屠苏睁开泛出血色的双眼，向二人解释道："每逢朔月，我体内凶煞之力便要大盛。今次兵行诡道，借此方破了师兄结界。然而由于我刻意催动凶煞之力，此时脑中经络如摧折寸裂，发展下去，失神昏迷亦有可能。到时师兄他们追上，不单我要被囚禁昆仑山，只怕他们也要为难襄铃。"

"屠苏哥哥……"

百里屠苏反复运了几次真气："为今之计，只有一鼓作气，到达此路尽头，看看是否有其他出口。"

静默少顷，风晴雪点点头，坚定地说："我知道了。苏苏……跟我来。"她毫不犹豫地牵起百里屠苏的手，快步向前走去。一股温暖的气息在二人掌心之间流转，并汇入百里屠苏的经脉，那种明亮的力量一下子冲淡了他血脉之中咆哮肆虐的痛楚。

风晴雪的左手上是幽蓝的阴火跳跃，右手拉着百里屠苏，透出莹白光芒，恍如一片柔和月色，浇熄了黑色的火焰。

百里屠苏跟随着风晴雪的脚步，眼光由交握的双手转向她侧脸柔和的弧线，心中是说不出的惊讶、温暖……

水中平台已在眼前。他们围绕大殿，四周探查，发现这里竟然是一条绝路。如果不想原路返回，也只有进殿一探了，否则这里四下空旷，连个藏身之所也无。

风晴雪轻轻推了一下殿门，殿门吱吱呀呀地应力而开，落下不知积了多少个年月的尘灰，呛得她连咳了好几声。

大殿里面也如外面索道一样，四面铁铸的灯台没有半分使用痕迹，周围黑压压的一片。风晴雪关上门，以举火之术四处探查，大殿内空空如也，亦不见其他的出口。

百里屠苏却觉出了异样。这间大殿之内只有一个类似祭坛样貌的水池，却并未祭奉任何神祇。整个大殿四处都垂着重重布幔，上面书写着奇形怪状的文字，水坛周遭更是布下一层又一层的符纸。靠近了才能看到，池中之水根本不是普通的潭水，而是血红色的……这样的阵仗，百里屠苏从未见过，脸色越发凝重。

正思量间,他眼睛余光瞧见襄铃伸手,想要触动房子周围的布幔,立刻出声喝住:"勿动!"

这一声吓得襄铃往后一跌,忙缩回手,瞧瞧那布,心有余悸的样子:"不、不能碰吗?会变活的咬人?"

百里屠苏护着襄铃和风晴雪,往殿门退了几步,才开口说道:"我们莽撞了……所有咒文均是禁制之意,此地恐为铁柱观封印某物之处,切勿随意触……"话音未落,一阵低沉轰鸣之声传来,打断了他。襄铃则是"哎哟"一声跌在地上。

"襄铃你怎么了?"风晴雪伸手去扶。

"咦……"

这时整个宫殿又剧烈地抖动了一下,祭坛中的血红之水开始翻腾,轰鸣声再次从深不可测的地底传来,仿佛兽类的低吼。

风晴雪疑道:"这是地动吧?我家乡那里时常有这种事的……"

襄铃捂着耳朵,紧紧盯着那沸腾般的血水,声音都变得颤抖起来:"屠苏哥哥……水底下、水底下有什么……襄铃感觉得到,是好可怕的东西!"

百里屠苏正要带二女离开此地,忽听殿外一个清朗但夹杂着焦急的声音高喊:"师弟!若有举火,速速灭去!"

百里屠苏立刻看向风晴雪掌心阴火,对她点点头,火光遂灭。

推开殿门,殿外已经乱作一团。铁柱观的道士个个张皇失措，面如死灰，为首一名老者，大约就是铁柱观的观主明羲子，面上的皱纹沟壑纵横，每一道都述说着难言的忧虑。

"你居然还敢跑……"陵端眼睛最尖，见殿门开了，一甩额发，冲上来便要抓住百里屠苏，冲到半路，肩膀却被一只手搭住，晃了几下都甩不开，被按在原地，动弹不得。他回身一看，见是陵越，便把即将冲出口的大骂咽了回去："大师兄！快让我教训教训他……"

"进入此地，可曾举火？"陵越示意众人安静，赶忙问道。

百里屠苏心知不好，老实地点点头："以阴火照明。"

明羲子面皮抖动了几下，似有说不出的苦楚哽在喉头，半响才发出一阵悲鸣："终是晚了，终是晚了啊！天意何以如此不仁？"他手指颤巍巍地指向百里屠苏，眼中似有泪垂，"你……冤孽啊！"

陵越的面色越发凝重："观主，他们进殿不久，此刻将火灭去，也无法挽回？"

明羲子将雪白鬓发都摇得散乱："事到如今，于事无补啊！数个时辰之后，那妖兽便会破水而出！"

"水下妖力之可怖，在此处亦有所感。只是不知究竟是何方妖孽，烦请观主细说，我们也好尽力寻求破解之法。"

明羲子有些无奈地点点头，说道："这禁地平台四周为咒水，咒水以下为空，一直用以囚拘作恶之妖。妖类困于咒水之下，力量受制，轻易不得再出，经年累月，妖气变得微弱，方可化尽其戾气。咒水与铁柱、法阵相辅相成，加以历代掌门加持，法力强大，故此水下虽有众妖，实不足为惧。

"直至三百五十年前,江西一带有狼妖作祟。那狼妖身披烈火,号噬月玄帝,妖力极盛,折了不少欲除掉它的道门中人。敝观十七代掌门道渊真人,率领同门,费尽心力将之降伏,困于水底。但仅凭禁地之力,亦难保此妖不能破水而出,因此道渊真人与之立下契约……狼妖如见水面灯火,便可脱困而去,反之不得稍离,若有相违,则受天雷之击,神形俱灭!自那天起,入禁地不得举火……那狼妖目力极敏,水面微有光亮即能觉察,几百年来盼得今日,适才山石震动,便是它力量施放所致。"

一路上那些未曾使用的灯台,大殿里遍布的禁制,此时全都有了答案。百里屠苏看到风晴雪眼眸低垂,脸色难看,知道她为举火之事内疚,遂低声安慰她道:"因我而起,错不在你。"

陵越又问:"请教观主,到得陆上,可有办法将狼妖制住?"

"若其出水,贫道与徒儿布下法阵,加上此间禁咒,或可阻挡一时,却非长久之计。"明羲子眼光望向铁柱尽头,话语间已有决绝之意,"狼妖凶煞残忍,若能于此修身养性,放出亦是无妨;可惜它乖僻嗜杀,经年未改,二十年前贫道师尊洛水真人为防万一,以寒铁锁链将其缚于铁柱旁,恐更令其心生怨憎,一朝脱身,莫说观内,只怕方圆百里尽无活口!"

听及此处,天墉城众弟子脸色俱是一变,陵端更是眼眉扭曲,再难抑制:"百里屠苏,你惹出来的大祸事!你当年害得大师兄差点殒命,如今我们都要被你害死了!"

百里屠苏面色没有变化，眼中一片冰冷。

"陵端住口！事已至此，多说无益。"陵越转向明羲子，一揖到底，"陵越愿与几位师弟下水除妖，恳请观主和诸位道兄于陆上掠阵。"

"师兄！"百里屠苏喝道。

"万万不可！"明羲子也连连摆手。

"大师兄，不要啊！"发出惊呼的是陵端。

"师弟不肖，无心酿下如此大祸……"陵越看了百里屠苏一眼，眼中却无责备之意，"此事皆因天墉城而起，请观主予陵越一个将功补过的机会！"

"贤侄莫要以身试险！狼妖邪力无穷，此去大凶！"

"凶抑或吉，何妨亲身一试？陵越相信事在人为，万事不可轻言放弃。"

明羲子看了陵越半响，才道："贤侄心志果敢，颇有乃师风范。唉，罢了！素闻天墉城道剑惊绝天下，贤侄更乃紫胤真人高徒，兴许能够启得转机……"

陵越点头："弟子不敢狂言，但会竭尽全力，以保百姓平安。"

明羲子点点头："既是如此，贫道亦不再多言。若准备停当，便由我替诸位施以避水之术，进入咒水下囚禁妖类之地。"

"多谢观主！"陵越转身看众师弟，"陵阳、陵云、陵端，与我下水斩妖！陵孝、陵隐，随观主布阵！"

"是！"

"这、这分明是浑蛋百里屠苏闯出的祸事，为什么要我们替他送死啊！"陵端颤声大叫。

"师兄，我与你同去。"百里屠苏紧握剑鞘。

陵越摇摇头。

"祸因我起，怎可置身事外！无论如何，我都要下水！"

陵越微微发怒："胡闹至极！今日一搏，生死未知。若你我均丢了性命，要师尊如何承受？至少……留得一人回昆仑山，尚能侍奉左右。"

"便是如此，也该我去……"

"不必再说。"陵越定定地看着百里屠苏，眉峰聚拢，似更有不悦，"师弟你素来被视为离经叛道、行止逆乱，今天便听师兄一回又如何？"

说罢，陵越再不理百里屠苏："陵阳、陵云、陵端，跟我来。"

陵端向后退了一步："大师兄……"

"陵端，在诸位师弟当中，你的法术修行最好，届时我与狼妖交手时，还需你掠阵。再则，你身为戒律长老的弟子，亦当为师弟们做表率。"

陵端本想分辨些什么，听到陵越这一番话，不由得傲气上涌，嗓音也比素日更尖厉几分，高声道："天墉城这一代弟子，若我陵端自称法术第二，无人敢称第一。就叫那狼妖瞧瞧天墉道术的厉害！"他一撩额发，轻蔑地斜了一眼百里屠苏，便随陵越走了。

百里屠苏却根本没有注意到陵端说了什么，他耳边隆隆巨响，俱是陵越师兄走过他身边时轻声说出的八个字：

如遇危急，自行保命。

陵越等人入水已经半个多时辰了,明羲子一边派出十名弟子遣散周边百姓,一边带领余下弟子布下结界法阵,以策万全。

百里屠苏倚墙而立,好似在闭目养神,但从睫毛的微微翕动,便能感受到他内心的不安。

"苏苏……你很担心你师兄吧?"风晴雪不知何时也倚在一旁。

"师兄他……"百里屠苏依旧闭着眼,声音有些低哑,正要答话,却被明羲子打断。

"不好!"随着明羲子一声高喊,大地又开始震动。这次比以往的几次还要强烈,禁地四角的铁链亦随之颤抖,牵着水下铁柱,发出金铁交鸣之声,刺人耳膜。潭中咒水汹涌翻腾,竟兴起浪头来。水下妖力暴涨,红光冲天,感觉有什么东西即将破水而出……

又是一声狼吼。那声音不再沉闷低回,而是如携着利齿般撕破金铁和咒水而来,其中夹杂的怨愤之气,令所有人心中一寒。

百里屠苏冲到水边观望,只见禁地下的那根铁柱,都隐隐出现细碎裂纹,只怕亦不能支撑多久。

陵孝一把揪住百里屠苏:"做什么?想趁乱逃走?"

百里屠苏不理陵孝,挥手甩开他,走到明羲子面前,抱拳行礼:"烦请观主予我避水之术。"

陵孝和陵隐跟着跑过来:"你不可下水!你若有闪失,我二人如何向大师兄交代?还不如我们下去!"

百里屠苏:"不怕我'逃走'?"

陵孝脸色红一阵白一阵，十分难堪。

百里屠苏冷冷道："我只会战，不会逃！师兄既然命你二人在此掠阵，自有道理，你们切勿擅离。"

形势混乱，陵隐二人一时语塞，也不知如何是好："我们……我们……唉！"

明羲子恳切地说："这位……贤侄，你虽私闯本门禁地，招致大祸，然而一切阴差阳错，冥冥之中，又何尝没有天意使然……勿要因愧疚而逞一时之勇啊！"

百里屠苏躬身道："观主大量！百里屠苏非是逞勇，唯愿亲身而为，略尽绵力。"

"但你只身一人……"

"仗手中利剑，并无可惧。"

紫胤真人的弟子啊……明羲子心中感喟，不再劝阻："也罢，能破我门中禁地之咒，亦非等闲。你此去若是……若是情势不妙，还望早早上岸，再作计较。我亦会竭尽全观之力，守住此地。"

百里屠苏身后传来风晴雪声音："苏苏。"

他没有转身："心意已决，勿要阻我。"

风晴雪转到他面前，对着他的眼睛说："我不拦你，我要和你一起去！多一个人总是好的，再说……我点的火，要是不去，我不能安心！"

这个女孩每一次都会说出让他意外的话，亦每一次都毫不犹豫地站在他身边。

风晴雪歪头粲然一笑："我也是心意已决，说什么都没用的。"

原本一直捂着耳朵，瑟缩在一旁的襄铃，不知何时也凑了过来："襄铃……襄铃也跟你们去……"

风晴雪摸摸襄铃的头："你不是害怕吗？留在岸上……"

襄铃急急地说："我是好怕好怕，可如果只剩襄铃一个人在这儿，就更不知道该怎么办了……你们不要把襄铃丢下……"

"那就来吧！大家一起，才好相互照应。苏苏你说呢？"

望着未知的咒水之下，百里屠苏点了点头。

咒水之下

避水之术只能庇护他们通过咒水，吐纳自如，不受伤害，但水下情形，自明羲子的师父那一代之后，铁柱观中便再没有人下去探看过，其间情形难以言说。

下到水中，他们才发觉事情远比想象的还要糟些。

水下原有两根铁柱，一方一圆。方柱乃是铁柱观建观伊始便铸于此地，禁有不少妖魔，但因当年镇锁狼妖噬月玄帝不成，已有碎裂之相，此时又被其释放的能量所震慑，几乎就要分崩离析，彻底倾覆了。而那些被囚锁的妖物，有的已经修道，化去戾气，还有的则受妖力感召、一个个癫狂了起来，有不少妖物已脱离铁柱禁制，想要飞到咒水之下，寻求可乘之机，借势逃出生天。

另一根圆形铁柱乃是道渊真人为禁锢狼妖而重铸的。据说他当年踏遍千山万水，募得百万铜钱。一枚铜钱即是一缕意念，无数人的心念汇成无上禁制，其力直可禁锢仙神。这些铜钱被烧熔后，浇入铁水，才镇住噬月玄帝的千年妖法、万缕怨愤。而此刻，这根铜铁之柱也出现道道裂痕，可见柱底的狼妖已经快要破水而出了。

狼妖妖气渐盛，陵越生死不明，百里屠苏他们顾不得对付那些闲杂妖物，只求速速通过此地，除去大患。

越往柱底深处去，反而越不见那些碍事的小妖。妖类亦有强烈的趋利避害之本能，可见噬月玄帝之威，令众妖辟易。

百里屠苏回身去看襄铃，见她已是脸色煞白，抖得如风中落叶；再看风晴雪，却并无害怕的样子，遇到攻击上来的小妖，便一镰挥开，却不收割性命。

地底就在眼前，铁柱也到了尽头，地上几个人衣衫染血，正是陵越、陵端他们几个。

"师兄！"百里屠苏唤道。

百里屠苏几步跑过去。

"啊！狼……狼！"襄铃突然尖叫起来，整个身子都在瑟瑟发抖。

风晴雪循声望去，倒吸了一口凉气，一时间几乎觉得自己的心跳都要停止了。

狼，那的确是一头狼！但她就算是在梦中，也没见过这样一头可怖的巨狼。它的身体恍如一座小山，一呼一吸间都能带来浓烈的腥臭之气。其口中利齿有半人长，黑色的皮毛上似有血红火光灼灼燃烧，赤金的双眼散发出逼人的凶戾之气。风晴雪有一种错觉，这头巨狼只需要抬起爪子轻轻一拍，就能把他们所有人碾压成齑粉。

大约它已经煎熬了太久，渴盼重获自由，此刻瞪着一双赤金色的眼睛，望着这几个新的入侵者，不断地挣扎嘶吼，宣泄它的恨意。它的四肢和脖颈上都锁着泛着寒光的铁链，向后连接在铁柱之上，能活动的地方不过一步之地，但它每一次前爪踏地，都会引起一阵地动山摇。它用力地甩着脖颈，似乎已经完全不在乎锁链的束缚，那强横之力扯得锁链抖动狂舞，看上去残破不堪，左前爪的链子已经脱了环扣，余下的只怕也维持不了多久了。

陵越勉力拄剑站起，见是百里屠苏一行人，不由得恼怒交加："你来做什么？趁这妖怪还未完全挣脱锁链，速速扶陵端他们一同走！"

百里屠苏想了想，转头说："晴雪、襄铃，将师兄和其他人带走！"

"我们走？那苏苏你呢？"

百里屠苏将手中的剑丢在一旁，开始解下身后那被布层层缠绕的焚寂之剑："我要催动体内所有煞力，与狼妖一战！"

风晴雪大惊失声："苏苏！"

陵越勃然大怒："狂妄！你以为你能赢？我四人合力，本想一举将其灭去，反被重伤至此，你只得一人，如何行事？"

这时原本昏在一旁的陵端也苏醒过来。他身上并无明显伤痕，大约只是遭受法术反噬之力、一时晕厥而已。此刻他那长长的额发被冷汗粘在额上，全没了随风舞动的倜傥样子。他才历生死一线，此刻见到百里屠苏，可算逮到了罪魁祸首，心中万般恼恨涌上心头，大吼道："你这浑蛋惹下祸事，现在倒来邀功！"

"陵端！大敌当前，岂容内乱！"

陵越不再理睬陵端，只是傲然挺立，唇边血色触目惊心："百里屠苏，若还当我是师兄，便听我一言，不可与它硬拼！上岸后让所有人逃离，再谋后计！"

百里屠苏摇头道："师兄你在此处不觉，水面之上已是妖气冲天，若无人牵制，噬月很快便可挣脱，破水而出，不过须臾间事，届时所有人都来不及逃，都不过一死！"

陵越气极反笑："所以你就想舍身绊住它，为我们争得苟延残喘之机？好，真是我的好师弟！你以为我会感激你？"

百里屠苏昂首相对："我为求胜，不为求死。"

"求胜？不自量力！你有万一，叫我如何向师尊交代？"

百里屠苏摇摇头，说道："师兄若死，师尊亦会难过，芙蕖师妹更要伤心。"

"什么？"

"师兄，你说过，你我至少活下一人。那么——你走，我留。"余音未落，百里屠苏右拳已落在陵越腹部。这一击来得突然而准确，陵越全无防备，齿间只迸出"混……账……"二字，便软倒在地。

陵端在旁大骇："你……你要干什么？"

狼妖见这些人在眼前争执，愤懑更盛，自肺腑之间泄出怒号，柱底的温度都被这一吼之力掀高。紧接着一阵刺耳的金属断裂声响起，狼妖又往前踏了一步，几乎要将铁柱扯倒……

百里屠苏招呼襄铃和风晴雪扶起陵越等人："带他们走！"

风晴雪眼中满是焦灼："那苏苏怎么办？用了那煞气，你自己会痛死吧？！"

百里屠苏手握焚寂："走！"

"我……"风晴雪还欲说什么，但看着百里屠苏坚毅的眼神，慢慢有了勇气，"好，我、我会相信苏苏，所以……你一定要平安回来，不然我……"

"屠苏哥哥……一起走好不好……襄铃真的好怕……你也不要一个人留在这儿……"襄铃樱唇微颤，揪着百里屠苏的衣角不放。百里屠苏只是径自向狼妖走去。

"襄铃，我们走。在这里帮不上忙，只会妨碍苏苏，他激发煞气时谁也不认的……"

"可是……"襄铃圆圆的脸庞被泪水打湿，泪眼模糊中，是百里屠苏手持焚寂的背影，下一个瞬间，黑气暴起，就如另一只愤怒的妖兽。那股强横凶煞的力量，令狼妖都安静了下来，紧接着，爆发出一阵长嚎……水面上的人听着这令人毛骨悚然的长嚎，竟似能从中感觉到带着杀意的兴奋……

百里屠苏心知这是一场恶战。他从明羲子口中得知，狼妖法术高强，属于土系一脉。五行之说，恰恰火生土，自己的火系法术对其奈何不得，反而有所助益，故唯有以天墉剑术辅以煞气，方有一搏的可能。只是焚寂之力本为禁术，煞气之凶，反噬人心，若不能早早结束这一战，不但自己可能失魂癫狂，一旦噬月玄帝脱离了锁链束缚，再想困住它亦是不能。

因此他提剑近身而上，仗着身形敏捷，招招直逼狼妖要害，不给狼妖以施放法术的空间。这噬月玄帝身形巨大，又为寒铁锁链束缚，腾挪不便，免不了挨了百里屠苏几剑。

百里屠苏虽然暂时占了上风，心中忧虑却有增无减。狼妖之力并无衰减之相，可见所受之伤都只是皮毛；而自己身上煞气蔓延，令百骸经络都如遭撕扯啃噬，痛到皮肤都欲爆裂绽开。他的眼睛被煞气催动，染成一对血色琉璃，有那么一个瞬间，他觉得被浓黑煞气包裹着的自己，与对面那身披烈火的黑狼并无不同……

"摒除杂念，在此一击！"百里屠苏又一次将煞气催动到极限，一跃而起，趁狼妖俯身欲攻击之时露出的破绽，使出一招毁殇。这是他每月为煞气反噬所苦之时想到的招数，乃是将体内凶戾之气融入天墉剑术，最后一击时，将煞气之力灌注敌人体内。此法对自身损耗极大，属于杀敌一千、自损八百的凶煞之法，却没有想到真有一天用得上。

黑雾暴涨，剑光都为之暗淡。随着一声凄厉的长嚎，剑锋深深地刺入噬月玄帝脖颈和左肩相连之处，一蓬暗黑色的妖血飞起，那霸道的煞气之力像是有生命的鬼怪，啃噬着狼妖的血肉，狼妖感到加倍的痛楚。

"成了？"百里屠苏觉得自己亦难以承受反噬之力，握着焚寂的那只手，力量已被消耗殆尽，只盼这一击可收全功。

狼妖被这一剑所伤，狂性大发，脑袋猛地一甩，百里屠苏支持不住，连人带剑被甩到几丈高的高空。空中无处借力，反被狼尾横地里一扫，直跌在地上。此时他的经脉肺腑早已不堪强行催动煞气所受到的损耗，重重咳出一摊血来。

"哈哈哈哈哈哈……"狼妖竟然狂笑起来。那笑声蕴含着妖法，激得百里屠苏又是一口心血涌上，顺着齿缝溢出嘴角……

噬月玄帝本是妖兽，奔扑龇牙、挣扎嚎叫都是动物本态，然而此刻，对着奄奄一息的百里屠苏，它前肢微提，脸色倨傲，颇有王者之风，喉咙翕动，吐出的竟是人言："有趣有趣！几百年来，你是第一个让本座有兴趣交谈的活物！小子！明明身体里充满黑暗之力，居然为救同伴留下送死。"

一瞬的惊讶之后，百里屠苏抹去嘴角的鲜血，一点一点地拄着焚寂站起身来："你若应允不杀他们，我便罢手！"

噬月玄帝又是一阵狂笑："可笑，为何不杀？！本座来了此处方才悟到，杀人乃是世上最好玩的事情！人类阴险狡诈，胆小又懦弱，只敢用卑鄙的手段玩弄伎俩。将他们开膛破肚，让他们再也说不出那些虚伪之言，岂非好玩至极！"

百里屠苏淡然提剑："那你我今日唯有不死不休！"

噬月玄帝似乎很有兴致与百里屠苏聊一会儿。它灼灼打量百里屠苏，说道："小子，替别人死值得吗？你心里深埋的阴暗和怒火，本座可是看得一清二楚！"

百里屠苏心知噬月玄帝施的是攻心之术，体内的煞气却被这样的话语牵引，泛起一阵又一阵的痛楚。

"你的心时时刻刻被黑火烧灼，比起像人，更像是妖，我们岂非再相似不过？你却要杀本座？"噬月玄帝说着，赤红的眼睛越来越亮，就像它身上的烈火，映得百里屠苏的眼瞳亦是赤红一片。

"我们……再相似不过？"又是一阵眩晕，百里屠苏退了一步，扶住剧痛的眉心。适才似乎也有过类似的想法吧？它和自己，又有什么不同……

百里屠苏身上的煞气忽盛忽衰,显然已经失去了控制。

噬月玄帝又向前踏了一步,语带蛊惑:"你感受到我心中的怨愤了?这种怨恨你不会陌生吧?被人目为异类,未曾做过的事遭人冤谤,被欺骗、失去所有一切,被所谓天注定的命运播弄得遍体鳞伤……"

"哈哈!本座落得今日田地,只因信了道渊那臭道士!当初他是如何说的?说要与本座做朋友,千年来他是独一个……可是呢?最后却将本座骗来此地,囚于禁水之下,不见天光!日日煎熬,何况百年!他的徒子徒孙更是卑鄙怯懦,企图用这锁链限我于方寸之地。看看本座如今的样子!辱我至此,怎能不恨!!"

噬月玄帝越说越怒不可遏,随着"铮铮"几声震耳的巨响,捆缚其前肢的几根铁链已被完全扯下铁柱。

百里屠苏的眼中一片火光,那已经不是映出的颜色,而是燃烧的凶煞、盘结的戾气。他喃喃道:"恨……我也恨……为什么……都要死掉……为什么……肇临并非……我害……"

噬月玄帝柔声道:"与本座一同出去,杀尽那些丑陋之人,岂不痛快?!"

"杀、杀了他们……"百里屠苏的右手不受控制地提剑前指,"我……我要……"

即将陷入墨色之中的那一瞬,好像有一道白光闪现,百里屠苏听见一个温暖的声音在说:"你一定要平安回来!"

"谁?"是谁在唤他回去?百里屠苏脑中一片混沌,却怎么也抓不住那只手,"有什么……不对……我……我还有事要做……"

另一个清越的声音在耳际回响："今日一搏，生死未知，若你我均丢了性命，要师尊如何承受！至少……留得一人回昆仑山，尚能侍奉左右。"

所以呢？自己似乎说了什么："我为求胜，不为求死……"

又是那个温暖的调子："好，我、我会相信苏苏……你一定要平安回来。不然我……"

"不然会怎么样……我不知道……"百里屠苏揪紧了胸前衣襟，仿佛那颗心就要这么生生炸裂，"我得回去……不会输……我不会输……"

又有一个苍老忧愁的声音在说："若它一朝脱身，莫说观内，只怕方圆百里尽无活口！"

"不要再死人了……不要死了……我、我不能输！"

仿佛云开日现，那些缠绕着他的黑气一下子收回了触角，百里屠苏的眼神也不再涣散迷茫。破除心魔，只在生死一线。

"哼哼，一身妖异，还能维持如此心智，倒是稀罕！"噬月玄帝一阵冷笑，掩饰不住惊奇之意。

百里屠苏横剑于前："狼妖！休要再出言迷惑，来一决生死！"

"迷惑？哈哈！小子，你活过多久？自以为清醒明白，怎知那些时候不是正在糊涂？既然想不通透，留你也是无用！今日甚幸，不知哪个蠢货于水上燃灯，本座将脱牢笼，便让你作为重返人间的第一口生祭，食肉饮血！"噬月玄帝血口大张，仿佛已经迫不及待要摧残屠戮一番，"不过，小子可要撑得久些，别那么快死。你一死，本座便会出去，杀你同伴，杀千千万万之人！哈哈，好不快活！"

"会死的是你！"

"说大话的小子！看你的模样，恐怕还不能将体内凶煞之力控制自如吧？就不怕遭其反噬、经脉爆裂而亡？"

百里屠苏看着狼妖，并不动摇，只缓缓催动煞气，以待再战。

噬月玄帝后退几步，紧接着全力前冲，浑身一抖，一阵山崩地陷、撕云裂海之音，全部的寒铁锁链叮叮当当碎了一地，有些被其踏于足下的，更是化成了齑粉："有意思！那便来战！本座若败，命就予你，死个干净！待得去了阴间地府，轮回簿上查清楚那臭道士投胎何处，本座还要叫他生生世世不得安宁！"

剑光如一道流虹划过。百里屠苏人比剑光还快，他深知噬月玄帝方才虽然受了些皮肉之伤，但必定留有余力，现下挣脱了锁链，更加难以掣肘，唯有靠灵敏与速度，在对方攻势之中寻找机会。

"小子，莫要小看了本座！"噬月玄帝尖吻一挑，便将百里屠苏从攻势逼成守势，随即仰天长笑，鬃毛倒竖，气势大涨，身形一摇，又巨大了许多，"八荒啸月！"

这里分明是铁柱观水底，但"八荒啸月"四个字裹挟着一阵血腥肃杀之气袭来，百里屠苏便觉得自己似乎身处荒野崖壁，周围是群狼引颈向月，狼嗥声声，响彻山谷。其声音悲悲切切，却又充满战意。

随即，那些狼嗥从无形之声化为有形之刃，凭空八面攒聚而来，虽然明明是妖力凝聚而成，但从那利刃之光便可想见，若是触及血肉，必定刀刀见骨。

"去死吧！都去死吧！！！"
那是来自地狱的呼啸。

铁柱观

"这、这是怎么了？"

水中突然翻涌喧嚣，像是要沸腾起来。风晴雪守在岸边，更加忧心忡忡，襄铃又怕又忧，躲在角落里默默祈祷。

陵越受伤太重，出水后便晕了过去，此刻伤药渐渐发挥效力，伤口也包扎妥当，才完全清醒过来。他也发现水下有异状，看了几秒，对身边几位没有下水的天墉弟子说："你们几个护送其他人离开，我下水去找师弟。"说着就束起衣冠，提剑欲走。

"不可以啊！"

明羲子也拦住他："贤侄不可！"

陵孝一把拽住陵越的左臂："大师兄，你服下伤药，才缓过气来，万万不能再去涉险！"

陵端也大声喊道："师兄别去了！那狼妖如此厉害，怕是百里屠苏那小子已经……"

"住口！一派胡言！"

水底的震动传到岸上，整个禁地都为之摇晃。

大家脸色都不太好看。明羲子静静地感受了一下，接着露出喜出望外的表情:"这……狼妖的气息似有减弱之势啊!"

又是一阵天崩地裂似的震动传来。但这次上面所有人都感受到,那曾经冲天的怨怒之气竟然大减。

铁柱观的弟子又惊又喜,问道:"师父……水下到底、到底发生什么了?"

明羲子却摇摇头:"除非……这不可能啊!除非狼妖伤重……"

陵越更加按捺不住了:"师弟生死未卜,我要去水下!"

"贤侄三思!水底恐是发生你我料想不及之事,事态未明前勿要莽撞……"

"贤侄!"

僵持之下,水面突又生变,潭中涌起一人多高的血浪。随着这一涌,整个山洞也剧烈地摇晃起来,洞顶不断有碎石落下,殿上的瓦片纷纷掉落,殿柱也出现了越来越深的裂纹。

襄铃惊惧地抱住头,风晴雪却站在禁水旁动也不动,像是呆住了,只是焦急地望向那不断涌出的血水。又一阵碎石落下,陵越一把将风晴雪拽回了较为安全的地方。此刻震动却渐渐止息了,血水的中央,渐渐浮上一个人来。

百里屠苏黑色的袍子残破不堪,肩胛处已经被撕烂了,露出三道深可见骨的伤口,其他地方的大小伤口不计其数,每一丝布纹都被血色覆盖浸润,分不清是他的伤口涌出的,还是从别处沾染的。

如果一个人流这么多的血,一定是已经死了。

可他还活着。

眉心中间殷红一点,没有血色的苍白肌肤,合起的双眼像是疲倦得受不住了,却突然暴睁……他还是那个人,但眼已不是那双眼,那眼中尽是血红,冒着森然杀气,这双眼竟和那水下的狼妖如此相像!

他就是百里屠苏!

百里屠苏往前踏了一步,黑色的煞气像火焰一般在身周沸腾。每一个会拔剑的人都读得懂他身上的气息,那是浓浓的嗜血的杀意,他,已杀成狂!

百里屠苏又迈出一步。他像是携带着一个布满刀锋的结界,将除了风晴雪之外的所有人都向后逼退了一步。

襄铃兽类的本能令她不由自主地退后。她好害怕,好想马上跑掉,离开这个地方,离这个人远远的。她心里知道,这是她的屠苏哥哥!可她为什么这么恐惧,恐惧到浑身发抖、不能自已?

一切都只是一瞬间。风晴雪踏着刀锋而上,由慢而快,迎着百里屠苏而去。百里屠苏身后的黑气暴涨暴灭,他的眼神也随之明灭,煞气虽强,这样的折磨却已让他的肉体支撑不住,脚步已是虚浮不能自持。

"苏苏!"

风晴雪在百里屠苏摇摇欲坠之时,将他揽入怀中。百里屠苏似乎耗尽了最后一点力气,向前倒在风晴雪温暖的臂弯,双目阖上,陷入了深深的昏迷之中。

"师弟!"陵越第一个清醒过来,不顾牵动伤口,冲上去试探百里屠苏的气息。

"没事！他还活着……"

其他人也小心翼翼地围了上来。

又是一阵巨响，禁地的岩砖地面裂开一条二尺宽的缝隙，大殿的房梁传出吱呀之声，怕是马上就要倾倒。

"快，先出山洞！此处承受不住狼妖与人相杀之力！就要崩塌！"

铁柱观。

一个时辰前还是巍峨坐落山间的堂皇庙宇，此时却满目疮痍，破败不堪。

明羲子此刻顾不得心痛百年基业毁于一旦。人命关天，死里逃生，他只觉得万幸，不仅方圆百里的百姓免遭一劫，就连铁柱观和天墉城的诸位弟子也全数保住了性命。

劫后余生，每个人都难免心有余悸，此刻铁柱观外月朗星稀，空气中弥漫着尘土的味道，那味道中又混着一点腥气。

明羲子一边照看陵越的伤势，一边说道："贫道适才又去禁地附近探查一番，狼妖气息已然全无，竟像是……像是死透了一般……"他自己都不能相信这样的猜测，但是这寂静四野，平和沉睡，哪里又还有狼妖的气息。

陵越合着的眼缓缓睁开，笃定地叹道："是我师弟……将它杀了。"

"这……令师弟究竟何方高人，那一身凶煞简直令人不敢直视……凭一己之力将狼妖斩于剑下，实在……匪夷所思！"

顺着明羲子的视线，能看到昏迷在风晴雪怀里的百里屠苏。风晴雪握着百里屠苏的手,眼珠一丝不错地望着他。襄铃蜷缩在一旁,像是受了极大的惊吓,又像是难过不已。

陵越打起精神站了起来,走向风晴雪,陵孝等人连忙跟上。来到近前,陵越看到风晴雪握着百里屠苏的手上蓝光浮动,似是在度气,不禁微微蹙眉。

"你在作甚?将师弟交予我。"

却不料风晴雪看上去那么温柔的一个姑娘,只是坚决摇头:"苏苏说过,不想跟你们回去。"

陵孝怒道:"由不得他!本已是私逃下山,此番还闯下大祸,即便救了众人又如何?身为天墉弟子,理当回门派领罪!"

陵越抬手阻止陵孝,平心静气地说:"师弟伤重,应回昆仑静养。"

风晴雪摇摇头:"苏苏是因为用了煞气才会……我、我帮他治。"

"煞气?他那身超乎寻常的悍横之力?"陵越又看看两人握在一起的手,"如你眼下这般,便是替他疗伤?"

风晴雪点点头,蓝光柔润不绝,看起来百里屠苏的面色确实比刚从水上出现时恢复了许多。

"大师兄,和她多说什么,直接将百里屠苏带走就是!"

一声鹰啸由远而近传来,还有清脆的语声和一阵纷杂脚步声伴随:"凶什么凶?欺负女孩子啊!"

果然是阿翔落在百里屠苏身边,低头啄啄闻闻,查看主人的伤势。

"兰生、大鸟!还有……红玉姐?"风晴雪见到朋友出现,心中总算安定了几分。

陵越听到风晴雪称呼，略现疑惑神色，看着红玉："红、玉？"

"哟！几日不见，妹妹你们怎么如此狼狈？"红玉假装没瞧见陵越的眼神，只上下检视二人的情况。

方兰生也紧张地跑过来："木头脸一副要死不活的样子，怎么回事？"

"他受了伤，应该暂时醒不过来……"

"哇！什么人能把木头脸伤成这样？襄铃也没精打采的，是不是谁欺负你了？我替你教训他！"

襄铃忍住委屈，摇摇头："没……"

"红玉姐、兰生，别让他们把苏苏带走。"

陵孝一听这话更是不着调："百里屠苏回天墉城受罚，乃是依循门规！何况，他从水中现身时满身凶煞，分明入了邪道，我天墉城可没教过这样的功夫！此等大逆，应当交由掌门亲自发落！"

"哎，瞧你这副穷凶极恶的小模样，说不定是歹人！我可不放心百里公子跟着你们走。"红玉长袖一摆，语气虽然调侃，架势却隐隐含威。

"你！"

明羲子忙领着几位徒儿走上前来："禁地之事虽凶险异常，不料最后竟绝处逢生。陵越贤侄，过往因由，本门亦不愿多作计较，如今只替芸芸众生谢过令师弟除此大患！感念恩义，我等自是不便再过问他与天墉城之事。"

这话，表面上是置身事外的意思，其实不过是含蓄表明不支持陵越等人带走百里屠苏，更不会相帮。

陵孝也听出这层意思，有些急眼了："观主，怎可如此？"

陵越听了此话，却淡然颔首："观主之意当能体会，陵越不至强求。"

明羲子见陵越已然了悟，安心道："禁地崩塌，尚有诸多事情须料理。观中人丁本不兴旺，其他弟子俱在外云游，贫道与几位徒儿先返回观内，作些计较。"

陵越行礼："是陵越思虑不周，祸及铁柱观！待我回山禀报，天墉城定会派人前来相助。"

"贫道先行谢过！贤侄与令师弟若有所需，皆可来观内歇息，我等定然尽心关照。"说完，明羲子便带着几个弟子离开了。

陵孝犹不死心："观主……"

陵越伸手止住他多余的话："陵隐、陵孝，准备返程。"

"返程？那百里屠苏如何处置？"

"陵端几人须尽快休养，不可再多作逗留。回山之后，我自会禀明此间种种，交由掌门定夺。"

"大师兄，即便观主不愿插手，凭我三人，又何须退让？"

陵越怒道："你还不明白？莽撞行事，终要害人害己。今次我险些令几位师弟白白舍身，亦是教训，待返回门派，定会自请责罚！"

红玉从旁看着陵越的应对，不由得赞许地点点头："不错、不错！一日三省，作为紫胤徒儿，总还不算太糟。"

听到"紫胤"二字，陵越欲言又止地看着红玉："你……"

红玉歪头浅笑："有何指教？"

陵越最终还是摇摇头，转向风晴雪："这位姑娘，请照顾师弟。"

风晴雪点头应道："你放心。"

纵使诸天墉城弟子心有不忿，也不敢违逆大师兄的号令，于是恨恨地随着陵越走了。

断壁残垣之中，只剩下五个人一只鹰。

方兰生困扰不已地开口："我、我都糊涂了！快给我说说，从藤仙洞分开，你们都遇上些什么事？木头脸怎么会变成这样？"

风晴雪见欧阳少恭并没一起回来，也不由得问道："那你们呢？找到少恭了吗？"

"少恭他……"

红玉指指昏迷不醒的百里屠苏和愁云满面的襄铃，又戳戳方兰生的脑袋："傻猴儿，这哪里是说话的地方？莫说百里公子须得静养，我看小铃儿亦是神色萎靡，先离开这儿，寻一处安顿下来才是。"

阿翔也鸣叫一声，仿佛点头附和。

第五章 安陆闲居

　　所有的灯火都已熄了,天地间只剩微微的星光。唯独那扇窗中发出荧蓝色的光晕,透在窗纸上是一片盈盈的幻彩,映着一个模糊却温柔的身影。

安陆，夜

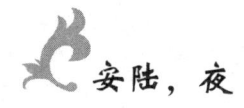

所有的灯火都已熄了，天地间只剩微微的星光。唯独那扇窗中发出荧蓝色的光晕，透在窗纸上是一片盈盈的幻彩，映着一个模糊却温柔的身影。

襄铃在窗外的大树下抱膝坐着，望着那奇异的光亮，暗夜之中松了心防，一双尖尖的狐耳已悄然现出头顶。她眨了眨眼，天生明媚可人的眸子，却笼着一层摆脱不去的黯然。

已经整整两天两夜，对面那个小小的客栈房间中的蓝光，一直在这样闪动着。光色已经渐渐变得暗淡，显见那施放出这份幽蓝的宁静力量的人，已经由于过度劳累，渐趋虚弱不支。

是风晴雪在为昏迷的百里屠苏度气。这两天来，她似乎成了屠苏哥哥唯一能够依靠的人，成了屠苏哥哥身边最重要的人。而襄铃自己，却连屠苏哥哥昏睡着的那间客房都不敢迈进——只要稍稍接近一点，就会被他身上笼罩的煞气吓得浑身发抖，只想幻化出原形，冲着不管什么方向逃窜而去。

就是、就是这样的害怕！

天似乎又快亮了，襄铃打了两个寒噤，甩甩头，藏起狐耳。拖着脚步站起来，心里空落落的，一不小心，竟在树根上绊了个趔趄。

"哎呀！小心！"一个压低的声音惊慌地叫了一声，紧接着有人大步奔过来。襄铃灵巧地一跳，站稳了脚，下一瞬间，却瞧见一个突然出现的身影"嘭"的一声,直挺挺地摔趴在她眼前。

方兰生趴在地上,一时连脸也不想转一转。叫别人小心,自己反而摔了个结实,这种糗事非得在她面前展示一下吗?他不觉恨恨地握拳,捶了下地。

"你……什么时候在这里的?我……都没觉出来呢。"襄铃将双手抱在胸前,低头喁喁地言道。

"哈,没、没有啦!"襄铃发愣之际,笨小子已从地上一跃而起,笑哈哈地拍打自己的衣衫,"我就半夜睡不着嘛,到木头脸这边来看看——我可没有很担心木头脸的意思!只是过来随便逛逛……没想到看见你也在这儿坐着。我看你晚饭好像也没吃什么,所以就去厨房……"方兰生说到这里,从背包里摸出一个油纸包,直直地捧到襄铃面前,"肉包子,还热着呢……你、你要不要吃两个?"

喷喷香的气息隔着油纸散发出来,似乎带着几丝暖意。襄铃眨了眨眼,吸了一下小鼻子,慢慢地,双手抓过油纸包,靠着树根又坐了下来。

果然是好香呢!雪白的肉包子,很圆很小,十二道面褶捏得又匀又细,严实可爱,不像是街摊上或客栈里卖的,倒像是什么人刚刚包好,一个个上锅蒸熟的。

襄铃扁嘴看了方兰生一眼,拿起一个包子咬住。

见襄铃只顾咬着包子,默默地不说话,方兰生小心翼翼蹭过身子,见襄铃并没反对,也没皱眉头,这才"咕嘟"地咽了下唾沫,靠着她的身边也坐下来,与她并肩抱着膝盖。

"啊,那个……"发了一会儿呆,他终于出声,"这两天你都在这里转悠,这么闷闷的样子,都好久没看见你笑了。我家二姐说过,心中有事,要直来直去地说出来,自己才能过得舒坦;自己舒坦了,亲人、家人……还有朋友,才能放心啊!你是怎么了,可愿同我说说?"

又是一阵沉默,只有襄铃嚼着肉包子的声音。方兰生心下一阵打鼓,不禁反复琢磨起方才自己的话语来,想想是否有哪里唐突说错。正紧张间,却听见小姑娘那幽幽的声音:"我……觉得自己……太差劲了!"

说罢这一句,襄铃眨了眨眼睛,卷翘的长长睫毛上下忽闪,似乎有些水色沾染上来,那表情看起来当真消沉极了。

"我一直以为,自己是最喜欢屠苏哥哥的人,要好好地陪在他身边。"襄铃有些出神地喃喃道,"可是这一次,屠苏哥哥受了这么重的伤……我,我却什么都做不了。"

方兰生仔细地听着她的一字一句,短短时间里,眉眼间的表情不知起了多少番复杂的变化,心中也是一时酸,一时疼,可听完了姑娘的话,还是嘴一咧,挂上一脸微笑。

"别这么想呀,你已经做得很好了!我们一路上遇到那么多危险,大家都一起闯过来,襄铃可是没有一点逊色,还立了很多功呢!有些事也不是所有人都能有办法的啦,像木头脸现在这种状况,红玉那个女妖怪都说了,大致只有靠晴雪的法力才能帮到他。你看,我也没办法帮忙,那我不是也像你说的一样,成了没用的人了?"他笑着开解道,"其实,事情是不必这样去想的呀。我们都是好朋友,都会关心木头脸,所以咱们才会跑来这里看他的状况,不是吗?虽然做不了什么,这份关心不会是假的呀!"

通常说到百里屠苏的事，他多是故作高傲冷漠，就算强词夺理，也不肯承认自己对那个人有一分关心，更不会扯上什么"朋友"不"朋友"的话。可此时，二人独处，面对着兀自落寞的襄铃，他竟不自觉地将这番心迹坦然说出，连平日自己的脾气一时竟也忘了。

姑娘吃完了一个肉包子，似乎有了些力气，咬了咬嘴唇，还是摇了一下头："可是我……我是在害怕啊！连靠近他、在身边陪着他都不敢，有时候一想起屠苏哥哥在铁柱观里的那个样子……都会怕得发抖。我、我怎么会怕他呢？他是屠苏哥哥，最好、最厉害、最保护我的屠苏哥哥啊！我真的好没用……不，不仅是没用，我……我觉得我好坏！"

说到这里，姑娘竟不禁哽咽了一下，委屈得就要哭了。

方兰生一见她的泪意，吓得一时忘形，双手一下子握住了襄铃双肩，忙不迭地高声劝慰起来："怎么可能！襄铃是最好的姑娘啊！最温婉、最娇俏、最可爱、最……最漂亮，呃呃，最最善良了！一点都不坏，一点都不，真的！"他瞪着双眼，忽然这样大呼小叫起来，弄得襄铃一阵惊愕，呆呆地睁大一双妩媚的眼睛，望着他说不出话来。

被心上姑娘这双要命的眼睛一望，方兰生只觉得两边脸颊上忽地烧了起来，这才意识到什么，忙把手缩了回来，一时僵住，好像从生下来到这个世上，就从来没有这么窘迫过，连"阿弥陀佛"四个字怎么念都忘了个干净。

这个时候，菩萨自是不会来拯救他的，总是絮絮叨叨的圣人也不见了踪影，将他从前所未有的困厄中救出来的，却是一声低低的笑声。

襄铃就在他的眼前扑哧地笑了出来。那是真正的破涕为笑，两只眼睛里盈盈的水光还没褪尽，却看得出她是真的轻松了下来。

"笨冬瓜。"襄铃笑着，跳了起来，"这肉包子挺好吃的，以后……还能吃到吗？"

"能，随时都能！什么时候想吃，跟我说一声，说一声就好！"方兰生如蒙大赦般地跳起来，一下子激动兴奋起来，只觉得那姑娘一笑一垂首间，天地大开，光明大放，一切都变得那么美好起来。

"这就是情……情之所至的神奇吗……"他陶醉得一时痴了，自己心里乱七八糟地遐想着，过了好一会儿，才发现眼前所见原来并非幻象，更不是什么情动引起的奇迹。

是天真的亮了。

安陆县这座宁静而美妙的小城，太阳就这么静悄悄地跳出来，好像跟人们藏猫猫似的，慵闲，却调皮。

天亮之际，百里屠苏下榻的客房中，幽蓝色的光芒突然灭了。这光亮连续两天两夜映照着那扇窗，一刻也不曾断绝，此时骤然熄灭，方兰生与襄铃两人饶是刚刚还在言笑之中，却也不禁双双一怔，同时将目光向着那客房转了过去。

担忧之色才上眉梢，却见那房间的门从里面推了开来，身材高挑、一身红裙的红玉，搀扶着风晴雪慢慢地走出来。风晴雪似乎很累很累，一手搭着红玉的肩膀，深深垂着头，都看不见她的脸孔；勉强走了两步，她身子一个下沉，整个人好像昏软了似的倒了下去。方兰生和襄铃都不禁一惊，叫着奔上前来，幸而红玉好像对风晴雪的状况早有预料似的，一下抄住她纤细的腰身，将她稳稳地横抱起来。

"怎么了？"方兰生奔到近前，"别是一个还没醒，这个又昏了！"

"放心！晴雪并无大碍，只是这两日两夜以来，劳累太过，这会儿禁不住，睡过去了。"红玉淡定地言道，"这么多个时辰连续运功度气，就算是修道有成的仙人……"她无意提到仙人二字，忽地顿了顿，转而接着言道："也难免要伤损精神。晴雪妹子这样一个年轻女孩，虽是自小修为，毕竟功力不深，能如此坚持，真叫人感叹她是个奇人，更佩服她的意志，尤其是对百里公子的这份用心呢！"

这番话说下来，方才刚刚宽解了些的襄铃，淡淡愁色却又不禁笼上了眉梢。红玉那双洞察人心的眼睛扫见了她微微变化的表情，心下似有所思，却未说破。倒是方兰生焦急的话语，打破了这一瞬的沉默："那木头脸呢？到底怎么样了？"这只平日最爱找茬较劲的猴儿，这时不禁向房中张望着，口中不觉问道。

红玉轻轻摇头，转而微微一笑："幸得晴雪妹子这两日运功照顾。百里公子体内的煞气虽难以驱散，却已暂时平复，料来短时之间不会再侵蚀他心智，伤他身体。此刻人犹在昏迷着，唉，猴儿……"她忽地唤了方兰生一声，"你不是下厨很拿手吗？不如趁此时去借用一下客栈的厨房。百里公子已昏迷两日，稍后醒转，必定饥饿，你去弄些什么好物来，正好填他肚腹。"

"什……什么？我、我才不给他做呢！"方兰生听得这话，一下子收回了目光,在红玉面前跳起脚来。

红玉却只笑笑,绕开他,抱着熟睡的风晴雪,往百里屠苏隔壁的客房而去。

"喂!你……"方兰生还想说什么,却已无言,蓦地想起了什么,转头看去,方才还静静站在大树下的裹铃,不知什么时候竟没了踪影。他一个人站了片刻,搓了搓手,嘟囔两句,忽地四下里寻摸,口中叫道:"周大厨,周、周大厨!你在哪儿?小生……小生还要再借一下贵店的厨房啊!"

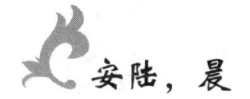

安陆,晨

百里屠苏似还在梦中,血雾弥漫,不见天日,那个邪煞却透着解脱的声音响在他的耳边。

"战得痛快!本座输了!小子,那些杂碎值得你拼到这个地步?你可莫要后悔!"

"我的朋友……你要杀他们,我只有杀你!"

"真是情深义重!但愿他们永远别背叛你,永远把你当朋友,而不是一个怪物!不然你可要落得和本座一样,日日夜夜饮恨无边!小子,本座命不久矣,只等这口气散了……最后便送你件宝贝,接好!"

一个紫黑色的光球飞至百里屠苏额前消散:"唔!何物妖邪?"

"妖邪?不识好歹!此乃本座内丹,多少修行之人求而不得!此物不但可助你功力长进,日后修炼更会事半功倍!还不谢过本座?!"

"收走!我无须这东西!"

"融进去了,再取不出来!还要告诉你,它也会令你体内煞力增长,越发难以控制!可惜本座无法亲眼见你发狂而死、众叛亲离的那一天。可惜啊小子!死前就好好享受你所得到的力量吧!哈哈哈哈……"

那声音渐渐消逝,可自己身上升腾的紫黑火焰却越燃越盛——"啊——!"

静默之中,耳边传来悠远美妙的歌声,像是林间精灵的吟唱,像是清风流水温柔拂过。

像是漆黑永夜中残存的一点光。

"歌……声……是谁……"

"晴雪……在唱歌……"

"我不会输……"

"狼妖,无论生死……休想我会输你!"

"百里公子,你终于醒了啊!"是女子低柔的声音。那温然的问候,仿若隔世一般遥远,在黑暗退去、光明入眼的那一瞬,直入耳边。

百里屠苏失神的双眼直望着半空,仍是茫然了好一刻,忽而意识一醒。

是红玉?他动了动手腕,撑起自己的身子,身体荡过一波如同碎裂般的剧烈酸痛。他未曾多顾,径直坐了起来,转头看向床边坐着的红衣女子。

一声明亮的鸣叫,身材肥壮的海东青突然扑棱着翅膀,飞落到他的身边,开心地跳了两跳。

"阿……翔？"百里屠苏张开干裂的唇，说出生死梦魇之后的第一句话。海东青给予了欢快的回复，又是两声表示亲昵的低鸣。

"公子这一梦，很长、很辛苦吧？"红玉独坐在床边的椅子上，面带微笑，语声柔和，"直到方才一刻，公子仍在梦呓，始终不停地说着'休想''我绝不会输你'……想来与那狼妖植入公子体内的邪物对抗，必是无法想见之艰难困苦。"

听得此言，百里屠苏一怔，眼神中闪出警惕之色，同时一只酸痛的手立时抚上了自己胸口。

"妖气似已融入经络。"红玉言道，眉梢不禁一丝悲戚，"公子凭一己意念克制于它，不惜一身伤痛，着实令人敬佩。但那邪物也确实厉害，只恐日后公子身上之不明煞气更会为它所激发，将来的日子苦痛尚多。"

百里屠苏闻得此话，默默不语，将抚住胸间的手放下。细细体察，来自噬月玄帝的内丹之力确实已潜伏在自己体内，不知为何，竟暂时收敛了魔性烈焰，变得较为安静。饶是如此，经络间犹能感觉到阵阵灼烧隐隐发作，仿佛那颗历经恨火烧炼的狼心，随时都会冲破这具本已被煞气缠磨的身体，烧尽整个世界，也烧尽他百里屠苏的灵魂。

正邪之界，存乎一心，凶险万丈。这条路，当真是越走越艰难。

"那狼妖……"半晌沉默之后，百里屠苏艰涩地开口问道。

红玉不待他说完，已自会意，答道："公子放心，那狼妖确已死了，诸人均安然无恙。"

这句"安然无恙"，当真是百里屠苏未尝问出口、却在心里最牵挂的答案。

听得此语，他苍白的脸上，神色一时轻松了许多。

"眼下我们安身在铁柱观北面的安陆，此处是客栈。常言'大隐隐于市'，料想天墉城的人若要寻你晦气，闹市中也须有所顾忌。"红玉接着言道，提起天墉城，特意放慢了一点语速。

百里屠苏抬起眼睛："师兄他们……"

"走了，走得一干二净。不过，可没说不再来。"红玉微笑。

百里屠苏点了点头："我记得，从水底出来，意识全无……后来，发生何事？"

红玉言道："我与猴儿……便是兰生，赶到那会儿，铁柱观禁地已是塌了，天墉城的人想将你带走，我们自然不让。观主感激你斩杀狼妖，除去大患，也不肯相帮天墉城，那些人只得走了。说起来，还多亏你这海东青聪明。当初在甘泉村，它见你们几人被带走，大概便偷偷跟着，到铁柱观后，竟又回头来寻我与猴儿。好在我俩仍在村子附近，未去得太远，便一同赶去铁柱观里，接应上了你们一行。"

百里屠苏闻听，脸上不禁又浮起一层忧色："未去得太远？那么你们二位……可有救回欧阳先生？"

红玉摇了摇头："追丢了。倒是小瞧了青玉坛的弟子，他们在村外还埋伏有接应之人，身法均是诡秘莫测。我们追去没多久，便失了他们的踪影，只好暂时放下欧阳公子，先来顾及百里公子你们的安危。"

百里屠苏的眉不禁蹙了起来，满面忧色道："这却糟糕。"

"百里公子莫要焦急。关于玉横与青玉坛一事，我已听猴儿说过了。想那雷严既是要威逼少恭为其所用，那么纵使少恭落入他手，他也定不会轻易伤他。"

"那要寻回先生，岂非全无线索？"百里屠苏哪里能不焦急，又欠身问道。

"公子静养为先，切莫过于担心，料想少恭暂无性命之忧。过几日我们便起程去衡山，寻一寻青玉坛所在。这个修仙门派多半有些隐蔽之法，说不得要费些工夫。"红玉出言宽慰，心中已有了主意。

听得这样明白的话，百里屠苏也心下稍定了些。垂首思忖，他的一双长眉又凝了起来："红玉姑娘屡次仗义出手，不知……"

红玉嫣然一笑："一再碰上，也算有缘分了。猴儿已盘问了我许久，只是我的来处，并不便说与大家知道。若是几位信我，我便与大家同行；若能找回玉横，也算功德一件，若是不信……"

百里屠苏摇摇头。他从初见红玉之时，便觉得此女并非妖邪，反倒带着一缕熟悉的凛然剑意。若她不愿说，那便罢了。百里屠苏刚欲说些什么，客房的门却忽然开了。

"哈！木头脸醒了。"方兰生的声音当先飞入，人也快步奔进来，身后跟着默然垂首的襄铃。

"猴儿才来！怎么要你办个事儿慢慢吞吞，半点也不见利落？"红玉笑而言道。

"你这女妖，干吗总叫我猴儿？把本少爷当跑腿的使唤，还嫌这嫌那！古人说得太对了，唯女子与小人难养也！"方兰生一边口舌不让于人,一边小心翼翼地端着碗热粥,轻轻地放在客房的桌子上。

红玉一指那粥:"我估摸着百里公子也该醒了,便让猴儿去弄些米粥来,公子好歹要进食一点。"

百里屠苏见了,却只哑哑地说了四个字:"并无胃口。"

"什么?"方兰生喊道,"死木头脸!本少爷辛辛苦苦熬的粥,你敢不喝?"

话音未落,一向脸如木雕的百里屠苏,都露出了惊讶的表情。那双锐利的目光直望向方兰生,不过此刻却全无锋芒,只是一片茫然。

"哟,原来是贤惠猴儿亲自熬的!我说呢,老远就闻着香味,客栈里的厨子可不一定做得出这好东西。"红玉打趣道。

"我、我……我不过看他被狼妖打得可怜,才随便做做,没特别花心思!"方兰生在那里支吾了半晌,总算说出辩解之词,"那什么……子曰'苟志于仁矣,无恶也',我这叫心胸宽广,不计较他以前那些恶行。"

屋里一阵更为尴尬的静默。片刻后,却闻得那病榻上传来一声低哑的话语:"多谢。"

"什么?"方兰生愣了一会儿,突然夸张地瞪大眼睛,跳了起来,"你……对我说的?"他指着坐在榻上的百里屠苏,不敢置信地大声追问,"谢我?!"

这时候再追问,百里屠苏那里是不会再有一言答复了。

"完了完了!木头脸被狼妖打坏脑袋了!"方兰生径自得出了一个结论,像是一时崩溃了般,在屋里惊慌地转起圈来,"看着我!再说一遍!"

百里屠苏摇了摇头。

"你什么意思？"方兰生停住脚步，呆问。

"好话不说两遍。"百里屠苏忽然撂下这么一句。

"你，气死我也！死木头就是死木头，别指望开出花来！"方兰生又是跺脚，又是挥拳头。

看到房里的氛围活络了起来，一直窝在角落里不曾说话的襄铃，这时方才好像大着胆子，悄悄靠前了两步："屠苏哥哥，我……"她张口想要说什么，双眼看一看百里屠苏的脸，仍是禁不住想要退缩。

百里屠苏望着她，只是点了点头。

"平安便好。"他转而问道，"为何，独不见晴雪？"

"公子也晓得晴雪妹妹那性子，来了安陆，瞧着什么都新鲜，一个没留意就不知跑哪里去了。"红玉顺口便答了一句。方兰生听了不禁一怔，转头去看红玉，刚想要说什么，却心头一动，戛然止住。

百里屠苏却看出了端倪，蹙了眉道："勿要相瞒。她……受了伤？"他问话的声气似是十分小心，显是对这个答案万般在意。

看着他那样子，红玉摇头叹息："唉，就知道骗不过的。"继而坦然言道，"实不相瞒，在客栈住下后，公子忽然发热不止，药石罔效，把我们都吓坏了。后来是妹妹一直度气给你，将你体内那股煞气压制下去，你才慢慢好转。她不眠不休熬了两天两夜，实在太倦，今晨刚刚睡下。"

"哼！你可要好好谢谢人家，不然说不定你的小命已经没了。"亲眼见到风晴雪劳累昏睡的方兰生，此时忍不住出言主持正义。

"人在何处?"百里屠苏略略沉默,问道。

"公子想去见晴雪妹妹?"红玉眉梢轻扬。

百里屠苏不言,只一点头。

红玉也点了点头,唇边却起了一丝微不可察的笑意:"就在邻着的房间,去便去吧!不过总要把粥喝了才是,空着肚子乱跑却是不行。"说着,端起方兰生煮好的粥,递到百里屠苏面前。

百里屠苏望着那微泛热气的清粥,默默地点了点头。

百里屠苏将一碗粥吃得干干净净,觉得身子松泛了许多,也有了些力气,未与几位伙伴多言,便有些忙忙地放下粥碗,推门走出屋来。他出来的时候急切,站在风晴雪的客房门前,却反而迟疑了,不知怎地,就是无法迈步进去,抬起手想要敲门,那手却又空悬着,没落上那块薄薄的门板。

"不必敲了,多半还睡着呢。"红玉不知何时竟已来到了他身后,低声一语,却说得他一怔。

"想进去望一眼,求个安心,便去呗。"那仿佛能看透许多人情世故的红衣女子轻轻说着,似乎还带了几分笑意。

百里屠苏直直地看着面前的房门,一向冰冷严肃的脸颊上竟泛了一片微红,也不知被那站在身后鼓劲的女人看去了没有。他又这般沉默了一会儿,终究是一如往昔,坚定地点了点头。

进入客房,见这间房还是一派整洁,仿佛根本没人住过,显然风晴雪两日两夜都未曾踏入过这属于自己的房间。此刻唯见姑娘那纤瘦的身影躺在床上，静静地睡着，呼吸匀净，那背影可看出疲态，但也有种别样的安详。

百里屠苏不敢惊动她，尽量放轻脚步，坐在床边的凳子上，默默地看着那女孩。

这般望了不知多久，那熟睡的女孩却似梦中有什么感应似的，忽地睁开了眼睛。

"是苏苏？"她喃喃发问，语声中犹然睡意未散，却有几分惊喜。

"嗯。"百里屠苏见她终是醒了，只木讷地应了一声，再说不出更多的话。

风晴雪一下子坐起来，上下望了百里屠苏一遍，才放心地笑道："你醒过来了。太好了！"

"是你救了我。"须臾，那少年只是讷讷地道了一句。

"啊？什么救不救的，要没有苏苏，我和其他人早被那头大狼'啊呜'一口吞了，是苏苏救了大家才对呀。"风晴雪笑了起来，语声轻快，全不像刚刚辛苦了两昼夜的疲惫之人。

百里屠苏言道："你若疲累，还是躺下歇息，我先走了。"说着便要起身。

风晴雪摇头挽留道："别担心！我身体好着呢，睡一觉就什么事儿都没了。"她笑着，脸上转而现出一丝温柔，语音略低了些，"倒是苏苏你，应该多休息一下。"

百里屠苏一时竟然语塞。望着这关切之意，听着这暖人之声，他愣了一会儿，不禁闭上了眼睛。

"你……怎么了？还头疼吗？"风晴雪见他脸色黯然，不禁担忧地问道。

"仍是连累他人。"那闭着眼睛的少年严谨地合着嘴唇，半响，却是说出这样一句，沉沉的嗓音中，满是自责。

风晴雪全然不解："你说……什么？"

铁柱观中，陵端的指责句句都落在百里屠苏心中。百里屠苏虽不齿陵端的为人，却难以回避那些话——死去的族人和母亲、师尊和师兄因自己而伤、下山后又与同伴屡遭险境……

百里屠苏睁开双眼，黯然言道："本以为我与门派之事，不会牵连如此之多，结果却令诸人身处险地、危及性命……是我太过自负，不知进退。又或者我身负煞气，只会给别人带来灾厄……"

"苏苏！你再这样说自己，我要生气啰。"风晴雪听了这话，几乎是不假思索地言道，"已经发生的事，没办法再改变了。可后来你不是一直在努力挽回吗？我想，那种煞气在身体里翻腾的感觉一定很痛苦……是别人根本想不到的。苏苏连命都不要了，在救大家，这样，总比出了事情却没法弥补要好吧？"

百里屠苏只是摇头："那又如何？诸事因我而起。"

风晴雪不禁凑近了身子，似乎有些急切，叹道："哎，苏苏你太死脑筋了！就算一人做事一人当，可再厉害的人也不能把所有事都往身上揽啊！再说，火是我点的，我不也犯了大错？"

百里屠苏听了，立即摇着头，凝眉言道："这怎能相提并论？"

风晴雪却拦住了他的话头："我还没说完！我……我还偏心，我做不到完全不偏袒朋友，眼下才会和你讲这些话。假如哪一天，真的有人被大狼杀了，我不知道自己还能不能安心说出这些……"

百里屠苏看着眼前的这个姑娘，讶然的神情不觉渐渐变得柔和下来。这似乎是许多年来未曾有过的感觉吧？一个人，如斯的稚拙与真诚，让他这个挥剑成痴的犀利冷峻之人，感觉到这般的和善，这般的温暖。虽然这份卸下攻防之心的感受，只是柔柔地挂在心头，就连自己也还未曾明晰。

风晴雪又道："幸好……幸好大家都没事，都好好地活着，这才最重要，是最好的结果，不对吗？苏苏，你不能只看到坏的事情，要是有好的事情，你也应该高兴起来。"

百里屠苏认真地听着她的话，不知是在思考，还是在想别的什么，有顷，默默地点了点头。

百里屠苏听劝了！风晴雪脸上不禁流露出简单而明快的笑来："别闷闷不乐了！红玉姐说你是杀死铁柱观大狼的英雄。哥哥讲过，英雄就是很了不起的人！"她开心地说道。

百里屠苏却似留了心，一怔之后问："你，喜欢英雄？"

"只是佩服那些很厉害的人呀！"风晴雪笑道，"嘻，不过——只要是我的朋友，不管什么样子，我都喜欢……"

喜欢。

这两个字的尾音似乎在静静的小房间中徘徊了片时。百里屠苏听清了它时，禁不住地，轻轻又一点头。

说出那两个字来的女孩，脸上却露出少见的惊讶。

"咦？苏苏，你刚才……是不是笑了一下？"她盯着百里屠苏的脸，惊讶地问道。

那寡言的少年笔直地坐着，哪里还会回话。

"是不是我眼花了？"姑娘又轻巧地追问一句。

静静的小房间中，仍是安静得连窗外鸟鸣都听得十分真切。

百里屠苏突然觉得一阵难得的困意袭来，很想好好地睡一场，没有噩梦和残碎的过往，只有这暖暖的、轻幽的香。

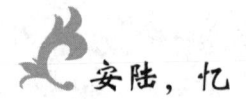

安陆，忆

百里屠苏带着一身伤痛与疲累，连续在这安静的小客栈中休息了几日，凭着根骨清奇，已是渐渐好转。不知是安陆县这幽静干爽的空气，还是那一丝缭绕不绝的暖意的力量，几乎拆断了筋骨般的疼痛竟逐渐消弭，就连可怕的狼妖内丹之力，也似乎更加安分了些。

这一日，百里屠苏心中挂虑着许多事，早早便起了身，预备去请几位伙伴前来一叙。却不想人还未出门，几个人竟先到了，小小的房间，一时热闹起来。

"今日风和日丽，我们几个为什么要闷在屋子里，不去外面走走？"方兰生一进门，就左顾右盼道。

"猴儿真会顾左右而言他！之前不知是谁先说要来探望百里公子，到了这儿又装作一副不相干的样子。"红玉的打趣接踵而至，果不其然，又逼得方公子面红耳赤起来："我哪有装作不相关！不，我是说，那人是谁？这么找没趣，要来瞧张木头脸！反正不是我！"

红玉连连失笑，方兰生无奈，只得自己瞪两下眼，不再作声。

襄铃凑上前来，低低问了一句："屠苏哥哥……你好些了吗？"

百里屠苏点了点头。

"既是如此，今日再稍作休息，明天一早便起程去衡山。"红玉说出了下一步的行动计划。

"衡山离这儿好像挺远。这么多天，也不知少恭怎么样了！"方兰生似乎忘了自己对红玉还远没盘问清楚，已经习惯性地接纳了她为同伴、听从她的每一次建议。

说起衡山，他忍不住又担忧起来，又急又恼地言道："唉！桐姨她……她又为什么会帮着那些人呢？一定是哪里搞错了……那什么浑蛋雷严，要是敢害少恭，本少爷一定不饶他！"

风晴雪安慰他道："少恭一定会没事的！那些人不是还想请他帮忙？"

方兰生怒道："什么帮忙？就是炼些伤天害理的破烂丹药，少恭才不愿意跟他们同流合污！"

"今日便往衡山亦可。"百里屠苏的一句话忽然迸出。方兰生、风晴雪与襄铃听了，都不禁看着他，略略有些惊讶。显然是方才担忧欧阳少恭的那些话，又激起了百里屠苏心中的焦虑——这个人，念起伙伴的事来，总是有奋不顾身之态，虽说嘴上未必言明。

还是红玉摇头否决道："我看还是莫要托大。百里公子的凶煞之气发作起来委实吓人，多休息一天也稳妥一点。若此时上路，我却是放心不下。"

方兰生连忙接过话茬儿，一说出来，却又跑了偏："对啊！

我一直想问,那铁柱观的狼妖什么来头?该不会是木头脸你太弱了吧?随随便便就被打趴下了!"

"猴儿不懂,莫要乱讲!"红玉不禁神色一正,"铁柱观在诸修仙门派中虽声名不盛,却也并非默默无闻,尤其是十七代掌门道渊真人乃众所皆知的道术天才。那狼妖既是由他亲自出马禁于水底,定非等闲妖物。百里公子独身一人将其除去,已是不可想象的惊人之举。"

方兰生做了个"哦"的口型,点了点头:"木头脸是因为所谓的'煞气'才这么强?听你们一直说煞气,那到底是什么玩意儿?"

百里屠苏身上的煞气,方兰生确实还未曾见过。此刻他这一问,房中却一时静了下来。亲历过百里屠苏昏迷治疗过程的风晴雪、红玉二人自是沉思,几乎被那煞气吓坏了的襄铃更是双肩微微一缩,抬眼看着百里屠苏,不敢出言。百里屠苏,此时更是沉静。他似乎在深思着什么,端然坐着,良久良久未曾开言。

"公子若有顾虑,不说亦是无妨。"过了片刻,红玉出声提醒了他一句。

百里屠苏却摇摇头,开口言道:"我与师门之事,已将诸位牵连进来……自当讲个明白。"

"哈,木头脸你早该开窍了!我们如今是一根绳上的蚂蚱,呃,我是说那什么,同舟共济。"方兰生一拍双手,"哪儿还有遮遮掩掩的道理?!"

百里屠苏微扬起头,看着窗外,心中一时十分茫然,那些破碎的往事,不知该从何处说起。纠缠着自己一身,甚至自己一生的,又何止是这一团来历不明的煞气!

须臾,他轻吐了口气,用简而又简的话语,勾勒出那段破碎的往事——

我自幼生活在一个南疆的小村落,族中供奉女娲大神。我们的村落有结界保护,外人不得入内,族人也不得随意外出,世世代代隐居在此,为的是守护……可到底守护什么,我也说不清。这样的日子,虽然乏味,却也平静安逸。

我的母亲是族中的大巫祝,背负着神赐下的使命,也担负着全族人的命运。而我不过是个顽童,每日总想着外面的世界该有多好,有没有机会溜出去玩。

就是那一年,村里突生变故。不知哪里来了一群法术高强的恶徒,竟欲将整个村子屠尽!

等我醒来的时候,恶徒已经离去,整个村子的人都死了,母亲也死了……满地都是血……只有我活了下来。

虽说是活了下来,可我脑中的记忆遗失了大半,所有的过往——包括那一场变故,只剩下支离破碎的画面,就连杀死母亲的那些人的面容,都模糊不清……我的身体似乎也出了什么差错,总像是处于烈焰之中,灼灼不停,痛苦难当。

来处尽毁,一片模糊。

而去处……不知在何方。

这时师尊出现了。他就是天墉城的执剑长老紫胤真人。真人云游四方,途经南疆时感受到血光之气突生,料到此地必有大灾。他赶来之时,只看见我浑身浴血,躺在遍地尸骸之中,身上煞气纵横,身边的地上丢着这把焚寂断剑,红光莹莹,似有生命。

师尊收我为徒,带我来到天墉城,但我体内那莫名的煞气,每到朔月便会发作,痛苦不堪,更会令人凶狠嗜杀。便是平日,若是受人相激,也难免失控。

师尊不让我与其他师兄共同练剑,以免出现意外。

我身负血海深仇,每日只是闭门苦苦练剑,少与他人来往。由于我怀有凶煞之力,又遭遇剧变,记忆混乱……那一年,大师兄私下找我比剑,我一时失控,神志为煞气所侵,险些失手将他杀了……

自那以后,师尊对我看管越发严格……却不料,几个月前,我被魔魅入梦,生死一线。

师尊爱徒心切,魂体相离,入我梦境施展"镇魔之术",虽灭去魔魅,却也遭其邪气侵心,不得不闭关静养。就在他闭关之时,我被指派与师弟肇临一同抄录典籍。不料肇临师弟突然暴毙室内,天墉城上下皆指我为凶手,我百口莫辩……我私自下山,为门规所不允,可我想弄清楚的事情太多——灭族的凶手、遗失的记忆、煞气的来源……还有,抱着一点微茫的希望,想令母亲能够……

说到最后,百里屠苏已是一脸苦涩。

几个伙伴都陷入沉默。他们明白,百里屠苏所经历的苦难,又岂是短短一段话所能道尽的!

良久,还是方兰生最先打破了沉默:"所以你向少恭求起死回生药,就是为了救活你母亲……"

百里屠苏点点头:"过去的那个我,随母亲的姓,叫韩云溪。而从那一天开始，我给自己重新起了名字，随父姓，叫百里屠苏。"

屠绝鬼气，苏醒人魂。他想要苏醒的，不仅仅是他的母亲，还有他的亲族，他的故土，还有……他自己的回忆吧？方兰生想起在翻云寨时初见百里屠苏，还曾取笑过他的名字，却不料今日……不由得心生羞赧。

襄铃问道："屠苏哥哥一点都不记得，是谁害了你们村子里的人吗？"

"残存印象，不甚清晰。"

红玉却是一震，追问道："百里公子曾见村人死后被吸走魂魄？"

百里屠苏似乎在努力串联着碎片般的场景，幽幽言道："脑中模糊记忆……与玉横吸魂情形十分相似，应是无疑。"

"公子幼时可曾见过玉横？"

"似有熟悉之感。其他的，却也想不起来。"百里屠苏说着，略有落寞之色，"欧阳先生说过，吸魂之术古来被目为禁法。我不希望此法再祸及他人，故执意与先生踏上找寻玉横之途。何况……即便没有吸魂，仍是飞来横祸，便如甘泉村中……"

方兰生又愤怒了起来："全是青玉坛那群叛徒搞的鬼，不知道他们到底要干什么！"

"如今想来，无非是觊觎魂魄之力。"

众人忧心百里屠苏所背负的责任太多，回想起江都瑾娘所说，更觉沉重，试图开解，又不知从何说起。

"那什么，木头脸，劳生惜死，哀悲何益，你……"方兰生挠着头，奇奇怪怪的话又开始冒出嘴边。

却不想百里屠苏点头应道："须行之事尚有许多，必不会耽于过去。"

众人顿觉安心，便各自散了，以便令百里屠苏再多加休息。风晴雪走在最后，待众人都离去后，她却忽然转过身来，看着百里屠苏笑了一笑。

"苏苏，说出来了，会不会好受一些呢？"女孩微笑着说道，"天大的事情，只要有人愿意分担，也就没那么难过了。我知道苏苏是个坚强的人。刚认识那会儿我就在想，这个人明明得了怪病，可一点不像别的病人那样，总是一副痛苦模样。可是，再坚强的人，偶尔接受一下别人的关心，偶尔软弱一下，也没有关系吧！苏苏你说呢？"风晴雪说完这番话，转身笑着走出去了。

房中又只剩下百里屠苏一人，仍是一如既往的安静，却又与以往有了什么不同。百里屠苏兀自静了一会儿，转目望向窗外，仍然有些苍白的脸上，已露出一个淡淡的笑容。

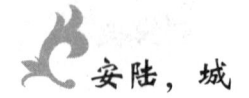

安陆，城

安陆这座小城，有如秋叶之静美，十分宜人。

这座城被一条曲曲折折的主街贯穿，满城栽植着枫树，历经千年，每株都已粗到一人合围不得。

秋日经霜，层林尽染，金黄枫叶摇曳翻飞，如群蝶飞舞，落在百里屠苏的黑衣上，像一只纤细的手掌，轻抚他的心事。

百里屠苏在城里漫无目的地走着，心中是前所未有的安静。脚下的铺路石板不知已有了多少年头，就连坑洼也都磨得光滑，踏上去，是岁月沉醇的味道。

不知不觉间，他来到一处很是热闹的所在——这是安陆县内唯一的一座戏台，平日里大小戏码轮流上演，是城中人一项重要的娱乐。

此刻，戏班子里的一个青年男子正在台前大声吆喝着："我石家班初来贵地，半个时辰后便要在此上演一出《富贵青天》的好戏！届时请诸位父老乡亲多加关照，有钱的捧个钱场，没钱的捧个人场！多谢多谢！"已经有几个安陆县民聚集过来，有老人，也有孩子，大家开心地讨论着一会儿过来看戏，细碎的话语洒满了戏台前阳光璀璨的空地。

百里屠苏听了这热闹声响，不禁停了脚步，神思被这演戏场吸引住了。恍惚间，似有十分久远的场景浮上心间。那是他的记忆断裂之前，犹然存在他心中的一些童年片段，谙熟，带着微微的喜悦和伤感。

记忆中是个小小的小姑娘，在幽静小村的黄昏中，一个小小的背影。

小男孩向着她伸出一只手，百般想要哄她开心。

"小蝉，别生气嘛……下次我再带你去看好玩的东西。"男孩笑着说道。

"小蝉再也不信云溪哥哥了！大骗子！"女孩却还是一味地生气。

"不骗你，不骗你！"男孩急着摆手，"我带你去更远的地方，那里的人过节和我们不一样，会在河面上放花灯，漂亮得不得了!"

小女孩转过身来,眨着纯真的眼睛:"真的吗?"

"当然是真的!"男孩受了鼓舞,说得更是起劲,"有时候还请戏班子进城唱戏,穿得花花绿绿,演故事给你看!"

女孩子听了,眼睛中放着光亮:"小蝉喜欢!云溪哥哥怎么知道这么多好玩的事儿?"

"是大哥哥告诉我的……"

"谁?"小女孩有些疑惑。

"什么谁?大哥哥就是大哥哥,反正你也不认识。"小男孩一怔,想起村里的规定,是不允许与外人往来的,连忙敷衍道。

"村里的人小蝉都认识!"女孩不服气。

男孩一时有些默然,摇了摇手,只劝道:"好啦,总之以后再和你出去玩儿!"

女孩子乖乖地点了点头:"嗯,说好了。云溪哥哥可不许赖皮,赖皮是小狗!"

小女孩的身影渐渐消弭,戏台周围却依旧热闹。百里屠苏出神地看着,忽然间,残碎记忆中的影像被另一张浮现眼前的笑颜所取代。

"晴雪……想也不曾看过戏吧?这时候若让她也来看看,却是很好……"

他这样想着,转过身去,谁知才一转过脸,那心中所想之人,竟真的出现在眼前。

"是苏苏?"出现在戏台旁边的风晴雪略感惊讶,转而换上一张笑颜,向着百里屠苏走了过来。"你也来看戏吗?"她微笑道,"不晓得好不好看,我还没看过呢。"

百里屠苏微微垂头,想说什么,却未曾张口。正静默间,风晴雪好像想起了什么,忽然言道:"对了!有、有个东西……想要送给苏苏。"她说着,不觉竟有些脸红,从怀中小心翼翼地摸出一样东西来,略一踌躇,放在百里屠苏的掌心。看那样子,却并非是刚刚想起,竟像是有意来赠送礼物,只是有些羞涩。

百里屠苏有些意外,仔细看去,发觉掌中之物是个小小的泥人。细细看来,可以看出,那小泥人的穿衣打扮,竟酷似他自己的模样,只是捏制手工有些……奇怪,歪七扭八的——正是风晴雪一贯的独特风格。

百里屠苏看着出神,半晌问道:"这是……"

风晴雪脸上泛着浅红:"我……让捏泥人的老伯教我做的……像不像呢?"

"我……"百里屠苏心中情绪明昧不定,正待开口,却被戏台旁边发出的一声怒喝打断。

"有贼偷酒!"那个石家戏班中的一个男人大声喝道。

百里屠苏与风晴雪闻声看去,原来戏班存了十几坛的陈酿好酒,就堆放在戏台旁边,这时候那酒坛边上竟有人吵起架来,两名石家戏班的汉子正指着一个模样落拓至极的男子,斥骂不停。

"光天化日下做贼,你好大胆子!"石家汉子怒吼道。

"'贼'啊、'偷'啊多难听,酒放着不就是给人喝的?"那落拓男子却是一副满不在乎的口气,"你们台子边堆着这么多的酒,引人闻着香味,又不让碰,这哪里忍得住哟!"

"你,你这无赖!"

男子听着别人的斥骂,只是轻轻摆手:"小事嘛!是男人就别斤斤计较,才喝没几口,又没什么酒味,还不够润润喉咙。走了走了!"

他说着就要走,却被石家班人一把拽住:"不许走!先把酒钱留下!"

这一拉一扯间,那男子转过身来,风晴雪与百里屠苏方才看到他的正脸。一看之下,风晴雪却是大惊,不禁脱口叫了出来:"啊!大……大哥?!"

百里屠苏听她这一叫,也跟着吃惊,转而盯着那男子。

却见男子也正盯着自己,醉意蒙眬的眼中,须臾却是一亮:"哟,这不是恩公吗!"落拓男子并未理会风晴雪的呼叫,却是笑呵呵地奔过来打着招呼,跟百里屠苏搭上了话,"哈哈,果真是有缘千里来相会!"

百里屠苏这时也认了出来,这人便是当日江都城中他遇上的那个醉汉,一番误打误撞,不知怎的,就认他做了"恩公",口中叫个不停。万万想不到,江湖竟然如此狭小,一番生死之后,竟在这宁静的小城中,再次与他相遇。

风晴雪急急往前奔了两步,睁大眼睛望着那男子的脸,又叫道:"大哥?"这次却是未再造次,倒有些像是不敢相信的探问。看来方才风晴雪真的是在叫这男子做"大哥",百里屠苏确认了这一点,不觉蹙起了眉头。

那醉鬼看了看眼前的女孩,不禁左右望了两眼:"'大哥'……说我?"

风晴雪急切地点了点头："对啊！你……"话到口边，却又有些迟疑。

男子却挠了挠头："我可不记得有这般年纪的妹子。"说罢，转而又一打量风晴雪，歪着嘴角一笑，"不过，小姑娘生得水灵，若要认我做个干哥哥，哈，倒也不是不可以。"

风晴雪一时百般疑惑："甘……哥哥？甜的？"

一旁的百里屠苏却是起了一分怒意，冷峻神色又上双眉，不禁挺身挡在风晴雪前面，盯着那浪荡的男子不语。

"说笑而已，恩公莫要当真。"男子看出了些许端倪，赶紧挠着头解释。

"你们认识这无赖？那正好，替他把酒钱赔了！"一旁石家班的人冲上来。

"不认识。"百里屠苏冷冷地答道。

"恩公怎么见外了？江都城赌坊外，我可是记得清清楚楚。"那男子可不认生。

"我替他赔吧。要多少钱？"风晴雪忽然说道，在场几人都是一怔。

"妹子心善！哈哈，以后定会有好报，嫁个好人家！"男子满口乱七八糟的话又堆了上来。

百里屠苏却是无语。那石家班的人见有人出头，已连忙与风晴雪算起酒账来。

风晴雪并不还价，也无质疑，只是看着那男子说了声："我去给钱，你先别走哦，要等我回来！"便真的跑去与石家班结账去了。

落拓男子心满意足地笑了笑，转而又看着百里屠苏，言道："恩公大概是我贵人，每次遇到你都有好事。"

百里屠苏面色仍是不悦，却忽闻一旁有人喊道："可找到你这醉道士了！"

话音未落，两个轻装的男子跑了过来，挤开百里屠苏，围着那男子急急地说起话来。

"城外这阵子出了大事，你赶快收拾收拾，明日去捉鬼！"这两人听口音就是安陆本地人，口气急得很。

"捉鬼？"醉鬼却懒散地摆了摆手，"不去！这阵子只想喝酒，不想管事。"

"你这德行，哪天不想喝酒！"那两个男人愤怒地说道，"平日顶着道门俗家弟子的名号，十天半月来安陆做些小法事混酒钱，如今有多些钱赚，竟还不要？"

"多些钱？多多少？"男子听见钱却来了兴趣。

"够你买上三十坛好酒了！"

"那说来听听？"男子哈哈笑道。

"安陆附近有个自闲山庄，你是听过的吧？"那人讲道，"几十年前，庄子里的人一日之内被仇家杀了，怨气不散，鬼气冲天，连带着山庄所在的碧山也成了一个乱葬岗。后来有个云游道人路过，觉察怨魂霸道，就给自闲山庄施了个封印，困住那些厉鬼，这些年下来，倒也相安无事。"

另一人接着言道："最近可邪乎了！有些人途经碧山，被鬼伤着，还有丢掉性命的，大伙儿怀疑那封印是不是没用了。前些日子，我二舅还看到几个道士模样的人在山庄附近出没，其中一人手里拿着个发光的东西，周围有鬼魂被吸了进去。可是看那几人形貌，又不像是来除害的，倒有些鬼鬼祟祟。"

这话一入耳,百里屠苏不禁悚然一惊:玉横的碎片难道又出现了?

"这样长久下去,总不是个办法,邻里间就合计着凑了些钱,想请醉道士你过去瞧瞧是怎么回事。"两个人愁容满面地说。

那落拓男子听了,垂头思索片刻:"麻烦啊!和厉鬼相关的事儿,哪儿那么容易办?好歹得加个十坛酒的钱吧……"

一旁的百里屠苏打断他的话,问道:"发光之物确有其事?"

两个安陆人一怔,看了看这一身黑衣劲装的少年,问道:"你是醉道士的朋友?看打扮像江湖人,若能一起帮个忙是最好。"说着,他们也是面现恐惧之色,"发光的东西,肯定错不了!我二舅年纪大,眼神却好着呢!"

"由此地如何去自闲山庄?"百里屠苏又问。

"从西北面出城,就是碧山了。沿路一直走,肯定能看到!"见这少年有出手帮忙之意,两个人有点喜出望外。

"恩公,你不会是想着多管闲事吧?那里可不是什么好地方。"一旁的落拓男子说。

百里屠苏懒得理他,只对面前两名男子点了点头:"明日我便前往一探。"

这一语落下便是定论,一旁的落拓男子心中吃惊,却再没有半点转圜。两个愁眉不展的安陆人自是分外惊喜:"这么说是答应下来了?好好好!报酬先给你,乡亲们的心意,可一定得收着。"

"喂喂!刚刚不说那是我的酒钱吗?怎么随便就给别

人?"落拓男子却再也忍不住了。

"你俩不是认识的吗?"那男子掏出一个钱袋,却是一怔,"好好好,给你就是!八成都要拿去换了黄汤,小心哪天淹死在酒缸里……拿了钱,可别只顾买醉,大伙儿还等着消息呢!"说着将钱袋往男子的怀里一塞,两个人叨叨咕咕地走开了。

"我又没说要去……"那男子掂着手里的钱袋,嘟囔着,却又是一笑,"算了,有钱买酒心情好!明天去瞧瞧也成,辰时三刻,与恩公在山庄门口相见。"他忽然说了这么一句毫无醉意的笃定之语,转身便要离去。

"慢!"百里屠苏叫住了他,"我尚有事要问阁下。"

男子停下脚步,却未回头,只静静地听着。

"你……可是姓风?"百里屠苏稍一踌躇,开言问道。

"风?不是啊,哪儿来的这个姓!"男子仰天一笑,"在下尹千觞。'醉饮千觞不知愁',这名字岂不是好记得很,恩公这次可要记得了!"

百里屠苏闻之,不禁默然:"这么说,你并非方才那位姑娘的兄长?"

"干妹妹恩公又不让认,想做人家兄长,当真没这个福气了!"尹千觞没正经地笑说一句,挥挥手道,"明日见吧,恩公。"说着便再不停留,径自摇摇晃晃地离去。

百里屠苏望着他的身影,心中的一丝怅然,又不知增加几多。

衡山，青玉坛

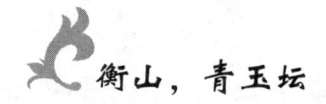

青玉坛，丹阁。

烟雾缭绕之中，欧阳少恭站在顶天立地的丹鼎旁，手中把玩着那座小巧的博山炉"蓬莱"。

他身边不远处，站着一位魁梧的长髯男子。那男子一袭道袍，果敢干练，一看便是习武之人。

"近日寻得一处鬼魂聚集之地，我已命人将玉横碎片带去，取回之时想必吸魂无数，加上其余数块，便可往始皇陵以明月珠将其重塑！这些碎片皆饱含魂魄，玉横重塑后定是力量充盈无比，取之不尽，用之不竭！即便是炼出神仙之药，又有何难！"

欧阳少恭面色依旧淡然，语意却带了讥诮："玉横之力，并非如此轻易驾驭……其实掌门行事，何须与我直言？成王败寇，古来同理。少恭行事不及掌门，合该做这阶下之囚……如今困于此地，不过朝夕炼药，再无他想……"

雷严目中微怒："好一个再无他想！少恭视长老之位为阶下之囚，竟还比不过亡命江湖？"

欧阳少恭悉心料理着鼎中丹药："人各有志。道不同不相为谋。"

雷严逼上一步："有何不同？少恭所求，待青玉坛再度强大，自可助你完成！而今本门已遇复兴之机，坐拥玉横之力，何愁诸事不成！"

欧阳少恭笑着摇摇头："掌门想的是千秋霸业，少恭却只求一方天地，自然无话可说。"

"少恭！当年是谁令我看到从未想象之力？如今却道无话可说，你不觉得太晚？那些修仙门派当年借讨伐之名，屠我弟子、毁我典籍，青玉坛两百年来忍辱偷生，此仇不报，誓不为人！少恭身有绝世天赋，炼丹之技众所不及，却为何自甘无为，视门派耻辱于无物？"

"青玉坛是否能再次崛起，少恭全无兴趣。只怕掌门眼中所见，亦仅仅是金丹之术，我为何人并不重要。既是如此，天下广大，何愁寻不得替代之人？"

雷严一掌拍在丹室的木案之上，木案应声而碎："冥顽不灵！"

欧阳少恭眉梢微挑："近日心中仅存一事疑惑，望掌门不吝赐教。敢问掌门究竟如何说服寂桐背叛于我？"

雷严面上终于露出一丝得色："凭少恭的心思深重，竟有想不透之事？可惜……无可奉告。"

欧阳少恭点点头："也罢，自不强求。"

雷严一时语塞，转而问道："此炉洗髓丹何时可成？"

"尚需三个时辰。"

"三个时辰后，我领人前来试药！"

雷严命麾下弟子严加看管，继而拂袖离开。

欧阳少恭看着雷严远去的背影，神色冷然，继而捻起那尊博山炉，指尖轻点，那炉上的莲瓣，又亮起了一层。

第六章 碧山幽魂

方兰生如泥塑木雕般直直走入一座阁楼，楼上残破的门窗历经数十年的风霜，依稀仍能辨认出当年的精细模样。

碧山小径

次日,众人计议已定,先往自闲山庄,看有没有玉横的线索,若是能夺到玉横,又或者查到青玉坛踪迹,再去衡山要人便简单得多。

他们离开安陆,往那座被唤作"碧山"的小山进发。出城不远,便望见前方青色的山峦,这点脚程对他们几个来说实在堪称近便,眼看快要到山路之前,却迎面看见两个人急急忙忙跑过来,一主一仆,看着是商旅模样。

"你们要走碧山这条道?"那商人仿佛见了鬼还是遭了劫般的惊慌失措,看见几个年轻人,不禁大呼小叫起来。

百里屠苏点点头。

"千万别过去!有鬼要害人的!"商人的仆人摇着双手叫道。

"我才去外地几个月,回来就变成这样了!以前明明不是……"那商人自顾自念叨,说到一半,却又像怕被谁听了去似的,住了嘴。

方兰生拍了拍胸脯:"不怕!我们就是要去捉鬼。"

"捉鬼?就凭你们这么点人?"商人眼睛一瞪,"都是些不要命的!"说着招呼了他的仆人,埋头就往县城方向走,偷眼瞥着百里屠苏几个人,那眼神,就仿佛在看已经死掉的人。

"看样子碧山与自闲山庄确是出了些什么事情。"望着那两人远去的背影，红玉肃然言道。

"走走走！去看看不就知道了！"方兰生却是豪情万丈，"敢小瞧我？本少爷偏要捉住几只厉鬼给他们瞧瞧！"

方兰生说着，当先往那鬼气森森的山里大步走去。百里屠苏也无二话，淡然迈步前行，几个人都跟在后面，一起登上了入山的小道。

进入山中，只见山道两旁时而出现破败的屋舍，仿佛这山中亦曾多有人迹居住，却不知是何年毁于兵火抑或灾祸，早已空废。不知是不是山中湿幽的空气造成的错觉，耳边似乎总有凄凄然的声响在回荡，忽近忽远，令人不寒而栗。愈往深处行走，便觉得山气愈加寒冷，那种寒冷与外间气候变化带来的凉意并不相同，更似是一种发自地底深处的、隔绝人世的幽凄阴郁之气。

方兰生起初斗志昂扬地打头前进，走着走着就不禁脚步迟疑，再过一会儿却是已闪到了队伍末尾，趁人不察，便深深地咽一口唾沫。近来一番历险，论恐怖的所在也见过几处，但偏是这鬼气森森的荒山，虽然并未见到什么妖魔厉鬼冒出头来，却不知不觉间让他感到寒意渗入骨髓一般。饶是再好强嘴硬，这份从内心生出来的惊悸不安，无形中已令他那股带着三分傻气的无畏一时消散无踪。

总有些什么好像遥远缥缈、却又缭绕不绝的东西在撩动着他，令他前所未有地心神不宁。他一边走着，嘴唇不禁翕动，碎碎地念叨起来——是一篇佛家经典《大悲咒》，念着它，似乎尚可让心境稍稍安定。

襄铃娇嗔的催促声传来，方兰生忙忙地应了一句，拔腿去追同伴们。就连他自己也未察觉到,林间微风拂过他腰间的坠子,那枚自幼就与他贴身不离的"青玉司南佩",发出了一股闪亮的清光。

方兰生退到后边,队伍打头的就变成了百里屠苏。背剑的少年却是丝毫不为这山中诡异的氛围所动,一脸冷峻,只默默而坚定地前行,脚步踏处,眼神过处,竟是比鬼山中的空气更为肃杀。

百里屠苏身上这种特有的气息,平时并不明显,每当面对敌人或危险的时候,却会如犀利的剑气一般瞬间升腾,甚至笼罩住周身的一切,令与他同行的人都不禁慨然有感,心中产生出肃穆之气。

又行了一两里路,空气变得更加污浊,山中诡异的阴气笼罩在四周,遮天蔽日,竟比初入山时更为厉害。这大概便是接近鬼物聚集之处的征兆,百里屠苏提高警惕,握紧佩剑,带领伙伴们谨慎地向山道最高处前进。

众人这般在鬼雾中迷茫行走,不经意间,已看见一座规模庞大的破败庄院出现在眼前,仿佛海市蜃楼,就这么突然降临,像是从幽冥地底无声无息地冒出来一般。几个人都有些惊讶,不禁谨慎地住了脚步。还是裹铃的眼睛最好使,立时便瞧见那门楣上破烂的牌匾,上面几个字依稀可见,读出来是"自闲……"

自闲山庄,安陆城中人人闻之变色的传说中的鬼宅,已经到了。

"哇!还以为就是几间大房子,没想到这么气派!"方兰生瞧见这鬼屋,却不禁感叹了一声,继而挠了挠头,"这大门……怎么感觉在哪里见过?"

他这句若有似无的嘀咕,引得襄铃小耳朵动了一动。不知为何,听了方兰生那句没来由的碎语,那股深深的不舒服的感觉,更加如阴雾一般浓浓地笼上了她的心头。

百里屠苏四面查看一番,说道:"封印已几不可见,厉鬼尚不能脱出。但凶厉阴气由门内溢流而出,祸患无穷。"

众人听了这话,全都沉默了,就连方兰生都不禁闭上了嘴,咕嘟咽了口唾沫。

"恩公可来了!叫我好等!"这一声醉醺醺的热情招呼,好似晴天霹雳,惊得深沉思考的众人皆是一个愣怔。

那个人……来了。百里屠苏依然是一张毫无表情的脸。

方兰生回头看着那大大咧咧走过来的一身破衣服的醉汉,想起昨日从百里屠苏和风晴雪口中听得的事情:"这……就是长得像风晴雪大哥的那人?怎么是个酒气冲天的酒鬼!"方兰生抽了抽鼻子。

尹千觞听得此言,不禁大摇其手:"此言差矣……'呼儿将出换美酒,与尔同销万古愁'!几杯美酒下肚,就什么烦恼全没了,这岂不是天底下最好的东西?"

方兰生撇嘴道:"切!跟酒鬼没什么好说的,赌徒赌到倾家荡产,还整天想赢钱嘞,一回事。"

"小兄弟厉害哟!"谁知尹千觞更来了劲头,"你怎么知道我也时常去摸两把,稳赚不赔?嘿嘿,那些输钱的人都是手法太拙劣!"

方兰生直直地望着眼前之人。第一次见到这般厚脸皮的人，他张口结舌，愣是没说出话来。

百里屠苏冷冷的插话，打断了他们的拌嘴："可有道士打扮的人在山庄附近出没？"

尹千觞见恩公有问，连忙笑脸相迎，却是摇了摇头："门边蹲半天，人影鬼影都没见着。唉，不说这个了。"他一挥手，忽然转了话题，"恩公呀，昨夜我苦思一晚，该怎么报答你在江都的大恩，终于被我想到了！"说着，他从怀里掏出个东西来，塞进百里屠苏手里。

百里屠苏问道："何物？"

"一位高人赠我的卷轴，如今我转送给恩公，上面可是记载着不传之秘……"尹千觞笑得神秘，"譬如如何倏忽千里，如何不动声色潜入某些地方……嘿嘿，恩公明白人，一看便知。"

百里屠苏低头看着自己掌中那个极破烂的卷轴，只是蹙眉无语。

尹千觞道："讲个正经事儿吧！我瞅了下，自闲山庄的封印眼看快没了，说不准还有什么人推波助澜一把……里面的鬼暂时出不来，可过些时候就不一定了……"

他话未说完，却被方兰生的声音打断："声音……有声音……"

方兰生不知在叨咕什么，这话语却已是在远处。众人听了，循声看去，只见他一个人站在自闲山庄的大门前，眼看就要走进去。

方才众人只顾着跟尹千觞混缠，却不防方兰生不知什么时候已独自走了那么远。

红玉不禁一惊:"猴儿要做什么?"

方兰生却好像没听到似的,仍是念叨着:"喊我……进去……"说罢这一句,竟不由分说,一步迈进大门,瞬间身影便消失在鬼雾之中。

"回来!"百里屠苏大叫着追上去时,却被山庄大门内的雾气所阻,全不见方兰生踪迹。

"我们去追兰生!"风晴雪急道。

"慢!"尹千觞忽然一声大喝,止住众人脚步,"那位小兄弟说不定是给鬼怪的声音迷住了,身不由己走进自闲山庄……唉,这……"他说得有些支支吾吾,"就是说,鬼怪故意引人,冒冒失失跑去恐怕不妙啊!待我施个法,给我们几人来个避鬼咒!大鬼防不了,小鬼倒是会远远避开。"

"要施法就快啊!"襄铃却是急了,催了一句,"讲来讲去,呆瓜不就更危险了?"

"来了,来了!"尹千觞应着,便手舞足蹈地念起咒来,"看我纵横江湖、独门道法——我左青龙,右白虎,胸前有朱雀,背上有玄武,头上有仙人,足下有玉女,手中三将军,十指为司马……"

说到这里,他忽然一顿。

襄铃急着问道:"好了吗?"

却见尹千觞双手一捂肚子:"忽然、忽然肚子痛,哎哟!昨晚下酒菜不该买便宜的猪头肉……"

众人全然无语。

尹千觞急急道:"我我我、我得去林子里……一下!这法术施不施其实也还好,你们要寻人就先走!我可不是拿了钱不办事,实在是……拉完了我就追上来!"

说着,人已一溜烟地跑走了。

一阵萧瑟的风吹过,地上树叶被纷纷扬扬吹起。

"他……和大哥一点儿都不像……"半晌,风晴雪悠悠地来了这么一句。

百里屠苏眉心微蹙:"速进自闲山庄!"

梦境如真

方兰生如泥塑木雕般,直直走入一座阁楼,楼上残破的门窗历经数十年的风霜,依稀仍能辨认出当年的精细模样。

他眼神凝滞,早已陷入沉沉梦中。

梦境里,他坐在一座华丽大宅之中,一对中年夫妇居于上座,正笑着对他说:"这可是叶家这些年来的头等喜事,我叶问闲的泼辣女儿居然也有嫁出去的一天!"

旁边闪出一个娇俏的女子来,撒娇道:"爹!你又说我坏话!"又转向他,拧着身子不依道,"晋郎,爹和娘欺负我,你都不帮我……"

方兰生心下迷茫,却听闻自己开口说话,声音沉稳,带着一点温柔:"沉香只是性子直爽了些,晋磊便是喜爱她这点。江湖儿女不拘小节,本不必如寻常闺秀般矫揉造作。"

上座的叶问闲哈哈大笑道:"磊儿,有你这句话我就放心了!老夫就这么一个宝贝女儿,以后这自闲山庄的家业还得交到你的手上！"

而自己躬身道："小侄一定会好好照顾沉香，此生绝不负她。"

不知何故，他觉得自己说出的话并非真心。

场景忽变，他已坐在一间竹林小屋之中，床榻上躺着一位女子，却不是刚才那叶沉香。

女子身子单薄如柳，面带病色，却难掩清丽，恳切劝道："师兄，你当真不能放下仇恨？为了报仇，竟去欺骗女儿家的感情……"

他的声音却激越不忿："叶问闲残杀师父、师娘，自然要他血债血偿！杀他一人不难，但如何能消我心头之恨！我定要让他尝尽痛苦而死！"

"师兄，爹爹若是泉下有知，也不会想看到你变成这样的人！"女子情急之下，心口绞痛，加之咳嗽不已，其状令人心生怜惜。

她得到的却是冰冷的回答："我已没有回头路！文君，这些事情你不用管，好好养病才是，过几天我再来看你。"

他决绝地起身离去，袖子却被那女子牵住。

"师兄……当初说过的话，可还记得吗？"

他僵了一僵，声线变得低柔，却不敢回头去看，只怕看过一眼，百般决心都将化为飞灰消散："记得，到死都不会忘掉！"

画面飞闪，依稀便是自闲山庄的模样，只是四处火焰缭空，夹杂着女人的凄厉呼救声。

他手持一把唐刀，袍角溅满血迹密布，面前尽是穿着家丁服饰的尸体。

而那名为沉香的女子站在他的面前，嘶声喊着："晋郎，你疯了吗？为何杀戮家人？"

他狂笑道："家人？我的家人里没有姓叶的，仇人里倒有姓叶的！当年你爹心狠手辣，仅为了一本武功秘籍，就杀死我恩师！贺家老小十一口人，尽死于你爹掌下！只除了我师妹贺文君，那时由我陪着在外求医，方才逃过一劫！"

叶沉香闻言惊慌失措："你、你一定是错怪爹爹了！他怎么可能做出这种事情？"复又想起了什么，声音骤然低沉，"晋郎与我……与我恩爱几年，难道全是假的？"

"你在我心中，不过是个复仇的棋子，何来恩爱？苍天有眼，明年此时便是你叶家满门的祭日！"

手起刀落，扬起一蓬滚烫的鲜血。他未有犹豫，任那腔血尽数淋在自己面上、身上。那是复仇的快意，终于偿还了他师父一家的血债。

沉香的身子软软倒在烧红的木板上，目眦尽裂，眼中流下血泪："晋郎！我那么喜欢你……你好狠的心！我就算……做鬼都不会放过……你……"

竹林小院，萧瑟清冷。他坐于石碑前，抚着那上面冰冷的名字："文君，贺家终于大仇得报，我很开心……小时候，我就说过一定会娶你……成亲以后我们永远住在山上，不理凡尘琐事，养一群鸡鸭，生两个孩子……如今，我来迎娶你了，文君！"

小院内跑进来一个青年男子，一把揪起他的衣领："晋磊！当初我们说好只杀叶问闲那个老匹夫，他多行不义，活该有此下场！你怎么能带了其他江湖恶徒，屠尽叶家满门！"

他扯开男子的手臂，摇摇晃晃地抱着石碑，道："滚开！别来烦我！我要筹备与文君成亲之事！"

"成什么亲！她当初病得快死，怎不见你娶她？那时你在做什么？只忙着和叶家小姐的婚事！"

病得快死？他忽然觉得目涩口干："文君病了？你说清楚……"

"你疯了吧？贺姑娘早已过世，她是你成亲前两日亲手葬下的！"

"重病……死了？"

男子再不愿与他多言，丢下句恶狠狠的话便走了："晋磊，你好好看看身后！写的什么？"

他的手指僵硬地抚过墓碑上的字迹，花了好大力气才辨认清楚："贺文君之墓……"

前尘往事尽显，他只觉得似乎有什么东西从后面勒住了他的脖颈，无法喘息："我是怎么了……我怎么会扔下她一个人……"他提起丢在一边的刀，贴上颈间，"文君，这就来陪你！"

恰在此时，他腰上青玉司南佩一闪，唐刀落地，他眼前一黑，再没了知觉。

自闲山庄

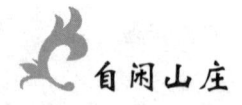

这一边,百里屠苏等人已踏入自闲山庄鬼雾弥漫的大门,往内深入,走不几步,便已全然看不清一丈开外的前路。百里屠苏对众人道:"此地鬼气甚重,雾气必是常年不退,须得谨慎。"一边呼唤阿翔寻找方兰生踪迹。

众人在雾气弥漫的残败庄园中辗转绕了几个弯,似乎已经深入到山庄内部,百里屠苏的脚步忽然慢了下来,一同放慢了脚步的,还有红玉。

"百里公子是否也觉察到了?"她凑近百里屠苏身边,谨慎地低声说道。

百里屠苏不语,只点了下头,犀利的眸光中充满了警惕。

"觉察?觉察到什么?"风晴雪见他二人的样子,不禁低声问道。

"有鬼作怪。"红玉仍是若无其事地慢慢走着,口中却说出惊人之句,"从进入山庄到现在,我们一直在相似的房舍之间原地转圈,并未真的前进。"

"什么东西?好吓人啊……"襄铃也是一惊。

红玉言道:"这鬼物的幻术竟能将我们几人困住,看来并非一般阴魂不散的小鬼,恐怕是红衣厉鬼。"

"红衣厉鬼?"风晴雪眨了眨眼,"厉鬼大概就是很厉害的鬼?却为什么要穿红衣呢?"

红玉神色有些黯然,缓缓言道:"有的鬼魂生前含了极大的怨气,特别是受冤而死之人,死后怨气极盛,便会化作红衣厉鬼，属于鬼物中极难缠的一种——而他们本身，细细想来，却也是十分可怜的。若是这类鬼物作祟，纵使是我们这样有些身手的人，也当小心。"

话才说到这里，忽见百里屠苏纵身一步，挡在了三个女孩子身前，拔剑斜指，犀利剑气荡开了面前围拢的浓雾。便在此刻，只见金光一纵，红玉双剑已经出鞘，剑中所含利金之气与百里屠苏的火焰之力交相配合，一招雷霆惊梦，剑光如雷电贯下，周围霎时亮了起来。

只闻一声凄厉的惨叫，昏暗中似有一个女人遭受了重创。须臾过后，雷光之下，一个身着破烂衣袍的红色身影逐渐显现出来。那身影飘飘忽忽，有身无足，面目青紫可怖，竟当真是一只现了形的女鬼。

百里屠苏纵身而前，口念降魔咒诀，使出天墉城镇鬼驱邪的剑术，将那本已受红玉一剑之威、失去反击之力的厉鬼牢牢控制在自己剑锋之下。

女鬼尖叫了两声，转而变成沉哑的低喘，一双通红的眼睛恨恨地盯着眼前的四个人，还欲挣扎。

"鬼物！方兰生可是中了你的迷咒？"百里屠苏上前逼问。女鬼并不答话，只是吐着鲜红的舌头，愤怒地示威。

"说！为何作怪困住我们？"红玉冷静问道，"兰生乃一个外乡之客，能与你们有何仇怨，你们要将他迷去？"

那厉鬼静默良久，一开言便凄厉刺耳地吐出满腔怨恨："那个臭小子，害死自闲山庄满门，活该遭此报应！"

"你说什么？"襄铃听了女鬼的话，气得一跺脚，"呆瓜从来没到过这里，怎么可能害死这里的人？再说，几十年前呆瓜还没生出来,怎么可能在这里害人!"

厉鬼并不理睬她的话,只是时而畅快时而痛苦地笑着,笑声中充满了怨毒。

百里屠苏不禁眉梢一挑:"难道……你说的是前生之事?"

襄铃等人听闻此言,都是一惊。那红衣厉鬼却笑了两声,哑着嗓子言道:"那个狠毒至极的人,为报私仇,杀死叶家上下几十口人,就连我们这些下人也都不放过。我们在这里为怨气所缠,他却自去投胎转世,又过起快活日子。我恨,我们都恨!今日总算等到他来,我们定要要了他的命,报仇!"

襄铃听了这厉鬼的话,不禁连连摇头道:"不会的!兰生那么善良,才不会做出这种残忍的事,襄铃不信!"

"什么兰生?他叫晋磊!几十年前自闲山庄叶庄主的女婿,晋磊!"红衣厉鬼大叫道,"他将叶庄主一人的过错,报复在我们所有人的头上!他卑鄙至极,假意欺骗我家沉香小姐的感情,只因为小姐是叶庄主唯一的女儿!呵呵,他假意与沉香小姐相好,与她结亲,然后趁着庄主不备,一夜之间杀光了叶家上下所有的人,还一把火烧了这自闲山庄!我们这里所有的鬼,都是被他一柄刀冤杀而死!杀了他,我们要杀了他!报仇,报仇!"

红衣厉鬼好像疯了,尖叫不止,狂乱挣扎间,不慎碰上了百里屠苏的剑刃,突然厉声高叫,不见了踪影。这时,四周的迷雾散去,一条荒败的道路显现在四人眼前,虽然残破,却是一条真正能通往山庄深处的道路。

厉鬼方才的话,令百里屠苏四人心中万分震惊,一时默然不语。难道方兰生真的便是他们前世的仇人?据女鬼方才所言，数十年前那个名叫"晋磊"的人于此间复仇的方式，未免过于惨烈狠决，听来令人歆歔，却怎么也无法与他们所认识的那个碎嘴唠叨、活泼单纯的方兰生联系在一起。

百里屠苏沉默了片刻，只是说了句："找人要紧。"便又带领几个伙伴，一同往山庄深处而去。

百里屠苏等人又穿过了几进院落，路上偶尔遇到几只怨鬼，轻松便扫去了。他们来到一座阁楼旁边，远远可见阁上破旧的牌匾，上面似乎题着"香雪阁"三个字。附近不见人的踪影，也无鬼物出现。正犹疑间，空中忽然传来一声鸟鸣——是阿翔报来的信号。

"找到了！"百里屠苏领着几人冲进那座破败的阁楼庭院，远远便见方兰生站在院中。众人大喜，刚要叫他，却见他手中不知何时多了一把从未见过的长刀，突然在那里疯狂地挥舞，仿佛是在砍杀着什么，双眼已经全然没有了理智。

"我杀了你们，杀了你们！"他一边挥刀，一边嘶喊着，声音都已变得沙哑。

"兰生！"襄铃急得叫了一声，便要上前。

红玉一把拦住："小铃儿先别去！猴儿不对劲！"

话音未落，却见方兰生忽然将头转了过来，发红的双眼盯着四个朋友，突然暴喝了一声："杀！"手舞长刀，冲杀过来。

"小心！"百里屠苏喝了一声，剑已出鞘。众人尚未醒转过来，两人的刀剑便硬生生碰在了一起。

方兰生是真的中邪了！看到他手握长刀，对百里屠苏刀刀拼命的情境，红玉等三人总算实实在在地看清了这一点。

"猴儿醒醒！"

"兰生，别打了！是我们啊！"

几人一边大喊着，一边也各自亮出武器，上去为百里屠苏助阵。

然而无论众人如何叫喊，双眼充血的方兰生充耳不闻，只是一味砍杀。他的力气与杀意似乎一下子比平时暴涨了几倍，不顾生死地胡杀乱砍也不显疲态。

面对自己的同伴，百里屠苏不敢使出全力，以免伤到方兰生，只能在守势中寻找机会，不免被动。好在方兰生处于癫狂状态，失去了理性的判断，招数凌乱，身法也是漏洞百出，百里屠苏等人以四围一，总算控制住了局面。

相持片刻，百里屠苏侧转长剑，用剑身击中方兰生颈侧，将他放倒在了地上。

"兰生！"混战告一段落，襄铃气呼呼地大叫一声，冲上前来，对着发狂的少年瞪大了双眼。

方兰生正在呆呆地喘息，看到有人在面前，霍地又站了起来，手持长刀，双目赤红地看着襄铃，仿佛要生吞了她。

"小铃儿！"红玉见情势危险，不禁高叫。

襄铃却并无畏惧，只是怒喊道："呆瓜！笨死了！这么简单的鬼魅术也能把你弄得晕乎乎！"

方兰生全然不知面前的人在说什么，他的喉咙里发出意味不明的低吼，眼中的红光变得更盛。

襄铃双眼直视着方兰生，一双明媚的眸子中，忽地泛出金光："还不快醒过来！"

她命令似的叫了一声,眼中金光骤然一闪。就在这同一刻,众人都看见方兰生腰间常戴的那枚玉佩之上,一道青光亮起,瞬间便又消失。

方兰生手中紧紧握着的那柄奇怪的刀,忽然就凭空碎掉了。长刀脱手,他眼中的红光消失,狂乱的脸变得呆滞,愣了片刻,一种迷惑的表情浮现出来——人,是醒过来了。

"我……"方兰生嗫嚅地说着,声音已不复沙哑,"我怎么会在这儿……文君……"他说出一个令人不解的名字来,却又摇了摇头,"不对……我不是晋磊,我是……"

"笨蛋!"襄铃骂了一句,却将金光闪闪的双眼望向方兰生身后,小手一指,怒喝道,"搞鬼的讨厌怪物,你出来!"

方兰生的背后,一团黑影渐渐浮现,瞬间显出一个人形——一身血迹,骨瘦如柴,发髻凌乱,指爪如刀,活脱脱一个厉鬼的样子,可是看她那一身残破的衣裙装扮,依稀可以看出,生前是位富家千金。

"哪里来的死丫头……坏我大事!"显形的厉鬼沉哑的嗓音,阴冷瘆人。

襄铃一噘嘴:"襄铃才没死,死的明明是你!"

百里屠苏上前一步,喝问道:"无缘无故,为何害人?"

"无缘无故……你说我无缘无故?"厉鬼双眼一瞪,转头指着一旁犹在发愣的方兰生,"就是这个人……上辈子虚情假意骗我,害死叶家满门!我杀他报仇有什么不对?!"

"上辈子骗你?"风晴雪听了这话,不禁睁大了眼睛,"难道,你就是那叶家小姐,沉香小姐?"

"不错!我就是叶沉香,被晋磊害得死不瞑目的叶沉香！"厉鬼的怒喊，震彻了整个破败的庭院。她的怨气和鬼气，远胜一路上遇到的种种鬼怪，似乎整个自闲山庄的怨气之源便在此处。

"我恨！我恨不得亲手撕碎了他！"

她吼了两句，愤恨地喘息着，仿佛一腔深不见底的仇怨无法发泄，直要将她自己都踬得粉碎。

"只可惜……他身上戴着佛珠，我不能靠近。要不然、要不然……"叶沉香的声音阴沉至极，"还有那该死的青玉司南佩！我本可以用鬼魅术惑他自尽，几乎成功了……却三番五次被捣乱！"说着，她怨毒地指着襄铃，"又来了！你这死丫头，破我法术！"

襄铃瞥了她一眼："什么破烂法术！比起九尾天狐的魅术差远了，不知羞……还敢骂我！"

"这位……这位姑娘，有话……那个好好说。"方兰生此时已全然醒转过来，看见眼前情景，不禁有些呆滞，"我们俩，认识？"

"晋郎……你问我吗？"叶沉香声音似泣似笑，似怨似恨，"可知我等你等得好苦？哼哼……你居然问我们认识吗？！"

方兰生被她说得更是茫然，不知如何对答。

"一日夫妻百日恩……"叶沉香幽怨的声音充斥着整个庭院，"可叶家……爹、娘……整个庄子都毁了！你把叶家害得这么惨，自己却忘了……忘得干干净净！你甚至不记得……亲手杀了我吗？如今还作出一副全然不知的样子站在我面前！你怎么能？！"

"晋郎……晋磊……夫妻？"方兰生茫然地重复着叶沉香话

语中的字词，呆若木鸡。

"哼！你不就是晋磊，晋磊不就是你！"叶沉香怒吼道，"无论你变成什么样子，我都不会错认！"

方兰生摇头道："可是……我明明是方兰生啊！"

"还敢骗我？！"叶沉香大吼一声，"我问你，方才你发疯之际，看见的可是晋磊的平生？如若你不是晋磊，为何中了鬼魅术后，却能看见他过去的事？那可不是我法术所致！"

听得此言，方兰生瞠目结舌，呆在那里。

叶沉香寒入骨髓的话语，喁喁道来："我说过……做鬼也不会放过你！可是，你却自己疯了……死了……自闲山庄又来了个多管闲事的臭道士，把我们困在里面！我只有慢慢等、一直等……那臭道士的封印总有一天会没了——到那个时候，我就去寻你的转世，亲手杀了你！结果呢？哈哈，结果你却自己送上门来！"

"你都是鬼了，怎么一直想着这些事？"方兰生愣了好半响，勉强说道，"我爹说，做了鬼，不去投胎总是不好的……"

"哈哈哈！投胎？"叶沉香好像听到了世上最好笑的事，"我想都没想过！我只要你死！！"

方兰生不禁退了一步："我……"

"叶家老小，报仇雪恨的时候到了！"叶沉香不容他多言，呼喝一声，就见无数男男女女红衣厉鬼纷纷显形出来，聚在叶沉香周围，怨毒地向着方兰生嘶吼。

"杀了他！杀了晋磊！！"

无数厉鬼一拥而上，也并无什么成形的招数或法术，纯是一派凄厉的怨毒与疯狂的撕咬，向着方兰生和他的几个伙伴围攻上来。

方兰生刚刚自鬼魅术中醒来，身体尚有些虚弱，百里屠苏几人挺身上前相护，五个人，数十厉鬼，如同一团黑云血雾般缠斗在一起。

这些厉鬼，也当真算是鬼物之中顶顶厉害的了！若是一般人在此处，恐怕早已被索命。然而与百里屠苏等人相比，毕竟他们只是寻常冤魂，纵使戾气再重，却也难敌杀神斩魔的剑气镰风。只见一阵刀光剑影，叶沉香所率领的鬼魂之阵迅速被击败，无论如何都无法靠近方兰生身边。

似乎是惊疑了一阵，怨恨入骨的叶沉香发出切齿的恨意，直冲空中低沉的阴云："晋磊，你逃不掉的……我一定……"说着，她忽地拼力从地底招出更多的大小鬼魂，一时阴风四盛，"一定要、你、死！"

"人有人道，鬼有鬼道。一入轮回井，抛却生前事。"红玉冷冷地言道，"姑娘又何必如此执迷不悟？前世恩怨，今生纠缠不止，究有何益？"

"我偏要执迷不悟又如何？"叶沉香近乎凄惨地喊着，"活着的时候有多爱他……死去之时就有多恨他！同是女人……你不会不明白吧！"

红玉听此一言，一时竟默然无语。

"姑娘，你、你先冷静一下……"方兰生伸着双手，还欲劝慰。话未说完，却闻得香雪阁外有陌生人生硬的话语突然飞了进来："痴男怨女，倒真是一出好戏啊！可惜也该散场了！"

众人闻言转身，只见一块白色的玉石碎片凌空飘浮过来。

百里屠苏见之大惊——是玉横!

"糟糕!"百里屠苏不禁喊了一声,未来得及阻止,便见那碎玉上突然发出耀眼的白光。

"啊!"叶沉香的鬼魂,发出一声凄厉至极的惨叫。

满院鬼哭,阴风骤卷。不过一瞬间,所有厉鬼的魂魄,连同叶沉香的阴魂一起,都被吸进了玉横之中,不见了。

"青玉坛!"方兰生见状,不禁冲出来大喝一声,"又是你们这帮害人的浑蛋!"

"莫非小兄弟也听过我派大名?"一个轻佻的声音响在空中,却分辨不出来自哪个方向。

"这不就是丹芷长老身边那些杂碎?先前在藤仙洞见过。"另一个声音响起。

"原来便是他们……还真多亏了他们,这女鬼才招来如此之多的怨魂!"

"是啊,本想慢慢坏了山庄封印,让那些厉鬼倾巢而出,届时不光有陈年鬼魂,还会有新鲜的死人魂魄!这一回却省了不少事,也不用我等在这山庄内外四处奔波!说起来,玉横就是这点美中不足,离得远远的便无法吸纳魂魄。"

百里屠苏集中全部精神,搜寻说话之人的踪影。却不知几人用的是什么法术,声音忽远忽近,而身形隐藏得极好,完全察觉不出他们的所在。此时贸然出手,只会搅乱局势。但这几个道士若无其事的对话,却将方兰生彻底激怒了。

"你们简直丧心病狂!收了死人的魂,还想着害活人!"他手捻佛珠,轰向庭院几个角落,"把碎片留下!"

"白日做梦吧!"玉横在空中一闪便不见了。

"几个无能之辈！"那个轻佻的声音带着笑意，"收了这许多魂魄，应该可以向掌门复命了。接下来，便可以用明月珠重塑玉横了。"

"师弟！不要多言！"另一人急忙喝止。

"明月珠？"红玉却是耳聪，幽幽地重复了一句，若有所思。

"我……"说走嘴的道士也是一怔，转而却又傲慢起来，"哼！难道这几个杂碎还能兴起什么风浪？我们走吧，安陆的那些师兄弟料想也该将事情办妥了。"

此言一落，只见光雾一闪，百里屠苏等人再追出去，已是踪影皆无，不由得心中恼怒。

"安陆！你们又在搞什么鬼？"方兰生冲着他们消失的方向大喊，却只闻自己的声音在荒败的山庄中空荡地回响。

"同上次一般的身法，只怕追赶不及。"红玉蹙眉言道。

"那怎么办？"方兰生急得什么似的，"总不能就这样算了啊！"

百里屠苏言道："先离开山庄！"

五人一齐向着自闲山庄外急奔而去。鬼物尽去，山庄中的道路变得清晰了许多，到得碧山道上，四下张望，仍是全然不见青玉坛弟子的影子。

"果然不见踪影，可恨！"方兰生急切地捶着自己手掌。

红玉在一旁低头思忖，忽然言道："我在想，青玉坛弟子提及的明月珠……"

百里屠苏心头一动，转问道："莫非，是古书中所记……"

"不错。"红玉点头言道，"'致昆山之玉，有随和之宝，垂明月之珠，服太阿之剑，乘纤离之马，建翠凤之旗，树灵鼍之鼓'，正是记述秦始皇所得之稀世珍宝。曾经听闻，秦陵地宫中的明月珠除去世人所知的晶莹似月，还有重塑之能……同样的名字，想必并非巧合。"

"那又怎样？"方兰生言道，"反正那什么明月珠已经归青玉坛所有了吧？我们要寻玉横、救少恭，就得去衡山和他们拼了……"

"猴儿急什么？你可知道，秦始皇死后，那些宝物都被带入陵墓陪葬。千百年来，虽遭无数人觊觎，宝物却无一流落于外，冥冥之中似乎有股力量，令凡是妄动此念的人均未如愿，反落得悲惨下场。"

方兰生眨了眨眼："你是说……明月珠还在那座陵墓里？"

红玉点头："多半如此。少恭曾言，玉横碎裂乃是青玉坛所为，如今重塑也必有所图。他们要去始皇陵内，我们便去那儿抢回玉横就是。"

百里屠苏闻言，自是同意，却思忖道："始皇陵所在，历来众说纷纭，只不知往何处去寻。"

"这却不难。此去西北山中，便有一处偏殿入口，不过路途颇为遥远。"红玉道。

"红玉姐好厉害，什么都晓得！"自初见以来，红玉帮助大家良多，兼又通晓古今，风晴雪简直有些崇拜她了。

红玉却只是淡淡答道："活得久了，也就这点好处。"

众人看她年纪不过二十许的样子，言语间却总是历经沧桑的口气，难免疑惑。只是红玉不愿提及，他们也没再多问。

"真要去始皇陵……挖死人坟？"方兰生却犹豫起来，

"这、这可是大不敬啊！于礼不合、于礼不合……"

"猴儿也是心善。这惊扰死者之事实属人世之大忌，如今只怕要不得已而为之，心中当存敬畏。"红玉在旁言道。

这话，却令方兰生挠起了头："心善……我也算不上心善，上辈子的我……那个叫晋磊的好像是个很坏的人，骗了那位姑娘，还害死她全家……"

说到这里，他自己愣了一愣，突然抓住自己头发，不知所措地大喊起来："难道晋磊真是我的前世？我怎么会是这样的坏人啊！"

"什么嘛？明明只是呆瓜一个……"襄铃噘着小嘴说了一句。

"方兰生便是方兰生，晋磊便是晋磊。"百里屠苏语气微沉。

方兰生的心，却并未因这几句宽慰之言而放下："那个女鬼……"他欲言又止，"不管怎样，我还想再见她一面，虽然没想好要说什么……假如把玉横夺回来，还能见到吗？"

红玉摇头道："这个可要试过才知。"

"那……那快走吧！"方兰生跺了跺脚，"反正玉横是一定要抢回来的！"

"始皇陵离此甚远，待我们赶去，兴许已经迟了。"红玉却忧心道，"须得想个法子……"

方兰生道："我们回安陆去，买几匹最快的马！"

"傻猴儿！青玉坛那些人的身法，即便是天下名驹也望尘莫及吧？"红玉叹道。

众人正无计可施时，百里屠苏却似想起了什么，从怀中拿出尹千觞所给的破烂卷轴，展开看了起来。

"我说木头脸，都什么时候了，还有心思看别的东西？难不成这破破烂烂的玩意儿能解我们燃眉之急？"

百里屠苏并不理睬，继续看了那卷轴一会儿，转而看着红玉："腾翔之术可有用处？"

红玉不禁一惊："百里公子是说这卷轴上记载了腾翔之术？"

百里屠苏点了点头："尹千觞曾言此卷轴教人如何倏忽千里，我亦是心存侥幸，方展开一阅。除此以外，此中另记有一些法术，大多……无甚用处。"

红玉却很是惊喜："那些东西不理也罢，只这一项腾翔之术，若能学会，当可速速赶到始皇陵入口！"

"这、这不是'瞌睡有人送枕头'吗？"方兰生简直有些不敢相信。

百里屠苏并不多言，向着红玉递出卷轴："速将卷轴传看一遍。"

红玉却推开他的手，转而让他递给风晴雪："你们看，我就不必了。腾翔之术我本就略知一二，只不过所习心法较为特别，难以传授，先前要与你们一同进退，故从未施为。"

百里屠苏看着红玉，若有所思，却未多言。

当下几个人将那破烂的卷轴传阅了一遍，各自将腾翔之术的心法牢记心中。这几人也当真是天资过人，经过不大的工夫，各自试着施展心法，竟都觉得身体轻盈，翩翩可飞——这腾翔之术，竟是一蹴而就。

众人都学会了这法术，风晴雪却另有所思，言道："所以说，那个人……像大哥的那个，其实挺厉害？他之前喊肚子疼，直到现在也没回来，不会出了什么事吧？"

红玉却是一笑："妹妹莫担心！那人只怕机灵得很，姐姐给你担保，他绝对没事，说不定已经跑去哪里喝酒了吧。"

风晴雪听了，缓缓点头，心中却仍是不大放得下。

正犹疑间，却闻山道上有人叫喊："喂，那里的人，请等一下！"

百里屠苏等人看去，竟是安陆城中出面托付捉鬼的那两个男子，他们冒着危险入山，慌慌张张跑了过来。

"醉道士呢？"那两人到得近前，上来就问，"你们不是跟他一起的？"

百里屠苏不答，只是问道："何事慌张？"

来人急切言道："有道士模样的人把在城外玩耍的四个孩子抓走了！"

众人听了，都是一惊。

"难怪……"方兰生惊道，"难怪他们刚刚在自闲山庄提到安陆！"

"那些道士好像说要把孩子带去做什么魂魄仪式的祭品！"来人说着，急得直跺脚。

"魂魄仪式……"百里屠苏思忖道，"莫非与重塑玉横有关？"

"八成是这样！"方兰生一拍手。

红玉道："或许青玉坛重塑玉横时，想以活人为祭……那孩子们多半也被带去了始皇陵……"

"这、这到底该怎么办呀？"安陆来的人已急得快要哭出来了。

百里屠苏言道："切莫慌张，我们正要去寻那些道士！"

"这……能把孩子们救回来吗？"那两人听了，稍稍宽心，却又疑虑。

百里屠苏不语，只是笃定地点了点头。

在那辽阔的三秦大地，一座亘古无双的神秘皇陵，以及隐藏其中、不可预知的危险与命运，正在等着他们。

秦始皇陵

几人念起法诀，施展腾翔之术，升在半空，飞速前行，足下风云骤起。

他们以数百倍于飞鸟的速度穿云越岭，脚下一道山麓割开大地，那便是秦岭。传说中，秦始皇陵便掩藏在这道分离川陕土地的山脉一角。

两个女孩子和方兰生都不禁发出惊叹的叫声，百里屠苏也深深地呼了口气，仰面望了望蔚蓝高远的天空，不知此时光景，能否和师尊御剑而飞之时相提一二。

只有红玉的脸上淡漠如昔，像是唯有躯壳在此，神魂却落在天外，不知所踪。

说来也怪，红玉容姿艳丽，远胜于风晴雪的清丽和襄铃的可爱，但她身上丝毫没有脂粉烟火之色，反倒时时透着一股庄重。她虽然时常牙尖齿利，戏谑他人，但又思维缜密，事事周全体谅——这样的一个人，集着极热闹的生气，又带着满身的清冷，当真奇妙。

众人随着红玉，落在一座矮山的山脚。这里草木青葱，但并不是传说中秦始皇陵所在的骊山。方兰生看来看去，也不觉得这里便是万陵之祖的秦始皇陵。

他面上的疑惑难以掩藏，红玉瞧见了，笑道："秦始皇陵确实是从骊山开掘，只是始皇帝下穿三泉，上崇山坟，筑了无数随葬墓室，光是外围的宫墙和流沙，就足以挡住历代的盗墓之人。反倒是这骊山支脉，渭水之畔的无名小山，是进入秦陵的最佳入口。"

自秦亡后，不知有多少人曾试图寻找秦始皇陵地宫的入口，但能得其门而入者，百中无一。众人随着红玉的引领细细寻觅，只见草木遮掩的山坳里，两方古老的石门赫然在目——石门上的纹样十分古老，显见是有些年头。

红玉解释道："此处乃是修陵尾声时的工匠进出之地，本该封死，却因为其时陈胜吴广起义，大军逼近骊山，秦二世逼不得已，调修陵队伍对敌，留下了一些未完的遗迹。虽是通道，却未必是坦途。秦始皇陵内机关重重，还会随天地之力运转，时有不同，我们需得格外小心。"

百里屠苏左右打量了一下，却不禁皱起眉头。入口附近的土坡已被人破坏，而且翻出来都是新土，显然是最近才有人进出。他提醒大家："此地坟冢遭破坏……青玉坛门人或许已经到了。"

风晴雪道："别担心，我们速速进去寻找就是。"

几人矮身钻进石门，打起精神，往地宫深处探去。

始皇陵寝果然名不虚传，一入其内，别有洞天。

他们小心翼翼地穿过了一小段曲折下行的台阶，便进入豁然开朗的墓道。偌大的墓道宽阔整洁，两侧连接着不知多少大大小小的墓室，堆放着各类见所未见的随葬器物，稍有一个不慎，便会走岔道路。

道路两旁，宫人造型的灯台上，油灯明灭不定，虽然不是烛火通明，却也能辨清道路。仔细想想，秦始皇陵修建之时，距今已有千年了，哪有可能存着大量的灯油，以支持着燃烧了这么多年？

随葬的珠宝玉器看得多了，也不过就是凡俗的器物。反而越是这般看上去寻常之处，细细体会起来，越是令人备感惊奇，更加敬畏秦始皇陵的宏大神秘。

走过不知多少个转弯，一直十分顺利，几人渐渐放松了警惕。前方出现了一条笔直的甬道，斜而向上，比方才经过的墓道更加宽敞，沿途的宫灯也不再是纯铜颜色，而是镀上了金衣，在灯火辉映下，显得格外堂皇。

方兰生兴奋地指着远处的光亮叫道："前面好像有座大厅，是不是就是寝宫了？"

他才往里冲了几步，忽然被百里屠苏一把扯住。百里屠苏身形瞬移，抓着他迅速退出甬道，并警示道："大家快躲开！"

远处的灯火被什么暗影遮住了。只听得几声闷响，前面好似有巨象踱着脚步奔来，那声音沿着甬道由远至近，几次呼吸间便到了眼前。

"死木头脸！你不要仗势欺人！"方兰生最大的心病便是

自己的个子长得不高，所以很忌讳这样被别人当作小孩子拎起来。百里屠苏分明比他小一岁，却比他高了半头不止，简直就是高得碍眼。

他使劲挣扎着，抱怨声刚出口，一团黑影便擦着鼻尖高速冲过，令他呼吸一滞。

"那是什么？"方兰生定睛一看，只见那团黑影，分明是一块千斤巨石。那巨石的直径尺寸足和甬道一般，自上而下滚落而来，令人绝无闪躲的空间。若是他们已走到甬道中，必然会被这巨石碾成肉泥。

方兰生一时有点后怕，也忘了继续挣扎。

百里屠苏把方兰生放在地上，转而对大家道："大家少安毋躁！须得看看这落石机关如何破解。"

众人闪在甬道洞口两侧，又静静待了一刻，果然又有巨石滚来。奇怪的是，他们在接近甬道之前，并未听闻巨石下坠之声，可见是陵中的机关捕捉到有侵入者后才触发的，千年前匠人之巧思，令人惊异又敬佩。

算算两次落石之间的间隔和甬道的长度，寻常人是根本不可能在这么短的时间内穿过甬道的。便是他们几人，也只能说拼尽全力一试。

计议已定，在又一次落石刚刚通过甬道洞口之时，百里屠苏领着众人飞身而入。众人屏息提气，施出最快的身法，眼看还差几丈远便要通过甬道了，却见一块黑色巨石轰然从天而降！

落石的间隔缩短了！难道是机关察觉到甬道内有人经过，便会加速落石？

情势危急，来不及细想，百里屠苏冲在最前面，他一边喊着："运气护住自身！"一边锐利的剑气已挥出，直直撞向巨石！

其余几人和巨石之间隔着百里屠苏，无法援手，便谨遵他的指令，运起真气护体，只听得一声"砰"的巨响在甬道内炸开，几人的耳膜几乎都要被击穿。

那下落的巨石，乃是含有赤铁矿的石英岩，最是坚硬无比，此刻被百里屠苏霸道的剑气击碎，化为千百块尖利的碎石，狂啸着四散飞去。

甬道内避无可避，百里屠苏也来不及施法自护，只是用左臂遮挡住双眼，任那些锐物扑面而来。

碎石上虽不含法力，但威力亦是远超众人想象。它们飞击如刀，便是撞在甬道岩壁上弹射回来的石块，也带着风声锐响。许多燃烧千年的烛火，俱被这一击之力打灭。

百里屠苏却没有遭遇到意料中暴风骤雨般的击打——因为一道蓝色的屏障护住了他。

是风晴雪。

她镇定地倚在他身侧，双手撑起光的屏障。这屏障像一张柔软的网，兜住了四面飞来的石块，不仅二人安然无恙，就连后面的三个人，也被护得周全。

百里屠苏心中一软，再不迟疑，招呼同伴迅速冲过甬道的最后几丈。

总算有惊无险！大家定下神，看了看所在之地。周围的空间突然变得极为开阔，就连墓道中一直缭绕着的浓重的腐朽之气,似乎也一下子消散了。

这是一座较之前的随葬墓室都宽大得多的巨大墓室,看上去似乎是陵墓的主寝宫。墓室周遭俱是箱匣堆砌,其中不知藏着多少稀世珍宝。

在墓室中央,高高的石台之上,放置着一具异常华丽的庞大的棺材。

风晴雪仰面看着,问道:"这又大又漂亮的箱子,就是书上说的'棺椁'吧……听说人死了以后要躺在里面?我们那儿,过世的人都会被抬到祭坛上火葬,不用这种东西。"

"一路过来,眼都看花了……"方兰生愣了片刻,不禁叹道,"这哪是死人住的地方,简直穷奢极侈,比活人住的地方奢华多了!书上说'……宫观百官奇器珍怪徙臧满之。令匠作机弩矢,有所穿近者辄射之。以水银为百川江河大海,机相灌输,上具天文,下具地理。以人鱼膏为烛,度不灭者久之……'可一点儿也没有骗人!"

百里屠苏四面打量,驻足思考一番,摇了摇头:"帝王之陵万不可能如此设置!此间与方才所经过的陪葬墓室恐怕皆为虚墓。师尊曾言,帝王诸侯多设疑冢,迷惑世人,棺中并非墓主真正尸骸,以防盗贼窃取陪葬珍品。"

风晴雪听了,慢慢点头:"哦,苏苏的师父和红玉姐一样,知道的事情也很多。"

红玉半隐在棺椁的阴影中,没有言声,别人也看不清她面上的神色。

百里屠苏言道:"师尊未成仙身前,也曾四海游历,故所知甚杂。这路到这里就断了,若照红玉姑娘所言,这里必有匠师们设置的机关。想办法找到机关,方是进一步往前的隐秘通路。"

众人在这宽大墓室中四处仔细寻找,却也不敢随意触碰翻弄。

"看这里!"百里屠苏在放置棺椁的石台四面发现了些不寻常的痕迹,乃是些刻印的曲折图案,好似异族文字。

"这是什么鬼画符啊?"方兰生看了半天,也看不出端倪。

"这像是道家符咒。"百里屠苏反复看了几遍,心中有了些计较。他又打量起墓室的地砖,在墓室四角的地砖上,也发现了相对应的图案。

"百里公子可是有了眉目?"红玉问道。

"我也没有十足的把握,只能一试,万一有误,便可能触发伤人的机关,大家小心。"众人点点头,任百里屠苏在石台与地砖间反复探查。

这探查不是无序的尝试,而是循着某种法度。百里屠苏每行一步,幽深处都传来轻微的机栝触动之声。

只剩下最后一块地砖了,百里屠苏和同伴们交换了一下眼色,屏息扣了下去。这时一阵激烈的机栝咬合转动之声传出,墓室轰然作响,棺椁高台背后的石墙缓缓挪动起来,不多时,竟真的露出了一条狭窄的甬道。

成了!

百里屠苏额上也不禁浮出一层薄汗,道:"只怕由此而入才算真正的始皇陵内部,前方会有更多的机栝陷阱,须得小心行进。"

风晴雪想起铁柱观旧事,不由得连连点头道:"嗯,我再也不点火了,也不会随便用其他法术。"

这秘藏的通道,内无灯火,漆黑幽深,比之前的墓道更为神秘,简直如蛛网般复杂曲折。众人不敢举火,亦不敢随意触摸甬道的岩壁,只能张开灵力的触角去刺探前路。

辗转不知走过多少岔路与转弯,幽暗之间,百里屠苏忽生警觉,不禁手握剑柄,高声喝了一句:"何物鬼鬼祟祟?出来!"

众人闻之,都是一惊,正要戒备,却见一个黑影从密道拐角后面转了出来,来者手上"嘭"地打亮火石,照出一张懒懒散散、却满是喜悦的脸。

"恩公!"一身酒气的邋遢道士凑上前来,笑道,"恩公啊,我们可真是太有缘分了!"

竟然是尹千觞,那个十分像风晴雪大哥的尹千觞!风晴雪看见此人的脸,不禁张了张嘴,一身戒备都松弛下来。

百里屠苏却依然警惕得如冷厉剑锋:"你怎会在此?"

尹千觞抓了抓头:"说来很话长啊……我在碧山树林里……嗯……那个完了,正要进自闲山庄去找你们,几个道士模样的人跑了出来,其中一个说要找掌门复命,让其余的先去始皇陵。我想恩公那么厉害,在山庄里肯定没事,就偷偷跟着那些道士来了这儿……"

百里屠苏听了,略略思忖:"看来重塑玉横果然是在此处。"转而却又眉梢一挑,"你又来此作甚?"

尹千觞笑道:"嘿嘿,恩公明白人,就是那个嘛……"

"哪个?"襄铃插话。

尹千觞坦言道:"那个啊……酒钱又花光了,听说始皇陵宝贝多,我想着跟进来随手摸上几件,不就发了?"

百里屠苏闻之,一时说不出话来。

风晴雪上前两步,问道:"这么远,你怎么跟来的呀?而且我们在路上也没遇见你……"

尹千觞道:"我……我跟着那几个道士转转转,不知从哪里进了这地方,后来跟丢了,不过也没关系,正好挑挑拣拣,有什么东西可以揣着走……就是太危险啊,又是滚石又是流矢的,还差点被埋在一屋子水银里面!幸好我福大命大,逃过一劫,可还是绕在这迷宫里了,终于遇见恩公你们啊!"

百里屠苏听他说得夸张又含糊,不禁蹙眉。

方兰生可捺不住性子了:"先别说这些了。我们一定得抢回玉横,把孩子救出来!"

"玉横?孩子?什么事儿?"尹千觞迷迷糊糊地问道。

方兰生白了他一眼,摇了摇头:"玉横……一时半会儿哪说得清。至于孩子……青玉坛那些浑蛋掳了几个安陆的孩子过来做祭品……"

"祭品?"尹千觞大叫了一声,一向嬉皮笑脸的脸上,竟显出愤怒的神色,"可恶!那伙鸟人,竟对小孩子下毒手?好!就算不为摸点东西走,我也跟你们一块儿去救人!"

这蛛网般繁杂的密道,正如一座迷宫。

是迷宫,就会有一条真正正确的路。百里屠苏心中这样想着,不禁念起昔日在昆仑山上,与几位同门师兄妹一同经历的试练。那一次，他与芙蕖也曾陷入一个迷宫一般的地洞，幸得陵越大师兄引路，才带领他们顺利脱险。

百里屠苏回忆着陵越辨认方位之法，以心为眼，以灵识为触觉，用气息断凶吉。

一干伙伴只见他合眼凝神，在每个岔路口处冷静地略作判断，便笃定地选择了方向前行。众人跟随其后，顺利地行走，竟然并未遇到任何机关的阻挠，不多时，便到达了通道的尽头———座极其宏大空旷的殿宇。

"这个地方好大啊……"襄铃叹道，声音在殿内产生阵阵回音，"可是为什么空空的，什么都没有？"

这里周遭墙壁皆是由铜汁浇铸，嵌着夜明珠以供光亮，没有雕梁画栋，没有盘龙抱柱，也没有棺椁或者器物，堪称辽阔的空间内一片空空荡荡，只在最远处有一道铜门，应该就是通路。

"这里不像一般的宫宇设置，倒像是一个地下广场。"百里屠苏蹙眉道。

红玉点点头，也露出忧色："我看……这像是个……演武场。"

话音才落，只听刺耳的金铁机栝运转之声传来，身后的甬道上坠下一道铜门，将洞口轰然封闭。而前方大厅的地下，正有什么东西蠢蠢而出。

众人刀剑出鞘，严阵以待，只见面前偌大广场的地砖纷纷掀起，密密麻麻地升起大批的人俑来！

"这是？"方兰生讶异地看去，只见近千个人俑身披铠甲，面目栩栩如生，或手执弓、箭、弩，或手持青铜戈、矛、戟，或负弩前驱,或策马御车,俨然便是一支军队!

"兵马俑!"红玉惊道,"秦王扫六合,事死如事生。相传他命人造了数万兵马俑随葬。这是一支阴兵!"

这时众人已经顾不得赞叹这壮阔手笔,因为千余兵俑像是有机栝咒法操纵,已展开阵形,向六人步步紧逼而来。

百里屠苏当先而立,长剑平扫,一招纯正的天墉城玄真剑气呼啸而去。队列最前的乃是一些步兵俑,不堪一击,立刻被剑锋荡为碎片。

尹千觞也第一次亮出了身手,这让其他几人都不禁有些惊讶。原来他使用的是一柄断山破岳的巨剑,也不知这醉道士平日是用什么法术将巨剑隐藏在身畔,此刻亮了出来,硕大的重剑挥起,怕不有千钧之力,将又一排陶俑击碎。

可这两排陶俑不过是后续人俑的肉盾,第三排步兵已是铜俑,手持方盾,像是有人指挥一般,齐刷刷地前跨一步,将盾牌立于身前,之后迅速半跪,掩护起背后持弓矢的箭俑。

这不是一般的俑人,这是一支严整的军队!

下一瞬,百道青铜箭矢破空而来!

风晴雪张开蓝色的屏障,那铜矢上却不知附了什么法术,竟有许多刺穿了风晴雪的守护之屏。襄铃眼力最尖,羽扇一展,如花朵缤纷开放,将那些透入的箭矢都乒乒乓乓挡了开去。

便乘此机,百里屠苏和红玉已经欺身而上,贴近那些铜俑。

铜俑毕竟不是真人,虽有阵法之威,却乏应变之力;青铜坚硬，但总有关节弱处，二人剑光如虹，飞快地斩倒一批箭俑。

手持戈矛的铜俑开始迅速散开，将二人团团围住，矛尖如林，纷纷攒刺而来。

风晴雪飞身跳入阵心，巨镰横扫，荡开了第一波攻势。

红玉清啸一声，一式剑舞流光，以坚到极致的淬金之力去对抗上古铜兵。

金铁之击激鸣，空气中都被这交锋震出音浪，渐渐地，红玉的金气压倒了百名矛俑的青铜之力。这一式柔中带刚，竟将层层围绕的人俑全部荡开。

尹千觞和方兰生借着阵法出现空隙，直冲向最后方的冲车和骑兵，重剑横扫千军，佛珠制衡咒法之力，这些铜俑笨重不堪，根本逃脱不了二人惊涛般的攻势。

激战过后，广场内恢复了寂静，遍地铜俑残骸，像是死者枕藉的战场。

"哈哈！"方兰生喘着粗气，禁不住有点得意地笑道，"就算是千军万马，我们也打得过！"

百里屠苏却安静地望着广场远处的铜门出口。他有种预感：他们已经接近了地宫的真正核心，比千年古陵更加危险的人物，就在不远处了。

穿过演武大殿，前方又是一条甬道。这条甬道与之前见过的别有不同，是以白玉铺就台阶，雕出扶手。甬道两侧有昆仑玉雕琢成的宫装丽人。她们的肤色宛如真人，手中捧起硕大的夜明珠，照得眼前如同白昼。岩壁也不是寻常的石壁，而是由巧手工匠雕凿出的精致壁画，展现的均是始皇帝的惊世功绩——扫平六国，统一天下，修筑长城，书同文、度同制、车同轨……

此处已经不再煞费心机地设置什么机栝，因为这条甬道便通往这座陵寝最高贵的深处。

神州大地上第一位皇帝秦始皇的安寝之地。

台阶两侧的珍奇雕饰令人目不暇接，可是众人都没有心思赏玩，因为前方终于出现一座巨大的铜门，铜门上面龙纹凤影，嵌着无数叫不上名字的珠玉宝石。

六人交换了一下眼色，屏息前行，将脚步放到最轻。

因为隔着面前两扇虚掩的铜门，已经可以隐隐听到那地宫内，有人在说话。

"丹芷长老，该谢谢你透露与我，始皇陵内的明月珠有重塑之功，不然青玉坛也不敢将玉横打碎，以碎片吸魂再重聚。如此多的魂魄，会令玉横的力量达到极盛！"一个中年男人志得意满的声音，在庞大的地宫中回响。

丹芷长老，那是欧阳少恭在青玉坛中的道职。

听到这样的话，方兰生不由得手心生汗，紧张起来。

大门内却并未传来欧阳少恭的答话，先前说话的中年人继续说道："今日便将童男童女的鲜活魂魄注入新生玉横，我青玉坛霸业即将达成！"

似有几个听令的人，齐齐答了一声："是！"

百里屠苏立时长眉一拧，喝了一声："住手！"一脚蹬开沉重的地宫大门，当先冲了进去。

地宫之战

一进此门，偌大的幽深玄宫尽收眼底，眼前的一切，令百里屠苏等人皆是一惊。

眼前的玄宫已是奢华到刺眼的地步。玄宫中央，真正的秦始皇棺椁高高摆放。一位身着青玉坛道袍、满脸飞扬络腮胡须的中年男子站在棺椁旁，看他的服色品级，比其余弟子皆高，自是青玉坛当今掌门人雷严。

始皇棺椁之上，一件闪闪发光的东西凌空悬浮，正是玉横。那些碎片已经恢复成一枚形状奇异的玉器，看不见拼接的缝隙，竟是浑然天成——玉横，已经被彻底重塑。在这一刻，孩童们的鲜血正要祭洒在始皇的棺椁之下，却被百里屠苏冷肃的断喝打断。

雷严听到百里屠苏的喝叫，不由得一惊，几名弟子也停下手，一起往大门处看去。

拔剑断喝的百里屠苏，却停住了脚步："玉……横……我一定见过它……"每当记忆挣扎着要从混沌之中脱出，他的头就会撕裂般疼痛起来。

"少恭！"方兰生眼尖，望见了孤身凝立在玄宫一角的欧阳少恭，"还有桐姨！"欧阳少恭被雷严的咒术控制，寂桐陪伴在他的身侧，却并未遭到任何禁锢。

"丹芷长老，这就是你那些所谓的'朋友'？"雷严冷笑一声，"几只跳梁小丑！"

欧阳少恭淡淡言道："朋友便是朋友，并无他名。"

百里屠苏放下脑中所想，上前两步，冷喝道："你们擅金丹之术，却行伤天害理之事，罪不容诛！"

雷严傲然答道："庸碌燕雀，岂明鸿鹄之志！便叫你们见识一下青玉坛金丹妙术的真意！辛合、柳牟、乌己！"

他一声呼喝，围拱在棺椁石台前的三名青玉坛道士齐声应和："弟子在！"

雷严冷冷道："取其魂魄，献祭玉横！"

"谨遵掌门之命！"三名道士喊了一声，摆开架势。

欧阳少恭喊道："小心！"话音刚落，便见那三名道士一齐挥手，不知服下了什么东西入口。眨眼间，三人身上发生了奇异的变化，肌肉骨骼膨胀，面目也变得狰狞如怪兽，人形全然不见，俨然化成了三只野蛮可怖的妖物。

妖物龇出锋利的牙齿，看向几人的眼神，就像鬣狗看到了尸体，口角垂涎。

百里屠苏面色一凛——又是妖物，但远比翻云寨的半妖匪徒妖化得更加彻底，也更加强大。

"恶心的妖怪！变成这样，我们便怕了不成！"方兰生狠狠地骂道。

雷严狂妄地大笑起来："妖怪？强大的力量又怎能为世俗皮囊所束缚！能葬身在这种力量下，你们这些蝼蚁应无怨言！"

雷严语音未落，三名如妖似魔的道士已张牙舞爪地攻了上来。百里屠苏再不多言，纵身飞跃，一剑当先，与敌人激战起来。

五名同伴见了，也都使出各自手段，与这些妖道士缠斗在一起。一时间，巨镰、双剑光影横飞。襄铃的羽扇翩翩起落，方兰生的拳风则带着狮吼之力，频频遮护在她的身前。尹千觞巨剑横扫，气势惊人，纵使那些服了异药、变成妖魔的青玉坛弟子怪力无穷，在这柄神兵面前，竟也落了下风。

百招之后，双方仍是僵持的局面，百里屠苏六人却渐渐感到力不从心。

这一次的对手，堪称是百里屠苏下山以来所遇最强的敌人，他以往所向无敌的剑气，始终难以重创面前的敌人。以六敌三，他们竟又苦战了多时，方才堪堪与将那三个妖魔打成平手。那三人虽无法取胜，却也是可应付，退守到雷严身前，摆起剑阵来戒备，百里屠苏一方也未敢贸然上前，双方就这样僵持下来。

百里屠苏心中焦急不已。雷严只是动用几名手下弟子，己方已经战得如此吃力，若雷严亲自参战，真不知会是如何光景。如若只是他一人在此，倒也无须畏惧，但如今朋友们都在身边，欧阳少恭亦身陷敌手，还有风晴雪……他的心绪有些纷乱，不禁闭紧了嘴唇，强迫自己冷静下来。

"掌门，这几个人不简单……"那为首的妖道谨慎地提醒着始终在观战的雷严。

雷严甩袖言道："垂死挣扎的蝼蚁，令人不快！"

"哼，还不晓得到底是谁垂死挣扎！"方兰生气都喘不匀了，嘴上却还不肯让人。

"狂妄鼠辈！"雷严冷冷一笑，迈步走下了祭坛。他凭借阴谋得到掌门之位，若没有一颗熊熊燃烧的野心，也不会走到今天。他稳稳行来,如山般逼近,身上的气势令众人都为之一窒。

雷严走到大殿正中,摊开右手手心,一道红光闪过,手心中静静躺着几粒丹药。面对众人,他仿佛耐心十足地讲解道:"此乃少恭以玉横碎片之力炼成的灵丹'洗髓'。服下它,便可获得肉身最极致的力量。"

他转身对欧阳少恭冷冷道:"丹芷长老,我便以你所制的灵药,成全你这些'朋友'!"

说完,雷严自服一颗洗髓丹,随后又一挥掌,灵药落入其余青玉坛弟子手中,那些弟子急忙将丹药吞服下去。

只闻一阵筋骨作响和衣物爆裂之声,方才众人曾见过的活人变妖一幕又一次重演。

整整十只妖物,站在几人面前。

妖化之后的青玉坛掌门雷严手中化出金光犀利的巨型宝剑,令人生出不可战胜之感。

"便叫尔等领教吾手中巨剑之威!"雷严怒吼一声,如同雷霆,挥舞手中巨剑,如山岳般冲过来。

除了打败这些妖物,百里屠苏诸人没有别的选择。

然而此战的对手却是太强人!以百里屠苏为首,所有人都已拼上全身力气,使出最强的手段,意图与眼前的怪物死命相抗。然而双方甫一接触,百里屠苏的长剑便一声锐响,崩离掌心,其他的人也都被雷严的雷霆一击重创。

几个年轻人如受重击,横飞出去,继而重重地摔落在地。方兰生简直是以脸着地,完全动弹不得。

百里屠苏虽勉强站起,却实在无法对敌。

"厉害……打、打不过……"方兰生趴在地上,还在断断续续地唠叨着。

百里屠苏咬紧牙关,不发一言,紧蹙眉头望着雷严,却是再不能挥出一剑。他还有力气,也还想拼命,但是他心里清楚地知道,拼命也没有用。他从地上跳起再高,也不能触碰到天际;他的剑再迅疾如风,也快不过光。

雷严与他们的力量差别太大,就像天与地,光与风。

真的要输了?

怎么办?

"怕不会就在这儿交代了吧……"方兰生勉强撑起身子,不知说起了什么胡话,"二姐要想帮我收尸,连地方都找不到……"

裹铃哭道:"大坏蛋……裹铃、裹铃才不要被他……"

"掌门力量所向披靡,弟子拜服!"变做妖物的道士们向着雷严齐声道贺。

雷严神态轻松,仿佛方才只是饮了杯茶。他惬意地斜视着对面的几个年轻人:"明白自己有多么不自量力了吗?弱小不堪,竟还妄想螳臂当车!"他又转向欧阳少恭,挑衅道:"丹芷长老,你这些所谓的'朋友',实在令人失望!你何不奉劝他们速速滚开,也好苟全几条贱命!"

"混账!不许你这么讲!"方兰生心头一怒,看了看欧阳少恭脸色,又嘴硬起来,"我们一定会救少恭……"

欧阳少恭身负禁锢，只是背手而立，静静地看着雷严，并不说话。

"救？就凭你们那点可笑的微末之力？"雷严冷笑，"为少恭一人，葬送所有人性命，成全尔等所谓的仁义，当真毫无悔憾？丹芷长老，还不想说话吗？"

众人都在僵持，生与死，似乎只悬在一线间。风晴雪、裹铃都在看着百里屠苏，而百里屠苏冷如剑锋的眼神，即便到了此刻，仍是未见丝毫屈服与动摇。

然而此刻却又能如何作为？

就在此刻，久已沉默的欧阳少恭忽然发出了声音："百里少侠、小兰，莫要轻言放弃！"

竟是这样的一句话！

便是雷严亦是有些惊讶："果然……少恭，你便是如此对待所谓朋友？"

欧阳少恭神色冰冷。他虽然身陷困境，却丝毫不见颓色，看向雷严的眼神，竟像在看一个死人，冰冷而充满轻蔑之意。

雷严愣了片刻，却是笑了："不错，不错！为了脱身，竟把朋友推上死路！丹芷长老还是我认识的那个丹芷长老！"

陪侍在欧阳少恭身边的寂桐不禁满脸凄色地劝道："少爷……这又是何苦！"

欧阳少恭只是摇了摇头，并不答话。

远处，红玉将目光自欧阳少恭身上移开，转向百里屠苏："百里公子……"她似乎想说什么，却忍住了，唯有等待百里屠苏作最后的决断。

百里屠苏合上眼，站了起来，缓缓从背后抽出那断剑焚寂。断剑在手，他睁开双眼，目光之中，却已是清明如水的坚定："我相信先生，再战！"

雷严妖魔般的面孔上，是清晰可辨的嘲讽："既然如此，我就让你亲眼看到，他们是如何流尽最后一滴血！"吼罢，他横举巨剑，排山倒海般的攻势再次席卷而来。

长剑崩坏，只有焚寂可以帮助百里屠苏了！他此刻已是全无力量，方才所受的重击，似乎已将他的一口真气打散，此刻每做一个动作，疼痛都在周身蔓延。

即便如此，也要站在对敌的最前面。

就算是最后的一瞬，也用这一死，挡在伙伴们的前边吧！

百里屠苏双眼圆睁，奋不顾身地挥剑抵挡。

百里屠苏出剑。然后他的眼前似乎黑了一瞬，之后又恢复光明。沉重的呼吸声充满耳畔，死一般的气息溢满四周。

然而心跳还在，是自己的。

自己还活着！那么，敌人呢？

百里屠苏抬眼看去，眼前景象却令他怔住了，他身旁的伙伴们也都惊讶得说不出话来，好半天，玄宫中都无一人发出言语。

雷严等一干妖化的道士，此刻竟全都跪倒在地上！

最早服下药物的三人，身上肌肉与皮肤块块碎裂，有的已经如枯萎的树皮一般剥落；后服药的几人，方才还壮硕得如同怪兽的身体，转眼间也已衰朽得瘦弱了好几圈，似乎连站起来的力气也被抽干。

甚至连他们的法术都一并失效。欧阳少恭与几名孩童身上的咒缚消失，欧阳少恭轻轻掸了掸衣襟，孩子们则软倒在地上，虽仍在昏迷，但气息均匀，并无大碍。

"赢了！我们居然赢了！不是做梦吧？"半晌，方兰生一声惊呼，打破了寂静。

"不可能……这不可能！"雷严沉哑得如同衰朽老人的声音，艰难地响起。

"掌门……毒……"一名垂死的弟子言道。

雷严恍然一惊，转向欧阳少恭，一双恐怖的眼睛，瞪得几欲流出血来："少恭，你竟骗我！"

此言一出，在场众人都是一惊。

"为炫耀所谓的'力量'，心甘情愿地服下洗髓之药……又何来欺骗之说？"欧阳少恭慢慢走到雷严身前，语气淡然。

"如何做到……你究竟如何做到的？"雷严颤抖着问，"药方我仔细查过……金丹出炉，便有人反复试药，连你自己也必须服下！"

欧阳少恭微微一笑："数年以前，自我继任丹芷长老之位，青玉坛各处便开始每日燃有熏香。"

"熏香……门派内提神醒脑之物？"雷严思及以往之事，语气低了下来。

"那熏香本是我为了炼丹便利而制，除去提神，尚可调理气息，令药性与体内脏器如阴阳相合，使人吞服烈药而不致伤身。"

雷严闻之，不禁一震："你是说……"

"洗髓丹恰是一味性烈之药。你亦明医理，当知药、毒本不分家。"欧阳少恭平静言道,"青玉坛内试药,熏香在旁,自然无恙,但在此处……肉身力量的强大仅为昙花一现,服药之人将迅速衰竭,五脏六腑遭毒性侵蚀,最终……难逃一死。"

"少恭……"听了这些话,方兰生脸上惊喜的神色顿时敛去,不禁有些失神。

欧阳少恭却一直保持着模糊的笑容:"如掌门这般体魄强健之人,或可多撑得一时半刻。"

像是在印证他的话,先是第一名青玉坛弟子倒下,口中发出哀哀叫声。随即其他人接二连三地不支倒地,有的甚至七窍流血,瞬息死亡。

如此这般,短短一会儿,雷严带来的青玉坛弟子已全没了生息。

"少恭,你!"雷严嘶吼道,"我敬你才华,只望二人共振青玉坛,你若不愿……"

"掌门不也一样使的雷霆手段?"欧阳少恭打断他的话,反问。

"但我从未想过取你性命!"雷严喊道,"不比你心机深沉,下此毒手!"

欧阳少恭轻轻摇头:"我又何尝愿意?你打碎玉横,四处散播,吸纳魂魄。此阴损之举于青玉坛外掀起多少腥风血雨,怕是我们也未能尽知。一味追求强大力量,吞服丹药只为杀戮,实是咎由自取!雷严,你难道不是死有余辜?"

"说得真是冠冕堂皇!"雷严怒极反笑,"罢了!我心思才智样样皆不如你,借你所言……成王败寇,古来同理,合该落得如此下场。不过……"他说到这里,唇边掠过一丝阴冷诡谲的笑意,"少恭机关算尽,可知天底下总有你不明之事?"

他说到这里,竟站了起来,电光石火般移形到了欧阳少恭的身边。众人见状,皆是大惊,却来不及阻止。

"你做什么!还想害人?"方兰生急得大叫,待要出手。

"小兰,无妨。"欧阳少恭却是淡然。

雷严果然已是无法害人。他撑着已然衰朽不堪的身子,贴近欧阳少恭的耳边,低声言道:"少恭,你可知……"

后边语声更低。旁人只见他嘴唇翕动,全然听不到他说些什么。听着他的话,欧阳少恭那一向波澜不惊的脸上,竟闪现出惊讶至极的表情。

"你说什么?"欧阳少恭转身看向雷严,不禁追问道。

"除我以外,天底下再也没有人知道……下落……"雷严已然气力不支,瘫倒在欧阳少恭的脚下,笑得却更加得意,"后悔吗,少恭?你此刻想救,也救不了我了……哈哈哈哈!"

"雷严,你说清楚!"欧阳少恭急切逼问。

雷严报复般狂笑不止:"哈哈哈……我诅咒你!永远找不到……永远孤独痛苦……哈哈哈,哈哈哈哈!"

欧阳少恭垂首看着雷严,神色冷如凝冰。

然而在另一边,百里屠苏却现出震撼已极的表情。

"这个笑声……"百里屠苏怔怔地望着雷严,口中低语,"我、我听过!"

"苏苏?"风晴雪闻言,看向百里屠苏,见他脸色已瞬间变得苍白,汗如雨下,分明是头疼宿疾又犯了。

百里屠苏瞪大眼睛,愣了片刻,不知哪里来的力气,竟倏然纵身上前,冲到雷严的身旁:"你,是否去过南疆?"

雷严的神志似已模糊:"南疆?"

"乌蒙灵谷!你可到过那里?"百里屠苏大声喝问。

雷严怔了一瞬,转头去看百里屠苏,忽然,脸上一片惊异:"你、你是……这怎么可能……"他只是混乱地说些无意义的词句,却并不回答百里屠苏的问话。

百里屠苏还欲再问,却见雷严双眼已经翻白,将脸转向欧阳少恭,口中喃喃,只剩下残破的话语:"绝无可能……少恭……"

欧阳少恭冷冷地注视着他,那眼神冷得可以将人冻死。雷严在这冰冷的注视之下,终于断了气息,变成一具死尸。

"雷严!"

"他已无气息……"一旁,是寂桐低低地说了句。

百里屠苏愣了片刻,无奈地闭上双眼,心中波涛翻腾,一时难以平静。

欧阳少恭却转过了双眼,看着寂桐:"他说的那些……"

寂桐摇了摇头:"少爷以为,雷严会透露与我?"

欧阳少恭从寂桐苍凉的双眼中读不出想要的讯息,脸色转而一冷:"我始终不明,你为何助他?"

寂桐摇了摇头:"我只是不想看着少爷继续……"

"不用说了!"欧阳少恭生硬地打断了她,转过身,不再与她相对,"寂桐若愿留下,我既往不咎;若是不愿,便走吧。"

寂桐满面哀伤,默默地看了欧阳少恭一会儿,最终只说了一句:"少爷保重,寂桐以后不能在你身边了。"言罢,拖着苍老的脚步缓缓离开了。

"桐姨！你……"方兰生有些惊讶，叫了一声，寂桐却并无留恋之意，径自去了。

方兰生很是不解，大声问道："少恭，就这么让桐姨走了？"

"她心有所决，强留何益！"欧阳少恭淡淡道。

方兰生语塞，半响方言道："少恭你……脸色好苍白……雷严那浑蛋说的那些……"

欧阳少恭默然，终究，只是摇了摇头。

此时，红玉走到百里屠苏身边，试探着问道："百里公子，你适才所言……莫非雷严与你故乡之事有所关联？"

百里屠苏仍闭着眼睛，似乎心中苦痛难以言说："我记得那个笑声！狂妄，刺人心肺，我的族人就是在这声音中一一死去……"

"那他就是你的仇人？"风晴雪听了也是一惊，上前问道。

百里屠苏睁开眼："也许。"

风晴雪思忖道："他刚才说'绝无可能'是什么意思？"

"管他什么意思！"方兰生愤怒地一挥衣袖，"这人一看就不是好东西，说不定当年也曾经带着玉横做过不少吸人魂魄、丧尽天良的坏事。木头脸这一回算亲手报仇了，大快人心！"

"想不到，还有这些往事牵扯……"欧阳少恭幽幽的言语响起，"青玉坛平日对弟子管束不甚严格，尽可自由来去，若说雷严多年前离开门派，另有行事，亦是极为可能。"

百里屠苏沉默了许久。风晴雪只是看着他，似乎百里屠苏心中沁染的悲伤，也都渐渐地沁进她的心里。

"但愿真是手刃仇人！"最终，少年只是茫茫然地说出这样一句，"以慰我……全族之灵……"

这时，眼尖的襄铃却忽然喊了一声："呀，快看！"

众人循声看去，那始皇棺椁之上悬浮着的玉横，竟星星点点地发出光来。倒在地上的青玉坛弟子尸体，连同雷严的尸身之中，有闪光的魂魄飞出来，全被吸入玉横之中。

"以玉横害人，最终连自己的魂魄都归于玉横，这算不算天理循环、报应自在？"红玉不禁发出一声感叹。众人闻之，无不歔欷。

"对了！自闲山庄的那位姑娘！"方兰生急切奔出，跑到高高的始皇棺椁之下。吸罢魂魄，玉横的光芒消失，缓缓落在了棺椁上面。

方兰生望着那块形状怪异的石头，不禁挠头："怎么办？魂魄被吸进去了还能出来吗？"他望着那石头念念叨叨，好像有些痴傻的模样，不停地叫着，"姑娘……姑娘……"

不知叫了几声，玉横上忽然现出了一点黑气。

"猴儿小心！"远观的红玉不禁叫了一声。

方兰生却并未听见红玉的提醒，只是仰首望着玉横之上的半空。他看见叶沉香的身影渐渐地浮现了出来，那副熟悉的怨毒厉鬼的模样近在眼前。

"晋磊……果然是你！"她的灵魂显然仍被玉横束缚，移动不得，甫一见到仇人，虽然万般愤恨，却只能张牙舞爪地怒骂，"晋磊，你还不死！"

方兰生没有躲闪，只是看着眼前的女鬼，神色满是哀伤与悲悯："姑娘……你的魂魄被玉横束缚住，不能去投胎了……"

"哼，投胎算得了什么！"叶沉香的怨毒似有海深，"我只要取你的命！"

方兰生眉梢低垂，轻轻地摇头："可是……你说的那些事情，我都不记得了……"

"一句'不记得'就可以推脱得一干二净吗？"叶沉香怒吼。

"也许，真是前世的我……害死了你，还有其他许多人……"方兰生说着，有些出神，"你恨我，也是应该的……"

这话一出，那厉鬼却安静了下来，不再挥舞利爪，而是垂首望着方兰生，充血的眼中也有了些异样的神色。

方兰生继续言道："但是这一世，我是方兰生，不是晋磊。我有家人、有朋友，还不想死……我想不到要怎么弥补那些过错……姑娘，就让我试着超度你，突破玉横之力，送你前去轮回往生……"

"给我滚开！不用你多管闲事！"叶沉香吼了起来。

方兰生仰头："姑娘，请让我超度你吧！否则，你将永远被束缚其中，那和在自闲山庄是完全不一样的……你自己也感觉到了吧？"

叶沉香一时无语，仿佛有些发呆。

方兰生摇了摇头，闭上眼睛，双手合十，悲悯众生的往生经文自他的口中诵出，仿若西天梵唱，荡涤着这埋葬死人的阴冷墓穴。

"滚开，滚开！"叶沉香的鬼魂开始狂躁地尖叫，"晋磊，我不用你来施恩！你滚！"

她的声音凄然变调，虽则凌厉，却并无之前阴郁可怖的怨毒，仿佛是一个伤心女子面对着令自己既爱且恨的某个冤家发火、嘶喊，不知所措。她是鬼魂，并无清晰的面目，然而此刻若有人能看透她的心底，或许会看见她其实是在无助地哭泣。

"南无阿弥多婆夜，哆他伽多夜，哆地夜他。

阿弥利都婆毗，阿弥利哆，悉耽婆毗。

阿弥唎哆，毗迦兰帝，阿弥唎哆，毗迦兰多。"

《往生咒》《大悲咒》。方兰生不停地念诵着。自从朋友们认识他以来，从未见他如此刻一般认真。众人知道，要凭咒文之力对抗玉横、解脱被束缚的灵魂，是何等艰难的一件事！但此刻，所有人都在为方兰生祈祷，希望他心诚则灵，做成眼前这一件功德。

"伽弥腻，伽伽那，枳多迦利，娑婆诃。"方兰生以梵文念诵的经文终于结束。

此时，禁锢在玉横中的鬼魂，发出了一声悠长的低叹。

众目睽睽之下，奇迹竟然真的发生！只见黑气散去，叶沉香的一缕芳魂中，显现出一位青春芳华的女子，左右观望，恍如新生。

"这是……"沉香的鬼魂低头看着自己，轻幽开言，那声音也如寻常少女般明丽，并无怨毒烧灼。

"可以了。"方兰生放下合十的双手，仰面望着新生的鬼魂，轻轻说道。

叶沉香听了，望了方兰生一眼。

那少年此刻脸色苍白，唇边却挂着欣慰的笑："姑娘快走吧！你暂时不会被玉横的力量所缚。"

叶沉香沉默了片刻，仍是冷冷笑了几声："一个上辈子满手血腥之人，这辈子居然修佛法……休想我会领你的情！"

方兰生摇了摇头："姑娘误会了！我无意施恩化怨，只不过想让你好受一些。无论我前生是不是晋磊……这一刻我真的不是……你为了他，永远不得轮回，值得吗？"

过了许久，鬼魂方幽幽言道："晋磊……你真的把我忘了？哪怕只是一点点……"

这一问，方兰生却不禁尴尬地挠了挠头："我……那个……"

"别说了！"叶沉香断然道，"不用再说了……我明白了……你只是一个陌生人。让我深深眷恋、爱逾性命的晋磊……令我痛苦发狂、恨之入骨的晋磊……你都不是、你都不是……"

"姑娘，我……"方兰生想说些什么，却无从开口。

"爱是什么……恨又是什么……已经过去了那么久啊！在时光之间……凡人……什么都不是……"叶沉香举目远望着虚空，喃喃念叨，"你为什么偏偏要来自闲山庄呢？还戴着晋磊的青玉司南佩……"

"这个玉佩是他的？"方兰生听到这里，却是一惊，"二姐说，我小时候在店铺里看到这个，便又吵又闹，再也不肯走了，娘只好买下来给我……"

叶沉香也愣了一愣，不禁苦涩一笑："果然……在你心里，还是念着她……"

"谁？"方兰生惊疑地问。

"在青玉司南佩里，藏着一个人的一魂一魄。它和玉横一样,也可以拘束灵魂……"叶沉香忽然说出令人惊异的话语,"可是又不太一样……那个人是心甘情愿的,一直守着晋磊、守着你。"

方兰生慢慢地瞪大了眼睛:"你说的……究竟是谁?"

叶沉香神色黯然,终究又是一叹:"是那个叫贺文君的女人吧?虽然我从来没有见过她,但我知道是她……"她似乎回忆着往事,幽幽言道,"那时,我变成了鬼,好几次想要杀死晋磊,却看见他坐在这个女人的墓前流泪,简直像是另外一个我不认识的人……"

方兰生听得此语,在自闲山庄时脑中出现过的画面断续重现,令他一时失神,如坠五月雾中。

"青玉司南佩,一魂一魄永相随……她也是个傻女人……"叶沉香忧伤地说道,"我不恨贺文君……我们……只是晋磊命里两个痛苦的女人……这么多年了,她早已经去转世了吧……假如你找到她的今世,记得好好待她……"

方兰生闻言一怔:"找她?要去哪里找?"

这一次,叶沉香却并未回答。"我走了……"她只是喃喃地说,"过了来生,也许还有来生……你欠我的,总有一世我要你还来……晋郎!"

她说着,迎着方兰生走去,就在即将碰到他的刹那,如烟雾般消失了。

"姑娘……"方兰生还欲呼唤,却被红玉在身后一拍,惊醒了过来。

"她去轮回了……"红玉言道,"猴儿的往生咒当真厉害,竟能从玉横之中释放魂魄。"

246

此刻，方兰生却虚弱地跪倒在地上。

"兰生！"襄铃急道。

"不是我厉害……是那位姑娘对晋磊的执念太深，一时由玉横中挣脱出来，我才能将她超度……"方兰生低喘着言道，"就算这样，全身的力气都像被抽干了……玉横里的其他魂魄，我根本救不了……"

"小兰已经做得很好了。"欧阳少恭淡淡地言道。他走近棺椁，举袖收起了上面的玉横。

方兰生问道："青玉坛的人不会善罢甘休吧？肯定要再来抢。"

欧阳少恭却摇了摇头："未必如此。跟随雷严来始皇陵的，均是其心腹弟子，青玉坛其他人在之前那场叛乱中，多遭雷严蒙蔽，时日一久，早已有所觉察，门派中并非所有人都真心奉其为掌门。青玉坛人丁本不甚兴旺，此时雷严身死，对其打击甚大，今后必要休养生息，只怕就此沉寂下去了！"

"那少恭是不是就能回去了？"方兰生问道。

"以后之事，犹未可知。"欧阳少恭言道，"好在如今已将玉横收回，有劳诸位辛苦奔波。"

百里屠苏摇摇头。

"我们也没做什么吧？"方兰生挠了挠头，"要不是少恭那个药，我们大概已经死在雷严剑下了……"

欧阳少恭笑道："少恭所长，仅是锦上添花而已，何况洗髓丹一事有失磊落，实乃不得已而为之，只盼勿要再提。"

方兰生听了，只好闭了嘴，乖乖地点头。

玉横夺回，灾祸得以消弭，救回欧阳少恭和孩子们，匪首业已伏诛，几位同伴这些日子以来历尽险境，此刻突然感到一阵轻松。

百里屠苏道："此地不宜久留，我们速回安陆为上。"

众人抱起犹在昏睡的四个孩子，相扶相携，一起往陵寝地宫之外走去。数百里外的安陆，尚有许多焦急的百姓，在等着他们胜利归来的好消息。

古剑奇谭

琴心剑魄 下

I

著——某树 宁昼

新星出版社　NEW STAR PRESS

第七章 海纳百川

庞大的黑影从潭水中升起。那是一条比榴山还要高大的巨龙,通体漆黑,双眼映射出金色光芒,虎须鬣尾,不怒而威。

车盖亭

一弯银钩淡淡挂在天际,整个安陆都沉睡在夜色之中。

风晴雪轻轻哼着不知名的曲子,手里捏着一只小包裹,沿着城西的大道往客栈走去。

"晴雪。"

车盖亭下,一个身影唤她,声音不轻不重,恰恰递到她耳边。

"是少恭?"

人影慢慢踱出亭子,月色下光华不减,正是欧阳少恭。

风晴雪开心地扬了扬手里的包裹:"我给虫子找了些吃的,正要回客栈呢。"

夜虫啾啾,欧阳少恭轻声问道:"在藤仙洞中营救襄铃时,晴雪曾言体质特异,不畏毒性,而晴雪又时时戴着手套,可否说说其中缘故?"

风晴雪笑笑:"这没什么不能说的。我们那儿的人从出生起,身上就带着瘴毒,所以对其他毒反而没么怕了。"

欧阳少恭了然一笑:"原来如此!只是你行走四方,恐怕多有不便。既已知道是瘴毒,在下看看是否能配制丹药,作抑制毒性之用。"

"真的可以吗?那我就不用总戴着手套了!谢谢少恭!"风晴雪喜上眉梢,"虽然这个毒不会害到别人,但总觉得直接触碰到你们不好。"

"晴雪心地良善,处处为他人着想,很像在下一位故人。"

"真的吗？那少恭有机会要带我见见呢！"

欧阳少恭眼中露出罕见的凄凉之色："她已经不在这世上了。"

那人一定是对少恭极其重要吧？风晴雪自知说错了话，不禁轻掩檀口，心中歉疚不已："对不起！少恭，你别难过……"

"无妨。"

"……苏苏跟我们说了找你求药的事……所以，少恭炼制起死回生药，是为了这个人吗？"

欧阳少恭微微侧转了面孔，眉眼都浸在亭檐的暗影之中："在下连她的尸首都寻不到，就算炼出了起死回生之药，亦无回天之力。"

风晴雪心下黯然，想了很久，还是将心中疑问提了出来："我想知道，世上真有这种药吗？"

"晴雪的这个问题，在下亦无法作答，只因此药尚未炼成，不过是勉力一试。"

风晴雪眉心微蹙："那少恭相信会有起死回生这样的事情吗？"

"三界广阔无垠，许多奇迹想来我们永远无缘一见。晴雪可是不信？"

风晴雪面露惆怅，道："我爹娘去世得早，我曾问婆婆，有什么办法能让爹娘再活过来……婆婆说，任何生灵有生就会有死，所有人终究都是逃不开的……上天仁慈，赐生灵以轮回，一个人由生到死、轮回往复，才是天地间的常理……"

欧阳少恭笑中带了点儿不易察觉的讥讽之意："上天仁慈？晴雪可知，所谓的'轮回'亦有尽头，何况……有些人根本入不了轮回。"

"轮回……也有尽头?"

欧阳少恭点点头:"每个生灵均具三魂七魄。三魂之中,'命魂'为重,主司轮回,其余魂魄则承载着情感与记忆。命魂亦有寿限,不断往复于三界,直至寿数耗尽——也就意味着这个生灵再也无法转世,他的魂魄只能化作'荒魂',消散于天地间。"

"那就是……完全不在了?"

"不在了,什么也不会留下。"欧阳少恭的声音里像是含着某种情绪,"其实若论消亡,又何必待到命魂耗尽?每一次轮回投胎,三魂七魄尽数散去,便是前世所依所爱之人,又哪里还会记得你的音容笑貌?即便机缘巧合,忆起昔时种种……如小兰那般,也只会觉得那是幻梦一场吧……如此隔世重逢,与当初那个人全然消亡有何不同?"

风晴雪从未见过欧阳少恭如此滔滔不绝地说话,所言又颇多感慨,一时讶然之中又有些怅惘。

"在下多言了!"欧阳少恭忽然摇摇头,"晴雪无须在意。你那位长辈所说本是对极,生死由命,心中豁达、顺应天道方才最好,其他的……不过执念而已。太深的痛苦会令人变得执着,哪怕面对死亡,也只能逆天而行,一步步走下去……"

风晴雪心中一动:"就像苏苏那样?"

"也许吧!"欧阳少恭的眼睛透过风晴雪,仿佛看到了另一个巧笑倩兮的身影,"在下看来,对生死之事毫无执念者,乃是世上数一数二幸运之人,因为……那个人一定还没有经历过真正绝望的别离……"这一句话说出来的时候,欧阳少恭已回到平日里云淡风轻的模样,可风晴雪明白,眼前的这个人,必是经历过那样绝望的别离,思之令人不忍。听了欧阳少恭的话有一种模糊的感觉,像一块无形的巨石压在她的心上。

仿佛,会一语成谶。

欧阳少恭的面上又恢复到平日的和煦淡然,道:"夜深了,晴雪早点回去歇息。在下喜爱这晚风夜色,还想多留片刻。"

风晴雪点点头,与他告别。欧阳少恭负手凝望,神情渐渐冷峻,直到她的身影消失在夜色之中,才轻轻地开口:"雷严啊雷严,且在地狱中好好看着!莫说是你咒我永世孤独,即便天命如此,我也要逆天而为!"

"那个人……已经死了,早就死了!休想蒙骗于我!"他隐在袍袖中的指尖微微地颤抖着,继而露出一抹诡异的微笑,"不过没有关系,风晴雪真是像极了……不如就让她,还有其他人,永远留在我身边,永远都不离开,从此再也没有俗世烦忧,岂不美好!"

青龙镇

船首破开碧蓝的海水,驶向岸边浅滩,蜿蜒的海岸线上,停靠着不知多少艘这样的出海大船。

这里是东海第一大造船港口——青龙镇。

万里长江由此奔腾入海,海舶辐辏,遍地烟火人家。

将几名孩童送归安陆后,众人似乎又回到了平静安逸的生活之中，但百里屠苏所求的起死回生药，尚缺一味奇异药材，名为"仙芝"。据欧阳少恭听闻，需到海外十洲三岛中的"祖洲"方能找到。

祖洲这样的地方，只闻其名，却无人知晓其所在。但只要有一点希望，百里屠苏也愿意付出十万分的努力。

为了沉睡在冰炎洞中的母亲……或许能有展颜之日。

而他的同伴们，坚持要相伴百里屠苏一同出海寻访仙芝。每个人给出的理由皆不相同，但心中的念头都是相似的——既是同生共死的同伴，怎能让他孤身出海？连尹千觞也要跟着同行。最后除了欧阳少恭留在安陆潜心炼丹，其余人都一并踏上了求药之旅。

海上风云变幻，因未知祖洲位置所在，贸然使用腾翔之术多有不妥，众人来到青龙镇，打算找一艘大船，以便出海求药。

连问了七八家船厂，大船见了许多，却没有人愿意出海去寻找那不知座落何方的仙岛，倒是客栈老板给他们指了一个方向："对岸有家船厂，老板是两兄弟，姓向，造出来的船那叫顶好，大风大浪也经得。只不过……兄弟俩的脾气实在有些怪，不认真做生意，整天胡思乱想，说是已经快造出能在水底开的船了，这怎么可能！"

在水底开的船，乍一听闻，确实不可思议，但几人所经历过的事情，又岂是普通人所能想象？对于这神秘的兄弟俩，倒生出几分好奇。

依着客栈老板的指点,众人来到了青龙镇南岸的向家船厂。到达时天色已晚,海岸上光线不明,看不清船的模样,只能隐约瞧见一片一片的黑影。但从那开阔的场面看上去,也知道这个船厂的规模远大于其他。

不远处一排小屋,大约就是船主工作休息的地方。他们循着灯光找过去,只见一个高大的中年汉子坐在屋内,松松垮垮地披着件衣服,露出健硕的肌肉和满是胸毛的胸膛。

红玉上前问道:"请问,阁下可是船厂的向老板?我们是来租船的。"

对面那人并不转头,只是不耐烦地打发他们:"哪儿来的回哪儿去!最近不做生意!"

方兰生跳过来说:"喂,怎么一上来就这么凶?送上门的买卖为什么不做?"

向老板站了起来,面向众人,此时大家才发觉他以前大约受过极重的伤,左手和右腿俱是木甲机关所制,左眼也蒙着眼罩。硕大一根烟管斜斜地咬在嘴里,这位向老板恶狠狠地说道:"做不做老子高兴!要租船,青龙镇遍地都是,少他妈来烦老子!"

尹千觞挤开周围几个人,热情地凑上前去:"我说向老板,不要拒人于千里之外嘛!我们几个出海,要去的是海外仙山,寻常大船可未必撑得住。这不听说向老板兄弟俩造船手艺精湛,甚至能做在水下开的船,才特地找过来的嘛!"

向老板半眯着的右眼突然瞪得晶亮:"奶奶的!怎不早说?原来你们想乘沦波舟出海啊!好得很!"

尹千觞一看事情有了转机,接道:"那向老板的意思……"

"叫我向天笑吧！难得你们有眼光，不像那帮瞎了狗眼的，只会笑话老子兄弟俩痴人说梦！不如一起喝一场！"

向天笑的态度立时热情了起来，招呼着大家进了船厂里面的房间。房间里到处堆的都是图纸、机甲、零件模型，可见平时他有多么沉醉于造船一道。

房间正中有张八仙桌，上面放着几块熟肉，几盘萝卜，地上堆着十几坛酒。

其他几个人看看百里屠苏。百里屠苏点了点头，于是大家也不拘束，散坐下来，一一介绍。尹千觞看到酒更是眼睛发亮，一把抓住向天笑的手，热泪盈眶："知己啊，知己！"

向天笑一拍胸膛："等老子弟弟回来，就带你们出海！"

这事在一片混乱中就这么敲定了。

第二天清晨，大家重新聚拢在船厂的海滩边，一艘艘大小不一的船只整整齐齐排列在沙滩上，有的已造成，有的没完工，不少工人爬上爬下地忙乎着。

距离大门最远的海滩边上，停着一艘古怪的大船。船的外形像是一个中间凹陷的海螺，只有很小的一块甲板用于瞭望，船身全部都使用上好的木材和其他不知名的材料，其上刷了不知多少桐油灰料，整艘船浑然一体，光可鉴人。

"这船的外板，用的是笔直成材、耐腐耐蚀耐湿的杉木；搭建龙骨、舵杆、肋骨的，是强度大、耐虫蚀的格木，又称'斗登凤'。"向天笑说起这些，海寇气半点也无，文绉绉的术语一套一套的，"你们是不知道啊！就连内里的舱板隔间，老子都用到了被称为'万木之王'的金柚木，可以说是下了血本啦！"

"别吹了！木材再好，也要照着设计图纸精确实施到位，才能下海出航！不然就是个破木头疙瘩，进了水也得沉！"一个带着点稚气、却又和向天笑如出一辙的火爆声音在水面上响起。

水花翻腾，如同蛟龙出水一般，一个十五六岁的男孩子落在众人面前的沙滩上。

卷曲的乌发，明亮的眼睛，身上的布衫一点儿水也没沾，袖子和裤腿都随意地挽着，露出黝黑健康的肤色。他看上去气鼓鼓的，说话也呛人。

"延枚你个臭小子！你还知道回来！"向天笑不气反笑，一把抓向延枚的肩膀。

延枚扭身躲开，往旁边跳了好几步，一别头，哼道："我不回来不是正好！你一个人想怎么胡来都行！"

"我哪里会胡来，沧波舟可是咱的宝贝！"

"就是宝贝才不能乱搞！这里每个数据我们都反复算过的，怎么能轻易更改！"

大家都看出来了，这就是传说中的火爆兄弟俩，没想到大的脾气不好，小的更倔强些，就这么对着吼来吼去的。

百里屠苏和红玉交换了一下眼色。他们都看出来那破水而出的延枚是妖，但并无邪气，不必过于在意。

"你不是妖嘛！怎么和他是兄弟呢？"襄铃也看了出来，只是她不谙世事，居然就这么直接地问了出来。

延枚脸色变了变，但仔细一看，襄铃竟也是妖类混迹在人类中，不禁放松下来，挠挠头道："我俩是结拜兄弟。以前哥还在海上时,救过我一命,就这么认识了。"

"妖怎么了?妖也很可爱啊!老子兄弟俩志同道合,比亲兄弟还亲。"向天笑一把把延枚搂过来,延枚很不情愿地扭了两下,接着说,"我对人的工匠技艺特别感兴趣,就跟哥在青龙镇住下来,研究造船术。"

向天笑大力拍着兄弟的肩膀:"给我们兄弟三天的时间,我们把沧波舟整好了,咱们马上出海去!一刻也不耽搁!"

沧波舟

三日后,晴空万里,碧波万顷。大家沿着层层踏板登上了传说中的沧波舟。

向天笑站在甲板上,叉着腰审视自己的成果:"哈哈!这就是老子兄弟辛苦四年多造出来的惊世奇船'沧波舟'!"

风晴雪摸摸这里、摸摸那里,不住赞叹。

向天笑又得意地大笑三声:"这可是海面上、水底下都能开的!甲板全封起来,保准不漏水!还请延枚那小兔崽子的族人来施了避水的法术,双保险!"

延枚也兴奋地拍拍甲板下的舱体,说:"前些天,没施法术的时候,我和大哥已经开出去试过了,一点儿问题都没有!"

"奶奶的!熬这么久,终于成了!"向天笑矫捷地翻到舵轮前面,高声吼道:"老子等不及了,等不及了!老子的心都已经飞去海上了!哈哈!"

沧波舟刚刚启动的时候，似乎与寻常的船只并无区别，但这艘奇特船只的下水，还是引起了整个青龙镇的轰动，许多渔民船家都赶过来看热闹。

那巨型海螺般的船体慢慢滑入水中，十分稳当，众人看不出什么端倪，都在那里指指点点地讨论。

"好戏要来了！"向天笑给弟弟打了个手势，延枚会意地扳下一个拉手，甲板下方发出机关齿轮咬合转动的声音。百里屠苏六人此刻都聚在甲板上，等待发生些什么，海滩周围看热闹的人都兴奋起来，不知道兄弟俩要耍什么花样。

随着机关转动，甲板下方缓缓升起一片弧形的巨大水晶，那水晶厚逾八寸，打磨得晶莹剔透，好似完全透明。船越往海深处行进，那水晶屏障升得越高，最后严丝合缝地咬进甲板后方舱体的凹槽里。

这样一来，就算潜入水中，也能在甲板上自由观察前方的动静。

"这……太神奇了！"

不只是船上的人这么想，岸边的人也禁不住高呼了起来。

眼见着沧波舟驶进深海，吃水越来越深，只听"轰"地一声巨响，庞大的船体整个没入了海平面以下，扑面而来的海水击打在水晶天幕上，没有渗进来一丝一毫，只看到无数的水流和气泡奔涌，最终化为平静的蓝色。

"嗡……"进入海底之后，大家都觉得自己的耳朵有点压迫感，拼命吞咽了几口口水，才适应了过来。

又听得"哇……"地一声——这是尹千觞吐了。

内舱。

"哇……万万没想到啊……我尹千觞一世英名,居然会晕船!呕……"

风晴雪在床边不断帮尹千觞捶背。入海已经两天了,尹千觞也从开始吐得昏天黑地变成了阶段性的干呕——因为胃里面已经没有任何东西可以吐了,甚至一滴酒都没存下。

"尹大哥,你有没有好一点?"

尹千觞翻过身来,瘫在床上长舒一口气:"感觉……嗯,好多了。要是能喝点儿酒就更好了……"

"还是算了吧,上午喝的都吐掉了。"

"说出去丢人哪!以前只乘过江船,哪里想得到海船是这么回事……"

"没事的!向大哥解释了,有的人第一次出海是会晕船的,在船上待几天慢慢就能好起来。"风晴雪温言相劝,"昨天延枚说我们已经进了深海,有时候船会开到海面上去,苏苏他们要查看有没有祖洲的线索,我照顾你就好了。"

尹千觞做出一副可怜相来:"妹子你老实跟我讲,是因为我长得像你大哥,你才对我这么好吧?"

风晴雪认真地想了一会儿,才回答道:"也不全是这样啊。最开始,是因为你长得像大哥,我才会特别留意你,可后来都已经是一起旅行的同伴了,就是应该彼此关照的。"

尹千觞吸了吸鼻子:"啧啧,真没看错,妹子果然是个好人!那我再问一个事儿,你可别嫌唐突,我说……你是不是喜欢恩公呢?"

"哎?"这个问题让风晴雪呆住了。

尹千觞试探道："就是……男女之情的那种。"

"我……"风晴雪的脸烧得越来越红，半天也只挤出来这一个字。

"哎，别不好意思嘛！这里就你我两个人，我保证不说出去哈！"

风晴雪小声地说道："我不知道……怎么样叫作尹大哥你说的那种'喜欢'……"她不自觉地捏着自己的发梢，"和大家在一起，我觉得很开心，可是和苏苏在一起，更是不一样的……不由自主就想要去关心他、放不下……这就是喜欢吗？"

这问题，其实不是在问尹千觞，而是在扣心自问。

自从雾灵山涧惊鸿一瞥，她和屠苏两人之间就像是结了一条看不见的丝线，这丝线牵牵绕绕，不知不觉中就把十七岁女孩的心思都捆缚在了那个人的身上。

"苏苏……是个很特别的人。他不喜欢说话，看起来有些冷冰冰的，其实他人很好……又善良，又坚强，坚强得让人心疼。"

尹千觞深深地看着风晴雪，语调也不像平时那么玩世不恭了："倘若有一天，你们分开了，妹子你……一定会很难过吧？"

"分开？"粉色的唇瓣咀嚼着这个陌生的词语。她从来也不会去多想，这样的日子会不会有尽头，到了尽头的那一日，又该是什么样的；因为，自己总要回故乡的。

不知不觉，就露出惆怅的表情。

抬头看到尹千觞那洞察世情的双眼，风晴雪不由得有些手足无措:"我……并没想那么远,没想过会一直和他在一起……"

只是短暂的探询,尹千觞又回到素日里那泼皮无赖的样子:"哎哟,妹子别这副神情,叫人看了不忍心。我这不就随口问问嘛!别不高兴了!等尹大哥不晕乎了,和你上甲板那儿看星星去。"

听到这句话,风晴雪惊讶地看向尹千觞,似乎看到了什么怪事。

尹千觞被看得心里发毛,慌忙发问:"怎么?我又哪里说错了?"

风晴雪点点头,又摇了摇头:"大哥他也很喜欢看星星。"

尹千觞像是体内有什么东西泄气了,撑不起那么胡天胡地的外衣,看了风晴雪半晌,轻声问道:"你大哥为什么会离开?让你一个小姑娘这样辛苦,四处去找。"

"大哥当初有很重要的事去做,才会离开家,后来就再也没有消息了……"

"我这人嘴笨,也不知道该怎么劝解你才好。不如这样吧,算我俩投缘,在你找到大哥之前,勉为其难把我看作你大哥好了!"

风晴雪脸上阴云尽散:"当我大哥?真的?"

尹千觞用力一拍胸脯,忍不住又是一阵干呕:"咳咳咳,再真不过了!我尹千觞随时随地奉陪妹子闲扯、吃饭、喝酒,有人欺负你的时候,我给你撑腰,打他们个人仰马翻。若是有什么心事嘛……都可以跟我讲,不收钱的!"

"嘻,谢谢尹大哥!"

风晴雪欢喜的表情落入尹千觞眼里，可他的眼底，却没有笑意。

这一片海域十分平静，向天笑舵旁的仪表盘显示，水深大约在两百余尺。

隔着透明的水晶向外看去，海水碧蓝，如在指尖眉梢。远处海底的礁石上生长着大片的金色葵珊瑚，纤细的触角随着水波摇曳生姿，别有几分婀娜。许多叫不上名字的水中生物穿梭往来，有些胆大俏皮的还围绕着这"怪物"嬉戏玩耍起来。

襄铃和方兰生玩了大半日，都有些乏了，各自回去船舱里休息；延枚也是小孩心性，玩得过了头，倚在向天笑身边打瞌睡。

向天笑叼着烟斗，却没有放烟叶，只是这么咂摸着，不时调整一下行船的方向。

红玉和百里屠苏隔着一步的距离，站在水晶天幕下面，水波漾起的光斑打在他们的额角发间，明灭不定。

海底世界，光怪陆离。看了不知多久，红玉才叹息一声："料不到有一天还会乘上这在海底开的船，看见如此瑰丽景象，也算是个新鲜经历。"

百里屠苏许是大半天没有说话，嗓子有些发紧："如红玉姑娘这般随性，不知从何而来，又要往哪里去？"

红玉眼神仍是放在窗外，眉梢却微翘："难得百里公子会这样问。非是红玉有意隐瞒，只不过……哪有什么来处与去处呢？"她停了停，似乎是留给百里屠苏一点儿时间消化，"若应了禅意，便是自来处来，往去处去。虚空中何处是起始与归途？活得越久，周遭人与物皆化尘土，人海茫茫，说到底亦是孑然一身。"

她的手拂过面前，像是要穿过水晶的天幕，去触碰鱼儿滑腻的身体："公子年纪虽轻，但料想也能体会。"

百里屠苏如一座雕像般，凝视着窗外的斑斓。红玉从水晶的反光中，可以看到他轮廓分明的下颔。此刻那下颔轻轻点了点，以示能够理解。

"公子当真相信世上有起死回生之术？"

"不过一试。"

"如此，公子与母亲定是感情极深了？"

半天没有回答，他似乎陷入极大的难题："我不知道。"

红玉转过头来，看着百里屠苏完整的侧脸。这张棱角分明、眉宇挺秀的脸因为长期保持冰冷的表情而显得凌厉，这个角度看起来，总有一点像"那个人"呢……可若是仔细分辨，也不难发现孩子气的痕迹。大家总被他老成的模样所欺骗，忘记他其实比方兰生还要小上一岁，根本只是个刚刚长成的少年。

百里屠苏又看了一会儿海底的游鱼，睫毛渐渐低垂，在眼下洒下一片柔和的阴影。

"小的时候，娘对我很是严厉，她自己也总有忙不完的事情，不会像别人的母亲那样无微不至。起初，我以为是我不够好，于是非常努力去学习她所教授的法术，只为得到她的一句夸赞。可后来我发现，别的孩子即使顽皮闯祸，他们的娘还是待他们一样好，陪着他们入睡，给他们缝补破了的衣服。而我娘，有时就在我身边几步的地方经过，却顾不上看我一眼。"

海水像是流动的时间隧道，卷着记忆的碎片袭来。

"我，不知道要怎样做才能获得她的关注……获得她的疼爱。甚至有那么一些时候，我是怨恨她的……后来慢慢长大了，才明白很多事情或许并非看起来那样。"

百里屠苏转向红玉，一字一顿地说："我想让娘活过来……非常想！我与她……还有许多话来不及说，许多事来不及问……"

他又转回了脸，合着眼，睫毛翕动，慢慢才平复。

"百里公子，或许，你比自己想的还要更喜欢你的亲人呢。"红玉也转回头继续望向那片冰凉的水晶幕墙，"人的感情真好！执着、炽热……不像这样的死物，就是再美丽，也是冰冷的。即便许多时候，凡人的感情在那些成仙得道者眼中，是全无道理、愚不可及的，那又如何？太上忘情亦并非无情啊……"

沧波舟一路东行了几天，尹千觞总算是从床上爬了起来，抱起了他朝思暮想的酒坛。众人为尹千觞不再晕船而在甲板上庆祝，向天笑刚端起一碗酒要敬大家，沧波舟突然剧烈地晃动起来，大家没有防备，脚下都趔趄了一下，向天笑的酒一滴不落地全泼在了尹千觞的袍子上。尹千觞五官都皱在了一起："本大爷苦苦挣扎几天，才不再晕船，你们就这么迎接我啊……"

晃动并没有停止，而是越来越剧烈，水晶屏障外的水流也湍急了起来，激起无数白色的气泡。

"不好！这晃动远超正常的海流影响……"

向天笑正要往前方舵盘处跑，延枚急切的声音也已传来："哥，糟了！"

襄铃有些害怕，已经蹲了下来，方兰生一手护住她，一边嘟囔着："这是要翻船？不对啊，沧波舟已经在水里了，这样也能翻吗？"

余下的几人跟着跑到了舵盘旁，只见那半人高的硬木箍铁的舵盘像是被什么怪力拉动一般、高速地旋转，延枚一次次死命去拉，却完全无能为力，旁边的各种罗盘更像疯了一般胡乱弹转。

延枚的声音带着微微的颤抖："哥，海里有股力量！像旋涡一样，怕是要把沧波舟吸进去了！"

向天笑早已经扑在舵盘上，却也无法控制。那转动舵盘的力量太大，根本不是人力所能抗衡的，他狠狠地将烟斗吐在一边："奶奶的，根本稳不住啊！"

红玉和百里屠苏看着水晶外面湍急疯狂的水流，都觉得那水流越来越暗，几乎快要变成了浓黑……

这时，一股难以描述的强大力量缚住了沧波舟，他们一下子就被卷入那不知名的黑暗之中。

雷云之海

方兰生是被一阵雷声惊醒的。

醒来的时候，周围一个人也不见了。他躺在一片花岗石的地面上，周围是断壁残垣，再远的地方则是无边的黑暗。

又一道滚雷落下，就落在离方兰生不远的地方，吓得他一下子蹿了起来。抬头望去，头顶上说不清是天还是海，若说是天，天空中乌云遍布，形成一片墨海；若说是海，海中银蛇翻滚，伺机从空中扑食。

这是什么鬼地方啊……方兰生走出几步，茫然四顾，忍不住一阵慌乱，朝着远处大喊："喂！有人在吗？"

不要说回应，连回声也没有。

他的问话声像是沉入海里的一颗沙粒，静静地被吞噬，再无声息。

沮丧、恐惧，都不及见不到朋友们更让他无措。就在他踟蹰焦虑之时，听得隐约传来咔嗒一声轻响。

"谁？"

没有其他人出现，也没有回答，周遭一片死寂，只有远处雷霆撼动大地的隆隆声滚来。

他几乎以为刚才听到的是幻觉。

咔嗒！又是一声。

绝对不是幻觉！

方兰生警惕地拿出佛珠，不禁变了脸色，佛珠的光芒变得晦暗，可见有不吉之物靠近。他忍不住吼道："给本少爷出来！别躲躲藏藏的！"

咔嗒，咔嗒。

有时候看不到的东西，更让人觉得可怕。

咔嗒，咔嗒，咔嗒。

方兰生已经判断出来者的方向，拉开架势，屏息以待。

空气中渐渐弥漫开浓重的腐朽味道。方兰生可以断定，那绝不是什么活物！

果然，不远处的断壁后露出一具面目模糊的行尸，拖着僵硬的脚步向方兰生走过来，人不像人，鬼不像鬼。

方兰生不待那行尸靠近，便全力一拳挥去。拳风才一扫到，那行尸立刻化成了一堆灰败的齑粉，像是风化了太久后的沙土，一击即溃。

攒足了全身力气，此刻反倒没了用武之地，方兰生忍不住发泄似的大喊："啊！人呢？这是什么鬼地方？"

喊也没有用，这个道理方兰生没花多久就想明白了，他琢磨着，不如省下力气四处走一走，看能否寻找到同伴。四处偶有行尸出没，倒也容易对付，只是要小心从天而降的落雷。

到处都是倒塌的宫殿梁柱，悬空的平台之间有的错落，有的接续，有些石块在空中浮动。不知道这个空间到底被什么样的力量所控制着。方兰生走了许久，周围景致也没什么变化，他几乎以为自己迷失在了这个空间中，却突然听见熟悉的娇呼："呀——"

这声音分明是襄铃！方兰生喜出望外，循声左行拐了两个弯，跳到下一个平台，发现角落里跪坐着的果然是襄铃，正抱着头呜咽。

"襄铃别怕，我来了！"

襄铃抬起满是泪水的脸看向这边，胆怯的表情一点一点转为喜悦:"呆瓜……呆瓜!"

方兰生抓住襄铃的胳膊,上下一通看,没看到什么伤口,才放了心:"你没事吧?怪物在哪儿?"

襄铃还是有点儿抽泣:"呜……什么怪物?"

方兰生比画了一下:"就是那种看起来像干尸的……"

襄铃点了点头:"呜,有是有的……已经、已经被襄铃打成灰了……"

此刻天上一阵落雷,襄铃又发出了和刚才一样的尖叫:"呀——"一下子缩进方兰生怀里。

方兰生脸红心跳,抱也不是,不抱好像也不对,只得不断找话来讲:"你原来是怕打雷?别怕!其实没什么的,就是响一点而已,和爆竹一个样……"

"呆瓜……爆竹是爆竹,打雷是打雷,怎么一样!狐狸都怕打雷的……襄铃醒过来以后,你们不在,天上又不停地打雷闪电,好可怕!呜呜呜……"

方兰生搔搔耳后:"我们先离开这儿吧。我看远处打雷好像没有这儿这么频繁。"

"襄铃……襄铃吓得没力气了,走不动……"

"走不动啊……"方兰生脸更红了,"那我……抱、抱你?"

襄铃止住了呜咽,从他怀中抬头,看了他一眼,很是疑惑。

方兰生慌忙摆手:"没什么!你动不了,我陪你坐会儿好了,等下再走……"

黑云遮天,石壁晦暗,在间或落下的闪电光芒照耀下,可以看到远处的空中有些残破的建筑悬浮着,像是被雷电之力毁坏后,遗忘在这里的空城。

两人斜对坐着,方兰生抓耳挠腮半天,才憋出几句话:"襄铃别怕!这声音只是听着吓人,其实没什么。再说了,无论什么时候,只要有我在,我都会保护你的!"

襄铃这次倒真的不哭了,一双湿漉漉的杏核眼,盯着方兰生看,看得他以为自己的脸突然变成了木头脸。

"呆瓜。"

"啊?"人就是这样,给他起什么外号都好,叫着叫着就不反抗了。

"你干吗对我这么好?"

方兰生嘴里像含了年糕一样:"我……那个,在……对,在自闲山庄的时候,你不是救过我的命吗?不然我大概早死了……"

襄铃摇摇头,发髻上的铃铛丁零零一通乱响:"那不算什么……你也救过我的,在藤仙洞的时候……呆瓜,你拼命揪头发干吗?"

"我……"方兰生面红耳赤,突然大吼一声,"而且我喜欢你!"

这一声吼几乎盖过了雷鸣,襄铃也顾不得害怕了,愣愣地看着他。

反正也豁出去了,方兰生干脆说个痛快:"襄铃,我喜欢你……从第一次见到你的时候起,就喜欢上了。可是我不晓得怎么和你讲,怕你会讨厌我……"

襄铃慢慢地消化了一下,内心深处有点不经意的喜悦:

"呆瓜说喜欢我……"可是反复思量了半天,她突然想起了哪里不对,"可是……我喜欢的是屠苏哥哥啊……"

此刻方兰生恨不得一道惊雷劈在他头上算了,百里屠苏啊……你那张木头脸到底哪里好啊?搞不懂为什么襄铃一心扑在你身上!

反复调整了几次呼吸,方兰生转头对着襄铃,努力露出一张没有破绽的笑脸:"没事。你喜欢你的,我喜欢我的!天下和平,世无兵戈!"

"对不起……我说喜欢屠苏哥哥,你心里一定会难过吧?"襄铃很用力地想着,眼泪就掉下来了,"就像我看到屠苏哥哥和晴雪在一起很开心的样子,我也会偷偷难过……有一回,私下里……我和红玉姐姐说起这个,红玉姐姐让我想想什么是真正的喜欢……可襄铃想了好久好久,还是不明白啊……是不是襄铃太笨了,根本不讨人喜欢?"

"怎么会?你又善良又可爱。巧笑倩兮,美目盼兮!喜欢你的人太多了,像、像是我……"

襄铃似乎每一次听到这句喜欢的时候,都觉得心里一跳一跳的,但也说不出是为什么,回想平日里的种种,又难免有些内疚。

"呆瓜,你真好!所有人里就你对我最好,还给我做包子吃,可我还……谢谢你!"襄铃像是突然下了什么决心,站起来,伸手去拉方兰生,"我们走吧!"

"你不怕了?打雷……"

襄铃握起小拳头:"襄铃要勇敢一点!胆子太小就不能喜欢屠苏哥哥了……只是打雷而已,襄铃不怕……"

好巧不巧,一道闪电划破黑云,劈在一块岩石上,激起一片碎石粉末。

襄铃尖叫一声,又跌坐回地上。看到方兰生尴尬的表情,她不禁红透了脸:"这、这次不算……"

沧波舟被卷入这片雷云的海洋,幸运的是,众人都平安无事,在阿翔的搜索下,逐步四下聚了起来。但糟糕的是,再坚实的木料也禁不起这样一番折腾,方才还是威武漂亮的一艘大船,此刻已只剩下一堆碎裂的木板。

向天笑蹲在沧波舟的遗骸面前,哭丧着一张脸骂道:"奶奶的!好好一艘沧波舟就剩几块破木板!老子兄弟辛苦四年的心血啊!"

延枚心痛得龇牙咧嘴,但还是按按向天笑的肩膀:"哥,别讲了……"

向天笑像蚂蚱一样从地上弹起来:"干吗不讲!他奶奶个熊!这出海才几天?哪儿冒出一个黑洞洞的大旋涡!"

红玉和百里屠苏一起走过来:"向老板,沧波舟是你兄弟俩心爱之物,如今就此毁坏,实在叫人心痛……此事因我们而起,我们也深感歉疚,只是……听我一劝,切勿因伤心愤怒而乱了心神!为今之计,还得先弄清此地种种,想法离开。"

"先往前探查,再作打算。"百里屠苏说。

向天笑嘿嘿两声,像是要吐尽胸中郁结:"放心!道理老子懂。老子就是得发泄一下,不然这口怨气埋在心里,还不得憋出病来!"

尹千觞拍拍向天笑,"向老板别难过,男子汉大丈夫拿得起放得下！等想办法脱了险地，要几艘沧波舟还怕没有！不和买酒一个样？千金散尽还复来啊！"

向天笑终于露出了笑容："千觞兄弟讲得对！老子岂是放不下之人，大不了以后再造它个五六艘！"

延枚也笑了，豪气干云地拉开架势："别说五六艘，就是十艘八艘，我也会和哥一起造！"

"哈哈，好兄弟！走走走！老子在海上风里来雨里去，什么事儿没经过？就不信这回能困死了！"

众人一边前行，一边推测身处何地，穿过沧波舟最初落入的那一片废墟，前方的道路倒是平整了些。

走到一处岔路，百里屠苏停下来探查方向，望着不见边际的天空说道："此地约莫是空间罅隙。"

红玉略一思忖，已明百里屠苏之意，点头说："确有可能。否则难以解释为何在海中遇险，却来到一个并无半滴海水的地方。"

其他人都一脸茫然。红玉解释道："在我们眼中看不见之处，空间与空间彼此交叠，彼此之间亦有许多罅隙存在。这些地方不受某一个空间的规则牵制，充满着特殊的力量，就如我们常说的洞天福地，皆有异能。此处电闪雷鸣，无日无月，我猜测便是不同时空之间一处罅隙，而海中那个黑色旋涡……或许是因空间力量动荡偶然开启的一个缺口，正巧被我们遇上了。"

向天笑在沧波舟上丢了烟斗，这会儿嘴里淡得发慌，恨不得叼着手指头嘬两口："说穿了，还是咱们倒大霉！好死不死的，撞上了这茬儿！"

方兰生四下打量了一下，觉得此说确有道理："可到底要怎么才能出去呢？回到我们以前在的空间……"

百里屠苏也没有对策："眼下唯有四处寻找，看看有无线索。"

雷声轰鸣，似乎有个身影映射在石壁上。方兰生无意间看见了，指给众人看："哇！你们看，那边是不是有个人？"

那是一个很淡的人影，淡得几乎透明，很快就消失不见了。

其他人并没看到，只有风晴雪说："我好像也看见了……"

众人望着刚才方兰生所指之处，过了不多时，果然看到一个人影又渐渐清晰起来，是一个女子的背影，正往他们左侧的一条岔路走去。

单看背影判断一个女子是不是美丽，听起来是很不可靠的，但那个姑娘的身姿仪态，就偏偏让人认定，她一定是位倾国倾城的绝代佳人。

尹千觞嘬着牙花子："这一下有一下没的……见鬼了不成？"

方兰生低头看看佛珠："佛珠没有感应。她不是鬼怪行尸，倒像是寻常人。"

"这里分明是一座死城，又怎可能有活人出没？"红玉看向百里屠苏，等他决定。

"无论如何，跟上去看看。"

那忽明忽暗的倩影，像是并未觉察到他们的存在，脚步轻快地穿过石阶。众人悄无声息地跟在后面，不知走了多久，经过无数岔路之后，前面忽然开朗起来。

虽然此地亦是一片废墟，却能隐约分辨出曾是一座宫殿，院子里花坛错落，曲水流觞，令人依稀想象出当年繁盛的模样。

天上又是一声雷响，旁边那塌了半边的亭子，此刻隐隐泛起白光。白光越来越盛，光芒之中，废墟仿佛焕发了新生，曾经的宫殿楼宇历历浮现出来，众人恍如身处梦幻之中。

幻境

春日草木深深，方才见到的那名女子与一白衣青年正站在草地某处说话，彼此神色温柔。

年轻女子眉目如画，语意柔和："今日夫君约我在此地相见，莫不是想要赏春踏青？"

那青年一直背着身，看不到面孔，但长发白衣，风度翩翩，可以想见也是一位俊朗有礼的公子："有何不可呢？蓬莱年年春色，皆有不同，与巽芳共看乃是人间一大乐事。"

年轻女子嘻嘻一笑："明明就住在一个屋子里，还留书相约……"

"春日晴好，与卿相约，巽芳……不喜欢吗？"

那女子注视着男子，眼中全是爱意："喜欢，喜欢得不得了！"

白衣青年的声音也透着幸福和满足："成亲至今，是我一生中最快乐的时光。虽然……不知这一生是漫长还是短暂……"

年轻女子偎在男子的怀里，安慰般地说："夫君……那些事情不要再想了！至少眼下这一刻，我们相守在一起，我觉得开心极了。"

一阵电闪雷鸣,草木佳人都已消失不见,周遭又恢复了碎石残瓦的模样。幻境断在了此处,看得几人是不胜欷歔。向天笑摸着下巴上的胡茬儿道:"奶奶的!老子媳妇还没娶,看了这不是闹心吗!"

延枚坏笑道:"哥,明明是你自己不要!船厂里那些伙计的姐姐妹妹可巴不得……"

向天笑一巴掌拍向他:"行了!那些个母老虎,娶回家里还不够烦的!"

红玉思索道:"诸般幻境,却不知我们为何能看到,又是什么人让我们看到。"

方兰生说:"虽然刚刚那些全是虚幻的,不过那两人还真是郎才女貌,比这地方的怪物瞧着顺眼多了……"

只有尹千觞回身打量雷云之海的各个方向,似乎在考虑着什么。

一路上,每逢雷击频繁之时,就会再度出现幻境,多是那对男女,缱绻情深,令人欣羡。

直到一个画面,让百里屠苏愣在了原地。

那青年正为爱妻抚琴,弹的正是百里屠苏梦中反复出现的太子长琴所奏之曲。

年轻女子沉浸在乐曲之中,陶醉难返:"夫君,这是什么曲子?真好听!看山望水,悠远从容,以前却从没见你弹过。"

白衣青年依然是背面而坐,手指按在弦上:"这首曲子,于我而言有特别之意……一时却也无法说清……"

年轻女子的叹息微不可闻："特别之曲，夫君愿意弹给我听，我很开心。可你……总是有许多的心事，有时候巽芳不知道要怎样才能令你真正快活起来……夫君从前所经历种种，巽芳来不及也不可能同你一起……可是，以后的日子，我会一直陪着你，只希望你不要再想起那些悲伤难过的往事……"

白衣青年捧起女子的脸："巽芳何出此言？与你一同生活，已是我最快乐的事情。"

女子的手心合着他的手："那么……夫君，请你记得，只要你还喜欢巽芳，只要巽芳仍活在世上一日，始终都会伴你左右，决不离开。"

雷鸣后幻象生，雷鸣后幻象灭，反复皆是幻影。

方兰生不由得想起上一番的遭遇："就怕像上回自闲山庄那样，引人看到幻象，接下来就要害人……"

襄铃摇摇头："襄铃觉得不是那样的，没有坏人的感觉……"

尹千觞这时插了进来："依我看，我们不过是跌入了'忆念幻城'。万物有灵，人能记事，草木石头怎么就不行了？这儿雷电大作，力量动荡肯定大得很，说不准破烂石头何时被引出灵力，就会把它们以前见到的场景翻来覆去地重现……"

百里屠苏思忖着说："沿途所见残垣断壁，与幻境中景象颇为相似，一残破，一完好，幻境或许正属昔日盛景……而此地那些行尸，依稀可见他们着衣装束与幻境中二人颇为相似。"

红玉又想起了什么："先前幻境之中，听那二人提及'蓬莱'，不知是否十洲三岛之一的蓬莱之境？若是蓬莱，却不知为何会异变至此……"她试图想象了一下可能的场景，只觉得毛骨悚然，"空间内事物脱序，楼阁和土地四分五裂，不见日月，只闻长空雷鸣，这一切得多大力量才能办到？那简直已是神魔之威。"

方兰生无奈地说："不管是哪里，走了那么久，还是没找到离开这儿的法子……真让人有点儿灰心了。"

尹千觞摸摸鼻子："其实要出去嘛，也不是不可能。"

这一句话引来了所有人的注意。

"尹大哥你有办法？"

"办法嘛，谈不上万无一失……"尹千觞往后退了两步，"我只不过是想，既然这儿是空间缝隙，力量扭曲得厉害，那往别处空间的出口八成在很不一样的地方。天上打雷那么凶，我们就专冲不打雷的地方去，说不准能找到什么。"

方兰生鄙夷地白他一眼："说了半天就这方法啊！这鬼地方大得吓人，哪儿能一眼看出什么地方不打雷，还没到那儿，我们早就饿死在路上了……"

"这个嘛……往东面走吧。"

"凭什么？"

尹千觞用一种难以表述但绝不可靠的语气说道："呵呵，来时路上，用法术算过。去东面，有生机之相……"

"生鸡？我还熟鸭嘞……我说你那些江湖骗术就别拿出来了行不……现在是讲正经事。"

尹千觞摆摆手："非也、非也……再正经不过，此乃无上玄学奇门遁甲之术。按休、生、伤、杜、景、死、惊、开八门排盘,此去东边是为'伤门',主破坏,寻常看来必有血光之灾,不过眼下不正是要找空间破坏之处吗?置之死地而后生啊!"

众人有的信服,有的却一脸疑惑。

还是百里屠苏言简意赅地问道:"几分把握?"

"这……不好说啊!不过信我总没错,呵呵。"

"便往东边!"

俗语有云,盛极必衰,物极必反。众人在这迷宫般的雷云之海中穿行了许久,正当觉得逃生无路之时,竟找到了尹千觞所说的"伤门"。

断崖之前,空中浮动着一个巨大的黑色旋涡,与初时卷进他们来的有些相似,但四处并无雷电干扰,只有浓云旋转翻腾,充溢着难以言喻的力量。

众人才有几分雀跃,百里屠苏忽然蹙眉,往前疾走几步,四下探看。

"小心!此处匿有极重妖气!"

红玉也是神情严肃,看向前方虚空中,双剑已随意念在手,作出备战的姿态。

崖下黑云飞快地流向两边,显露出淡淡的蓝色光芒。百里屠苏道:"结阵,护住向氏兄弟!"

延枚身形一晃,已变化为本体模样,原来是一只夔牛,牛首鱼尾,形态可爱:"我们夔牛族法力微薄,但我会护好我哥的,不给你们添麻烦!"

六人刚结成阵法,倏地,一团巨大的蓝色光球自崖下跃起,才浮于空中,便喷出一片蓝雾,雾气化作利刃的形状,高速逼近众人。

百里屠苏剑气已发，向着蓝雾击去，纵然护不住所有人，但已挡住了妖物的大部分攻势。

蓝光包裹的中心，出现了一只极大的怪鱼。那怪鱼仅背上尖鳍便长逾数十尺，腮部两须随风摇摆，大嘴足可吞入陆上最大的生物。怪鱼面向众人，人立于空中，显然来者不善。

"好、好大的鱼……"襄铃心中虽有惊惧，但羽扇飞舞，一招火树银花迎上怪鱼的蓝雾。蓝雾看似虚体，却能被击碎，化为片片碎冰。

尹千觞紧接着从阵中跃出，身上酒气依然，但重剑挥出，却十分坚决，势拔五岳、气吞山河。

这怪鱼虽然攻势凌厉，行动却并不灵敏，未能避开这霸道的一剑，左腮部被撕开一道伤口，破碎的鳞片纷纷落下。

怪鱼发出疼痛的怒吼，在原地翻滚起来，搅起一波又一波蓝色的风刃，整个雷云之海都随之颤抖。

"怪鱼要发疯了！"方兰生手中佛珠骤亮，结出一个狮子无畏印，护住身侧襄铃和向氏兄弟。

不仅仅是发疯，怪鱼身周的光团瞬时变得灿烂耀目，令所有人短暂地失去了视力。再睁开眼的时候，眼前的景象令他们身上一寒。

百余尺长的怪鱼展开了较身长三倍有余的羽翼，若垂天之云，身形也发生了极大的变化，变为凤首犀背、鹰身蜥尾的模样。

方兰生大叫："挨了打还会变化！怪鱼变成怪鸟了？"

红玉剑若旋舞，将妖物更强的一波风刃尽数弹回："不论它是鱼是鸟,世间万物皆有破绽!"

百里屠苏的玄真剑绵绵无尽地卷向怪鸟的左翼:"攻其两翼!"

风晴雪手执巨镰,已跃在空中,默契地割向怪鸟右翅,一招幻月蟾宫,使得极尽优美,如同梦境。

尹千觞则挥动巨剑,吸引着怪鸟的注意力。此怪体量巨大,力大无穷,但不能眼观八方,难免顾此失彼。虽然鸟喙将尹千觞挑开,左右两翼却中了百里屠苏和风晴雪的合击。

怪鸟还欲顽抗,红玉的双剑已刺至它的颚下,那双红色古剑带着神威,轻松将怪鸟下颚的须髯斩断。

两翼受伤的怪鸟疼痛难忍,失了平衡,怪叫着跌了下去。

方兰生冲到悬崖边,只见那蓝色的光团坠入黑云之中,一转眼就不见了:"好凶恶的家伙!还好受伤掉下去了……"

襄铃也后怕地拍拍胸口:"好凶恶的大鱼!还能变大、大鸟……"

红玉若有所思:"看其形貌,我倒想起一物……"

百里屠苏点点头:"北冥有鱼,其名为鲲。鲲之大,不知其几千里也。化而为鸟,其名为鹏。鹏之背,不知其几千里也。"

方兰生了然道:"这不是庄子的《逍遥游》里面……"

红玉语气中也有敬畏:"想来那种大鱼并非北海独有。我们刚才所见,应是还未真正长成的幼鲲,不然今日怕要埋骨于此了!"

延枚挠头:"好险捡回一条命!就算是幼鲲,夔牛全族加在一块儿也打不过……"

向天笑虽是不通法术的普通人,倒是并没有太惊慌,只是盯着那黑云旋涡琢磨:"接下来怎么办?咱们通通走进这旋涡去?"

尹千觞揉着被鲲鹏弄伤的肩膀,摇头道:"依我看,这儿确实是个出口,不过却不知出去后会落到何处。这纵身一跃,可是破釜沉舟的事儿!"

诸人在周围搜寻一番,并未发现其他通路。眼看时间流逝,红玉道:"看情形,只能从这个旋涡离开了。再拖延下去,那只受伤的鲲说不定便要回来……前路当真是凶吉难定。"

百里屠苏望着那黑色旋涡:"鲲鹏出现在此,应有其故,不如由我先进入一探。"

风晴雪上前一步,站在他身边:"这不行!我跟你一起,也好照应。"

红玉笑吟吟地牵起风晴雪,说道:"都别多想了。我猜空间裂口若是有人通过,裂口处岌岌可危的那点平衡之力便会崩摧,即是说,走过去了,多半不能再回来。"

尹千觞点点头,笑道:"干脆大伙儿一块儿走,谁也甭落下!"

所有人心中本来存有的疑虑和担忧都烟消云散:大家同生共死,又有何惧!一个个反倒是轻松了起来。

百里屠苏看着这些同生死共患难的同伴,心中歉疚和感动交织,向大家深施一礼道:"若真有不测,在下便是死去,亦会记得诸位恩义!"

"呸呸,别尽说不吉利的话!本少爷可还没活够!"

延枚从怀中掏出一只袋子,浮空发光:"我也能给大家一些帮助。这是夔牛族的宝物呼呼果,服用后可在水中呼吸自如。"

"此物大好!若穿过这旋涡落入水中,可保安全。"百里屠苏心中忧虑又减轻几分,"谢过延枚兄弟!"

众人服下呼呼果,就连阿翔也喂着吃了。

方兰生突然想起了什么,挠挠头道:"不如等下我们都拉着手吧,或许就不会像进来时那样散开了。"

"咦?这个法子好呀!"风晴雪自然而然地牵起了百里屠苏的手。

百里屠苏只是点点头,垂目不言,阿翔落在他肩上,紧紧扣住他的肩胛。

红玉笑道:"便按猴儿说的,不妨一试。"

方兰生大着胆子牵起了襄铃的手——当然,襄铃已经早早跑到了百里屠苏的另一侧,牵着他不放。

"来吧!"

几人运起真气,纵身一跃。是生是死,只在这一搏!

祖洲

百里屠苏等人力战鲲鹏,终于脱身,却又逢生死之境。

集体跃入那空间旋涡后,残酷的黑暗便席卷了他们。那是绝对的"暗",这种暗不需要与光相对,而是根本没有光,不存在光。

这样的空间,不是人的力量所能为,而是"世界"的力量。

在这奇异的缝隙中，他们不仅仅遭遇着黑暗的恐惧，也被看不见的巨力耍弄着，周遭的空气仿佛都被抽干了，根本无法呼吸。

几人被空间之力撕扯得七荤八素，却都死死地攥着身边人的手不放。他们每个人心中的想法都是一样的：不能松手，一个都不能落下，只要在一起，无论发生什么，都有希望。

不知道过了多久。

那无边无际、无休无止的黑暗，和无法预知下一瞬会发生什么异状的境地，给众人带来巨大的压力。他们想要互相交流，但是这个空间中似乎无法传播声音，喊出去的话都会被黑暗吞噬。空间如此曲折变幻，却也听不到任何爆炸或者撕裂的声音。

只有黑暗，和寂静。

饶是他们都是经过许多事的，仍免不了开始觉得焦躁，恐慌。

那紧密连接的环，也开始出现松动的迹象。

百里屠苏心下觉得不好。

因在这黑暗中，无法交流，只有紧紧相握的手是他们联结的纽带，若是众人心防溃散……他们便会分崩流浪在这空间缝隙之中、再难逃生了。

忽然，一股柔和平静的力量，从他的右手传来。

是风晴雪……他心下一动。

他看不到风晴雪那温暖的笑容，但他脑中竟然浮现了这样的画面，在琴川、在桃花谷、在铁柱观、在安陆……每一次，都是风晴雪的笑容,和她这样和煦的力量,将自己抚平。

风晴雪将她的真气缓缓地输送给百里屠苏,又通过百里屠苏,传递到他左手边的襄铃。

百里屠苏握紧襄铃的手,当真气度到襄铃手心时,他感觉到对方也是一震,然后慢慢放松了下来,似乎从交握的姿势,就能感觉到襄铃的心情变得愉悦了许多。

这柔和的大地之力,便在这个环中静静地流淌着。

每一个接收到它的人,都立刻明白了同伴的心意。

已经快要崩坏的环,又重新变得坚不可摧。

这种力量,支撑着他们看到了光亮。

那光亮是突然出现的,像是混沌被盘古剖开。光从四面八方扑面而来,令已经习惯了黑暗的几人短暂地失去了视力——即便如此,他们仍然强忍着遮挡眼睛的本能,死死抓着身边人的手,没有松开彼此。

一股巨大的推力从脚下升起,如同海底的火山爆发,喷出积累了千万年的能量。

他们没有反抗的余地,便被那推力抛向了光亮之中,突破临界点的那一刻,一种刺耳的音波冲向脑际,被剥夺的感官重新回到了身体。

"啊!"方兰生第一个叫了出来。他能听到自己的喊声了!

紧接着,他的口中灌入了大量咸涩的海水。他的四面八方都是海水!他们根本是被抛入了海底!

方兰生紧张了一瞬,忽然,刚才服下的呼呼果发挥了效力，他适应了包围着他的温冷海水，五感清晰，呼吸顺畅。看见五彩的鱼群从身边游过，他像是从暗黑地狱突然回到斑斓的梦境。

几个人跌跌撞撞，终于都稳住了身子，不用多想，也都感受到了那种死境逢生的喜悦。

就算是身处海底，也远比那未知的幽暗要美好万倍！

他们缓了缓神，才打量起身处所在。

这竟是一片绝美的水域，珊瑚缤纷，鱼虾欢闹，水草摇曳，远处更有宫阁楼宇，精致秀丽。

"这……是龙宫吗？"方兰生叹道，"没想到这次出来，还有这种奇遇！"

虽不是龙宫，但也所差不远。他们走近探问，原来此处是东海龙绡宫。

龙绡宫掌管龙宫织物供造，来往多是女官，整个龙绡宫幔帐纷飞，带着粉红梦幻的气息——佳人们多有鱼尾蛩幔，别有一番婀娜之姿。

对于这些误闯龙绡宫的陌生来客，虾兵蟹将还是尽职尽责的，盘问了他们一番，但龙绡宫主人绮罗姑娘为人热情善良，听闻他们的一番遭遇，不但不追究擅闯之事，更指点了寻访祖洲仙岛的路程。让向天笑兄弟意外的是，龙绡宫不仅知晓通往仙岛的途径，竟也有数艘类似沧波舟的航海工具，技术上比他们所研制的更为成熟。向氏兄弟高兴地留在了龙绡宫，准备学习更高级的造船技巧，其他几人在龙绡宫技师的帮助下，又踏上旅程。

龙绡宫的沧波舟是美丽的珊瑚色，造型如鱼，在海底穿梭敏捷，在海面乘风破浪，前行速度十分惊人。尹千觞这一次反而不再晕船了，兴冲冲地观赏之前错过的海洋风光。

待到落日熔金，整个海面都被染成金鳞点点，沧波舟又一次破海而出，停锚在一片空旷的海域。

龙绡宫派来的领路人是一只八爪章鱼，操作舵轮之灵巧有力，足可顶过向天笑兄弟两个还有富余。他尖声尖气地告诉百里屠苏："我们到了。这片海域便是祖洲仙岛的所在。"

大家举目四望，周围全是汪洋一片，没有任何陆地的迹象。

百里屠苏问道："请问为何全不见仙岛踪迹？"

章鱼舵手挥动着一只前足："莫急！一天之中只有一个时辰，祖洲才会显现它的入口。我们等等看。"

这并不奇怪。此类洞天福地，人间仙境，都有不二的进入法门。

约莫半刻钟后。

这一片海面上的云雾越聚越浓，像是无形的巨兽吞吐着水汽，海水却出奇安静，平展如镜，不时有萤火般的光点从水中飘起，缓缓飞向天宇。

云雾太盛，开始遮蔽视线，众人努力睁大眼睛，希望看到祖洲从云雾中现身的那一刻。

"出现了！"

不知谁喊了一声。

眼前云雾之中似乎有个庞然大物，细细辨认，能看到那是一片陆地。

章鱼舵手说道："请各位抓紧时间登岛。明日此时，便在这里会合吧。"

那岛屿缓缓现身，似乎连空气都未惊动，便像一只巨大的茧一样，静卧在云雾中心。

穿过层层雾障，一行人终于踏上了传说中的祖洲仙岛。

雾障之外，只是寻常海岛模样，进入之后，才发觉此处空间与人世多有不同。

祖洲没有太阳，天空呈现淡淡的灰紫色，荒冷的苍穹中悬挂着八轮明月，分别为新月、上峨眉月、上弦月、凸月、满月、残月、下弦月、下峨眉月。八月依着圆缺变换环布，在岛屿周围的天空。月光凛冽如冰，映衬得整座岛屿荒芜苍凉。

再往深处走去，可以看到大大小小的锥形山体遍布岛上。这些山体内部是像碗一样凹陷的结构，其中储着的大约是海水，水面高低不一，可见在浮沉之间，这片岛屿也曾经沉进海中。有些山口内储水较满，海水就会沿着山体外部的斜坡缓缓流下。有的山体顶部有许多缺口，就如被千万年流水长风剥蚀出的伤痕。

在这些山体表面和水中，散落着兽类的骨骸，骨骸大小不一，支离破碎，有些沉于水底，有些高耸如碑。其中部分骨骸十分巨大，应是巨龙神兽之类所留，虽已残缺不全，但结构尚存，仍能据此想见其活着时的雄姿。

仙岛无人无言，千百年天荒地老，而龙骨纯白如故。

月华如练，流光暗度。祖洲宛如一座月下的冰冷仙境，这样的景色令人震撼，也令人心中微感失望。

众人边走边看，俱都沉默无言。

一路前行，周遭无非是荒滩与山丘，不闻虫鸟，不见树木，更未见仙草踪迹。

方兰生挠挠头，说道："少恭说仙芝'形如菰苗，生于琼田'，这连个影儿也没瞧见。"他回身想要和百里屠苏抱怨，却突然发现，不知何时，百里屠苏竟然不见踪影了。

瑶山

就在同伴们发现百里屠苏消失的前一刻，百里屠苏突然意识到有了什么事情不对。

不知不觉，他的面前出现一条无人小径，蜿蜒曲折，再无旁人在身侧，风景也远不是刚才看到的祖洲一脉。

"晴雪？"

百里屠苏退后两步，四下顾盼。

"红玉？"

万籁俱寂，无人作答。

百里屠苏呼哨一声，但阿翔并没有应声飞来。

放眼望去，只有一条不知来处也不知去向的小路，依着山壁，只留一轮巨大的明月缀在黑不见底的夜幕，鼻翼间是淡淡青草香味。

"怎么都不见了？"

百里屠苏忽然转头，看向远处的一座山巅，脑海中仿佛有什么东西在召唤他。

"那边有什么……"他抚额闭眼,努力地思索,"是我、很熟悉的……"

当常识判断都已经不再起效,行动唯有从心而已。

该当一探!

百里屠苏沿着山路拾级而上,眼前的景色渐渐清晰,那种无法名状的熟悉之感也找到了解答——这就是他梦境之中,那片水墨山水般的所在,榣山。

只是那高台上,没有了弹琴的仙人,和相伴的水虺。

这里是榣山,梦中太子长琴弹琴的地方……可这怎么可能?这儿不是祖洲吗?

似梦似真,真幻难分。

百里屠苏站在梦中的高台之上,火红的若木花瓣随风飘落,他意识到了更多的不对。

这里绝不是榣山!

风景如出一辙,却不见半点生灵气息。

没有夜鸟鸣叫,没有昆虫低语,没有夜行的小动物穿过草丛的沙沙声。

这里的植物郁郁葱葱,却不见一丝一毫的枯萎迹象。

太完美的,太绝对的,都不是真的。

平静无波的潭水却忽然颤动了起来,仿佛有什么东西要破水而出,激起越来越汹涌的涟漪。

百里屠苏并未感到危险。他走到崖边,直觉内心中有什么隐隐的期待。

庞大的黑影从潭水中升起，带起的水雾像是一道倒挂的瀑布，直冲九天，那黑影舒展身体，挺背弓腰，在天际的明月映照下，显示出了真貌。

那是一条比榣山还要高大的巨龙，通体漆黑，双眼映射出金色光芒，虎须鬣尾，不怒而威。

"小子何人？闯入此地，扰吾安眠。"黑龙说话的时候，仿佛整个天地都在低吼，振聋发聩。

百里屠苏并不恐惧，只是出神地看着黑龙，反而往前走了一步："金色眼瞳……你是悭臾？"

黑龙被唤作悭臾，尖吻一下子逼近了百里屠苏："凡人！何以知晓吾名？"

百里屠苏迷茫地摇了摇头："悭臾是一只快要化蛟的虺，怎会是龙？那以后……太子长琴……不周山……钟鼓……"

悭臾眼中金光大盛，爪尖以迅雷不及掩耳之势，在百里屠苏额间虚点了一下："你——竟是人仙半魂！一介凡人，身中如何会有……罢了！"见百里屠苏始终浑浑噩噩，悭臾再不耐烦，"是与不是，战过便知！"

杀气滚滚而来，百里屠苏再迷茫，也不会妄自丢了性命，本能地拔剑相对。

一龙一人，隔着不到十尺的距离，彼此对峙。

人与龙的恶战，当是怎样？

悭臾利爪微抬，似要将百里屠苏瞬间撕个粉碎。

百里屠苏足下一点，人已跃入高空。

悭臾不屑地一哼。它知道人在空中，并无依凭借力，最是被动，此刻的百里屠苏，看上去浑身皆是破绽，似可任它宰割。

悭臾早已修成应龙之身，它吐出一口龙息，扫落无数崖石草木，俱化作了粉尘，却并未如预计的那样扫中百里屠苏。它凝神看出，却是百里屠苏一口真气未绝，不知从哪里借来一道力，竟又跃高了七尺。

"小子身法虽好，不过是逃命之技！"悭臾口中低吼，"斩！"

随着它的召唤，一道刺眼光芒划过，雷霆自晴空而降，正劈向百里屠苏。

百里屠苏已有防备，运起天墉城心法，凝出一枚青色光球，将自己包裹在内，不仅阻住了下坠之力，更形成一道屏障。落雷击在青色光障之上，白光大盛，四散开来。

雷击接连而来，力量一道更胜一道，青色光障很快无法维系，百里屠苏看准时机，长剑破空而出，直刺悭臾颈间。

悭臾利爪轻轻一拨，金铁交鸣，响起一声刺耳的"锵——"，百里屠苏的青冥长剑竟断为两截，人也被打落到一旁。

眼见长剑已废，百里屠苏稳住身形，运起火焰之力，使出一招怒涛龙骧。此技因攻势凶猛如涛、气概威武如龙而得名，此时用来，却是对战真正的应龙。

那灵气聚成的火焰之龙张开血口，扑向悭臾，确有怒涛之象，但上古战龙威力远超想象，悭臾微微张口，竟喷吐出十倍于火龙的水龙！

二龙相交，以有形吞噬无形，以潭水浇熄火焰，以应龙之威击杀凡人之力。

"小子，若不想就此化作齑粉，便激发出你所有的魂魄之力，全力一战！"

语毕，悭奭逆鳞暴起，抖落的水珠都如雨箭一般，射向百里屠苏。

"魂魄之力？"百里屠苏虽不情愿，但情势所迫，借着就地翻滚之势，取下了背后的焚寂。

焚寂在手，仿佛与灵魂相互辉映，百里屠苏深感灵气之充盈远超过往，只是那种焚烧血脉的煞气之痛，今次却减轻了许多。

焚寂横于胸前，他暗暗运气，又一次攻了上去。借着身法之便，一眨眼的工夫便欺近了悭奭。

悭奭竟不反击，亦不闪躲，黑鳞之上仿佛有釉色光芒，焚寂的剑气击上去，剑光如火红的若木花渐次开放，却未在龙身上留下任何痕迹。

百里屠苏心知自己与对手之间的实力无异天壤之别，故此再度运气，竟要使出两败俱伤的"毁殇"之术。此术乃是以自身凶戾之气融入天墉剑术的招数，凶煞异常，对自身消耗极大，若非攻之不破的敌手，轻易不取此策。上一次被迫用出这招，便是在铁柱观力战狼妖之时……只这一次，他面对的是天界应龙，通天彻地的龙。

悭奭金色的眸子闪过意味难明的光，实打实地应了这一招，感受着百里屠苏的灵魂之力。

"嚓……"

一片黑色的龙鳞脱离悭臾的身体，同时飞入空中的还有脱手的焚寂。

百里屠苏受到毁殇反噬，心口气血翻涌，以手拄地，喘息不停，但悭臾的身体却未有一丝一毫的颤动。

黑龙悭臾见他不支，长声说道："虽未尽吾力之万一，然凡人能与吾一战至此，已属不易！小子到底是谁，识得太子长琴？"

百里屠苏明白已不必再战，亦知道迟早会有此一问，却不知该如何作答。

"回答吾之疑问！"

百里屠苏收妥焚寂，立于黑龙面前，沉吟片刻，才开口道："我未曾亲眼见过名唤太子长琴的仙人……只是在我的梦里，他时常坐于此处抚琴，一只名为悭臾的魀，是他的朋友。

"每当出入梦境之时，我只觉得，我即是太子长琴，而太子长琴即是我。就像此刻，我会知道眼前便是悭臾……当你破水而出之时，我脑海中忽而浮现许多过去之事……"

悭臾金眸骤亮："过去之事？说来一闻！"

"黑龙于人界南海戏水兴波，天帝伏羲派遣仙将予以惩戒，黑龙逃入不周山，寻求烛龙之子钟鼓的庇护。火神祝融、水神共工与仙人太子长琴同往不周山捉拿黑龙，太子长琴受命奏乐，令钟鼓神安睡去，以便水火二神行捉拿之事……"

说到此处，百里屠苏唇边露出一丝凄然，黑龙也安静了下来，似乎在随着他的讲述而追忆往昔。

"却不料太子长琴惊见黑龙金色眼瞳，竟是当日登天一别后，再也未能相会的水虺悭臾……太子长琴吃惊之下，停了乐声，钟鼓醒来，与水火二神争斗不休，三方强大之力致天柱倾塌，天地险些就此覆灭……"

"那你可知后来却又如何？"黑龙叹息时，整个摇山都随之叹息，"获罪于天，无所祷也……黑龙悭臾与女神赤水女子献立下契约，为其坐骑，永失自由。而太子长琴被贬为凡人，永去仙籍……寡亲缘情缘，轮回往生即为孤独之命……"

"寡亲缘情缘，轮回往生即为孤独之命。"这样的惩罚，远比死亡更可怕。百里屠苏心中一恸："悭臾，你已修成应龙，通天彻地。我为何会梦见太子长琴，为何有这些记忆……你能告诉我吗？"

"小子，唤作何名？"

"百里屠苏。"

"百里屠苏……或许吾也可以将你称作'太子长琴'。可知你身中同时存有一人一仙魂魄？两份魂魄均残缺不全，三魂七魄各去半数！如此汇于一处，恰恰相合，这才成就了你！"悭臾的声音在山水间轰轰作响，"你将自己当作百里屠苏，不过因你一心此念。然而既有半数魂魄，又为何不能是太子长琴？！"

"不可能！"百里屠苏初闻此言，如遭雷击，"我便是我，又怎会是别人？"

"你体内煞气惊人，是否渐渐感到无法压抑痛苦，为邪煞侵蚀，唯恐迷失心智？此乃缘于一个强大的封印，将不同魂魄以及滚滚煞气尽数封闭于你肉体之中！哼，不知何人竟然行此惨烈诡道！"

煞气，魂魄……所有痛苦的来源和模糊的梦境都有了答案，只是这答案太过残忍。

"小子，若此封印解开，则煞力再无拘束，你将获得真正强大的力量，但这个肉体中所有魂魄将在三日后散去。"

"即是说……"

"你，不复存在。"悭臾字字诛心，"可若封印始终不除……邪力会渐渐使人迷失，将成就一个嗜血狂魔，你死去后，那些封存于肉身中的煞气，会令你尸变为真正的怪物！"

悭臾的话直白而伤人，百里屠苏却明白那并非诳语。他的心如同沉入深海，冰冷，黑暗，不住地下坠，达不到尽头。

良久的沉默，黑龙的语调也低沉了下去："跨越千年万年，于吾阳寿将尽时终得一见……你怎会变得如此，吾友？"

月色苍凉，半隐山间。那光亮是没有温度的，像是不曾含着对于世间的半分悲悯。在这片跨越了千万年的时空中，迟暮的黑龙透过百里屠苏的面孔，看到了一个熟悉的灵魂，长发白袍，指尖仙音流淌。

"无怪乎再也寻不到你的下落，原来只余一半魂魄……另一半又在何处？难道已是消散于天地之间……究竟何人对你施此歹毒之计，意欲何为？"

百里屠苏轻轻地摇了摇头。

悭臾轻轻将龙爪按在百里屠苏身前："吾友……此事吾也无能为力。天界战龙力量不可插手凡间之事，不可窥探天机，否则将引发无穷祸患……何况吾已经……然吾相信世间或有奇人异士可解此局，解封印而不散魂，亦非全无余地，不必过早灰心。"

百里屠苏蹲下身来，抚过那金铁般坚硬和冰冷的龙趾。他自认并不是太子长琴，但当他的手触碰到悭臾的一刻，却觉得心中某处安突感一宽。

"小子，对吾而言，你既非百里屠苏，亦非太子长琴，然毕竟身具故人之魂，令吾怀念。"

"此处真是榣山？"

"应是说，一模一样，分毫不差。吾已老去，不能再征战四方，而沧海桑田，东海扬尘，昔日榣山也已不知变迁几何。赤水女子献知吾思念故乡，便寻此处化为榣山之景，令吾在此安歇。"

百里屠苏露出惆怅神色。

"不必忧悲！万物终有一死，在命定的那一日到来之前，吾将飞往不周山龙冢静静等待。然吾辞世以前，尚有两个未尽之愿，小子，你可否替吾完成？"

"我……能做什么？"

"第一个心愿，吾但愿再听一回太子长琴的绝世琴曲。"

百里屠苏诚实地摇摇头："抱歉，我不通琴艺。"

悭臾长叹："如此，尽是命数，当不必强求。"

"且慢。"百里屠苏想了想，自若木上撷取一片绿叶，凑到嘴边，清脆的曲调悠然而出。

那悭臾梦中的一支曲子，悠扬舒展，广阔辽远。

合着眼，仿佛又见到太子长琴的白衣胜雪，水虺悭臾在旁静静聆听。

萧萧落木，潺潺流水。

榣山最好的一段风光。

"我不通琴艺,望悭臾聊以此曲慰藉。"

余音绕水,悭臾合着金眸叹息:"得闻此曲,吾已知足。"

"……第二个心愿,又是何事?"

"昔时与太子长琴约定,待吾修成应龙,便让他坐于吾之龙角旁,御风经天,看尽神州山河风光。后来他随伏羲登天,去往云顶天宫,竟再也未有机会。小子,你可愿与吾万里遨游一番?"

这个愿望其实并不是多么艰难,只是站在这里的百里屠苏,可能代替当日榣山之约的太子长琴?

百里屠苏摇摇头:"我,并非太子长琴。"

"小子十分倔强,亦很坚强。寻常人易你之位,早已因今日所闻惊骇无措,抑或……你只是惯于将惊惶悲伤压抑在心?"

百里屠苏身前浮空处出现一枚发光的黑色龙鳞,正是刚才被焚寂击落的那一片,上有斑斓曲折的绿色纹路,光芒随纹路流淌,似有生命。龙鳞到了百里屠苏身边,突然缩小数倍,静静落于他手心。

"此枚龙鳞,小子收起。若有朝一日想透,便以此为媒,召唤于吾!"

百里屠苏犹豫了一下,最终还是将龙鳞握在手心。

"自汝触碰龙鳞的那一刻起,唤吾之法即存于汝之神识,心中默想,吾自会现身!吾已时日无多,力量亦所剩无几,小子,可莫要令吾等得太久。"

悭臾爪尖再度点上百里屠苏的眉心,一股柔和之力缓缓注入,令他每每翻涌不安的煞气平静了许多。

"这是……"

"引发你魂魄中正气之力,于抑制煞气略有助益。"

百里屠苏施礼以表谢意。

"你,为何来到祖洲?"

"我与人出海寻找仙芝,得东海龙绡宫龙女相助,来到此地。进入桃山之前,同伴不知为何顿失踪影,凶吉未卜。"

"你的同伴?"悭臾左爪在空中虚晃,似乎看到了什么景象,"确有几人被困于祖洲无形无色的迷障中,你却安然穿过,可见心智远强于常人,无怪乎能与煞气同存。"

它左爪又轻轻一点,说道:"祖洲桃山以外仅一处生有草木,便将你与同伴送往那里一试。沿途无形迷障吾已暂时除去,算得偿你赠曲之情。离开之后,勿要透露吾之形迹。"

"悭臾,尚有一事相问。"

"何事?"

"这世上真的有死而复生之法吗?"

悭臾没有马上回答,像是在想着什么。

"如何没有?只不过逆天而行,付出的代价将令人难以承受。眼前不就是……最好的例子。"语意中似有所指,却未说尽。

"所有生灵的归途大概唯有死亡,即便强大如开天辟地的盘古,亦会消亡殆尽。谁也无法更改命运的终点,只有活着之时尽力而为,令自己过得快活,不至伤心失落。想起来了吗?这是你曾经说过的话,吾友。"

百里屠苏闻言,心中忽然一动。

"何以飘零去,何以少团圆,何以别离久,何以不得安?吾友,你曾在桃山水边如此自言。经历这般漫长的时光,你,可曾寻得解答？"

上古战龙缓缓扬起身躯，顶天立地："吾亦不敢妄言参透生死之意。吾只知道命途长短并非紧要，唯淡然自问，可有人将你放于心中？你临到死前可曾悔恨？就如那漫天神明，入目这锦绣河山、四方辽阔之土，便会想起我战龙悭叟，吾一世征战，亦无惧无悔。"

"无惧……无悔？"

"这世间，何曾有永生不灭的魂灵？唯有斩不断的人心。若要逆天改命，自古几人能成？你此生，恐逃不脱坎坷多难……好自为之。"

黑色的龙影渐渐淡入桃山的水雾之间。百里屠苏再睁眼之时，已处在一片巨大的花海之中。月色澄净如水，粉色花瓣随风纷扬，有萤火似的光亮绕着花瓣飞舞。

同伴们纷纷从四周坐起，像是从一个悠长的梦中醒来。

身边环绕的，俱是祖洲仙芝。

第八章 乌蒙前尘

百里屠苏无力地跪倒在地上,仍旧维持着那个怀抱的姿势,只是怀中什么都没有,只有跳跃的光点在空中盘旋飞舞。

青玉坛

这一趟海外采药之旅屡生波澜，众人不觉间，日子已过去几十天。他们匆匆返回安陆，便得到欧阳少恭留下的消息，说他已回到青玉坛主持局面。

诸人思及青玉坛，心中笼有阴霾，对此事真假存疑，再不敢停留，立刻动身前往衡山探个究竟。

衡山，青玉坛。

青玉坛不同于寻常的道观，乃是道家洞天福地之一。一行几人在衡山的祝融峰会仙桥和那仙力所设的机关搏斗了许久，踏云而过，终于来到通往青玉坛的必经通道。

此处无人把守，因为一般的闲杂人等不可能闯到这里来。诸人进入通道，法阵须臾就将他们传送到了青玉坛内。这里阳光明媚，芳草萋萋，比外面的衡山风景更加秀丽，还透着一层仙家清气。

一位青玉坛弟子静静地守在法阵旁，见到六人来访，并不意外，上前行礼。

百里屠苏也以规矩回礼："在下百里屠苏，与这几位同伴皆是来寻欧阳少恭长老。"

那名弟子点点头："原来如此！丹芷长老确实说过，近日他或许会有客人来访，想必就是你们了吧？长老交代，来客若至，直接请去青玉宫与他会面便是。诸位随我来。"

这一趟来访顺利得有些诡异,搞得方兰生疑惑不已。但是他们随着那青云坛弟子三拐两拐,竟真的来到青玉宫,见到了欧阳少恭。

诸人一别多日。海上奔走的几人难免瘦了些、黑了些,大家见欧阳少恭风采依旧,便知他确实安然无恙,未受伤害。

"少恭,你还好吗?"方兰生跑过去拉着欧阳少恭左看右看,也没看出什么毛病。

"自然是无恙!没想到你们这么快便由海上回来了!此行可还顺利?"

百里屠苏取出备下的仙芝:"略有波折,但已于祖洲寻获仙芝。"

"如此甚好!"欧阳少恭对那位迎客的弟子吩咐道,"白蓃,你辛苦了,先下去吧。你还要为几位客人备下休息之地。"

白蓃抱拳:"是,长老。"

"哇,少恭真有一门之主的架势!"方兰生咋舌道。

"小兰莫要取笑!不过是在下一任掌门未选出前,代为打理门内事务。"

"只要不是被青玉坛的人抓回来的就好。先前我们都替你捏了把汗!"

"只怪在下匆匆回来此处,倒叫你们担忧了。"欧阳少恭解释道,"雷严过世后,门派里散去一些急功近利的弟子,愿意留下的人皆性喜平和,只求静静修习金丹之术。近日亦有些刚刚入门的人,实为可喜之象。"

大家一路忧心,此时才全都放下,讲述起这采药路上的故事，方兰生手舞足蹈，激动不已。

欧阳少恭只是微笑聆听，见方兰生讲完了，才开口道："等在下将仙芝甄别研究一番、拿定主意后，即可开炉炼丹。诸位海上奔波，想必一直未能好好休息，不如在青玉坛中多盘桓几日。丹药是否能够炼成，在下不敢夸口。丹药出炉，需时少则半月，多则数月。除百里少侠外，其余人当可去留随意。"

自采得仙芝之后，百里屠苏一直在想，玉横之事已了，采药之行也算有惊无险，满载而归，无论起死回生之药是否能够炼成，似乎大家都没有了一起走下去的理由。

可大家一通议论，说来说去，还是都愿意陪着百里屠苏。他推却不得，只得一一谢过。

内心深处，他是有一些开心的。

伙伴们一路走来，不离不弃，经过了那么多艰险，此刻若真的就此离别，他反倒不知道该如何面对了。

他曾是一头孤狼，孑然一身，向北、向北、向北，从不接近狼群，也不为谁停留。

可一旦习惯了狼群的温暖，离开群体后，是不是还能独自活下去？

所以，这样真的很好！

就算如悭臾所说，他的结局必将惨烈，但至少在终点来临之前，他可以过得没有遗憾。

都说洞天福地，人间仙境，不见一丝凡俗烟火气，在此地修行一日，可比在外界一年。

凡人蝇营狗苟，所求不过福寿二字。修仙一路虽苦，但一朝得道，万世无忧，因此亦有许多人拜在道家门下。

青玉坛地处衡山，万物钟灵毓秀，自门派创立伊始，便占尽天时地利。

隐于衡山云雾间的青玉坛分作上下两层，上层永为黑夜，下层永为白昼，若自高而下俯瞰，形似太极，意指阴阳相辅，化生万物。与祖洲八方月色那种远离人世、自然荒凉的仙境相比，这里更加讲究万物之序，天人合一。

道家七十二福地，各有所长。青玉坛钟情于丹药金石，几百年来盛衰皆因丹药。欧阳少恭作为这一代青玉坛的丹芷长老，在门派的威望不作第二人想，也正因如此，之前的掌门雷严才对欧阳少恭多有忌惮，不择手段地要胁迫他回青玉坛，但又投鼠忌器，不敢伤及他的性命。

青玉坛上层，永夜国度。

算着时辰，这会儿应当恰是午夜，万籁俱寂，人畜皆安。

百里屠苏却有些难以安枕，耳边若隐若现的，似乎是琴声，但听不真切。辗转反侧，干脆放弃了睡下去的想法，起身出去走走。

出得房间，才发现那琴声并非幻觉，而是自夜风中悠悠而来，琴曲正是那熟悉的榣山余韵。

往前走了几步，遥见欧阳少恭端坐在一座石亭之中，身边一尊博山炉，香炉内袅袅青烟，随风飘散，不知燃的是何种香料，闻之令人神清气爽，并不似一般的香气令人不适。

此情此景，不免与琴川初见时重合，只是回到了青玉坛的欧阳少恭，整个人的气度风韵都与往日有所不同，那种平易近人的烟火之气减了几分，更增了仙骨灵气，给人的感觉时近时远，无法捉摸。

不知不觉便走近了，欧阳少恭见了百里屠苏，琴音稍缓，开口招呼："百里少侠。"

"听闻先生琴音，不由得停步。"

欧阳少恭做了个邀请的手势，说道："适才于房中翻阅典籍，少侠所予应是仙芝无疑，但书中所载几处在下仍有不明……便先到屋外闲坐片刻，以免一时多思，反入歧途。"

百里屠苏入亭一揖："令先生劳神了。"

"一诺千金，自当尽力而为。"

百里屠苏走到欧阳少恭身旁坐下。这座小亭地势较高，放眼望去，是衡山一脉绵延的巨大黑影，间或涌来一片暗淡云海。夜深人静，飞鸟都已安歇了，只有树叶沙沙，伴随着二人的交谈。

"这首曲子，由先生弹来，别有一番味道。"

"听少侠言下之意，于别处也曾听过？"欧阳少恭奇道。

"说来恐先生不信，我初次听见这首曲子，乃身处梦境之中。"

"为何不信？世间本是无奇不有。梦由心生、梦回前尘亦不在少数。未知少侠梦中，又是何种情形？"

"梦里……"百里屠苏想及摇山奇遇，却不知为何心念一转，隐下了这段故事，"情景都已经模糊了，只记得那乐曲听来清雅从容、悠然淡泊。而换作先生弹奏，则带了几许刚柔相济之意。"

欧阳少恭莞尔一笑："难得！当真难得……百里少侠自言不通音律，却每每能够明白在下曲中深意。君子之交平淡如水，不尚虚华，得一听者如此，已算一世知音。"

"愧不敢当！"

"不知道百里少侠可有略通的乐器？既为知音，在下期望能有幸二人合奏一曲，一抒胸臆。"

百里屠苏遗憾地摇摇头："我不善乐器，只是幼年混迹于山野之间，习得以树叶作简陋之音，实在不值一提。"

欧阳少恭摆摆手，说道："音律之道，原本无影无形，不可触摸，附着于乐器已是落了下乘。古人云，大音希声，大象无形。少侠所言树叶为乐，乃是自然之声，浑然天成，又岂会不值一提！在下愿洗耳恭听。"

百里屠苏回想起在祖洲的榣山幻境之中，曾含叶为笛，为悭臾吹出那隔世的曲调，心中不禁有所感喟："先生若不介意，便合奏方才那曲如何？"

"正有此意。"

欧阳少恭长袖舒展，指间几个起落，琴声碎玉先行，几个小节之后，百里屠苏从亭边捻下一片树叶，含在唇间，明亮清脆的叶音加入悠扬琴曲，为柔远清淡之声添加了几分跳脱的翠色。

一个身披白衣，仙骨风流，席地而奏。

一个一袭皂色，倚立亭柱，合眼沉浸。

他们就像是阴阳的两边，镜子的两面，黑与白、昼与夜、天与地。

透过飘摇的音符，对望彼此的灵魂。

琴与叶的合奏，凝成一只纤纤的手臂，穿过茫茫穹宇，探向遥远不明的过去，抚过支离破碎的梦境。

或许，这一刻才是完整。

一曲终了，像是有默契般，二人久久没有言语。

直到最后一个音符的余韵也被暗夜吞噬得干干净净，再不能从灵识中感知，欧阳少恭方才感慨道："今日一曲，当真令人心旷神怡！高山流水亦不过如此，我二人可比一比那子期伯牙了。不枉在下初识少侠，便有相知之感。"

"先生助我良多。能结此友谊，亦是百里屠苏一生之幸。"百里屠苏诚恳道。

此言非虚。从他遇到欧阳少恭的那一刻起，似乎所有的迷障都逐渐散开，他所追寻的每一件事，都在此后的日子中展露眉目。

欧阳少恭浅浅一笑："不胜欣悦。"

琴曲掀起太多梦里梦外的记忆，百里屠苏不由得一阵出神，犹豫了片刻，开口问道："先生博学，我有一事求教。未知先生可曾听过关于魂魄分离之事？"

"魂魄分离？"

"三魂七魄有所缺失，只得一半。"

"何以忽然问起？"

百里屠苏望向远方，不知是想透过茫茫夜色看向哪里："只是想到……若有魂魄如此分离，剩下的、散去的，究竟是什么、算什么？仍是当初那个人吗？"

欧阳少恭看着百里屠苏，神情渐渐冷凝下来，在亭角的暗影下，显得有几分肃杀之色："在下以为，残缺的始终便是残缺，天地生灵俱有三魂七魄，亘古未变，若是少去，又如何能算作'一个人'？"

他侧过身去，面露嘲讽之色："不循常理，终违天道，不正是被世俗目为异端？"

百里屠苏的心口像是被什么东西堵住了，隐隐作痛，郁郁不能解。

欧阳少恭复又转过身来，关切地问道："少侠可是曾在哪里见过那样的人？"

百里屠苏面色一黯，摇了摇头。

欧阳少恭的声音温润悦人，响在耳畔："不知道少侠的疑惑从何而来？在下所言，并不是厌弃这样的人，只不过见多了世情百态，人心冷暖，难免生出几分感慨来。人心狭隘，目力短浅，如此的异类，终究难容于世吧……"

他顿了一顿，又道："说来，少侠的命数亦是不同寻常。当初听闻瑾娘的推算，便能想见，你一定遇到过许多常人不能想象的艰难困苦。"

"坎坷虽有，幸而始终得人相助。"百里屠苏言及此处，脑中画面起伏明灭，难免酸楚，但感恩之心，尽在语间，"昔日，我为师尊所救，灭族之刻免于一死。自我下了昆仑山，又遇众人相助，一路同甘共苦。如今，更有先生倾心倾力，炼制这起死回生之药……我虽然拙于言辞，但此番恩义始终铭记在心……若说当初下山时，还曾为所遇不公而心存愤懑，现今却不敢再轻易这样想。"

欧阳少恭面有敬佩感喟之色，话语中又似带着审视："少侠当真可以做到毫无恨惋？"

百里屠苏扪心自问，诚实作答："先生高看！对于过往经历的一些事情，我心中疑惑有之、不忿有之、怨恨有之，一时怎能尽抛？然而下山历练后，也渐渐能够明白师尊所言，天高地广，心远即安。我只愿有朝一日，能够真正放下那些晦暗之念，而不是变成……"

百里屠苏的话并没有说完。

铁柱观噬月玄帝之语，榣山畔黑龙悭臾之忧，一一浮现。

该如何才能避过那样一个结局？现下他心中并没有答案……

欧阳少恭眼帘微垂，隐去眼底心事："少侠能这样，自是……极好，极好！"

这片没有尽头的夜，就停留在他唇边意义不明的浅笑间。

苏幕遮

青玉坛丹阁内，火光明灭，映着两个人的面容。欧阳少恭的面容在光影浮动之间，显得比平日里要锐利许多。他看着丹炉，思忖了片刻，道："千觞言下之意，百里屠苏在祖洲时曾经另有所遇，却不肯透露详细情形？"

旁边另一人，高大落拓，竟然是尹千觞。他此刻毫无醉态，语气也难得地正经："那地方的无形迷障颇为厉害。我们几个通通跌了进去，又昏昏沉沉地出来。他却不怎么惊讶，反倒一副胸有成竹的模样，还说有什么人把我们送去仙芝那处……"

欧阳少恭皱眉道:"送过去……莫不是遇上了一个有缘地仙指引方向?洞天福地中,此种小仙亦不在少数……未妨大计,便且由他去吧。之后若仍有异状,请千觞务必与我言明。"

尹千觞抓抓头,状似不经意地说:"这是当然。说起来,还不知少恭你到底怎么打算?这炉内炼的,当真是起死回生药?"

炉内火光映着欧阳少恭的面容,笑意森森,令人胆寒:"是与不是,又有何关系呢?书中既说此乃起死回生之灵丹,我便只管照那方子一心一意炼制,其他的,又何须多虑?"

尹千觞愣了半晌,然后长叹一声:"那小子也算倒霉至极,摊上你这般仇恨……"

"千觞此言差矣!我何必要憎恨他呢?"欧阳少恭微笑摇头,"恰恰相反,我要的是他来恨我!"

欧阳少恭的影子投射在高大的墙壁上:"我要他越憎恶越好,越疯狂越妙!那被凶煞怒火烧成赤红的眼瞳,心底扭曲的黑暗之力猛然溢出,脑海中仅余下孤寂痛苦和强烈的杀欲……虽然竭力挣扎,不甘服输,却又无法抑制,最终将被黑暗吞噬得一点不剩……那种东西,若是亲眼见到,定然是十分的美妙!"

"这我可听糊涂了。你不是只想从他那里拿到……"尹千觞略带小心地说道,"以少恭之能,还用得上这些弯弯绕绕?"

欧阳少恭看一眼尹千觞,又把玩起手边的博山炉,炉内并没焚香,但炉上的莲瓣又亮起了一层:"我与百里屠苏纠葛极深,一言难以道尽。千觞只需将他行事告知于我便可,其余尽可作壁上观。"

"我不多管就是!有这闲工夫,还不如去喝上几壶。"尹千觞又恢复到平时那吊儿郎当的模样,瞟一眼门口,道,"哟,外面像是有人来找你,我先走了。"

尹千觞离去之后,欧阳少恭表情冷冷地唤道:"元勿,进来。"

一名素日跟在欧阳少恭身旁的青玉坛弟子恭敬地走入:"弟子来此,有几件事情禀报。"

"说。"

元勿细细说道:"百里屠苏等人至青玉坛已有几日,今天恰逢朔月之夜,百里屠苏体内的凶煞之气剧烈发作,一整天都未曾踏出房门。风晴雪始终在旁照看,其余人亦有探望。"

欧阳少恭轻轻点头:"嗯。"

"另有一事……衡山脚下穆家村的村民昨日行至山腰,摆上祭祀之物,口中念念有词,祈求青玉坛'仙人'现身,如往年一般赐予仙丹。"

欧阳少恭嘴角抽动,似笑非笑地吩咐道:"此事照旧即可。丹房内还有不少'清骨丹',穆家村老小求多少,便给他们多少好了。"

元勿没有接话,却神情微动。

欧阳少恭长眉微挑:"如何?"

元勿语带犹疑:"长老……弟子有一事不明。这穆家村之人自从几年前蒙长老赐药,便十分贪得无厌,年年来求所谓的仙丹，我们为何……为何要去理会？"

欧阳少恭瞥了元勿一眼，道："元勿且与我说一说，这清骨丹有何效用？"

元勿想了一想，答道："去附骨之污浊，顺体内之阴阳。正是长老当年亲自炼制出的一味奇药。"

"不错。"欧阳少恭颔首，"附骨污浊即是毒性。清骨丹讲求的是以毒攻毒，若是在病入膏肓之时服下，自可去除污秽，有身轻体健之感。可若是无病无痛之时，仍然继续服食，与吞毒又有何异？"

元勿顿时了悟，却面色灰暗，不知如何作答。

欧阳少恭语气中全是轻蔑："人欲无穷，食髓知味。我当年不过偶然路经穆家村，见那些村民长久以来饮用秽污井水而致病，命在旦夕，情状可怜。他们那种求生之念着实令人动容，于是便教他们净化井水，并赠清骨丹服下。却不想那些人自以为得了仙缘，无性命忧患之后，再不肯勤劳度日，只一心企盼求取仙丹、长生不老。"

他修长的手指轻轻推算："转眼已是四载过去了吧？再服最后一回，便将引发潜埋的剧烈毒性，这些人将全身爆裂，七窍流血而亡。"

元勿惊骇不已："长老，这……"

欧阳少恭道："不是想求仙丹吗？呵呵，予取予求就是。这些人的贪婪之念永无止境，祸及性命犹不自知，实在可笑！你不觉得，这便是他们最好的归宿？"

元勿为欧阳少恭气势所慑，双膝微软，拜道："弟子心中亦是十分厌恶穆家村之人，却不如长老这般……思虑周到。"

"思虑？"欧阳少恭冷笑道，"这样的人，根本不值得多花一分心思。我不过是起了个头，身处人间还是沦落地狱，皆是由他们自己亲手所选。能死在梦寐以求的仙丹之下，也该心满意足了吧？"

语毕，他凝视着丹炉，再不说话了。

不死药

自从百里屠苏等人相聚同行，不论是救人、寻药，都颇费了一番周折艰险。此时终于诸事皆安，只待欧阳少恭开炉炼丹，可算是逮到一个空闲稍作休憩。

欧阳少恭每日潜心于金丹之事，余下的人就流连在青玉坛与衡山山水之间，轻松畅快，十分难得。襄铃天真烂漫，正是最爱玩耍的年纪，和方兰生每日里一边打闹不停，一边又玩得形影不离。红玉一旁见了只是笑。

风晴雪偶尔和尹千觞一起说会儿话——衡山上的酒摊基本都被尹千觞喝垮了，但大部分时候，一直陪在百里屠苏的身边，有时教他一些自家的心法来抑制煞气，有时就只是和他一起静静地坐在崖边，看风起风落，云卷云舒。

这样恬淡悠然的日子之中，每个人也难免怀着一点忐忑的心思——那起死回生的药，真的能够炼成吗？

到了这个月的尾巴上，青玉坛弟子前来通报：那药，炼成了！

所有人都聚到欧阳少恭那里，就连尹千觞也拎着喝了一半的酒瓶，趿拉着鞋跑了过来。

百里屠苏虽则还是一副如常的样子，但从胸口的起伏便知道他的内心并不平静。此刻，他正目光炯炯，直望着欧阳少恭手中那莹白如玉的药匣，里面似乎有明珠焕发着幽光。

在他看来，那便是灼灼的希望之光。

方兰生第一个问了出来："少恭，那个起死回生药你真的炼成了？"

"说来亦是万幸！冥冥之中，如有神助，竟然这般顺遂便制成了这'仙芝漱魂丹'。"

欧阳少恭看百里屠苏僵硬在原地的模样，不禁失笑，珍而重之地将药匣放在他手中："百里少侠，此丹所用药材均十分珍贵，如今药成，也只得一颗，更不便寻人试药，还望少侠谨慎用之。"

"多谢欧阳先生大恩！"百里屠苏紧紧捏着那玉匣，声音沙哑中带着一点颤抖，倒身下拜。

欧阳少恭揽住他双臂，将他扶起，说道："少侠不必如此。此时言谢，为时尚早。仙芝漱魂丹全循古法炼制，在下也不敢判定药力究竟如何。古籍中曾有记载，若死去之人的魂魄已入轮回之井，投胎往生，则丹药自然无用。另外，以此法重生之人，切不可行于日光下。请少侠谨记。"

"……不可见日光这一说却不知是何缘故？"红玉若有所思，道出心中疑虑。

欧阳少恭只是摇摇头："古书所载，在下也不敢妄加揣测。"

百里屠苏将药匣小心揣好，郑重道："无论最后结果如何，均只一试,绝不会……太过期望。"

"施药救人之事,在下本应随少侠同去。只是在下两日前忽然接到洞宫山掌门的信函,向青玉坛求取一些稀罕的金丹灵药,三十日后便有所需。"欧阳少恭歉然道,"青玉坛与洞宫山素有交情,此事不便推辞,在下恐怕得闭关一段时日。未知少侠是想快些去救人,还是愿意等在下出关后一同前往?"

百里屠苏立刻回答道:"请先生原谅我心中急迫,今日便打算离开了。此去南疆,有处地方名为乌蒙灵谷,便是我的故乡,我会携仙芝漱魂丹去那里救人。"

"南疆……那襄铃也可以顺带回故乡去看看了……"襄铃喜道。

欧阳少恭微笑点头:"思亲心切,在下亦不便多作挽留,望百里少侠能够得偿所愿。"

几个人明白百里屠苏的心情,遂速速收拾东西,一起动身。临别时欧阳少恭又赠给风晴雪一小瓶药,便是在安陆时所说的可抑制体内瘴毒的丹药。

乌蒙灵谷。

这是南疆群山之间的一片小盆地,百里屠苏的家乡。

自从有了腾翔之术傍身,千里之路也不过几个瞬息,即可到达。穿行于云雾之间的时候,百里屠苏终于明白了鸟儿归巢的心情。

以前乌蒙灵谷为结界所守护,不为外人所知,外敌亦不能闯入。

被群山包围的谷内，民居和农田都用这里特有的灰黑石块围垒保护起来，有些人就在山壁上凿洞为家。

这个隐世而居的村落内，并没有太多的居民，但世世代代自给自足，少与外界来往，虽不能说是桃源仙境，却也是一片净土。

经过十几年前那场劫难，如今的乌蒙灵谷，结界已逝，变成了一块人迹罕至、鸟兽不亲的废土。

那些曾经炊烟袅袅的房屋都已破败，许多地方腐朽不堪，若不是石块堆垒支撑，早已倾塌为不辨形状的废墟。河上的吊桥在风雨侵蚀下摇摇欲坠，几乎不能负载一点儿重量。巨大的水车伏倒在溪水中，被流水侵蚀，支离破碎，难以想象当年吱呀转动的生动景象。

真的又回到了这个地方！

百里屠苏脑中不能接续的童年回忆如落叶般萧萧而下，与眼前萧瑟景象一点一点地重叠起来。

自从跟师尊去了天墉城，这是他第一次回家，也是第一次不那么害怕地回到这个地方。

以前他不敢回来，因为他害怕面对那种天地间只剩下自己一个人的感觉。

母亲不在了，小蝉不在了，所有的族人全都不在了。他们走过的桥，睡过的床，玩过的玩具，也全都毁了。

可现在不同了。他身边有了同伴，有了他想要守护的人，还有了……希望。

众人随着百里屠苏走到一片平台之上,面目全非的整个村子尽在眼底。经历了摧毁和遗忘后,仍然屹然屹立的,是村子中心一座巨大的石像——上半身是慈眉善目的长袍女性,下半身是曲线柔滑的蛇尾。

百里屠苏面向石像,右臂在身前缓缓画过一个半圆,之后弓腰行礼,动作优美如同祭祀之舞。就在此时,风晴雪也在他身后不远的地方做了一模一样的动作。

方兰生为这巨大庄重的石像所震撼,看到二人的举动,不免有些奇怪:"你们俩这是做什么?"

百里屠苏有些意外,回身看了看风晴雪,回答道:"族中世代信奉女娲大神,便在山壁之上立起了这座巨像,供人膜拜。"

风晴雪点点头:"嗯,我们那儿也有呢!苏苏你那把剑……果然和女娲娘娘的封印有关吗?"话说到后面,她有些犹豫不安。

女娲乃是盘古开天辟地之后所遗留灵力和清气最盛处孕育出的神祇,被称为地皇。据说她性情温柔,对生灵充满仁爱,对杀戮和纷争极其厌恶,自她诞生之日,便保护着世间各种族的生灵。她为人类定下婚嫁之俗,并以牵引命魂之法创造更多生灵形态,使大地更为丰富多彩,如一位慈祥温柔的母亲,所以又称大地之母。

南疆一带有许多信奉女娲的部族,百里屠苏所在的乌蒙灵谷有此石像也并不奇怪,只是这村落遭遇剧变后物是人非,竟连草木都断了生息,空有神像立于荒芜残垣之中,看起来不免令人欷歔。

"附近的山,襄铃觉得好眼熟哦。"

"咦,你们难道都住在这一带吗?"

众人一边聊着,一边沿着女娲像脚下的石径向山腹走去,并没看到落在最后面的尹千觞也面对石像深深地施了一礼。

沿途有不少骸骨散处在枯草断石之间,据百里屠苏所说,应是当年被斩杀在此的来犯之敌。言及此处,百里屠苏心中仿佛又有一些画面复苏,那些来犯之人,衣着似有熟悉之感……但他顾不上想太多,因为冰炎洞已在眼前。

山腹之中便是冰炎洞,洞中有万年寒冰,辅以冰系法术,镇锁焚寂这把烈火之剑。也正托了这万年寒冰之福,百里屠苏将母亲与其他族人的尸身藏于此处,不敢有半点损坏。

行至洞口,他只身带着仙芝漱魂丹进了洞。至亲生死之事,众人觉得不宜在旁伴随,虽然忧心关切,但也只得留在洞口等待消息。

半天过去。

"红玉姐,你说……真的能成吗?"

百里屠苏进洞时,正是正午阳气最重之时,此刻日光已经隐在了群山之后,黑色渐渐压上天际,却还是没有一点儿动静,风晴雪难免忧心忡忡。

红玉看着洞口,摇摇头说道:"我总觉得一阵一阵的不踏实,但愿是我多心了。"

襄铃蹲在一块大石上,托着脸,耐不住地打了个小瞌睡。尹千觞一直没有说话,一口接一口地闷头喝酒,也不知道那随身的酒瓶里有什么秘法，竟存得下这许多酒。

直到月亮已经出现在东边高空，方兰生再也等不及了，一下子冲到洞口说："别是那仙芝潄魂丹不管用吧？木头脸想不开……我要进去看看！"

"不、不用了……"襄铃的脸上露出迷茫中掺杂着吓了一跳的表情，指着方兰生背后。

所有人都屏住了呼吸。

先是阿翔一声长啸飞出，紧接着，从那幽深洞口中走出两个人来。

柔润月光下，百里屠苏搀扶着一位妇人缓缓前行。

那妇人一身南疆服饰，端庄美丽，虽然眼中缺乏神采，但行走如常，分明已经复生！

死而复生，这样的事永远只存在于传说之中，谁也没有亲眼见过。

求药之旅再艰难坎坷，亦是人力能及之事，和眼前的奇迹相比，他们所付出的是多么渺小！

这喜悦来的是多么轻易！

过了许久，红玉才打破这神迹降临的时刻："百里公子，这位便是……"

百里屠苏温柔地看看妇人，脸上竟流露出温暖笑意，对众人说道："这是我娘。"

最初的喜悦过后，大家都觉得，百里屠苏的娘亲才刚刚复生，不可轻举妄动，还是安顿下来比较稳妥。众人打扫了山上几间勉强还可以住人的屋子，暂时在乌蒙灵谷住了下来。

接下来的十几天里，百里屠苏的娘亲韩休宁仍是不言不语的木讷模样，虽然可以用点头、摇头与人稍作交流，但总缺少一种真正的生气，反而像个丢了魂儿的傀儡。

饶是如此，百里屠苏仍然珍视着这来之不易的阴阳重聚，悉心照料着母亲，盼着有一天她能好转起来。

众人谨记欧阳少恭所嘱咐的，不可令复生之人行走于日光之下，于是每日轮流在韩休宁房里陪护，以防她在白日里走出房门。

百里屠苏更是不眠不休地守护着失而复得的母亲，但看母亲不茶不饭、无喜无悲的模样，又不免忧虑，整个人迅速地消瘦下去。

一天傍晚，红玉来到韩休宁房间，见只有风晴雪一人坐在床边，韩休宁仍是面无表情地坐在那里，眼神中没有半点光芒。

"原来是晴雪妹妹在照看巫祝大人！百里公子呢？"

"苏苏看巫祝大人十多天都不吃饭，心里着急，就想去山上采些巫祝大人以前爱吃的东西，让我帮他照顾一下。"

"唉，这样下去不是办法。巫祝大人每天不吃不喝，白日里还会迎着日头往屋外走……实在叫人忧心。百里公子没日没夜地在旁边看护着，就算有我们几个轮流作陪，也不肯轻易离开。他总是这样会受不了的，迟早得病倒了。"

风晴雪担忧地看看韩休宁，拉着红玉走到房间另一边，小声地说道："红玉姐，在苏苏面前我不敢讲……你说，巫祝大人真的……真的活过来了吗？"

这话也问到红玉心底。

"要是活着……为什么不吃东西不睡觉，就一直这样睁着眼睛呢？虽然十几天前，大家是那么高兴，可现在……心里还是挺难受的。是不是那个药不够好？所以……"

红玉叹息着说出自己的忧虑："既然妹妹问到这里，我也不妨坦言相告……我总觉得这其中有诡谲之处。亡者重生之术，我未曾听说，倒是少恭所言'不可行于日光下'，令我隐约想到什么，却又寻不到头绪，究竟是在何处听过人与日光之说……但两日前，我替百里公子照看巫祝大人时，曾与她闲聊试探。你也晓得，凡问问题，巫祝大人虽不言说，却会点头、摇头以示回答。怪就怪在，那天我问了许多事情，有些与公子相关，有些却全无干系，甚至是关乎我自己的一些隐秘旧事，巫祝大人竟从未选错，简直已经不是在与人闲谈，而完全是因人心中所想作出回应。"

风晴雪惊讶掩口："这怎么会？"

"一个死而复生之人，为何竟能窥探他人内心？难道巫祝大人生前，便有此法力……"

门口忽然传来百里屠苏清冷的声音："在说何事？"

风晴雪回头，见他眉眼之间难掩酸楚，便知方才所说已落入他耳中，"苏苏，我们……"

百里屠苏闭上眼睛，狠狠地摇头："都别说了！娘总有一天能变回从前的样子，现在只是、只是一时如此！"

屋内的气氛冷到冰点，红玉和风晴雪不敢再触动他心事，简单嘱咐了几句，便退出了房间。

而端坐在床畔的韩休宁，仍然不动不语，像是一座睁着眼的白玉雕像。

又过了两日。每天白日里朋友们轮流陪在百里屠苏和韩休宁的身边,到了夜里,则留下他和母亲独处。

百里屠苏试着在夜里带母亲去冰炎洞,去有过回忆的每一个地方,希望能够触动母亲的精神,却都没有结果。

他对她说了许多的话,说到嗓子都干哑了,她也没有回应。

韩休宁还是那个样子,不吃、不喝、不言语,也不睡觉,却不见她虚弱下去。

她始终睁着空洞的双眼,眼中没有半分神采。身子不像死去的人那么冰冷僵硬,但也不像活着的人那样温暖。

万分疲惫,百里屠苏神思飘忽,耳边响起一个稚嫩的声音,焦急而又充满期待。

"娘,我、我没有故意打伤虎头……是他先骂我,骂我是没爹的孩子,还说娘也不喜欢我……娘怎么会不喜欢我呢?你还帮我缝了小布老虎……"

"就算虎头的娘也帮他缝了,但是没有这个好看……我知道,虎头一定是眼红,才那样乱讲的!"

"我是不是太坏了……所以娘才不理我?以后我都好好练法术、好好念书……不给娘丢脸……等长大了,就拼命保护村里的人……娘,我一定会做到的!"

"这样的话……今天晚上,能不能不要参加什么庆典……我的生日……只想在家里过,想让娘陪我一起吃碗面……"

等了许久的回答,却是一个悦耳但冰冷的声音。

"身为下一任大巫祝,你的事情便是全村之事,全村之事同样是你的事情,连这种道理都不懂吗?如此任性,耽于世俗情感,将来怎堪大任?不要再多说了,还不快去准备!"

心里很难过,像是飞不起来的孔明灯,一跳一跳的,终于在燃烧后熄灭。

百里屠苏觉得心口一阵疼痛,半边身子都有些麻痹,睁开眼一看,自己仍在乌蒙灵谷的屋宅之中,多半是累得睡了过去。下一瞬,他整个人像被针刺了似的跳了起来。

身边的娘亲,不见了!

一溪云

"娘!"

蒙昧不明的天际,似乎就要露出微光,百里屠苏冲出房间,一声呼哨,唤来阿翔:"阿翔,有没有看到我娘?"

阿翔懂事地点点头,一展翅掠向高空,不久后便以尖啸声示意百里屠苏。

"祭坛方向!"百里屠苏拔腿就跑,经过一棵枯死半边的古树时,看到襄铃揉着眼睛蹲在树下:"屠苏哥哥,怎么了?襄铃在树下睡觉,听见你的喊声……"

"娘自己走出了屋子!马上就要天亮了!!"

"我、我去找红玉姐姐他们!"

天空仍然是暗淡的灰色，只有地平线上露出一丝金色的曙光。

韩休宁一人站立在山崖边的祭坛之上，那是一片毫无遮拦的高地，当第一缕日光从山间洒进乌蒙灵谷，就会慢慢照亮祭坛。

阳光缓缓地移动。

平常的日子里，人们从来不会觉察到太阳行走的速度。

太阳离人们那么远，走得又那么慢，你就算盯着它看，灼伤了眼睛也看不出它行走的样子。

可是此刻，百里屠苏却觉得太阳跑得太快了！那道光芒移动得那么迅速，他已经用尽了全身的气力飞奔，却追不上阳光逼近娘亲的脚步。

他真的很想对着天空大喊："停一停！求你停下来，先不要走，给我一点时间！"

阳光漫过山谷，照到了祭坛的边缘……

百里屠苏也踏上了祭坛，他冲着韩休宁嘶声呐喊："娘！回来！别过去！回来啊……"

韩休宁却置若罔闻。她闭起空洞的双眼，仰起头，张开双臂去迎接阳光的沐浴。

整个乌蒙灵谷都因为日出而变得明亮起来。百里屠苏飞扑上前，拼命用身体护住韩休宁。然而耀眼的日光已经毫无顾忌地洒向了祭坛，他只觉得怀中倏地一空，心也像被狠狠地剜去了一般。

他的怀中，忽然飞出无数幻彩的光点，那端庄秀美的妇人，竟就此在日光下消失不见。

"娘！"

那是野兽最凄厉的吼叫，绝望、哀伤……

所有人都赶到了，却只来得及目睹这奇诡却令人心碎的一幕。

百里屠苏无力地跪倒在地上，仍旧维持着那个怀抱的姿势，只是怀中什么都没有，只有跳跃的光点在空中盘旋飞舞。

"为什么？为什么我没有看好她……我明知道……她不能站在日光下……全是我的错！可恨！可恨啊！！！"

悲戚的嘶喊在空寂的山谷间回荡。

每个人的脸上都布满最深的哀伤。

"苏苏……"

风晴雪也跪倒在了地上，泪流满面。

半个时辰过去了，旭日东升，光芒普照。

那些魂魄化生的光斑并未彻底消逝，而是在原地飞舞盘旋，像是一片幻彩的萤火虫在嬉戏玩耍。

百里屠苏像一座凝固的雕像，始终没有动弹。

他的双眼通红，浑身都在颤抖。

所有人忧心忡忡地看着他，却不知该怎么办。这个时候，他脆弱得就像一座沙雕，一触即溃。

红玉咬了咬牙，狠心打破了那令人压抑到几欲崩溃的沉默，她上前几步，说道："百里公子，我知道……你一定非常难过。但是，请收敛心神，听我说……"

她艰难地选择着字句："令堂恐怕并没有真正活过来……

而刚刚散去的,也并非令堂……"

"红玉姐……"风晴雪愕然地望着红玉,不明白她所言是什么意思。

百里屠苏望着怀中的空虚,久久没有回头,过了一会儿才答话,声音嘶哑如老人:"什么……意思?"

红玉哽咽了一瞬,而后背出了一段文字:"世间有奇异虫豸曰'焦冥',生于海外,岁及万年,聚合时形似草木,人不可轻辨。若以特殊之法入药,豸身不毁,反能食人尸骨,再聚为形,感应人心。"

"什么?"方兰生惊呼一声,"虫豸……食人尸骨……那她……不是木头脸的娘?"

红玉走到百里屠苏的身旁,伸手去触碰那些浮动的亮点。那些"焦冥"围绕着她的长发红裙飞舞旋转,看上去美景如画,似梦似真。

"古有所谓异能之士,为攀附权贵,便以此法蒙蔽帝王,称可逆天道、活死人。百里公子……你眼前这些,并非令堂魂散……不过是焦冥之形,白日散开,夜晚重聚……焦冥寿岁漫长,寻常水火不侵,唯蕴含灵力之火方可烧灭……"

这段话的意思冰冷残忍,众人望着面前这般情景,惊得不能言语。

红玉面露羞愧之色:"只怪年月久远,我记忆中印象早已模糊不堪,若是能早些想起……"

"不要说了!"百里屠苏有些摇晃地站起,"什么都不要说了!!"

红玉退开几步,坚持说完最后一句话:"不忍令公子伤心,却也不忍你自责太甚。令堂这样……公子若不信，可待夜晚一观……"

百里屠苏没有回答，只是默默地站在那群愉悦飞舞的光斑旁，像是一尊不会哭也不会笑的石像。

没有人能够揣度他此刻的想法。

这一站，便是一日。

待到夕阳西下，最后一丝余晖消逝在乌蒙灵谷，百里屠苏依旧一动不动站在祭坛上。朋友们也聚在稍远的地方，默默地陪了一天。

就连阿翔也懂得主人的异样，乖乖地落在他的肩上，头轻轻抵着百里屠苏冰冷的脸颊。

而那片美丽的光斑，竟渐渐聚拢，由虚而实，在逐渐降临的黑暗中，变回了韩休宁的模样。

她那美丽的面庞，仿佛凝固在最好的年华，不经风霜，身上的南疆服饰也是那么光洁如新。若不是那呆板空洞的双眼泄露了秘密，她真的像是时光的宠儿，永生的仙子。

襄铃有点害怕地缩到了方兰生的身后："真的……到晚上真的又变回巫祝大人的模样了！"

"怎么会这样？"事已至此，风晴雪明白红玉所说的并非虚言，那么韩休宁不但没有起死回生，反而是化为了虫豸诡物，"从山洞里出来的时候……苏苏那么开心……现在……"

方兰生狠狠一握拳头："走！去找少恭！告诉他，他一定有办法救回来的！"

红玉深深地看了方兰生一眼："人死复生，本就是逆天而为，何况此药乃少恭亲手炼制，他在事前……"

"你、你想说什么？"方兰生一下子跳起来，"少恭肯定也不清楚这些！他只是按书上的方法炼药！"

红玉长叹一声，不再多言。

"唉，我说，事情都已经这样了，讲来讲去也没什么用。"几天来，尹千觞像改了性子一样，寡言少语，此时突然发话，"恩公眼瞅着竹篮打水一场空，心里能好受吗？让他一个人先静静得了！"

夜色中，百里屠苏僵直的背影立在祭坛之上，旁边站着那形似母亲、却不知又是何物的韩休宁，衬得他的样子更加孤寂。

两天过去了，百里屠苏也足足站了两天。韩休宁之形在他的身边，夜晚聚合、白日散去，像是一出神秘的表演。

这一夜，谷中下起了小雨，襄铃、红玉撑着一把竹伞，在远处忧心地望着百里屠苏。

雨丝不断地击打在他身上，黑色衣衫浸了水，冰冷黏腻地裹在身上。雨水顺着他的额发流到面颊，像是斑驳的泪痕。

百里屠苏仍维持着原来的姿势，像是他也化作了焦冥，对外界的一切，已经无知无觉。

"下雨了……都过了两天，屠苏哥哥还不回来吗？"襄铃看着百里屠苏，还有守在他身边的阿翔，忍不住哽咽，"屠苏哥哥好可怜……要是襄铃有一天找到了妈妈，妈妈又忽然不见了……我一定会比找不到还要难过好多好多……"

"正是如此……"红玉一直是那么出尘的样子，此刻也禁不住语带悲戚,"若全无希望,反倒不必这般痛苦。明明已经近在咫尺,似乎得到,终于还是失去……长久的追寻尽成虚空,此中悲愤与伤怀,旁人根本无从体会……"

"兰生去找过少恭哥哥了呢……不过少恭哥哥先前就说要闭关,兰生根本见不到他。"襄铃叹道,"不知道少恭哥哥有没有什么办法呢?"

红玉忍不住深深蹙眉:"少恭此人……"

"少恭哥哥怎么了?"

竹伞下,红玉抚过襄铃天真的面容,轻轻摇了摇头。

第五天。

夜幕悄然降临,韩休宁又缓缓凝聚成原本的样子。

百里屠苏忽然动了。如同一座石雕突然活了过来,最初的几下动作,所有的关节都嘎吱作响。他温柔地牵起身边的"韩休宁",韩休宁木然地跟着他的动作,慢慢走到了山崖边。

崖壁上生着一株小树,树干从岩缝中挣扎着生长出来,如今也是枝繁叶茂了。百里屠苏捻起一片树叶,含在唇边,轻轻地吹了起来。

那是一首南疆小调,调皮可爱,像是几个孩子在树林间嬉戏。

曲毕,百里屠苏抚过韩休宁的脸,然后为她整理衣服,轻声说道:"娘……小的时候,我时常希望你有一整天的空闲,我可以把自己想到的曲调吹给你听。就像和我一起玩的阿大,也会这样去找他的爹娘。

"不过,你总在忙别的事情,就算偶尔有空,也会斥责我不思进取、玩物丧志。如今，你只能在一旁静静听着了，说不定心里也在想，我还是同小时候一般不争气……却不能言语，不能训斥。"

夜空寂静，没有人作答。

"我从来没有想过……哪怕是训斥也好，只想……再听一回……"

百里屠苏顿了一下，忍住涌上喉头的哽咽，接着慢慢说道："我把你们的尸骨一具具搬到冰炎洞下，想着只要身体不腐，或许有一天，所有人还能活过来，村子还能回到从前的模样……屠绝鬼气、苏醒人魂。我想着不要有鬼来勾走你们的魂，这样，我便有希望，让你们复生……师尊告诉我，人死了，多半要去投胎转世的。师尊还说，世上有长寿之人，活得很久，却并没有死而复生之法，即便神仙也做不到……可我却不甘心……

"娘……若你能活过来，哪怕告诉我仇人是谁……让我为你们做些什么……"

像是用长久的沉默逼回了眼泪，又像是心中鼓荡的情绪太多，百里屠苏的语声越来越低。

"都怪我无能无用，逆天而行，终不得善了，到最后连你的尸骨……都保不住。"

他的身周渐渐溢出黑色的煞气，像是心中所抑制的一切悲、怒、恨、怨……全部都燃烧了起来，渐渐化为熊熊的火焰。

"如今……便由不孝子送你最后一程！"

他的声调忽然扬起，猛一挥手，释放出的灵力之火如凶猛的黑豹般，扑向身边的韩休宁。

"韩休宁"的身上冒出黑色的火焰，熊熊燃烧，由人渐渐变为斑斓的焦冥状。

那些焦冥试图四散逃逸，却没有逃过灵力之火的捕捉，直到最后一点光斑也被焚烧殆尽，那火焰才渐渐熄灭。

"苏苏！"风晴雪就站在百里屠苏身后不远处，她原是不放心才跑出来的，却看到这惊人一幕，"你……你在做什么？"

百里屠苏缓缓转过身来。

风晴雪吃了一惊。只见百里屠苏神色冷峻，双目赤红，身上黑气腾腾，和平日绝非同一人。他走近的时候，就像是索命的阎王，追魂的无常。

"苏苏你怎么了？煞气怎么会……今天还没有到朔月呀！"

百里屠苏的右臂缓缓抬起，他的手上跳跃着一团凶煞的黑红火苗，眼中全是杀气。

"杀、杀了你！"

"苏苏？！"

忽然，百里屠苏的眼中又恢复了一丝清明。他痛苦地抚住额头，喊道："晴雪，快走！我……我控制不了这股煞气……"

风晴雪却呆在原地不动，怔怔地看着他。

"还不走？！跑、跑得远远的！别过来！啊——"

风晴雪忽然猛扑上前，将百里屠苏紧紧抱在怀里。她的身上浮起幽蓝明亮的光芒，那光芒温暖柔和，像是大地之光。

"……你！"百里屠苏想要挣扎，想要杀戮，想要尝到血的味道！

可那光芒温暖而强大,好像在不断地唤着他的名字:"苏苏、苏苏……"

他忘记了挣扎,终于慢慢地放松下来……

"苏苏,我不会丢下你不管的!有我在,有我陪着你……一定不会有事……"

静夜的幽蓝代替了红黑色的火焰,空中不再有那些炫彩却冰冷的焦冥飞舞,只有淡淡几颗星星挂在遥远的天空。

"苏苏……你刚才真的吓到我了!明明还没有到朔月,为什么会……"

想起刚才的一幕,百里屠苏不由得心有余悸。他有点焦急地说道:"以后,再有这样的事情,你一定要逃……我……不知道能不能再抑制住……我不想伤害你……"

风晴雪笑着甩甩辫子:"说什么呀,苏苏!我说了不会丢下你的。"

"晴雪。"

"嗯?"

百里屠苏嘴唇微颤,说出他心底最深的恐惧:"或许有一天,我将变成一个嗜血狂魔,心中除了杀念和破坏之欲,再无其他……"

"怎么会呢?你不要胡思乱想!"

"近些时日,渐渐地,我越来越难以控制体内的凶煞之气,即便有你相助也……甚至……会无由来地憎恶一切,像走火入魔般,一念之间便会腾起杀欲。"

"就在方才,想要将吞食我娘的焦冥焚烧殆尽,那些东西……不过徒有外表，自欺欺人罢了……但心中忽然无法抑制强烈的杀意，憎恨所谓命运，憎恨毁去村子的仇人，憎恨仙芝漱魂丹，憎恨……欧阳先生。假如先生就在我眼前，我一定会毫不犹豫将他杀掉！"

"苏苏……"

"可是这一切，他也同样始料未及吧？又怎能怪罪他？分明是我自己入了魔障……"

"但你后来不是清醒了吗？你还认出我来……"

"若不是你，换作其他人……我不知道会如何……你不害怕吗？"

"怕什么？"

"我煞气发作的样子。铁柱观那时也是。虽然我脑中纷乱，却隐约记得别人都吓得动弹不得，只有你走上前来……"

风晴雪看着远处，回想当日场景，诚实地回答："怕，我当然害怕。我不知道那样的苏苏会做出什么事来。有一瞬间，我甚至想，也许会死吧？要是死了，就再也找不到大哥，也见不到婆婆了……"

百里屠苏闭上眼睛，有些害怕再听下去。

"可是，我更怕苏苏一个人被丢下以后要怎么办……"

睁开的双眼中有显而易见的欣喜和明亮。

风晴雪并没有察觉注视在自己脸上的那滚烫的眼光，只是直面自己心里面最真实的声音："想到这些，好像也就没那么难受了……小的时候，大哥常说我看起来爽直，其实最婆婆妈妈了，要真在意了什么，心里无论如何都是放不下的……对苏苏……"

说到这里，她似乎也觉得有些什么东西变得不同了，脸颊禁不住飞起半红色。

"大概、大概也是这样吧……不知从什么时候起……"

在百里屠苏的心中，还有一些话要对她讲清楚，讲完这些，才能吐露他最最重要、最最深切的一句心事。

"晴雪，假如我告诉你，我……并不是我……"

这样一个故事，该从何说起？

"什么叫你不是你呢？苏苏不就是苏苏吗？还能变成另外一个人？我猜……是不是因为苏苏用了别的名字？你以前，不叫这个名字对吗？在我的故乡，名字也是不能随便改的。大家都相信，要是改了，就意味着抛弃了过去的自己。不过呀，我始终觉得，名字什么的，只是个称呼吧？我认识的，是一个人，又不是他的名字。"

"如果……不只是名字……"

"不只是名字？"

"……"

要说出这番话，真的比想象中还要艰难。

"苏苏，无论你有什么现在还不能告诉我们的事情……可你要记得，在我心里……永远都只有一个苏苏，独一无二的，就是我身边这个。名字、身份、样貌，什么都无所谓。想想看，你经历过那么多的事情，不管是不是和我们在一起，那些东西，好的、坏的、开心的、难过的，通通都属于你，那才是我认识的这个苏苏呀！你说对吗？"

"谢谢你，晴雪！"

"谢什么谢！真要谢的话，就答应我你以后都要开开心心的。"

百里屠苏的声音低沉,好像终于下定了某个决心:"我,不再回天墉城了!起死回生之说,终是妄言……但我已尽过力,不必再有执着……其他的族人,我也会让他们入土为安……往后,也许再过数月,也许一年或几年,我将会被体内的煞气所吞噬,再不能保有如今神志,到那个时候……"

"苏苏,你怎么会……"

"静静听我说完。有时候,不能不去相信所谓命运……但是在此之前,我想要去很多地方,看不同的城镇村庄,或许还能帮一帮那些遇上困难的人。我希望,有一个人可以和我一起走、一起看。我……很闷吧,不太会说话,难怪兰生总说我是……可是……"

百里屠苏小心翼翼、鼓起莫大勇气,握住身旁风晴雪的手:"晴雪,你愿意当那个人,和我一起吗?"

风晴雪没有回答,只是有些惊讶地看着那只被握住的手。

百里屠苏害怕自己不够诚恳,继续说道:"我这样说,不是因为你能抑制煞气……正好、正好也可以找你大哥……要是襄铃想找妈妈,也……"

风晴雪轻轻地抽回自己的手,有些不安地摸着辫梢:"我很开心……真的很开心,苏苏。我要想一想,现在……还不能回答你……"

百里屠苏点点头:"没有关系,是我问得突然。等、等你想好了,再告诉我。"

"嗯……"

深空寂静，回音幽远。

紫榕林

百里屠苏将焦冥焚灭的事情，朋友们都知道了，那一日之后，众人便陪着他一起，将冰炎洞内所有的族人一一安葬。大家既赞叹他的果决，同时也为他担忧。

襄铃时常站在他的门外窥探，怕他心中不豫，做出什么不理智的事情。百里屠苏见了，不禁觉得，自己拖累了大家这一场，不能永远沉浸在得而复失的痛苦之中，不能自拔。

襄铃见自己的窥探被发觉了，怕百里屠苏不开心，忙解释道："屠苏哥哥……襄铃担心你……先前不吃不喝地坐在那儿，后来总算回来休息，也不晓得会不会有事……虽然红玉姐姐跟我说，要相信屠苏哥哥……"

与这个女孩儿相处这么长时间以来，百里屠苏已经从开始时觉得麻烦，变成了将她当作小妹妹般宠爱的心情："我没事。让你担心了，实在过意不去。"

他看襄铃还是一副忧心忡忡的模样，说道："听说你以前也住在南疆。如今回来一趟，却一直耗在此处，是我考虑不周。襄铃有没有什么想去的地方，或有故人探望？今日便陪你一同去如何？"

喜欢百里屠苏以来，百里屠苏何曾这般温柔宠溺过？又何曾提出过这样的邀约？襄铃一听，不由孩子气地开心起来："想去的地方？真的可以吗？屠苏哥哥都会陪襄铃去？"

百里屠苏点点头。

"屠苏哥哥真好！我要去看榕爷爷！"襄铃笑着原地转了几个圈，然后想起了什么似的说道："唔……可是，虽然好想两个人去，但兰生他们也是襄铃的好朋友啊，我也想让他们见一见榕爷爷……"

百里屠苏心有所悟地点点头："好啊！找上他们几个，同去便是。"

"嗯！襄铃这就去喊！"

"什么？要见襄铃的爷爷？现在就去看她爷爷？怎不早说？什么东西也没准备啊！"方兰生被抓着走到了半路，才明白此行的目的，不禁抓头跳脚，悔恨不已。

襄铃一脸疑惑："榕爷爷的脾气最好最好了，不会要你们送他东西的呀！"

"唉！你、你不明白……"

"明白什么嘛？我们要去紫榕林，之前不是跟你说了吗？紫榕林中间那棵最大最大的榕树，就是榕爷爷。"

"原来小铃儿说的爷爷是个树灵。"红玉笑看向方兰生，"你也不必这般费心了。"

襄铃点头："榕爷爷是一棵大榕树修成的灵，一直一直都很爱护襄铃的！虽然他不可以离开紫榕林，但襄铃可以去看他呀！"

经过之前的波折，几人见百里屠苏看起来确实解脱了许多，也难得地轻松起来。

一路上风景优美，如诗如画，没走多久，紫榕林便近在眼前。这一带是大片的榕树和灌木交错丛生，一环一环，层层叠叠，绿意盎然，还有无数紫色的藤萝花交缠其中，像是整片榕树林子都生满了柔媚的紫色花朵。

他们跟着襄铃在树丛间穿梭，直至榕树林的核心，有绿色树冠如云如盖，是一棵从未见过的巨大榕树。

襄铃开心地跑过去："榕爷爷！"

古树枝丫丛生，根结盘虬，此时响起一个慈爱的声音："呵呵，是襄铃回来了啊！老远就觉得好像有你的气息。"

"爷爷，这回我还带了好多朋友来看你呢！"

苍老浑厚的愉快声音从枝繁叶茂的树冠中扬起："襄铃的朋友？我可得好好瞧瞧！"

大家各自上来作了介绍。轮到方兰生时，他紧张得话都说不太利落，被襄铃抓着敲了脑袋。

几人七嘴八舌地说了一会儿话，这一趟经历也拣着重要的交代得差不多了，榕爷爷不由得感慨道："你这孩子，这回出去吃了不少苦头吧？人也瘦了，瞧着稳重了些，没以前那样使性子。"

襄铃把身子扭来扭去："爷爷你说什么……人家哪里使性子过？"

"呵呵，还得谢谢几位一路上照顾襄铃。她自小身边就没有爹娘管教，在这山林间无拘无束地长大，倒还养出些脾气，可给你们添麻烦了。"

方兰生拼命摆手："没有麻烦！她、她挺好，再好不过了！"

红玉掩嘴笑："小铃儿本性至纯，毫无造作，确是极好。"

襄铃得意地倚着大榕树："爷爷你看吧？他们都夸我呢！这一路上还算顺利啦，不像以前去红叶湖，还遇上讨厌的人，把我的尾巴……尾巴……总之讨厌死了……"说到这里，仿佛触动了她心中最最介意的往事。

"红叶湖……"百里屠苏听到这个名字，心中咯噔了一下。

"嗯，是一个有好多好多红色叶子的树，很好玩的地方！我听一个男孩子说那里叫'红叶湖'，不过那个人太讨厌了，一直揪住我的尾巴不放……唔，反正红叶湖离这儿不远，说不定屠苏哥哥小时候也去过呢。"

"红叶湖……尾巴……"百里屠苏难得地露出又惊讶又心虚的表情，"你……你是那只闯进熊洞的小狐狸？"

"熊洞？那只讨厌的大熊！屠苏哥哥怎么知道？"

其他人都是一头雾水。方兰生却挠挠头："弄了半天，你俩以前就见过啊？"

"我……襄铃你的尾巴……"百里屠苏一副窘迫的模样。

襄铃不敢置信地退了几步："屠苏哥哥……不会就是害襄铃尾巴掉了好多毛，尾巴尖尖都没了，变成圆尾巴的那个讨厌的男孩子吧？"

百里屠苏尴尬难言。

"肯定不是，肯定不是的！对不对？屠苏哥哥是好人，不是大坏蛋，对不对？"

"抱歉！幼时顽皮，害襄铃如此……"百里屠苏哪里会说谎，乖乖低头认错。

当百里屠苏还是小小的韩云溪时，曾多次溜出村子去玩，最常去的便是红叶湖。在那里，他发现了一只金色的小狐狸，毛色美丽，憨态可掬，总忍不住想逮住它，和它玩一会儿。

有一天，韩云溪带着儿时的玩伴小蝉去捉那小狐狸，小狐狸机灵地跑开了，躲来躲去，躲入一个洞穴。韩云溪本以为这下子可以得手了，却不料那洞的主人是一只残暴的棕熊，竟打算吃掉他和小狐狸。

最终，虽然韩云溪击败了棕熊，但被他一直拎在手里的小狐狸的尾巴却掉了许多毛，当时他还被小狐狸狠狠地咬了一口。

哪里想到，兜兜转转，当年的金色小狐狸，就是如今的襄铃！

这世间的缘分，当真奇妙。

襄铃眼泪扑簌簌地掉下来，仿佛天塌下来了一般："呜，不是的……屠苏哥哥你骗我……"

方兰生又心疼又气愤："好你个木头脸！当初小小年纪，竟然就对襄铃做出这样人神共愤之事！是可忍叔不可忍，叔可忍婶不可忍！你今天一定要给个交代！"

就连尹千觞都忍不住笑道："嘿嘿，还真瞧不出，那会儿的恩公……"

"呜呜……自从那以后，襄铃就再也不敢去红叶湖玩儿了……好怕再遇到那个人……尾巴尖尖没有了……也没能长出来……呜呜……"

"襄铃，我……"

"好了、好了！你这孩子，怎么说着说着就哭起来，都过去多久了，也算不上什么多大的事儿！"榕爷爷伸出最近的一根树枝拂在襄铃头上，"如今既然遇上，还成了要好的朋友，可不就是你们俩之间有这个缘分？也未必是坏事啊！"

"缘分？"襄铃一下止住了眼泪，"爷爷你说的……是真的吗？我……和屠苏哥哥有缘分？"

"呵呵，这种事情，可不正是十分玄妙？我看襄铃的这位朋友，气宇轩昂，早不是当年孩童。谁年幼时没做过几桩顽劣之事，你这孩子也没少闯祸啊！尾巴那事，就别往心里去了。再说圆尾巴有什么不好？爷爷瞧着特别可爱，别的小狐狸还没有呢！"

襄铃擦擦眼泪，用力地点点头："襄铃知道了……"

"哈！哪能就这么算了？"方兰生嘴都垮了下来，"我还想着替襄铃出口气呢！木头脸也太可恨了……"

"襄铃，实在对不住，当初并非有意……"百里屠苏真心诚意地道歉。

襄铃摇摇头："屠苏哥哥别说了！那个事情……襄铃也不说了……"

百里屠苏实在愧疚难当，一时又拙于言辞，只得转身对榕爷爷行礼："多谢前辈适才出言……"

"呵呵，看得出，你们都很照顾襄铃这孩子。说来她也算身世坎坷，父亲是海外青丘之国的九尾天狐，母亲却是凡人，人与妖相恋，终不得圆满……"

"人与妖……就不行吗？"听到这话，方兰生心中一空。

"这世上许多东西，本是说不清楚，旁观的也很难明白。总之，是有情人最后散了，却留下孩子独自受苦……襄铃渐渐长大,总不能一辈子留在这片紫榕林里。如今青丘之国的国主,也就是她的亲叔叔,来过几回,想把襄铃带去那边,这孩子却不愿意。我让她去寻自己的母亲,虽然渺茫了些,其实是想让她出外历练历练。能结交到你们这些知心的朋友,是襄铃的福气。往后也麻烦你们多关照这孩子,她没什么心眼,有时候看着娇蛮了些,却真是个好孩子。"

方兰生扶着大树的躯干,表决心道:"爷爷你放心,我们一定会好好照顾襄铃。"

襄铃也抱住了她最亲爱的榕爷爷:"爷爷不要担心,襄铃已经不是小孩子了,自己也能顾好自己的。"

气氛正是温馨,天上忽然传来一声鹰啸,是阿翔在高空急促地盘旋。

百里屠苏眉心紧蹙:"出事了!"

榕爷爷合眼感知。这林子中所有的植物都像是他蔓延出去的眼目,片刻后榕爷爷警惕地说道:"紫榕林外,似乎来了一些灵力颇高之人。"

一个刺耳的声音携着真气之力遥遥传进紫榕林:"百里屠苏,你这天墉城逆徒,还不快滚出来!"

方兰生一撇嘴:"又是木头脸的师兄?这帮人还真是阴魂不散!"

百里屠苏摇摇头:"不是师兄,是陵端。此人素来心胸狭窄,今日来此,恐不易与。"

襄铃气鼓鼓地说:"我知道这个坏人,又凶,长得又难看!他最讨厌了,总和屠苏哥哥对着干。"

陵端仍在喊:"百里屠苏!你难道是怕了?这样的懦夫,

也配做执剑长老之徒?"

百里屠苏提剑便走,"你们勿动,我一人出去,看他有何打算。"

其他人才不会让百里屠苏一人对敌,大家迅速地跟了上来。

却只听得陵端尖锐的声音恶狠狠地吼道:"百里屠苏!既然你这么喜欢藏头缩尾,我便一把火把这林子都烧干净了,看你往哪儿躲!"

"不好!"百里屠苏闻言大惊,只听得几声轰然巨响,紫榕林忽然冒起火焰。

火光大盛,见风便长,不见黑烟。方兰生惊道:"啊,着火了!这、这可是树林,烧下去还得了!那个陵端太狠毒了!得想个什么法子把火灭了!"

火焰并不借着树木蔓延,而像是有生命一般疯长,吞噬着周遭的一切。

小动物们惊慌失措地四散逃窜,有的小兽毛发上只沾了一点儿火星,便怎么也扑不灭,痛苦地嘶鸣着。

而整座紫榕林里的树木,却连躲避都没有办法,只能任由这反常的火焰炙烤着,气息渐微。

"这个畜生!"百里屠苏难得地面上显出狠厉之色,"我们得快点出去!这是天墉城离火之阵,寻常方法不能令其熄灭,只有去紫榕林外,让陵端罢手!"

紫榕林外,陵端正好整以暇地端坐在一块大石上,熊熊火光映照着他的面孔:"哈哈!瞧瞧这是谁?看着像执剑长老的高徒百里屠苏啊!不过依我看,是只缩头乌龟还差不多!"

百里屠苏怒斥道:"陵端!我已出来,还不速将火灭去!"

"可笑!凭你也配支使我?"陵端从石头上跳下来,"别说我没给过你机会,之前分明是你自己躲躲藏藏不肯出来!怨得了别人?"

百里屠苏回身看了看火势,捺下性子对他道:"陵端,你若奉命下山捉拿我,只管冲我一人来,不必牵连其他!林中草木禽兽无辜,何必伤害众多生灵?"

陵端身后一名弟子闻言有些犹豫,进言道:"师兄,我看……他说的也有道理,不如我们把离火之阵撤……"

陵端并不回身,只是微微侧头,冷冷道:"闭嘴!你是师兄还是我是师兄?什么时候轮到你说话了!"

他横剑指着百里屠苏:"百里屠苏,想把火灭了?容易!来比上一场!在门派里连和同门比剑都不敢,不过是个挂着执剑长老徒儿名头的废物!上次在铁柱观,你害得我和大师兄都受了重伤,此仇不报,我决不罢休!"

方兰生恨得直咬牙:"这浑蛋!哪里是修仙门派的弟子!根本比地痞无赖还不如!"

红玉嫌恶道:"怕是在山上道貌岸然,到了山下无人管束,便德行尽失,实在丢尽师门颜面。"

陵端闻言,一甩额发,呸道:"你们几个算什么东西!跟个废物混在一起,竟然还敢非议天墉城!"

百里屠苏怒火更炽:"闲话休提!陵端,你要战,便来战!莫要忘记自己承诺之事!"

"哈哈哈!好,好得很!且看我今日怎么教训你这废物!"陵端叫嚣道。

陵端是天墉城戒律长老的弟子。戒律长老精通道法一脉，所修的许多法术都有其独到之处。当年收陵端为徒，亦是看重他在法术一途天资过人。

陵端在法术修行上也确实没有辱没师门，只是天墉城自紫胤执剑以来，大多数弟子更加尊剑术而轻法术，这让陵端十分不忿。

有一个陵越大师兄受众人景仰还好说。大师兄入门早，威望也高，所有同辈门人都敬之重之。但百里屠苏竟然能够拜入紫胤真人门下，并多得宠爱，就令同时入门的陵端嫉恨不已了。

可这一次，他因一时意气，而提出与百里屠苏比剑，难免过于轻率。

陵端与百里屠苏过了不到十招，便心下大惊：自己固然在剑术一道并不算出色，但也没料到二人之间竟是天壤之别！想到此，他不禁一身冷汗。

此前他攻了十招，但每一招都才使到半路，便被对方的长剑逼退，而百里屠苏甚至没有拔剑出鞘。

又过了五招，陵端的身法亦被百里屠苏步步逼乱，他一阵闪避不及，竟然绊倒在地。

陵端深感颜面尽失，不由得颤声高喊道："师弟们，随我一起上，擒下此等逆贼！"

几名弟子皆是与陵端颇有交情的，奉其为师兄，又怎会不遵从他的号令！于是拔剑列阵，围了上来。

方兰生见他们以多欺少，忍不住想要帮忙，红玉却将他轻轻拦下,说道:"面前这几个,加在一起都不是百里公子的对手。"

果然如红玉所料,纵然以四敌一,几人仍然过不了百里屠苏二十招。

陵端被打飞了手中佩剑,几次想要掐诀施法来敌,却连手势都不能完成,便被百里屠苏的剑气破掉。

百里屠苏看到林中火势渐凶,也不想耗下去。他长剑横空出鞘,如银光万道,只听得几声惨叫,四名天墉弟子佩剑纷纷落地,先后倒在地上,每个人都捂着自己握剑的手臂,而陵端也单膝跪地,左肩处沁出一丝鲜血。

百里屠苏剑指陵端,冷然盯着他:"你败了,灭火!"

其余几个弟子根本没有看清楚刚才百里屠苏是如何出剑的,心惊之余不由得也升起佩服之意。

"太厉害了……根本、根本不是对手……"

"这……便是执剑长老的徒儿……"

只有陵端又痛又惧,恼羞成怒,爬起身来喊道:"百里屠苏,做梦去吧!我陵端为何要听从于你?就凭你莫名得了执剑长老赏识,被收入门下?哼哼,真不知他如何鬼迷心窍……"

"住口!你胆敢侮辱师尊!"百里屠苏大喝一声。

"哼!你这怪物,当年用妖法打伤大师兄,如今又和妖物混迹一处,早该被逐出门墙才是!"

这时,襄铃在一旁哭出声来,指着紫榕林的方向:"呜,屠苏哥哥……火越来越大了……"

百里屠苏回看一眼火势,不由得露出决绝之色:"陵端!我再说最后一遍,快快撤去离火之阵!"

陵端笑得更加猖狂了："哈哈，你不是很有本事吗？那就自己灭啊！我看你如何显神通，连我师父戒律长老的离火之阵都能破解！若不然，跪下来好好求我也行。念在同门一场，我总不至于太过绝情！"

百里屠苏再也无法遏制自己的怒意，身上弥漫出黑色的煞气："陵端！不要逼我……"

陵端不由得回忆起铁柱观一幕，神色忽然变为惊恐："你……你……怪物！"

百里屠苏双目发红，身形微动，风晴雪伸手阻止已是不及。

他执剑前冲，直取陵端，剑锋刺向陵端的咽喉。就在正要刺入的一瞬间，天上一道刺目的白光掠过，闪电般的剑气直直击落，恰恰打中了百里屠苏手中长剑。

长剑上迸出火星，擦着陵端的喉咙弹到一边。

千钧一发，陵端差点没有了性命。他面如死灰，颤抖着身体，缓慢地颓然跪坐在地上。

百里屠苏也被这一击唤回了神志。他抬起头，见天空之中出现一轮蓝白光芒，隐然是一座剑阵。剑阵在灵力驱动下高速旋转，释放出无数蓝白色的光点，那些光点落入火海之中，像是附着灵力的雨水一般，迅速浇熄了离火之阵所燃起的熊熊火焰。

火焰熄灭之时，一袭蓝衣缓缓落在众人面前。那人身姿高挑，面如冠玉，一瀑白发垂及腰间，身边一名棕红肤色的剑灵单膝跪地，恭敬奉剑在旁。

"师尊……"

百里屠苏身上黑气渐渐消失，瞳色也变回正常。他上前跪倒在地："弟子拜见师尊！"

其他天墉城弟子也如梦初醒，纷纷跪下。

陵端颤声拜倒："拜、拜见执剑长老！多谢长老救命之恩！"

令人惊讶的是，红玉也款款走到近前，恭敬跪下，声音如黄鹂初啼般悦耳："红玉恭迎主人驾临。"

众人皆是一惊。

紫胤真人对红玉微微点头，面上神色肃正，一拂袖，对百里屠苏厉声道："何以私自离山？"

百里屠苏垂首不答。

"不识轻重！你远离昆仑清气，凶煞难抑，若非为师及时赶到，莫非你真要令同门血溅当场？"

"弟子知错！师尊仙体抱恙，如何能在此时出关？"

紫胤真人冷哼一声："是芙蕖见陵端再次下山，担心于你，闯入我闭关之地禀告。"

"师妹她……"

"若非芙蕖来寻，为师尚不知事已至此！"紫胤真人不悦道。

"弟子不肖，令师尊费心。未知师尊……"百里屠苏挂心师父伤势，自己这番惊动若是令其所受之伤不得痊愈，便更加铸成大错。

紫胤真人淡然道："魔魅所伤已无大碍。此间事毕，你速与我返回昆仑山！"

说到此处，百里屠苏却只是静默不答。

紫胤真人白眉淡挑："你尚有什么牵挂？"

百里屠苏朗声道："望师尊明鉴，弟子并未谋害肇临师弟。"

紫胤真人摇头道："此事不必多言！你心性如何，为师自知。如今且回天墉城静养，将你凶煞之气稳下。"

良久，百里屠苏似乎是鼓起全部的力气，低头拜道："启禀师尊，弟子已决定……不再回天墉城。"

百里屠苏此话一出，其他几名同伴俱是十分惊讶，只有风晴雪满目惆怅。

红玉讶然道："百里公子！不是说此间事已放下吗……如今有主人为你主持公道，为何不肯回天墉城遏制自身煞气？"

紫胤真人盯着自己徒儿："将你方才所言，再说一遍。"

百里屠苏迎上师尊目光，心意如铁："弟子已决定，不再回昆仑山天墉城。故要与师尊明言，弟子绝未犯下杀害同门之罪。"

紫胤真人面带薄怒："你可知自己所言何意？下山一番闯荡，便觉再无顾忌？不返昆仑，体中煞气如何抑制？真是将自己性命视同儿戏！"

这语意之中，忧虑之心甚于怒气数倍。

百里屠苏反问道："若回天墉城，又能如何？封印解开，三日后弟子便魂飞魄散？封印不解，弟子于门派中苟延残喘，直至迷失心智、变为疯狂？"

"苏苏！"

"什么……什么封印？屠苏哥哥……魂飞魄散？"

众人大惊失色。

紫胤真人闻言,神色愈发凝重,静默了一会儿,徐徐问道:"从何得知封印一事?"

百里屠苏摇摇头,并不作答。

师尊有此一问,他心中更是再无疑虑,黯然道:"天墉城除剑术以外,还精通解封之术。师尊如此神通,必是早已知晓我身怀封印,无怪乎……偶尔流露欲言又止之色,只是怕弟子难过,从未提及……"

紫胤真人闭目不语,掩住悲戚之色。

"弟子明白,师尊是望弟子摒弃杂念,于昆仑山中静心清修,即便无法全然抑制凶煞,至少可多活三年五载。然而下山以后,弟子方知,一个人活着,原本……有许多事情可以去做,比如结交朋友、行侠助人,哪怕只是踏遍万里河山,开阔心胸,也好过为苟活而安于一室。弟子已不在乎能够活得多久,只求按自己心意去做。"

紫胤真人拂袖质问道:"自己心意?那么当你体内凶煞再也无法抑制之时,又该如何?"

百里屠苏仿佛已经想得十分清楚,坚定作答:"在那一天到来之前,弟子将前往渤海之东的归墟。"

别人并不太清楚归墟之事,红玉却是脸色苍白:"什么?"

"归墟……在那个无底深渊之中,感觉不到任何事物的存在。光阴流逝、天地变迁,什么都不会有,只余下永恒黑暗的禁锢。届时……哪怕凶煞之力将弟子化为狂魔,亦不必担心祸害人间。"

方兰生吓得一把扑上来,扯住百里屠苏:"木头脸……你、你到底在说什么啊？怎么弄得像交代后事一样？"

"胡闹！年纪小小，懂得如何叫作随心而活？如今任性妄为，他日便不会后悔？"紫胤真人因心痛而动怒，"天墉城乃天下清气所钟之地，确有解封之法，但又岂会不顾你性命强行施为？在此胡言乱语，真是昏聩至极！还不与我回去！"

百里屠苏以额抵地："望师尊恕罪！弟子心意已决。"

紫胤真人看了百里屠苏半响，语气中亦有决绝之意："当日为师一念相救，便是令你如此轻贱自己性命？今日，可由不得你！"他手中蓝光大盛，显是要以法力强行将百里屠苏带走。

"主人！"红玉劝道。

百里屠苏看到师尊手中蓝光，并不惊慌，声音朗朗，将自己多日所思逐一道来："以师尊之能，若要将弟子带回昆仑，弟子定然不敌，然而心中必不会甘愿。师尊已成仙身，想必看得更是通透，世间生灵终难逃一死……弟子不敢奢望改变什么结果，只求亲手选择怎样去活，他日遇事，亦不言悔。"

"不言悔……"

"有人寿数过百，却未必和乐满足；有人一生不过短短一二十载，或许也能做到许多轰轰烈烈之事。弟子此生成就不了经天伟业，光耀师门，亦不知何时即将前往归墟，化为荒魂……然而在此之前，弟子也还有许多事情想要去做，此心此念，绝非轻贱性命！"

百里屠苏再拜到地："恳请师尊成全！"

紫胤真人合上双眼，又慢慢睁开，声音低沉了许多："你，当真想清楚了？"

百里屠苏望着师尊的眼睛，坚定地点头。

紫胤真人静默半晌，仿佛陷入无尽回忆之中，悠然道："为师……曾有一位挚友，亦是无论如何都要依自己心意而活。不论经历百折千磨、世间种种挫折苦难，仍然一往无前，从未言悔，也不在意结果如何。你的性子，分明与他并不相同，这一点却颇为相似……"

紫胤真人抬头看向远处天空，有一瞬间的默然，而后摇摇头："也罢！清修多年，或许真正窥不破的，反倒是我。你若执意如此，便随机缘去吧！"

如此……便罢了？

百里屠苏的表情由惊讶到柔和，继而释然："多谢师尊！"

紫胤真人黯然道："但你可知，既不愿回天墉城，便不能再以我天墉弟子自居，今日只得将你逐出门墙！"

师尊……百里屠苏心中知道，这是他自己选择的路，不能回头。

"弟子明白……师门数年养育之情，如今辜负深恩，皆是弟子过错。"

紫胤真人拂袖转身，不再看他："无甚对错。你既已想清楚，从这一刻起，便不再是天墉城门下！"

此言一出，在场诸人表情各有不同。

虽然求仁得仁，百里屠苏仍是望着紫胤真人背影，颇有惆怅。

银光掠过，一个发光的卷轴出现在他面前，慢慢落下。

紫胤真人负手而立，嘱托道："此剑谱所载，乃是我一生剑术之大成，并非天墉一脉武学。你天赋无双，实不该就此埋没，且收下剑谱，自行钻研，但亦不可躁进而为。"

百里屠苏面露惊讶，不知如何处置："师尊，我……"

紫胤真人摇头叹息："你我已非师徒，不必如此相称。"

"一日为师，终身为父。弟子对师尊敬慕之心，永远不变。"

"你命途多舛，即便想要放下一切，随心而活，日后恐仍有变数。"紫胤真人声音却又转厉，"倘若有朝一日，以你体内凶煞之力与超凡剑术为恶，祸及苍生，我必亲手将你斩于剑下！"

百里屠苏对着紫胤真人的背影，又是深深一拜："弟子谢师尊大恩！"

紫胤真人转向陵端，冷声道："陵端！"

陵端已被刚才的一幕骇得魂飞魄散，此时仍抖得如筛糠一般："弟子、弟子在……"

"尔等奉掌门之命下山，只为捉拿百里屠苏一人，却为何纵火焚山、荼毒生灵？"

"长、长老明察……全是那百里屠苏……"

陵端还要强辩，却被紫胤真人喝断："住口！丧德之至，必当严惩！与我回天墉城听候发落！"

"长老恕罪！长老恕罪！"

紫胤真人长袖一摆："回山！"

红玉向前几步："主人……"

紫胤真人看向红玉："你且留下，照看百里屠苏。"

"是。"

天墉城众人施展御剑法术，就此离去。百里屠苏跪在原地，轻声说道："弟子恭送师尊。"

红玉看着远方，凝望几人消失的方向，神色惆怅。

其他人想要询问百里屠苏所言封印一事，又不知当不当问，倒是风晴雪对着红玉问出大家另一个疑惑："红玉姐，你……认识苏苏的师父？"

红玉点头直言："他，是我的主人，我是他的剑灵。"

尹千觞抓头叹道："这可真稀罕，了不得！听说只有太古时代的名剑才有可能化出剑灵！到了后世，那种铸造之法就失传了……"

"那……红玉姐姐，你其实一直都知道屠苏哥哥的吗？"

红玉细细道来："紫胤真人剑术绝伦，爱剑成痴，集天下名剑数柄，其中一对红色古剑，即为'红玉'……当年公子初至天墉城，我曾远远见过，但他并不知我的存在。主人自那时起便吩咐，百里屠苏命途坎坷，日后若有危难，我须随行护守。"

风晴雪点点头，叹道："苏苏的师父……对他真好呀！"

"主人身边平日有剑灵'古钧'侍奉左右，若无他事，我亦沉睡无识。直至公子擅离昆仑，古钧将我唤醒，才一路去寻公子形迹。"

方兰生哂笑道："原来你不是女妖怪……我早就觉得奇怪，你来无影去无踪的，却一点都不怕我的佛珠……不过……看你刚才那副端庄严肃的模样，还真不习惯，你那么怕木头脸的师父啊……"

红玉摇摇头，似乎所有心神都在天际之外。

而百里屠苏仍是站着，不语不动，像是在与往日作别。

第九章 魂之彼岸

我不怕孤单,不怕娲皇神殿里千百年的时光,但我很怕很怕……如果我这样走进神殿,就再也见不到你了……

君自兰芳

紫榕林一事，虽然及时灭去火情，保护了草木生灵，榕爷爷依然消耗掉不少灵力，进入一段漫长的休养期。同行的伙伴已经顾不得去怨恨陵端的妄行，令他们更加揪心的，是百里屠苏的封印之事。了解了前因后果之后，众人都难掩心酸。

眼睁睁地看着生死与共的朋友一步一步踏向已知的命运，路的尽头一端是灰飞烟灭，一端是煞气成魔，却谁都无能为力。那种痛苦和无力感，令每个人的情绪都跌至谷底。

自从琴川相遇以来，他们几个人被命运牵系，为了玉横之祸，也为了百里屠苏令母亲起死回生的心愿，走过了许多地方，经风雨、共生死，可此时此刻，他们甚至不知道该为什么去奔波，去冒险，去战斗。也就在这个时候，方兰生终于体会到，自己和朋友们比起来，是多么的幸福！

比起百里屠苏一再失去族人与亲人、身负煞气封印、步上死路，比起风晴雪无父无母、兄长失踪，比起襄铃人妖混血、父亲早亡、母亲不知去向，比起红玉身为剑灵、沉寂在漫长岁月中，比起尹千觞……嗯……来路不明去路无影每日烂醉如泥，他方兰生父母双全、家庭美满，还有二姐从小疼爱、陪在身边，又有什么值得抱怨和不满，一定要离家出走、令家人担忧呢？

想到此处，浓郁的思乡念家之情，令他一刻也不能安生了。他决定马上回家看看。众人暂时也无其他的打算，于是一并被他邀去琴川做客。

琴川。

江南水乡，婉约小镇，景色还是那般宜人，此时却比往日寂静了许多。

方兰生兴冲冲地为大家做向导，一路说着，终于察觉周遭不太对劲："奇怪！怎么觉得街上人少了些，以往这时候该更热闹才是……"

襄铃指向远处某个店铺门口，那里聚集着不少人："那边人比较多呢！咦，看那个人的打扮……和别人好不一样哦……"

众人顺着襄铃所指看去，那大约是一间药铺，门口挤着不少人，其中的一位结实魁梧，花枝招展，十分显眼。方兰生一眼看见此人，就觉得是个乌云压顶一般的凶兆！

"天天天、天仙肥婆！"

这位身高八尺，腰围也是八尺的孙奶娘如同与方小公子有心灵感应一般，一转头看到了他，当时脸上的表情就迅猛变化，之后中气十足地怒吼一声："方！兰！生！"

下一瞬，孙奶娘已冲到他的面前，步法之灵活与身材毫不匹配："你这小兔崽子可算回来了！"

"完了！怎么偏偏就撞上这肥婆！好歹让我先回家找过二姐吧……"

当日被孙家小姐的绣球砸中，方兰生拒绝此门亲事时，便被孙家奶娘不住训斥，此人恐怕是他最不想面对的人之一。

红玉把方兰生往前一推，劝道："猴儿可是自己讲的，一直这样下去也不是办法。既然遇上了，我看就好好说个明白吧。"

"哪、哪能说明白！看那肥婆的样子，根本是要把我生吞活剥了啊！"方兰生还想躲，孙奶娘已经横刀立马，拦住他的去路。

"兔崽子！杀千刀的负心汉，良心被狗吃了？说！前些日子死去哪里了？"

"我……"方兰生支支吾吾，一句话哪里说得清楚。

"我什么我！看着就来气！小姐之前大病一场，兔崽子还敢在外逍遥！走，乖乖跟老娘去孙家探望小姐！"

"什么？孙家？现在就去？"

"还敢废话？要想逃，老娘就打断你的狗腿，让满大街的人都晓得，你这兔崽子是个始乱终弃的负心汉！"

"别别别，你别嚷嚷！"方兰生苦恼道，"始乱终弃……这都从何说起啊……"

这一通热闹，吸引了街上不少人围过来，几个朋友也难免有些尴尬。

孙奶娘一手叉腰，一副伸手欲擒的模样："兔崽子过来！难不成要老娘亲手逮人？"

"呃，我……不会逃的。孙家……去就去！不过，能不能让我先回家一趟？"方兰生试着打个商量。

孙奶娘一口呸在地上："放屁！当老娘是三岁孩儿！回方家？谁知道你转眼又溜去哪里！就没见过你这样的，为了逃婚，什么事都做！简直狼心狗肺，不是个东西！"

街上行人听了只言片语，就已经忍不住对方兰生指指点点。方兰生哪里受得了这种围观，慌忙摆手求饶："你别喊了，别喊了！我现在跟你去就是……"

他转身对朋友们苦笑挠头:"那个……本想请你们去我家安顿下来……可眼下这样……"

红玉还是忍不住偷笑:"哎,猴儿若有'大事',我们先去客栈落脚,也没什么。"

反倒是襄铃看孙奶娘凶神恶煞,忍不住担忧:"兰生……"

"别担心,要是……要是能趁这机会,和那什么孙小姐讲清楚,也挺好……襄铃,你相信我……我去了,到时候来客栈找你们。"

方兰生灰溜溜地跟着孙奶娘离开,余下的人也都散去了。几个朋友,除了红玉和尹千觞,其他人都面有忧色。

"兰生他……真的不会有事吗?"

襄铃点点头:"他那么呆,万一被人欺负怎么办?"

"有事别人也帮不上。什么婚约、亲事,总得猴儿自个儿解决才行,我们就先别操心了。若是到了夜里还不见他回来,再上孙家瞧瞧去。"

孙家。

方兰生垂头丧气地跟着孙奶娘,一路来到后园。孙家是琴川数一数二的大户人家,庭院设计得精巧别致,不刻意彰显财富,但细节处均见品位。

"小姐就在那边,兔崽子自己过去!"

顺着孙奶娘指的方向,只见一痕波影,几株老树,掩映一座幽亭。一个女子坐在亭心,背影纤细单薄,有扶风弱柳之态。

"过去?"方兰生有点犯难,"我、我又不认识她,要说什么?"

孙奶娘闻言却是一愣："你，真没见过我家小姐？"

"要说见过……也就绣楼那一回吧，又没说上话，蒙着脸，更不知道她长什么样。我俩和陌生人没两样，怎么成亲？亏你们还能瞒起哄……"

孙奶娘满身的气焰突然消弭了几分，她瞪着方兰生看了半晌，一脸纳闷。

方兰生被看得浑身发毛："看什么看？我哪里说错了！这种事又不是儿戏……"

"哼！你不情愿，老娘还巴不得你这兔崽子滚出孙家，一辈子也别踏进来！"那语气还是强硬的，可是孙奶娘横肉堆叠的脸上，却突然垂下一抹凄凉之色，令方兰生几乎不相信自己的眼睛，"可小姐喜欢你，有什么办法！"

"你说什么？她……"

孙奶娘回想起方兰生逃婚这段时间以来孙府发生的事情，仍然气不打一处来："自打兔崽子逃了，我们找方家要人也要不到，把老爷气坏了，当时就要把亲事退掉。谁知小姐偏偏不让！她长这么大，还从没和老爷顶过嘴，这回真不知是怎么了……老爷、夫人疼女儿，只好把这事先搁下。就这么拖着……前阵子小姐又病了……"说到最后，她眼底已有泪光。

"这……怎么可能？"方兰生悔意顿生，但也难免不能置信，"你们小姐会不会认错人了？要是认错了倒好办，我等下就去和她讲明白……"

"放屁！你这兔崽子，能被我家小姐相中，是八辈子修来的福分！还敢推三阻四？老娘告诉你，等下要是惹得小姐不快活，可没你好果子吃！"

"你、你怎么完全不讲道理?"

"跟兔崽子讲什么道理,浪费老娘口水!还不快去!老娘在这边树后看着,敢耍滑头,给我小心着点!"

孙奶娘远远地躲在一棵大树之后,然而,那粗壮的树干并不能完全遮掩她雄伟的身姿。

方兰生看看树后露出的半幅华丽衣裙以及孙奶娘一只凶狠表达着"我在盯着你"之意的眼睛,又看看前面亭中孙小姐的背影,一阵头皮发麻。

方兰生当初逃婚,不单为了自由,也是被孙奶娘那一句"我家小姐和我一样美若天仙"吓了个半死。如今就要去面对那"美若天仙"的孙小姐了,虽然看身形并不像孙奶娘一样孔武雄壮,但天知道转过脸来,会面对怎样的一副容颜!若是这孙小姐真的惦记上了自己,那……这后半辈子……

方兰生想想如此飞来横祸,又想想襄铃,心中打定了主意:"管他!一夫当关、万夫莫开。狭路相逢勇者胜,堂堂男子汉怎能怕一个女的!今天拼了命,也要把话跟孙家小姐说清楚!"

昂首阔步,行到半路,方兰生胸中之气就泄了好几分:虽然这婚约并非自己情愿,但孙小姐也是无辜,自己接下来要说的话,势必伤人。

走到亭子之外,他不由得脚步阻滞,停在了那里。亭中的孙小姐似乎察觉到脚步声,转头看来:"咦?"

"呃……孙小姐……"方兰生低下头,抓耳挠腮,不知从何说起才是。

"方公子？"孙小姐的声音里有些讶异和欣喜，起身迎了过来。

方兰生一抬头，正对上孙小姐纯净如水的双眼。那双眼极其熟悉，极其温暖，让方兰生瞬间变成蜡像木雕，一动也不能动弹。这容貌，这神情，分明就是自闲山庄幻境中的贺文君！

"贺……文君……"

"文君？"孙小姐垂目浅笑，"我长得……像是公子认识的人？"

前世今生这样的说法，若是在以前，方兰生是并不会往心里去的，可是从自闲山庄到秦始皇陵，晋磊那一生的往事幕幕重现，叶沉香的怨恨声声在耳，他身上的司南佩数次相护……如今……孙小姐的面容……所谓"容貌神态相似，也许不过是巧合"这样的想法，已经很难说服他自己。

"我……"方兰生一时张口结舌，不知说什么才对。

孙小姐仿佛想要说些什么，却引发一阵剧烈的咳嗽，身子随之颤抖不已，两颊浮起病态的潮红。

方兰生心有歉疚，关心地问道："听说……你病了，现在、现在有没有好些？"

孙小姐摇头："已无大碍了……公子何时回来琴川的呢？"

"今天才……"

"今天？"孙小姐有些了然，"是不是遇上了奶娘……她一定要你来孙家？"

"哈……"方兰生挠了挠头。

"对不住了！"孙小姐叹道，"奶娘很疼我，人也很好，就是脾气急了些……自公子上回离开琴川，她时不时去街上或方家看看，大概想着你能回来……连出门给我抓药，都特别留意这事……我……替她向公子道歉……"

"不用、不用……"

孙小姐又是一阵止不住的咳嗽。

方兰生突然觉得有些心疼这个女孩："你又咳嗽了……你的病……"

"只是伤风而已。我身子弱，时常这样，算不上什么大事……万幸前些日子琴川那场疫病，倒是给逃过了……"

"疫病？"方兰生有点意外。

孙小姐奇道："公子不知道吗？大约二十多天前，忽然有许多人相继发热病倒……那时我也正病着，爹和娘都吓坏了……请了几位大夫过来看，后来说是和其他人病症不同，没什么大碍……这几日总算好些，能下床走动走动……听奶娘讲，镇上也渐渐平静下来，已经没有人再发热了。可惜……之前还是有病人熬不过……"

"难怪街上的人看着少了很多……我、我刚从外地回来，不晓得方家……"方兰生一下子揪心起来。

孙小姐摇摇头："方家好像没有传出什么消息，公子等一下就回去看看吧。"

二人又是一阵静默，最终还是方兰生又尴尬地开口："你……身体不舒服的话，回房歇着比较好，外面有风……"

孙小姐听到他的关怀，似是内心十分喜悦，露出腼腆的微笑："不打紧的，大夫也让我多出来透透气呢。"

"哦……"

孙小姐看着方兰生尴尬为难的样子，想到一直以来内心所思，终于鼓足勇气说道："方公子……我……我……一直想知道……"

"什么？"

"公子不愿应承这门亲事，莫不是听闻坊间传言，说孙家女儿体弱多病？"

方兰生将手摆得如同风车："没没没！哪来什么传言，我可一点都没听过，我……"

孙小姐柔细的声音娓娓道来："便是有这样的传言，也不奇怪……爹爹曾经请来一位厉害的先生给我批命，先生说……我上辈子死后投胎时，已少去了一魂一魄，这一世才会天生体弱……"

"一魂一魄！"方兰生几乎要站立不稳，所有的一切都碰上了，"果然、果然……"

"神鬼之说，令公子吃惊了？你们读书人，向来都是敬鬼神而远之的吧？是我冒昧……"

方兰生不知从何解释，只是不停地摇头。

碧山贺文君，琴川孙家女。前世的羁绊，今生的奇缘。

"不过……先生也说了，我并非命短福薄之相，反而会长命百岁、儿孙满堂。"说到儿孙满堂，孙小姐不禁脸颊绯红，"爹爹听后很是开怀，就不再整天忧心忡忡了。也请……也请公子莫要介怀……"

方兰生看到眼前这个病痛缠身却乐观美好的女子，不由得和那个家破人亡却不怀怨恨的贺文君的影像叠在了一起，心中怜惜丛生："生病……"

"什么?"

"生病一定很痛苦吧?我偶尔得个小病,都会觉得难受得要死,还躲着不肯吃药……何况是……身体不好的人!听说总得喝那种特别苦的汤药,也不能出远门……"

孙小姐看着方兰生露出笑容。她笑起来的时候,唇边酒窝儿甜美。

"公子,你心地真好。其实,家里人……总怕我有个什么闪失,吃的用的全要备上最好的。孙家虽不算富贵至极,却也能供我此生衣食无忧。"孙小姐望向高墙之外,"比起高墙外面那些靠自己双手辛劳养家的人,我……又算得了什么!应该自惭形秽才是,哪里还敢有怨怼和不满?"

这一番话,更加触动了方兰生的内心:和她比起来,自己是多么的任性和幼稚,不知珍惜……

孙小姐似乎十分开心地笑了起来:"公子和从前一样,半点都没有变呢!"

"从前?你、你见过我?"方兰生的脸色瞬间变了,"是说上辈子那时……"

"上辈子?公子也会相信前生今世这样的事情吗?"

方兰生无法回答,神色惆怅。

前世,如果说前世的他亏欠贺文君良多,那么今生的他,对孙小姐又能好到哪里去……

"我说的,却没那么缥缈。"孙小姐摇摇头,"小时候,有一回孙叔带我去街上玩儿。走到河边,恰好看见几个孩子欺负一只小狗。那只狗脏兮兮的,瞧着有些吓人,旁边的人都不肯上去帮它……我正想请孙叔把狗儿救下来,一个男孩子就从人堆里冲了上去,打跑了其他小孩,救走了小狗。"

回忆令女孩的面容柔和美丽:"那一刻,我……我觉得那个男孩子真是威风凛凛,有勇气去做别人都不愿意做的事情……后来听人说,他便是方家的小公子。"

这段描述勾起了方兰生的记忆,他挠头道:"你说的是癞皮啊……我把它带回家去,和二姐一起养着它呢!养得它肥肥胖胖的……癞皮明明很温顺,搞不懂那些小孩干吗欺负它。"

孙小姐颔首道:"公子从小就这般良善……尽管已是过去很久的一桩小事,我却一直记在心里,不曾忘记。我的性子,可能软弱了些,习惯了听从父母之命,不喜欢去争什么。父母说在吉时抛绣球招亲能带来喜气,我也觉得,那便这样吧……

"我久病在床,甚少接触外面的世界,也没有什么朋友,更谈不上遇到心仪的……所以,把缘分交给天来定,也没有什么不好。无非都是寻个人过日子,相夫教子,这样度过一生……"

孙小姐深深地低下头,有害羞之意:"可是,当我知道接了绣球的人是方家公子时,我心里……心里当真高兴极了!即便听到公子并不中意这门亲事,还离开了琴川……我也……也并没有答应爹爹退婚之事……"

孙小姐微微侧身,似是有些难以面对方兰生:"公子会不会觉得……我是一个厚颜无耻之人?"

"怎么可能?你……孙小姐……你千万别这么想!"方兰生摆手道。

"对不起……其实我也明白姻缘的事勉强不来,可我就是想……能和公子见上一面……把心里的话说出来。这样,就算到最后，公子还是不想应承这门亲事，我也……不再强求了……"

"我……"

方兰生准备好的退亲之语，此刻却一句也说不出口了。

一个藏在深闺之中、缠绵于病榻之上的女孩，又有几时是可以操纵自己命运的？一生之中，又曾经将几个人烙印心头……

孙小姐反复思量了许久，不知何处来的勇气，竟顾不得大家闺秀的矜持，对方兰生诉说道："公子若不嫌弃……我愿与公子举案齐眉，共度此生！"

这样炽热的表白，令方兰生深感为难，可是为难之中却也有深深的触动。他嗫嚅道："孙小姐……你……我……我们……"

要与一个素不相识的人订下白首之约，对于方兰生来说未免太过勉强，可是想到对面的这个女子，一生一世的等待，一魂一魄的伴随，她又何尝是一个素不相识的人呢？

孙小姐见方兰生神思恍惚，半晌后才说道："莫非……公子已经有了情投意合之人？"

"情投意合？裏铃她……"方兰生脱口而出，继而又摇摇头，"也、也不算……我们没有……"

脸上的期盼都不免僵住，孙小姐闭上眼，将心里的刺痛掩过，轻轻点了点头："我……我明白了！险些一时任性，做了坏人姻缘之事。公子见谅……我即刻去与爹爹说……退了这门亲事……"

说完这话，她便抽身向前厅走去，然而脚步踉跄，透露出心中万般难过。

方兰生心里还没有想清楚，嘴上却已忍不住喊住她："等、等等……"

闻言，孙小姐站定，没有转身，双肩微微地颤抖。

方兰生也不知自己叫住她是想说些什么："不是……不是你想的那样……"

孙小姐缓缓转过身来，定定地看着他。这双熟悉的含情美目，穿过生死的距离，流连在那个叫晋磊、也叫方兰生的男人身上，再不能解开。

方兰生只觉得腰间的青玉司南佩隐有光亮，孙府后庭中，一园兰花，悠然绽放。

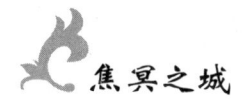

焦冥之城

百里屠苏一行人在琴川的客栈落脚。襄铃心内不宁，犹记得相会之初，彼此间颇多误解和矛盾，总觉得这一趟方兰生那边会有什么变故。

果不其然，方兰生赶回客栈时，脸色十分灰败。

"兰生……"襄铃关切地跑上来。

可没想到方兰生开口说的却是另外一件事："二姐……刚才我回家一趟，听说二姐出事了……"

朋友们都是一惊。

"前阵子琴川起了场疫病，死了不少人……"方兰生忧心道，"二姐也不慎染上，一病不起……看过几个大夫，都说治不好。二姐的性子最是要强，生了病，也不许往外透风声，只有家里人知道……"想到二姐病倒,他不免面色忧伤。

"所以家人就在方家辟了个小院,只她一人住。前几日镇上来了些道士模样的人,自称是青玉坛的,他们四处看症,最后说有办法治这个病,不过得去他们那儿。

"病人吃下他们给的药,确实精神了些。有病人的几家合计了下,反正没法可想,不如就去衡山试上一试……青玉坛门人不让家里人跟去,只说病好了自然会将人送回来……"

众人心中都是微微一动,有些不太舒服的感觉。大家在街上也隐约听及时疫之事,却没想到青玉坛也牵涉其中。

红玉更是蹙眉不展:"竟有此事?"

"我要快些赶去探望二姐。"方兰生手脚都有些颤抖,"亲事什么的……都、都先放一边去……青玉坛医术高超,肯定比琴川的大夫强多了,不过,总得亲眼见到二姐才能放下心来……"

"我与你一同走趟青玉坛。"百里屠苏说道。

"褰铃也要去!"

方兰生挠头:"这……不太好吧?我家的家事,还劳烦别人……"

百里屠苏淡淡道:"早先你们不也为我的事情奔波许久?"

同伴,越是在这样的时刻,就越显得珍贵。

众人片刻也未停留,就往衡山青玉坛去了。

青玉坛。

众人从青玉坛下层的瀑边行过,但见飞流直下,激于湖面,溅起水花无数。

此地终年白昼，极目所视，皆是春意盎然。坛中桃林处处，怪石嶙峋，每座青砖丹房上都是爬满绿藤。

"奇怪！虽然水声轰隆隆，我却总觉得比前两次来的时候安静了许多啊。"方兰生狐疑道，"也不知二姐他们是在上层还是下层，按医理，病患该多晒晒太阳才对……"

方兰生走在众人前方，一边走一边念叨，风晴雪忽然一把拉住了他："你们快看前面，那是……"

众人顺着风晴雪所指望去，只见不远之处有一丛亮光，定睛细看，却是无数的光斑忽凝忽散。

"焦冥！"百里屠苏惊道。

"那边也有啊！"襄铃眼力最好，环视四周，吓得脸色都白了，"那边，那边全都是！"

"这里怎么会有焦冥？"二姐不见踪影，此处又出现焦冥，方兰生不免有些惊慌失措，"不是只有吃了仙芝漱魂丹才会……"

"我们去找青玉坛的弟子问个清楚……"红玉心中预感不妙，夺路先行，"能找到少恭最好，但行事须慎……"

"你的意思是青玉坛发生了什么变故？"方兰生紧张得遍身冷汗。

"不可断言。"百里屠苏摇头道，"先寻到人再说。"

众人绕着青玉坛下层转了整整一圈，却始终不见一个青玉坛门人。

"青玉坛一定是出事了！"方兰生焦急道，"几座丹房附近竟一个人也没有！少恭和我二姐呢？这里怎么到处都是见鬼的焦冥!"

"兰生你别着急,"襄铃拉了拉气急败坏的方兰生,"说不定少恭哥哥他们都在上层呢!"

此刻,再多的猜测都比不上见到人更重要。众人脚下不停,即刻穿过法阵,去向青玉坛上层。

光线逐渐暗淡,终年黑夜的青玉坛上层,遍地是散着青色幽光的白夜铃,丛丛花间,站着一个布衣男子。

百里屠苏带着众人奔过去,对方却一动不动。

近看之下,才发觉这人神情呆滞,目视前方而无聚焦,犹如行尸走肉。众人放眼望去,远处还有几人,站得稀稀落落,皆如石雕泥塑。

亦正如韩休宁之前的模样。

百里屠苏心中一揪,低声道:"这些人都已被焦冥蚀身。"

"这个人我在琴川见过!"方兰生掠过几人身前,一边惊道,"这个也是!她是镇上朱家的大女儿!"

"猴儿你是说这些人都是琴川来的?那我们刚才在下层看到的……"红玉被自己的推测惊出一身冷汗。

方兰生几欲抓狂,抱着头叫道:"青玉坛到底发生了什么?琴川来的人怎么都被焦冥吃了?"

"二姐!"他高声喊着,"二姐你在不在?少恭!"

百里屠苏敏感地察觉到了什么,破门而入,冲进一旁的丹阁,其余几人也跟了上来。

丹阁内没有焚香,室内空旷而诡异,一名丽装女子站在阁中,长袍广袖,梳着时下最流行的发髻。

方兰生愣了一瞬,欣喜地叫道:"二姐!"

他冲到女子面前,一把抱住了她:"二姐!可找到你了……真是吓死我了!"

他的二姐方如沁,却没有如往常那般拎起他的耳朵,破口大骂。

"二姐……你没事就好……都是我不好……给你惹了那么多麻烦……"

方兰生喃喃地说着,心里空落落的,好像有什么事情发生了,却不想面对。他仍然紧紧抱着二姐的身子,心里却在嘀咕:二姐难得这么平静呢……平时她总是跳着脚责怪他的。

"二姐……你身子好点了没有?我带你回家吧……"

过了许久,方兰生终于缓缓松开了方如沁,对上了她的双眼。

那双眼睛空洞木然,没有半点光彩。

"二姐……"方兰生倒吸一口气,然后轻轻地问着,生怕吓到她似的,"你只是在想事情对不对?"

方如沁面无血色,点了点头。

"你生我的气,故意吓我对不对?"

方如沁神情呆滞,继续缓缓地点头。

方兰生不敢相信他的眼睛:"不会的……二姐……你不会的……不会变成……"

"二姐,我错了!"方兰生满面皆是泪水,"我不该逃婚,不该离开琴川……你骂我吧,狠狠骂,就像以前那样,你不是都会生气吗?"

他抓起方如沁的手,一下一下打在自己脸上。

但那手掌冰冷无力……打在他脸上,只发出扑扑的闷响。

周围的几人早已明白,事情已无可挽回。看到方兰生如此痛苦挣扎,大家竟找不到半句安慰的话。

"二姐,你干吗不理我了?是不是怪我离家太久,连你生病都没有守在旁边?我现在懂了,很多事你都是为我好。原谅我好吗?说你原谅我好吗?"方兰生跪了下来,抱住方如沁麻木的身躯,摇晃着、哀求着……

襄铃小心翼翼地走到他身边,挽住方兰生的胳膊:"兰生,你……"

"小兰,姐弟重逢,是否十分欣喜愉悦?"

欧阳少恭的声音从丹阁入口处传来……

众人悚然一惊,猛地回头,见是欧阳少恭缓步走来,身后跟着两名青玉坛的弟子。

"少恭你……你没事?"

方兰生还有点迷茫,怔怔地问道。

"自是平安!让小兰挂心了。"他温温一笑,"小兰过来,我告诉你发生了什么……"

方兰生傻傻地站起身,向欧阳少恭身边走去,红玉狠狠一拽他的衣袖:"猴儿别去!"

方兰生转头看向红玉,一脸迷惑。

"红玉防我之心过甚了……"欧阳少恭似是讥笑,"说来亦非大事,不过是前几日琴川疫症流行,特将患病之人接来此处治护。"

"治病……二姐这般样子,只是因为生了病?"方兰生显出迷惑之色。

欧阳少恭故作无奈，摇了摇头："小兰怎么不明白呢？你二姐如今这般模样，再也不必为病痛所苦，更可形貌永驻，容颜不灭，这岂非天底下最快也最好的治病之法！"

方兰生一时未能理解欧阳少恭的话："少恭……我不懂……你说的是什么意思……"

红玉已按捺不住心中的怒火，斥道："欧阳少恭，是你给他们服下了仙芝潄魂丹！你为何要如此？"

欧阳少恭淡淡一笑："不是已经说过，我是为让他们所有人脱离苦海吗？这些病患若是继续留在琴川，不出两个月，琴川便成一座死城，疫病还会渐渐蔓延到其他城镇，我总不能放任不管……"

"少恭！"方兰生好像终于回过了神，质问道，"二姐的病就算治不好了，入土为安也罢，即使一把火烧了都行！为什么要给她服下仙芝潄魂丹？"

"入土为安？你日后只能对着画像追忆，岂非太过无趣！"

"少恭你……"

"嘘！"欧阳少恭将手指比在唇间，"小兰，你二姐过世之时十分安详，让我回忆一下她在做什么……对了！她正在替你缝制一件吉服——那是大婚时的红礼袍！唉，分明已是病入膏肓，却依然爱弟心切，把缝到一半的衣服带来青玉坛。我瞧见了这一幕，很是感动，所以在一旁耐心等待。等了足足两个时辰，待她把那件衣服缝完，才让她平静离去。"

欧阳少恭慢条斯理道："只可惜，那衣服是病人碰过的，也不能留给小兰，只好用火烧了。"

"你……原来是你杀了我二姐！"方兰生双目含泪，说话间却似要喷出火来。

"杀你二姐？何出此言？小的时候，她还带我去逛灯会，放花灯……我只不过想救她。如她那般日日受苦，看着可怜得很。"

"即便真是不治之症，也由不得你如此夺人性命！"红玉厉声道。

"却也并非不治……"欧阳少恭一派怡然。

方兰生回想起童年友情，再看面前这个妖魔，一时不能相信竟是一人，斥问道："少恭……你究竟是少恭，还是我不认识的另外一个人？为什么会变成这个样子……"

"他不是变了，而是一直都在欺骗别人！"红玉一针见血。

"红玉这般说来，委实令我伤怀……"欧阳少恭垂目道，"医者皆是父母之心，然而纵是医道通天，又何来起死回生之说？凡人皆逃不过生老病死，活着的种种欲望总与苦难相随，却不过是镜花水月……倒不如服下这仙芝漱魂丹，形体长存，三魂七魄皆归玉横，岂不完满！"

"玉横？你把玉横交出来！"方兰生想到了什么，逼问道。

"小兰可是想寻你二姐的魂魄？可惜晚了！先前取走的那些，昨日我用来炼药，已然耗尽。"

"耗尽？"襄铃倒吸一口凉气。

"就是没有了，比起魂飞魄散，还要消逝得更加彻底些。"

"你好残忍！"风晴雪斥道。

"残忍？晴雪懂得什么叫作真正的残忍？"欧阳少恭淡淡道，"我来告诉你，那就是不由分说，不容辩解，只凭'天命'二字，就令人永世不得翻身！我这样不过物尽其用，又算得了什么？"

百里屠苏终于冷冷地开口："仙芝潋魂丹并非只有一颗……而其效用，想必你也了如指掌……"

"百里少侠是指你母亲之事？"欧阳少恭笑笑，"其实，她也算是我的故人了。当初阻我大事，如今报以这般，只是礼尚往来而已。"

百里屠苏心中一动："说清楚！什么故人？"

欧阳少恭并不答他："当真可惜啊……没有看到你觉察真相时那种痛苦绝望。不过许多东西如同酿酒，过上一段时日，会变得更加美味……"

他目不转睛地盯着百里屠苏满含恨意的面孔："如何？百里少侠，今日见到如此多的人与你母亲做伴，是不是非常有趣？还是说你已经亲手把她给烧了？"

百里屠苏咬牙不语，身上忽然浮出黑色煞气来，看向欧阳少恭之时，眸色已红。

"欧阳少恭！我曾经、曾经对你毫无怀疑！！"

百里屠苏长剑出鞘，卷着黑气而来，出手便是杀招。

但欧阳少恭微抬右手，竟然以一道白光阻住了百里屠苏的攻势。

欧阳少恭的灵力暴盛，竟不在在场任何一人之下。

所有人都呆在了当场。这个人身上超出他们预计的东西，实在太多太多。

"这焚寂之力，本来便是属于我的东西。"欧阳少恭饶有兴致地看着百里屠苏，"可惜尚未解封，到底成不了大器……不过看你双目赤红，黑煞腾腾，倒如想象中一般美妙。诸位何必着恼?日后同为焦冥,获了永生,随我去蓬莱安居,实在是大快人心!"

他用手指了指一旁的方家二姐:"诸位寻来仙芝,帮我大忙,能令我将回忆之地琴川的故人带去蓬莱,也不枉我煞费苦心,造出一场疫病,在下便在此谢过……"欧阳少恭拱了拱手,"只是还差一个瑾娘。我断不敢辜负诸位的辛苦,已经派人去接她了。"

话到此处,欧阳少恭再不多言,一抬手便是"沧海龙吟"的起势。

"小心!"红玉大声提醒道。

众人还来不及防御,但见一道白光卷来,向他们周身一围,他们便觉得身上一紧,就连百里屠苏身上的煞气亦被吸进光环,缚于原地,寸步难行。

只有尹千觞依旧站立,望着众人,一筹莫展。

一声熟悉的清啸划过天际,百里屠苏抬头,正是阿翔!它见主人被缚,毫不犹豫地从空中俯冲下来!

"不可!"百里屠苏大吼一声。

可是已经太迟,欧阳少恭举手轻轻一弹,一团白光正中阿翔的躯体。

一声凄厉的鸟鸣!

羽毛凌乱飘落,阿翔重重跌在地上,滚了一滚,鲜血染红白羽,那双凌厉的眼中噙满痛楚,对着百里屠苏低低地哀鸣着。

"阿翔!"百里屠苏目眦欲裂,阿翔挣扎痛苦的模样如同一柄刀在剜着他的心。

"救主心切,倒是令人感动。可惜不自量力,又是何苦?"

"欧阳少恭！"百里屠苏双眼血红，疯狂地嘶吼着，却挣脱不开身上的束缚。

"百里少侠勿动肝火！你这般大喜大悲，容易伤身啊……"欧阳少恭笑道，"不知若是我再伤了风晴雪，你又会痛苦到什么地步……"

"少恭，你为何祸及他人？"出乎众人意料，尹千觞拔步向前道，"当初你说只对付百里屠苏，还答应过我，不会动风晴雪，玉横也一定封而不用。"

"尹大哥？"风晴雪不敢相信自己的耳朵。

"你们早已认识？"方兰生亦是震惊不已。

"当初？"欧阳少恭傲然笑道，"我的大计自不必与你一一说明！难道你就没有事情隐瞒于我？"

尹千觞心中一阵百转千回，遂不再犹豫，执起巨剑，对着欧阳少恭劈下，欧阳少恭挺掌相迎。剑掌之隔不出三寸，光芒相制，丹阁中震动频频，二人就此相持。

尹千觞眼见胜负难分，寻机会腾出手来，朝着风晴雪几人释出几道法术，解了他们的束缚。

红玉刚一脱困，即刻凝力施法，红光划过，带着百里屠苏几人以及阿翔消失于丹阁内。

尹千觞松了一口气，提着巨剑，看向欧阳少恭。

欧阳少恭冷目生刃，掌中邪光忽然大盛。尹千觞举剑抵挡，反遭剑芒反噬，向后摔倒。他极力运功止住跌势，仍然受了不轻的伤，委顿于地。

欧阳少恭身后，元勿踏前一步："长老，可需追击？"

欧阳少恭并不看他，神色阴沉地摇了摇头。

他绕着尹千觞踱了几步,淡淡笑道:"我向风晴雪动手,你便心痛了?千觞恢复了记忆,也未曾知会一声,未免太见外了!"

欧阳少恭站定,轻声道:"现在我只想听你好好地说,你究竟还隐瞒了多少事情,我的巫咸大人!"

会仙桥上,几道残光一闪,百里屠苏一众凭空跌了下来。

风晴雪率先站定:"尹大哥把我们救了出来,他自己却……"

"妹妹莫急!"红玉道,"他与少恭看似旧识,同我们在一起亦是居心难测。此举用心,尚不知深浅。"

"你还唤他做'大哥'?"方兰生怒道,"他根本是包藏祸心,背地里都不知出卖了我们多少回了!"他闭上眼睛,神情痛苦,"二姐竟被少恭害死,真不知道现在还能相信谁……"

百里屠苏背对众人,站在桥中央,阿翔敛翅瘫于身前。他凝视着气息微弱的阿翔,忽然间身上煞气大盛,似是要强行冲开封印,向欧阳少恭一雪积仇。

"苏苏不可以!"风晴雪连忙跑过来,蹲下身去,掌心凝出碎光,像是一束生机,纷绕着飘进阿翔的体内,"我已经帮大鸟治了伤,它暂时不会有事的!"

她拉住百里屠苏的手臂,等着他慢慢散去煞气,百里屠苏闭上眼睛,神色痛苦。

天空中忽然传来一声怪叫。

"双身共命鸟!"红玉惊道,"欧阳少恭竟豢养了这等妖物!"

三只巨鸟"品"字排开，每只鸟皆是双头，身形巨大，红蓝二色的硬羽由中而分，振翅间云腾气滚，居高傲视，皆欲伺机而攻。

众人还在运气调息，百里屠苏与方兰生二人早已按捺不住，剑气和拳意化为两束强光击出。天空中接连两声巨响，两只巨鸟被炸得羽碎身爆。第三只鸟儿见情势不妙，正欲转向飞逃，却快不过二人的合击，瞬间便全身化为灰烬，稀稀落落地飘落下来。

"看来还会有其他的妖物前来纠缠。"红玉道，"适才所见，欧阳少恭的法力远远超乎想象，为今之计，唯有先设法离开青玉坛。"

方兰生怒视青玉坛方向，心中恨意难平。

"我还是有些担心尹大哥……"风晴雪道出心中忧虑。

"担心那种人做什么！他和少恭……他们俩完全是一丘之貉！"方兰生道。

"什么也不要说了，先离开这儿才是紧要！"红玉说着，带领众人朝桥下走去。

百里屠苏行了几步，忽然站定，冷冷回头……

"有好厉害的妖气……"襄铃警觉道。

桥面忽然晃动起来，几欲塌陷，一只大过雄狮数十倍的怪物扑将上来，利爪抬放间，桥石崩碎，头上鬃毛一甩，吼声震天。

"是梼杌！"红玉熟知这上古妖兽的破绽，喊道，"集中攻击它的头顶！"

这巨兽似通人语，抬起利爪便向红玉攻去。红玉挺剑，一式"乱飞红暮",插入巨爪中,怪物吃痛,嘶声狂叫,却张嘴吃下百里屠苏和方兰生的两记攻击。

风晴雪和襄铃亦跟着攻来,梼杌被抛于半空,方兰生结下"火天印",双拳反复出击,拳拳击中梼杌头顶。

梼杌的身形砸落下来,桥面顿时碎成两截,众人皆是身形一飘,稳稳站于桥下。

"居然能够驱使梼杌这般妖兽之王!欧阳少恭应是谋划已久……"红玉踌躇道,"他究竟想要做什么?"

"我想起来了,他派人去找瑾娘姐姐了!我们快去救她!"襄铃突然想到了什么。

"那个瑾娘是欧阳少恭旧识,会不会也是个圈套?"方兰生起疑道。

"不可就此断言。"红玉道,"小铃儿提点的正是。我们还是去江都瞧个究竟为好。"

几人皆看向百里屠苏,等待他发号施令……

"速去江都!"百里屠苏收剑,所有人便跟着他施起腾翔之术。

飞云从身旁掠过,方兰生望着青玉坛的方向,目中含泪:"二姐……"

二赴江都

众人来到江都,已是入夜时分,花满楼上下却不见灯火。

他们急急地冲进院里寻人,恰好看到瑾娘带了几个丫鬟正欲离开。

瑾娘见了他们，不由得一惊，神色难明。红玉心思机敏，几句话便把来意向她讲清楚。

两拨人找了个僻静的小酒坊坐下来，细细问询瑾娘，才知道原来青玉坛竟是已经派人来过了。

"白日里来的那个弟子十分面生，毕恭毕敬的模样，说是少恭请我去青玉坛做客。"

瑾娘仿佛心有余悸，喝了一大口酒，回忆道："偏巧过几日便有京中贵客要上门来，不能怠慢。我一时脱不开身，就婉言谢绝了，说得了空再去……"

"谁想到，那人竟然动手强掳，要抓了我去！"说到这里，她柳眉倒竖，气不打一处来，"老娘岂是好欺负的！这花满楼能开到今日，也不是第一次遇到找麻烦的，哼！"

风晴雪仍是担忧地问道："瑾娘姐姐没受伤吧？"

瑾娘叹了口气："受伤倒是没有。只是把他打跑了，也把花满楼砸得凌乱不堪。且不论生意还能不能做，安全起见，总是要先避避风头。"

人没事便已是万幸了！几人相互看了看，显然都是松了一口气。

"只是……"瑾娘的脸色有些难看，"我原以为，是少恭又遇到了什么麻烦对头，可照你们所说……"

方兰生早忍耐不住，把欧阳少恭所作所为控诉了一遍。瑾娘一边听着，只是摇头不言。

百里屠苏看着瑾娘的神色，明白她心里将信将疑，一时难以接受昔日的朋友变成这般可怕的模样。即便是自己，不也是一样吗？就在一天前，固然对起死回生药一事有所怀疑，仍不愿相信是欧阳少恭刻意为之。

他一直将欧阳少恭当作他下山以来结识的第一个朋友，虽然二人的性格都不是那么热情，却能促膝谈心，抚琴赏月，并肩战斗……

今日，这一切都成了最大的笑话。

曾经以为是朋友，却变成敌人；曾经以为是解药，却变成毒药。

曾经以为有缘相遇，巧结知音，如今却证明不过是一张精心布置的网。

百里屠苏更想不透的是，欧阳少恭到底为何变成今日的模样？他所苦心谋划的，究竟是什么？

他的预感告诉他，今日所见，不过是冰山露出水面的一角，隐藏在冰冷水面之下的，将是可怕得多的阴谋。

"你们说的那些……我不想多言……"瑾娘艰涩地开口，"少恭与我……已经认识了很久……"

"久不久又怎样，知人知面不知心！"方兰生恨恨地说，"我与二姐从小和他一起长大，又哪知他会变成这般禽兽不如！"

襄铃有些担忧地拽了拽方兰生的衣角。

瑾娘又喝了一会儿闷酒，慢慢低声讲起来："与少恭相处，有时如沐春风，有时却觉得他神秘而疏远，让人一点也看不透……偶尔语风凌厉起来，会压得人喘不过气……"

她回忆起过往种种，只觉得如梦如幻，捏着酒盅的手指渐渐泛白:"我知道他在做几桩大事,个中细节他却只字不提。想来,我竟是半点也不了解这个人……"

这句话说中了所有人的心事。相知一场,他们又何曾真正认识和了解那个欧阳少恭!

风晴雪劝道:"瑾娘姐姐,不管怎么说……你先离开这里避一避吧。"

瑾娘垂着头,微微颔首。自她闯荡江湖以来,遇到过许多风雨。她身怀异能,看过多少命运轨迹,断过多少生死祸福,只是这一遭,令她忽萌退意,觉得倦了。

瑾娘发了一会儿呆,忽然抬眼四顾,"阿宝呢?怎么没看到它?"

百里屠苏面色一滞,手抚上腰间的竹篓。

"大鸟被少恭打伤了……"风晴雪看了一眼百里屠苏,见他点头认可,才打开竹篓,小心捧出虚弱的阿翔,"我已经给它治过,但一时好不了……"

瑾娘竟然立时垂下泪来:"我可怜的阿宝啊!我就知道它跟着你们过不上好日子……"

阿翔低低地叫了一声,全没了往日的威风。

"你们不会还打算带着它继续奔波吧?这哪能好好养伤!"瑾娘又急又怜,叫道,"我看不如将阿宝交给我来照顾算了!"

百里屠苏并没有一口回绝,只是低头不语。他的手轻轻抚过阿翔翎毛。阿翔虽然没精打采,但仍然依着他的手摩挲了几下。

瑾娘劝道:"百里公子,无论你们与少恭如何,我……总之我一定会悉心照料阿宝!"

百里屠苏凝视着阿翔，他还记得第一次见到阿翔时的情形……

天墉城中，同龄的门人很多，师尊却鲜少令百里屠苏与他们往来，他自己也打心里不愿意与人往来。为了修炼体魄，他每日在昆仑山反复攀爬，某日在一处断崖边，发现了奄奄一息的阿翔。

那时的阿翔是纯白色的，只有巴掌那么大，窝在草丛里，发出低低的啾鸣。

它受伤了，大约是刚离巢的幼隼，学飞的时候没有控制好方向，跌落在断崖上。它的翅膀歪着，却仍然扑棱不停，想要再度飞起来。

它的父母呢？它的兄弟姐妹呢？

百里屠苏掏出身上的食物喂它。白色的幼隼不知是饿了多久，急吼吼地扑上来吃，却一口咬住了他的手指。

有点疼，但是很开心。

他把幼隼带回天墉城，用最好的伤药给它包扎，把每日饭菜里的肉都挑出来给它吃。没过多久，幼隼便能在地上跳来跳去，又过了几天，它便能飞了。

幼隼飞出窗外，冲向碧蓝的天空，那一刻百里屠苏觉得既欣慰，又难免有些淡淡的失落。

雄鹰是属于天空的，它，大约不会回来了吧？

可是半个时辰之后，一声中气十足的鸣叫响起，白色的幼隼停在了窗棂上。

"你……你飞得真好，我便叫你阿翔吧……"

那时的情景，和如今的画面重叠，阿翔足有小时候的十倍大了，可是受伤的样子，却还是和当年没有分别。

百里屠苏掏出怀中的肉干，递到阿翔嘴边，阿翔有点笨拙地咬着，发出愉快的鸣叫。

"既如此……阿翔便托付给瑾娘姑娘。"他低低地说，"劳烦了！"

阿翔吐出了嘴中的肉干，哀哀地叫了一声，分明是不愿。

"阿翔，你的伤须得静养，过些时候，我再去接你。"百里屠苏轻轻俯下身，眉心抵着阿翔的头，"听话。"

阿翔沉默了一会儿，终于发出咕咕的叫声。

百里屠苏静默了片刻，然后对瑾娘抱拳行礼："请姑娘务必好好照看它！"

瑾娘喜形于色，答道："公子放心！阿宝可是我的心肝宝贝儿，我一定悉心照料！"

百里屠苏细细嘱咐："下山之后不便让它随意捕猎，所以一直用上好的五花肉喂养。它喜欢吃这个，一日三顿，一顿两块，再多了，对它身体不好。"

瑾娘哪里还看百里屠苏，只是一味盯着阿翔："只要是为了阿宝，区区五花肉又算得了什么，买金屋银屋给它都成！"

百里屠苏双手冰凉，缓缓将阿翔递到了瑾娘怀中，交出去的那一刻，心像是被剜去了一块。

瑾娘却如获至宝，抱着阿翔，怎么也看不够，半晌，才对百里屠苏道："你若空闲了，就来探望它吧。我会暂住于江都城西纪家村。"

瑾娘带着随行的丫鬟上了马车。马车上奢华舒适，将阿翔安顿得极好，阿翔却挣扎着起来，盯着车窗外的百里屠苏。

百里屠苏望着多年来最亲近的伙伴，只觉得喉头塞着一团硬物，吞不下，也吐不出。

马车将行，瑾娘却似突然想起了什么，留下一言："另有一事，算我提醒公子……虽不知何故，但少恭多年来似乎都在寻你……"

马蹄声和车轮轧过路面的声音渐渐远去，众人找了家客栈暂时落脚。

一日劳顿，悲恨交加，待到客栈之时，强如百里屠苏，也不禁觉得神思疲惫。他躺在床上，竟没多久便沉入梦乡。

梦中四周是一片黑暗，唯欧阳少恭所在之处若有明光，他背对着百里屠苏，一边弹琴，一边说话，仿佛什么也不曾发生过。

"少侠虽自言不通音律，却每每能够明白在下曲中深意。君子之交平淡如水，不尚虚华，得一听者如此，已算一世知音。今日一曲，当真是心旷神怡。高山流水亦不过如此，我二人可比一比那子期伯牙了……"

"欧阳先生？"百里屠苏从他身后走上前去，却忍不住惊呼一声。欧阳少恭满面皆是黑煞凶气，见到百里屠苏吃惊，脸上露出一抹笑意。

"当真可惜啊……没有看到你觉察真相时那种痛苦绝望。不过许多东西如同酿酒，过上一段时日，会变得更加美味……"

百里屠苏的头忽然一阵剧痛,闭上眼睛,再睁开时,面前却是瑾娘,临行前的话声声震耳——"虽不知何故,但少恭多年来似乎都在寻你。"

画面微闪,黑龙悭臾的声音振聋发聩:"小子,若此封印解开,则煞力再无拘束,你将获得真正强大的力量,但这个肉体中所有魂魄将在三日后散去。可若封印始终不除……邪力渐渐使人迷失,将成就一个嗜血狂魔。至你死去,那些封存于肉身中的煞气,会令你尸变为真正的怪物!"

梦中忽然传来风晴雪的声音:"苏苏,你醒醒!快醒过来!"

百里屠苏从梦境中跌回现实,猛然睁眼,风晴雪正一脸忧色地坐在床边,夜幕低垂,屋中已亮起灯火。

"头里面痛得似是要裂开……"他合上眼,平静说道。

"苏苏,你的凶煞之气又发作了!今天已经有过几回,可还不是朔月……"风晴雪道。

百里屠苏睁开眼睛,双眸慢慢散去赤红,恢复本色。

"这怎么办才好……"风晴雪双唇紧闭,心中似有所思,忽然鼓起了很大的勇气道,"苏苏,跟我一起去我的故乡!"

百里屠苏讶异地望着她,不解其意。

风晴雪道:"我所学心法不是能稍微抑制苏苏身上的煞气吗?那就是我故乡的法术,是女娲娘娘传下来的法术。"

"女娲?"百里屠苏惊讶道。

灯火如豆,映着风晴雪略带忧伤的侧颜:"还记得吗,以前我跟你讲过,太古时候,女娲娘娘将龙渊部族打造出的七把凶剑封印于大地之上？"风晴雪顿了顿，决意对眼前人讲出家乡的秘密，"娘娘担心天帝伏羲仍然会降罚龙渊，于是带着她的追随者与龙渊部族的所有人离开了人界，前往幽暗无垠的地界，在地界主人阎罗大人的帮助下，建起了一座居地——便是我的故乡幽都。"

"晴雪竟是地界之人！"百里屠苏望着她，曾有的不明之处全部通透了。

"嗯。"风晴雪道，"伏羲虽然知道了，却也不好怪罪女娲娘娘和阎罗大人，只要求娘娘答应他，永远都不可以让幽都人来到地面上。而我娘原本是在人界的，后来阴差阳错，落入幽都，喜欢上了我爹，从此就再也没有离开过地界……我和大哥，并不算完完全全的幽都人。"

"地界幽都，断不是出入自由之地。"百里屠苏打断她的话，"你若带我前去，是否会因此遭到责罚？"

"是不能随便带外人去……"风晴雪眉眼间带着惆怅，"可眼下最重要的，是让苏苏别再为煞气那么痛苦了……在乌蒙灵谷看到女娲娘娘的石像后，我更加觉得苏苏这把剑应该就是被娘娘封印的七剑之一。假如真和女娲族相关，或许能够求见娘娘……"

"还是不必了。"百里屠苏摇头道。他给周围人带来的灾祸已然够多，他绝不想再为风晴雪带来麻烦。

风晴雪摇了摇头："苏苏，听我一次吧！中皇山有处人界通往幽都的入口，婆婆常年守在那儿。我去同她说说，就算是看在同样信奉女娲娘娘的份儿上……要是不行，大不了被她骂一顿，我们再想其他办法就是了。只要不进幽都，就不算坏了规矩……"

百里屠苏凝着面孔,仍不愿答应。

"苏苏,当初你为了救活你娘,不远万里去海外找仙芝。那时你说过,只要有一点希望,你都愿意尝试和努力。我的心意也是一样的,哪怕有一点希望,可以解除苏苏的痛苦,我都愿意试一试。如果换了你,也会这样做的,对不对?"她美丽的双眼蒙上了一层悲伤之色,"何况,假如就这样放弃了,那在乌蒙灵谷你说过的话……"

百里屠苏心下一震。

是的,他说过的。

"我想要走过很多地方,看不同的城镇村庄,或许还能帮一帮那些遇上困难的人。我希望,有一个人可以和我一起走、一起看……"

可若是他放任煞气猖狂,也许过不了多久,一年……甚至几个月,他就会变成失去神志的狂魔……

百里屠苏牵起了风晴雪的手。

"你同意了?"风晴雪大喜。

百里屠苏轻轻地点了点头。

为了你,我愿意,试一试。

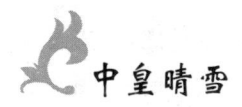

中皇晴雪

中皇山。

中皇山有法力禁锢,不能施用腾翔之术前行,一行五人进山之时,天色已亮。

这里终年积雪,偶有枯木,却不生寸草。寒风刮过,如刀拂面,好在五人都身怀修为,一路跋涉,也不觉得辛苦难耐。

"一直往深处走,可以看见一座神庙,那里就是去幽都的入口了!"风晴雪在最前面带路,略略偏过头道。

众人点了点头,正欲一鼓作气,向前直行,一道劲风卷着雪花扑面而来。

待风雪稍停,山崖上出现一只巨大的蛊雕。

这怪兽雕嘴、豹身、独角,生着巨大的翅膀。不过这蛊雕呈现半透明的灰色,不似活物,倒像是灵力会聚而成。

"好大一只鸟哦!"襄铃惊道。

"小心!"风晴雪提醒道,"这是阻止外人进入中皇山深处的蛊雕。"

"外人?"方兰生抓抓头,"晴雪同它打声招呼,它能不能放我们过去?"

"我和你们在一起,它不会认的……"风晴雪摇头道,话音未落,蛊雕左翅扇动,扫落半树的松枝,箭矢一般向他们射来。

"既然如此,难免一搏!"百里屠苏说着,朝蛊雕的方向提剑急行。蛊雕鸣叫一声,双翅一抖,也朝着众人冲过来。

百里屠苏算着距离,纵身一跃,一道剑气发出,绵长不绝,正中蛊雕的心口。

蛊雕像是并未遇过这般强攻,身形在空中变得不稳,扭了几下,才把身形稳住,却没有反攻,双翅收合,忽然又刮起一阵暴风雪来。

几人想看清此物要从何处攻来,眼中皆是白茫茫的一片,不得已抬袖遮掩。风雪片刻后止息,再观前方,蛊雕早已不见踪影。

"藏到哪里去了?"方兰生回身四望。

"已经离开了。蛊雕是灵力聚成的,受了伤就会消失,数天后还会再出现。"风晴雪道。

"……想必前面便是妹妹所说的神庙了?"红玉指着不远处道。

"大胆!"未等风晴雪答话,忽然有人声从风雪中传来,声音苍老,却字字有力。诸人循声望去,前方小庙之前,站着一个伛偻的身影。

风晴雪吐了吐舌头,带着众人奔至神庙前。

庙檐下是一名老妇人,白发似雪,身形矮小,拄着一根比自己高出一个头的青龙拐,满面怒色地盯着风晴雪。

"婆婆……"风晴雪怯声叫道。

"晴雪,你实在太过妄为!竟将外人带至中皇山,还伤了守山蛊雕!"

"他、苏苏……也不算外人……他们那边也是信奉女娲娘娘的……婆婆……我只是想求娘娘救人……哪怕见不到娘娘,如果娲皇神殿里的巫祝和灵女可以帮帮我们……"

婆婆并不说话,瞪着圆目,严厉地看着风晴雪。

"前辈!"百里屠苏拱手走到婆婆面前,"请勿责怪晴雪!一切皆是因我而起,如若不便,我们即刻下山……"

"苏苏。"风晴雪摆了摆手,焦急万分。

"晴雪,你可记得幽都的规矩?擅自带生人踏入中皇山,越过蛊雕所守之界,该当何罪?"婆婆声音冷冷,不再看她,侧转过去,青龙拐往地上一击。

众人不晓得风晴雪已然犯戒,面上无不吃惊。

"我、我记得的……要在龙渊石屋中禁闭十年……"风晴雪低头道。

百里屠苏听闻,心中一沉:禁闭十年……她为了帮自己续命,竟不惜牺牲十年的光阴!

"如此说来,你竟是心有准备,甘愿十年间孤独自处了?"婆婆道。

"是!"风晴雪双膝重重跪在神庙前雪地上,斩钉截铁道,"婆婆,我心意已决,只要能找到救苏苏的法子,即便希望渺茫,被娘娘责罚,我也要拼尽全力!"

百里屠苏看着风晴雪的侧脸,眼中有温柔的光流过。他一抬手撩起袍角,也跪在风晴雪身边:"前辈,我愿代晴雪承担一切责罚!"

"哼!"婆婆冷笑一声,"你既非幽都之人,凭什么干预幽都之事?"

百里屠苏的声音诚恳恭敬:"但此事因我而起,我断不能眼看晴雪受罚而不顾。"

风晴雪想要开口说些什么,话却突然哽在了喉中,因为跪在她身边的百里屠苏毫不犹豫地握起了她的手,牵着不放——他们的手都因为雪山刺骨的寒冷而冻得冰凉,却让彼此都觉得温暖如春日阳光。

婆婆看着他们,半晌不发一言,来回踱步,拐杖打在神庙冰冷的青石地板上当当作响。伙伴们也想上来劝说,却又一时无计可施。

忽然,婆婆抬起头来,低声道:"你们进去吧!"

众人都吃了一惊。婆婆的态度变化之快,令他们不敢相信自己的耳朵。

风晴雪惊喜地看向百里屠苏,百里屠苏淡淡点头,面有喜色。

婆婆挽起了跪着的两人:"唉……自你们踏入中皇山,女娲娘娘便已感到焚寂之力,特命灵女交代过,放你们进入……由此过去,自可看到通路,进入幽都,便速速往娲皇神殿拜会娘娘吧……"

"焚寂之力?"百里屠苏皱眉道,"这把剑当真是被封印的七把凶剑之一?"

"其中曲折,娘娘自会与你们叙说……"婆婆叹息一声,忽然又厉声道,"晴雪,我看着你长大成人,却不料你如此胆大妄为,视娘娘定下的规矩如无物!今次不过侥幸避过责罚,理当自省!"

"婆婆,对不起……"

"多谢前辈宽恕!"百里屠苏却是深深一揖。自他认识风晴雪以来,便知道她与婆婆亲如祖孙,婆婆固然严厉,对她却是关爱多于责备。

众人按照婆婆的指示从神庙进入幽都。风晴雪走在最后面,经过婆婆身边时,婆婆盯着百里屠苏的背影,柔声问道:"你认定的便是这个年轻人?"

风晴雪脸色绯红,不知如何回答。

"但愿你的心意皆是值得,到头来不会付诸流水。"

"婆婆,我……"风晴雪想要解释什么,婆婆却周身蓝光一闪,消失在她面前。

值得吗?她从没想过这个问题。但是为了屠苏……她什么都愿意做。

抬起头来,百里屠苏正在望着她……而故乡,就在眼前。

幽都乃是一座地下城池,规模之大,远超几人的想象。

这座不见天日的地下之城分东西两侧,各自居住着女娲部族和龙渊部族,两族人看上去着装和气质都有不同,也很少往来。

整个幽都的中心,便是娲皇神殿,女娲大神清修之地。

这里,天地间皆是蓝色灵光辉映,盘卷缠绕。众人走上主坛,极目远视,远处空旷幽谧,有幽火勾出一座大殿的轮廓,迎风摇闪,似通人性。天际一条墨蓝流淌,发出水一般的波光,自西向东,缓缓而游。

"天上那些亮亮的是什么呀?"襄铃问道。

"那是忘川,是死者的魂魄汇聚而成的一条河。"风晴雪解释道。

"魂魄?看起来好漂亮哦!"襄铃似是被迷住了,抬头忽闪着大眼睛。

"难怪在江都的时候,你说家乡有大河从天上经过,草木生光……"方兰生讪讪道,"起初我还笑你,如今看来,我果然是井底之蛙,妄说荒谬……"

风晴雪摇摇头,表示并不介怀,又叹息道:"其实……幽都早已没有带着莹莹光亮的草和树,那是很多年以前的事情了。现在的幽都,瘴气越来越重,草木变得非常少。"

"瘴气？"红玉看着风晴雪问道。

"地界根本不适合人生存，是女娲娘娘以自身强大的灵力改变了这儿，令我们能够代代相传下去。"风晴雪叹道，"可是这几百年来，娘娘的力量却渐渐衰弱……"

"衰弱？"襄铃道，"神也会变弱？"

风晴雪点点头："我也不知道这里面的原因……不过我们只是短暂停留，瘴毒对大家没什么影响的。"

"晴雪曾说自己天生不太畏毒，当是因此？"百里屠苏问道。

"自从瘴气加重，幽都人一出生，身体里就会带着瘴毒，反而不太怕其他的毒了。"风晴雪道，"但是大家不用担心，如果不是很长时间在一起，不会染给你们的。"

"晴雪你说哪儿的话，我们肯定没担心这个。"方兰生道，"只是觉得……这儿的人过得很辛苦……"

风晴雪笑笑："不说这些！我们先去神殿拜见女娲娘娘。"

娲皇神殿四周燃着一圈不熄之幽火，须踏着殿前一百零八级石阶方可进殿，那些巨大的石阶虽经千年磨砺，仍寻不出一条缝隙来。

众人齐齐带风而上，惹得幽火微微作响。

入了巨大石门，广阔的神殿内站有一人。她梳着高髻，垂首而立，眉目清明，面上不喜不忧，以年纪而推测，似是女娲殿前的灵女。

百里屠苏走到其面前，正欲行礼，她竟先开口道："太子长琴？想不到再度相逢，竟会是如此局面……"

听到这个名字，百里屠苏不禁哑然。其余人并未听过关于他在榣山的遭遇，对于灵女的称呼也感到十分奇怪。

"你只得太子长琴的一半魂魄，看来不复以前记忆。"灵女缓缓道，"吾便是女娲。"

众人又疑又惊，不想这般灵女样貌的女子便是娲皇。

"汝等不必惊疑。"女娲看出他们的心思，"天道运转，神力亦有衰竭。吾之神体沉睡，精神依凭于灵女，与尔等相会。"

"拜见女娲娘娘！"众人不再怀疑，齐齐行礼。

"晴雪擅自带人进入中皇山，望娘娘恕罪……"风晴雪道。

"此事并不怪你，实乃冥冥之中自有所定。焚寂与女娲一族，以及太子长琴，皆有千丝万缕之联系……"女娲道，"想必尔等心中亦是疑虑重重，不然又何以前来幽都。"

百里屠苏恭敬地道出来意："女娲大神，在下乃是乌蒙灵谷大巫祝之子。族中相传，世代为女娲大神镇守该处。数年前不幸遭灭族之灾，在下亦是失去了那段记忆……如今冒昧至此，恳请大神指点化解煞气之法，更愿知晓焚寂是否即为昔日被封印的龙渊七凶剑之一……"

"此事还要从太古时代说起……"女娲叹息一声，徐徐讲起这桩往事。

"太古时代，众神居于人间洪涯境。火神祝融取榣山之木制琴，共成三把，名皇来、鸾来、凤来。祝融对这三把琴爱惜不已，尤以凤来为甚，时时弹奏。凤来沾染神性，久而化灵，能说人语。祝融寻吾，让吾使用牵引命魂之术，使凤来之灵成为完整生命……凤来便这样化为人身，祝融给他取名太子长琴，以父子情谊相待。"

女娲看向百里屠苏："看你并不惊讶，后面的事，想必你已知晓几分。"

百里屠苏点点头，女娲对众人继续讲道："太子长琴温和沉静，喜爱去榣山旷野奏乐怡情。于此结识了一只榣山水湄边的水虺悭臾，成为至交。之后数百年，天皇伏羲不满人间种种，率众离开人界，登天而去，并将其追随者度为仙身，太子长琴亦然。众神仙忙于建造天宫，三百日后诸事底定，太子长琴往下界榣山，方才忆起天上一日、地下一年，人间三百年匆匆而逝，榣山已无悭臾踪迹，无缘相见。

"时光飞逝。数千年后，一条黑龙于人界南方戏水，引来民怨。伏羲派遣仙将前去惩戒，却被黑龙打伤。黑龙心知天庭不会就此罢休，便逃入不周山中，请求钟鼓庇护。火神祝融、水神共工与太子长琴前往不周山捉拿黑龙，未曾料到此孽龙竟是昔日水虺悭臾。更有意外之事，却是三神仙此行，阴差阳错，引发不周山天柱倾塌、天地几近覆灭。

"众神旷日持久，奔走辛劳，灾劫终平。悭臾被女神赤水女子献收为坐骑，再无自由。共工、祝融往渤海之东深渊归墟思过千年。太子长琴被贬为凡人，永去仙籍，落凡后寡亲缘情缘，轮回往生，皆为孤独之命……"

这一段故事，讲得众人歔欷不已。令他们不安的是，女娲大神竟对着百里屠苏称"太子长琴"……那岂不是说，他便是那轮回往生的孤独之人吗？而那"只得长琴一半魂魄"又是何意？

女娲沉默片刻，看着百里屠苏，摇了摇头，又点了点头："太子长琴的故事，到这里并没有结束。只是此后因缘纠葛，又牵出了更多冤孽……大巫祝之子,你体内煞气不灭不息,全因凶剑焚寂之剑灵在你体内。"

"剑灵?"襄铃惊道,"像红玉姐姐那样吗?"

"焚寂剑灵便是太子长琴。"女娲道,"所谓'剑灵',并非无中生有之物,虽为魂魄化形,但也曾是生灵。无论仙、妖、人、兽,若是被铸剑工匠强行引出生魂,铸入剑中,便成剑灵。只是这般以魂魄铸剑,却往往无法收齐三魂七魄,必须有所取舍……而魂魄分离的过程是凡人不可想象之痛苦……昔日龙渊部族有一名超凡的铸剑师,名叫角离,他曾于榣山水畔偶得一位仙人之魂魄……那便是太子长琴。太子长琴受天界惩罚,原身'凤来琴'被毁,贬往地府轮回。投胎途中,他的魂魄于榣山眷恋不去,却被角离捕捉,角离遂取其命魂、四魄铸造出一把绝世的凶煞之剑——焚寂。"

百里屠苏心下一沉,焚寂……太子长琴……一个又一个的谜团,似乎都会聚到了一起。

"而当年乌蒙灵谷遭劫之时,想必是有人动用了安邑古法'血涂之阵',将焚寂剑内太子长琴的魂魄移到了你的身体之中……"

"娘娘说的……血涂之阵又是什么?"风晴雪忧心问道。

"天上地下,吾仅知一法,能够将龙渊凶剑内的魂魄引出,便是血涂之阵。"女娲叹道,"在龙渊部族诞生的久远以前,曾经有过一处名为安邑的地方,首领蚩尤悍勇无匹,他的胞弟襄垣更是古往今来天下无双的大铸剑师……襄垣创出魂魄炼制之术,集血涂之阵和名为'铸魂石'的邪物,将生魂引而存之。灵魂之力深不可测,襄垣最后以身殉炉,用自己的三魂七魄成就了世上第一柄'剑',亦是唯一一柄由凡人所造、却能伤及神体的可怕兵器……他,即为始祖剑之剑灵……伏羲为捍卫神明地位,绝不允许此器存于天地,一夕之间屠尽安邑……然而,襄垣的血脉并未断绝,伺机向神复仇……"

"襄垣的血脉难道就是龙渊部族?"风晴雪想起小时候零散听到的故事,恍然道。

"不错。"女娲点头,"龙渊部族集全族之力,铸成木、火、水、金、土、阴、阳七把凶剑,威力虽不可与始祖剑匹敌,却也不容小觑。伏羲为此惊怒。吾实不忍人界再起血雨腥风,便将龙渊之人带来地界,并将七剑封印……"

"大神为什么不将七剑也带来幽都?"方兰生忍不住插嘴问道。

"地界浊气过重,对凶剑毫无抑制之功。而人间的封印亦会被时间消磨削弱,焚寂的封印之力便是最先衰竭。吾预知此事,遣娲皇神殿十巫之一的巫咸前往乌蒙灵谷,谁料他竟一去不返……"

女娲提起大哥,风晴雪不禁心头一紧。

"吾与伏羲曾有约定,幽都人不可进入人界。但乌蒙灵谷迟迟没有消息,吾不得已接连两次遣人去打探,仅仅得知乌蒙灵谷一夕覆灭,焚寂失踪,巫咸不见踪影。今次让风晴雪前去寻找兄长,亦是顺其自然,看是否能够发现一些蛛丝马迹……如今看来,昔日定是有人以乌蒙灵谷上百族人的灵血与魂魄,配合天时,施展血涂之阵,将焚寂剑灵引出……最终又封印在了你的体内……"女娲指着百里屠苏道。

"屠我族人,毁我家园,如此移魂又有何意?"百里屠苏强忍住内心的恨与悲，咬牙道。

女娲摇了摇头："乌蒙灵谷之事，吾也怀有许多疑窦。到底何人觊觎凶剑力量？而若要夺取焚寂之剑，又何须动用血涂之阵、离魂之术，这般大费周章？此间过往，若你想探查明白，可往幽都之东、忘川蒿里一探，或许能够寻得你想要的答案……"

忘川……蒿里？

百里屠苏不明其意，以探寻的目光看向风晴雪。

风晴雪也有一些迷茫，忘川蒿里乃是魂魄转生前流连徘徊之地，难道……女娲娘娘希望他们找到经历过乌蒙灵谷当年往事的游魂问个究竟？

女娲接着提醒道："由心中念想，或许便会在那个地方见到你所牵挂之人。只是那些魂魄在无穷无尽的时光中，昼夜如处幻梦，耽于往昔，无法辨清尔等的声音与形貌……"

百里屠苏似懂非懂，点了点头。

"女娲娘娘，有什么法子能解开屠苏哥哥身上的封印吗？"方才的各种上古旧事、恩怨纠葛，襄铃听得迷迷糊糊，她心心念念，只是担忧百里屠苏的煞气之苦，故而脱口问道。

那附着女娲精神的灵女目露悲悯，看向百里屠苏："封印之所以霸道，乃是借用了血涂之阵的力量。解除封印并非极致难为，只需寻天下清气所钟之地，方能施术。然而……封印解除之后，他便将散魂，无法轮回往生，只能化作'荒魂'。"

"荒魂？魂魄就会散了，再也没有了？"风晴雪想起欧阳少恭的话，面有哀色。

"仍有一法。"女娲缓缓道，众人感到一线生机，无不侧耳倾听，"便是'度魂之术'。三魂七魄亦有清浊冷暖，如身体发肤，乃是天生，其性并不可改。荒魂消散之前，寻到同其相似的生灵魂魄，强行与之融合，便有可能将对方身体与灵魂据为己有，即是取而代之，对方的记忆将不复存在。此法跳出轮回之道，荒魂以侵占他人活体得以延年，直到魂魄之力耗尽，便再也无法度魂……"

"这与杀人夺命有何两样？"百里屠苏问道。

"并无二致。"女娲道，"况且，即便寻到相合魂魄，实施度魂之时亦是凶险万分，须以极强之精神压制对方，否则，荒魂和生魂只能落得玉石俱焚……"

"生死由命，又何必为了活下去而做出这等事情……"百里屠苏断然摇头。

并非他看破生死。要以这样的方式活下去，违背了他的为人之道，岂不比死了更痛苦！

"唉！你心存善念，原不该遭此磨难。"女娲道，"血涂之阵乃大铸剑师襄垣一手所创，后世之人承袭而已，难以知晓其中全部隐秘，或许另有蹊径……"

"是说可以直接去问问那个襄垣有没有办法？可他早变成剑灵了，哪里能找得到啊？"方兰生沮丧地说。

"伏羲屠戮安邑之后，将始祖剑封于云顶天宫，未尝不是觊觎其中邪力。然剑灵襄垣从未在他眼前出现……"女娲思索道，"倘若真如雨神商羊预言，襄垣再度现世，便在这数十载间……"

"真的吗？"风晴雪问道。

"希望虽渺茫，却不失为一个转机……"女娲声音空灵缥缈，却饱含慈悲，"一柄古剑，虽只得一个剑灵，却吸纳了万千魂魄。有生灵自愿以魂殉剑，生生世世与剑为伴，更多的则是苦苦挣扎，难逃噩运……若得襄垣指点，让这些魂魄从剑内度出而不化作荒魂，至少还可再去轮回转生……"

女娲化身的灵女向前走了几步，将手点在百里屠苏额间："所以，太子长琴，你一定要活下去，不可放弃希望……"话音未落，祥光如雨，一股强大的灵力从女娲的指尖汇入百里屠苏眉心。

"这是……"这道灵力所散发的气息十分熟悉，很像每次风晴雪为他治疗煞气时那样的温暖柔和之力。百里屠苏低头看着自己，只觉得内心平和舒缓，那些翻腾的煞气，像是得到安抚的猛兽，乖乖地蛰伏下来。

"这是女娲一族的法术，能助你抑制体内凶煞，但在朔月时效力将会大减，因此术之力与月相相合，朔月时最为薄弱，你便会心有所感，觉得杀心难抑……"

"多谢！"百里屠苏言道。

朋友们也感到心里好受了些，虽然襄垣能否醒转仍是未知之数，但此刻至少不用看着百里屠苏日日饱受痛苦煎熬。

女娲摇了摇头，面色严肃："吾尚有一事要托付尔等……"
"请大神吩咐。"几人应道。
"血涂之阵重现人间，那么铸魂石也必定伴生……"女娲说道，"此种邪石可吸纳生灵魂魄，由此汇集巨大力量，尔等可曾亲见？"

"莫不是玉横？"红玉道。

"安邑与龙渊的铸魂石虽为数不少,却多被封于娲皇神殿之中,只有少数流失在外,名称未必如从前一样……"女娲道,"铸魂石乃是白色玉石,其上有渗血之纹……"

"果然是玉横!"方兰生道。

"无论称其何名,此物皆为祸害。石中可存万千魂魄,若有人催动其力作为己用,那些魂魄便会消失殆尽……"

众人听罢,无不想起已化作焦冥的方家二姐,方兰生更是垂目不语,哀怒焦心。

"有了铸魂石,才有可能引发血涂之阵,因而此物定与当年乌蒙灵谷惨祸有关连。"女娲推测道。

"欧阳少恭曾说他认识我娘,难道……"百里屠苏一时思绪翻腾。

"吾绝不可能再次违背与伏羲的约定,令幽都之人前往人界……否则必将牵连无数……望诸位能够代吾寻获此石,将其带来娲皇神殿封存。"女娲道。

"玉横造成的惨祸,我们都亲眼所见、亲身所历,更何况玉横在仇敌之手,我必要其血债血偿……"百里屠苏说道。

"我也一定要为二姐和琴川的父老报仇!"方兰生也恨恨地说道。

"你等为大义而奔走,福泽大地苍生,吾便将此事托付于诸位……"女娲转向百里屠苏和方兰生,叮嘱道,"此行你二人或许会有所获,然逝者已不可追,执着于此便易入魔障,心中须留得一线清明,大喜大悲之时,莫要失了方寸。"

"谨遵娘娘教诲!"二人齐道。

"忘川蒿里本是虚幻之地,一日之中唯有特定时辰方可进人。两个时辰后，吾将于娲皇神殿东南，替尔等打开前往那里的通途……"女娲转过身，朝着殿内行去，"切记，那处并非幽都所辖，定要小心！"

众人拜别女娲娘娘，正欲拾级而下，却听到背后传来一个声音："先别急着走！"

几人回身一看，竟是一名巫祝打扮的女子。女子有面具遮住颜面，只留眼中两点寒光，长袍垂地，衣棱肩角皆是七彩亮羽，手执一根暗红法杖，此刻正居高临下，用法杖指着众人，颇为威严。

风晴雪见了来人，并不畏惧，而是热情地迎上去："原来是巫姑姐姐。"

巫姑却言辞冷淡，并不像故人相见的熟稔："娘娘虽托付你们寻找铸魂石，但血涂之阵岂是常人可以驾驭？对方定然极不易与……此行凶险重重，风晴雪，就凭你与这几人，当真能够完成使命？"

"你是谁啊？怎么一上来就这样不客气……"方兰生有点不快。

"巫姑姐姐是娲皇神殿十巫之一，是大哥的好友。"风晴雪一边解释着，一边走到巫姑身旁，"巫姑姐姐，你别担心，凶不凶险我不怕的。铸魂石是那么重要的东西，我们一定尽全力把它带来娲皇神殿。"

"哼！这与惧怕与否无关，若难当此任，便注定徒劳无功，依我看，倒不如早早罢手。"巫姑说起话来仍然不依不饶。

"讨厌！干吗一开始就瞧不起人。"襄铃看她这般无礼，也忍不住闹起小脾气来。

风晴雪朝巫姑笑笑,继续道:"我知道自己的法术修炼得还不够好,不过苏苏他们都是很厉害的人,大家一起,有什么困难,也会想办法克服的。"

"口说无凭,若真有决心,便向我证明你们的能耐,如何?"

"巫姑姐姐……"风晴雪还想说些什么,但巫姑冷冷地打断了她。

"不必多言,手下见真章!"巫姑退后一步,法杖一指,"若连我这关都过不了,谈什么担负寻回铸魂石之责!"

方兰生正要出手,却被百里屠苏拦住:"便由我一试。得罪!"

两人面对而立,巫姑的法杖上开始聚起蓝色光晕,周遭的女娲族神力源源不断被吸在法杖顶端,逐渐聚出一只光球来,球内柔波激荡,似是顷刻即爆。

百里屠苏缓缓举剑,严阵以待。

巫姑进招,蓝色光球逼近,激得周围空气噼啪爆响,终于对上百里屠苏的剑尖,爆裂之势一触即发!此时百里屠苏却手腕一转,以己之钝,攻敌之锋,剑芒喷射而出,与蓝光僵持,不一瞬,便将蓝光吞尽,一式"玄天炽炎"发挥得淋漓尽致。

巫姑目露惊色,不发一言,面具下目光流转,像是在重新打量众人……

"这样算过了关了吧?"方兰生道,"要是还不放心,我……"

风晴雪朝着方兰生挥挥手,意在制止,又跑到巫姑身旁:"巫姑姐姐,幽都的人不能随便去人界,铸魂石的事情女娲娘娘也很担忧……我们……一定会小心谨慎的。"

巫姑仍是不语，手中法杖却是又聚蓝灵，轻轻点于风晴雪额间。众人大惊，却听那巫姑开口道："此法力能助你增长灵力。我能做的，也就是这些了……"

风晴雪闭上眼睛，感受到灵力在体间游走，遂开口言道："谢谢巫姑姐姐！"

巫姑传了灵力，便收回法杖："晴雪，此去凶险，一定要多加保重。"

说罢转身朝神殿走去，未进几级台阶，却又停住脚步："之前去人界，未曾寻到你的兄长？"

风晴雪低头，眉间淡淡一拧，小声回道："还……没有大哥的消息。"

"也罢……他这么多年杳无音信……想必寻人也并非易事，不必急于一时。"说着，便当真去了，不再回头。

"这个姐姐灵力好强！不过人却凶巴巴的……"襄铃望着巫姑背影道。

"她并无恶意，只是希望我们能有足够的力量保护自己，尤其是晴雪妹妹。"红玉道。

"巫姑姐姐和大哥同为十巫，是要好的朋友。大哥失踪以后，巫姑姐姐一直很难过……"风晴雪面上添了几分忧色，"我不敢告诉她关于尹大哥的事情，万一……总之先别让她再操心了……"

提起尹千觞，众人的心情都变得复杂起来。

与此同时，巫姑已走进娲皇大殿，站于高台下方，向女娲行礼。

"巫姑,你前去试探风晴雪等人?"女娲问道。

"巫姑擅自行动,请娘娘责罚。"巫姑低首道。

"你与巫咸乃是至交好友,如今他下落不明,你自然更加不愿他的亲人涉足险地,也是人之常情。"女娲道,"吾亦是不得已而为之,此事除去他们,便再无人可以托付。他们此行居然凶险,然焚寂之剑同在,你也无须太过担忧。吾倒是更牵挂大巫祝之子体中封印一事……"

"娘娘,我正有一事不明。"巫姑回道,"此人体内凶煞流转不息,一试之下,邪力惊人,此时任其离去,倘若日后堕入魔道、祸乱人间……"

"他所遭遇种种,皆由吾封剑而起,亦是无辜。"女娲道,"你忧心之祸,虽并非全无可能,但若因此将其禁锢,有违天道。吾曾有片刻犹豫,也终是放下……"女娲望着巫姑的一双灵眸,"若留心观其眼中神色,便知他并不是一个会软弱低头、于命运中随波逐流之人。无论前路凶吉,他对所言所行了如明镜,当不致迷失。"

巫姑听了这话,点了点头,但目中仍有忧虑之色。

女娲又道:"伏羲早已觊觎凶剑之力,只因碍于吾而不便强夺。千万年来,魔域为他心腹大患,天界一直在找寻能够稳妥进入魔域的方法,欲率众仙攻入其中,杀死已经成魔的蚩尤……神魔之战,必将引发三界动乱,民不聊生……吾之神力渐衰,无力制衡伏羲不过迟早之事。在那一刻来临前,吾只能做到令他不至获得更多的力量。"

"娘娘向来仁慈……做此抉择,心中痛苦我亦能体会……"

"仁慈……"女娲轻笑，竟有自嘲之色，"为救他人，牺牲自己子民，令他们永不见阳光、世世代代活在无垠的幽暗之中；为封印凶剑，牵连大巫祝之子，令他命数错乱，遭遇坎坷，不得宁日，如此……也叫仁慈？"

"娘娘……"

"都道仙神无情，或许……吾才是最无情的那一个！神，已经活得太久，久到遗失了许多东西……神力衰竭，不独于吾，谁又能说不是天意？神隐的时代，即将来临了吧……"

巫姑看着女娲暗自伤怀，却不知如何劝解，站于台下，未发一言，心中却是百转千回……

时间还早，同伴们各自分散休憩。

方兰生想起过往几天发生之事，心里纷乱不已，一个人漫无目的地乱走，直到一处僻静的角落，才停下脚步。他靠着嶙峋的坚石，远望天际的忘川，正自胡思乱想，忽然听到一阵脚步声从身后传来，扭头看去，却是百里屠苏。

"是你啊，木头脸。"

百里屠苏不答，走到他身边，也靠在那石壁边，看向远处的忘川。

二人皆有心事，静默许久，方兰生忽然面浮怅色，道："我要向你道歉！"

"为何？"百里屠苏并不看他，淡淡地问。

"以前总觉得你这个人太闷，跟你讲了些不知所云的东西，还总和你对着干，现在想起来自己都觉得可笑。事情真到了自己身上，谁能那样潇洒？看不破就是看不破，那些……都只是空话罢了……说你这不懂那不懂，其实，不懂的是我才对……我真是没用……"

百里屠苏摇了摇头，表示并不赞同。

方兰生继续道："自从在青玉坛见到二姐那副模样，我就一直告诫自己要冷静，但有时却控制不住，心里充满了愤怒……现在，连是不是愤怒也已经说不清了，心里面只余下一片空空荡荡。我憎恨少恭，但一样恨我自己……二姐还在时，总不听她的话。她什么都替我打理好，而我竟然从来没有为她做过一件像样的事，等到失去的时候……"方兰生长叹一口气，"甚至没能说上最后一句话……"

百里屠苏思忖片刻，缓缓开口道："我也一样……小时候，十分讨厌村子里的人，讨厌我娘，因为在他们眼中，我仅是大巫祝之子，总有一日将继承我娘的衣钵。如今想来，众人关怀皆发自内心……被娘和巫卫督促学习法术时，我甚至想过，如果这些人从我眼前消失就好了……"百里屠苏无奈自嘲，"之后，所有人真的不在了，才明白自己是多么愚蠢！这些事情，永远都不可能释怀……然终日自责亦于事无补，不如痛定思痛，想清楚今后怎样去做。"

"你说得对……"方兰生握拳道，"一定要去找少恭报仇！"

二人身后不远处，站着怯生生的襄铃，似是在听他们讲话，却又不好意思去打断……百里屠苏扭头看到她，轻轻颔首，她却依然不动，百里屠苏只好走上前去。

襄铃揪着自己的辫梢，神色忧虑不安："屠苏哥哥，襄铃担心你，也担心兰生……"

百里屠苏转头看着依然靠在石壁上的方兰生,道:"你过去看看他,他应能开怀一些。"

"真的吗?"襄铃疑道,"我真的可以帮到兰生?"

百里屠苏点点头:"去吧。"

"嗯。"襄铃好像开心了点,小跑着朝方兰生奔去……

幽都虽终年幽暗如夜,民生百态与人界却也有相似之处。百里屠苏知道,离开之后,不免又是一番接连拼斗,看到眼前情景,却心思平静,忆起年少之时。

南疆乌蒙灵谷,也是这样一个在女娲庇佑下遗世独立的方寸天地。

只是不知不觉间,人便长大。

前面有些摊贩,如人间小城的集市。百里屠苏在一个泥人摊前驻足,摊前摆着各式的泥人,大约三四寸长,啼笑皆具,无不栩栩如生。

"这位小哥看着面生得很,莫不是从地面上来的客人?"摊主是幽都的年轻女子,正在一块四方的面板上揉着软泥,十指灵动如飞,说话间便捏出个人形的轮廓来。她看百里屠苏并不答话,便又说道,"这可稀奇了!幽都数年都无外客,既从人界过来,一定得瞧瞧我们这儿的泥人,别处可见不到……"

百里屠苏走近,拿起一尊泥人,是个身着布装、双手捔辫的女孩,正含羞而笑。

"这些泥人是陈设之用?"百里屠苏问道。

"买回去摆在屋中自是好看,不过幽都的泥人,最最重要的是另外一个用处……"

"静虹姐姐……"风晴雪不知何时已走了过来,顺手拉了拉静虹,示意她不要再说下去。

百里屠苏见静虹神色异样,不禁有些疑惑。风晴雪连忙把手收回,微微一笑,似是什么也没有发生过:"苏苏。"

"原来小哥是跟着晴雪来幽都的。"静虹恍然。

"算,算是吧……"风晴雪答道,"我刚从人界回来。我们不买泥人的,改天再来找静虹姐姐玩吧。"说着便要带百里屠苏离开。

静虹见她神色匆匆,先是一愣,接着眼睛一转,似是猜到了七八分:"哦,我明白了!"她看着风晴雪调笑道。

"明白什么?"百里屠苏一愣。

"晴雪你这是害羞了!这可难得一见。"

此话一出,风晴雪立刻脸红:"谁、谁害羞了……"

"嘻嘻,有什么不好意思的?你若喜欢,我这就捏个顶漂亮的,让这小哥买给你就是……"

"别乱说……"

"这是何故?"百里屠苏越看越摸不着头脑。

"没什么!苏苏我们走吧,我带你去看看幽都其他地方!"

说着便要离开,却不防静虹在背后大声道:"哎!别忙着走呀,晴雪不让我讲,我偏讲!"

百里屠苏回过头来,但见静虹满面笑容:"听说人界没这风俗,但在我们幽都,男孩子若是亲手捏一个、或者买一个泥人送给女孩子,便是求亲之意,反之亦然……"

"静虹姐姐,你……"风晴雪尴尬无比。

"心里明明喜欢他,扭扭捏捏的,可不像我们幽都女子!"

静虹越说越起劲,"姐姐这不是在帮你一把嘛!"

百里屠苏看看泥人,又看看风晴雪,面上已有薄红。

风晴雪慌忙摆手道:"苏苏,我以前……送你的那个并不是……并不是……"

风晴雪说不出口,静虹却把话接了过来:"什么?送都送过了?那你还害羞什么?"

二人无言,目光却一触即离。

"跟我来!"百里屠苏忽然转身。

"啊?"

"跟我过来……"百里屠苏头也不回地说道,风晴雪便默默跟了上去。

"两个人,就该把话说开了。这是喜事啊!"静虹的声音在身后响起,"哪天成亲,晴雪你可得记得我帮的大忙,多和我讲些人界的新奇事儿吧……"

百里屠苏走在前面,风晴雪一会儿就追了上来,二人并肩而行,却不发一语。绕过市集,百里屠苏也不知再走要通向何处,恰好前面有一空亭,他便走上前去,站于亭中。

二人依旧相对无言。此时恰有飘浮的女娲灵力在亭中闪过,淡蓝微光照亮百里屠苏的脸,却是略显紧张。

百里屠苏听见自己的心跳,像是如临大敌般怦怦作响。

"苏苏……"风晴雪打破了沉默,"你……带我来这里做什么?"

"我……"百里屠苏好不容易说出一字,却接不下去。

"你不说,那我先讲了……"风晴雪避过百里屠苏的眼神道,"别在意安陆的泥人,并不是……不是那个意思……虽然我对你……可那个时候我觉得……我们不会在一起的……"

"为何?"百里屠苏追问。

风晴雪摇摇头:"有很多原因……比如说,那时还不明白,到底怎样才算喜欢一个人,只是看见他觉得开心就可以了吗?那和朋友又有什么不一样?不过现在,我已经明白了……"风晴雪鼓起勇气看着百里屠苏的眼睛,"还有,从小我就想着,长大了要去娲皇神殿做灵女……"

"灵女?"

"对,侍奉女娲娘娘的灵女。娘娘会赐予她们比其他人长久许多的寿命,而她们要心无旁骛,不可以离开娲皇神殿……"

"那岂非十分孤独?"百里屠苏道。

"心怀信仰,即使孤独,也一定能忍耐吧?"风晴雪道,"有了这个打算,我一直觉得,自己终究要走上和别人不同的路,当朋友和亲人渐渐老去、离世、化作尘土的时候,或许我还活着……或许,当他们年纪大把了,早已经把我忘记……想到这些,心里还是会忍不住难过,好像唯有自己一个人被留了下来……大哥说,灵女永远都只是别人命里的过客。"风晴雪顿了顿,"那时我只希望苏苏不要把我忘了,偶尔看见我送你的泥人,想起风晴雪这个人,我就心满意足了……"

"怎么可能忘记?一辈子都忘不掉!"百里屠苏说着,眼中却起了踌躇,"我……不知道晴雪竟有这般志向,乌蒙灵谷之事……是我唐突了……"

"苏苏……"风晴雪低着头,却又仰起来,正视着百里屠苏，目光坚定得似是无论身边发生何事，都不会退让，"我不会再去做灵女了！"见百里屠苏面露惊色，她继续道，"因为我想陪着你，陪你去很多地方，看不同的城镇村庄，帮一帮那些遇上困难的人，一起走、一起看……我愿意做你说过的那样一个人！"

百里屠苏听了风晴雪的表白，呼吸略有急促："这样，你心中不会留有遗憾吗？"

"有什么遗憾不遗憾的！大哥说过，世上本没有那么多两全的事情，打定主意选了一边，就别再贪心另一边，不要回头，也不用后悔。"风晴雪道，"我和大哥进娲皇神殿侍奉女娲娘娘，是爹爹生前的心愿。现在虽然让他失望，可我不会后悔……苏苏同其他事情……我想把苏苏放在最前面……"

这样说着，风晴雪面上忽生忧色："女娲娘娘说，不能解开你身上的封印，我听了心中空空的，幸好还有一个大铸剑师襄垣……我不怕孤单，不怕娲皇神殿里千百年的时光，但我很怕很怕……如果我这样走进神殿，就再也见不到你了……"

女娲灵光再次闪过亭内，明灭之间，但见百里屠苏双目澈如清泉，迈出一步，将风晴雪抱在了怀中……

虽无言语，那紧拥的力道却已经说明了一切。

百里屠苏的举动，令风晴雪惊讶得睁大了眼睛。双颊染上红晕。静了一会儿后，她闭上眼，轻声说："我会一直陪着你。去哪里都好，到多远的地方也无所谓，天涯海角都可以陪你……直到那个襄垣醒过来，我们就去找让你不会化作荒魂的办法……苏苏一定不会有事的！很久很久以后，等我们老得再也走不动的时候，就在桃花谷住下，每天看日出日落，等待着一起去轮回井投胎，说不定我们下辈子还能遇见呢！不管怎样……都不要分开……"

"好。"百里屠苏低声道。说罢，两人皆轻轻闭上眼睛。

许久过后，百里屠苏睁眼："晴雪，我也有东西要送给你……"

风晴雪从他怀中仰起头："是什么？"

百里屠苏取出一物，风晴雪接了过来，竟也是一个泥人，细辨之下，正是风晴雪的笑颜。

"啊，这是……"风晴雪脸红道。

"我自己捏了一个……想作为上次的答礼……捏得不好，一直犹豫着要不要给你……"

泥人身上还带着百里屠苏的体温，风晴雪腼腆一笑："怎么会不好看呢？我喜欢，很喜欢……"

"这个泥人……"百里屠苏脸红道，"是幽都这儿的意思。如果可以，我想永远和你在一起，无论发生什么事情都不分开。我会努力活下去，希望能成为一辈子保护你的人！"

"……我答应你，苏苏。"风晴雪静了片刻，轻声说道。

忘川蒿里

地下的世界，是漆黑的永夜。天际浮动着的如银河一般淌着晶莹的魂魄的光带，即是忘川。

忘川之畔盛开着妖异如火焰的彼岸花。传说中，它能够接引亡者之魂。

此时，百里屠苏等人正身处一片空旷的沼泽。沼泽里生长着半人高的蒿草,地面像是积着莹亮的水,踏上去便出现层层晕开的涟漪。一些萤火虫般的光点在蒿草间飞舞,也许是不甘随着忘川离去的魂魄碎片。

那种空茫和辽远,让人沉静却忧伤。

"这儿……就是蒿里吗?有种非常宁谧、和别处完全不一样的感觉……"

"大神说过,'由心中念想,或许便会在那个地方见到你所牵挂',那我们……究竟能见到什么……"

众人无目的地随意漫步,不知到底要寻找什么。

风晴雪向远处望去,突然露出惊疑的表情:"苏苏你看,那边……有个人,好像是、好像是……"

蒿草间有个熟悉的背影,南疆服饰,端庄秀丽。

"娘……"百里屠苏愣了一下,然后一边快步跑过去,一边喊道,"娘!"

众人也醒过神来,跟着追了过去。离得近了,能分辨出那果然是曾经在大家面前化为焦冥的韩休宁,可韩休宁背对着百里屠苏,并没有因为听见喊声而转过身来,就如当时的焦冥变幻的样子一般。

百里屠苏站在韩休宁背后,伸出手,想要碰触,可又不敢真的去碰。

"真的、真的是你?娘……会不会……又是空欢喜一场……"

韩休宁仍然没有转身,却能听到她温柔中含着威严的疑问:"谁……是谁?"

百里屠苏听到这熟悉的声音,眼中湿润,轻声应道:"是我……是云溪！"

"我……仿佛听见……有人在叫'娘'……你是谁？也同自己的母亲分开了吗？"

百里屠苏脸上的惊喜又化成了哀伤：娘听不到他的声音，更认不出他。

红玉轻声说道："蒿草中魂魄不计其数，巫祝大人……或许是因百里公子的念想才会出现在我们眼前……然而……昼夜幻梦、耽于往昔……无法听清别人的声音，也无法辨清别人的形貌……只是沉湎于自己的思念之中……"

这一次的韩休宁，不再是焦冥操控下的傀儡，她会思考，会说话，真真切切就是百里屠苏的娘亲，但同时，人鬼殊途，两界分隔，百里屠苏再想拥抱自己的娘亲，与她说上几句心里的话，已是不能。

"云溪……我的孩子……"

"娘……"明知她不会听到，却仍然想要一声一声地呼唤……

蒿草间的韩休宁捂住自己的心口："我的孩子已经和我分开了很久很久……我对那个孩子……做下了残酷之事……永远、永远得不到原谅……"

听到"残酷之事"这四个字，大家心中都是悚然一惊，难以揣测当年究竟发生了什么。

周围的蒿草间突然升起氤氲的雾气，待雾气散去，众人竟发现自己身周的环境已变成了乌蒙灵谷中的冰炎洞。

洞内寒气逼人，一柄巨大的石剑却不断散发着奇异的力量。

剑柄旁站着韩休宁,她正默默地望着巨剑,有所思索的样子。

红玉安抚众人道:"我们应当是被卷入了她的思念之中,我们眼中所见是她的回忆,亦为虚幻……"

那巨形石剑内封印的,应当就是焚寂之剑。韩休宁面色忧虑,自语道:"焚寂之剑封印日益衰弱,凶煞戾气由此封剑巨石中隐约透出……我当日身怀六甲,前来禁地,没有料到因封印力量减弱之故,导致焚寂煞气入怀……云溪降生,体质竟比历代大巫祝更加阴煞……即便令他修炼族中传下的古老心法予以缓解,亦未见全然好转……"她秀眉轻蹙,似是无法可想,只得祈求神明庇佑,"女娲娘娘保佑乌蒙灵谷,保佑吾儿……但愿焚寂封印一事莫要引发其他祸患,我……会静静等待自幽都而来的使者……"

又一阵雾气弥漫,眼前仍是冰炎洞,样貌却已完全不同,地面上,巨大的红色法阵正在运转,散发着刺眼光芒和强大力量的玉横浮于阵心,整个冰炎洞到处是斗法留下的碎石和坑洞,被封印着的血红色焚寂之剑已然破石而出,在空中颤动不停。

法阵之外,韩休宁显然已经精疲力竭,但仍挥舞法杖,抵抗着来犯之敌,而来犯的敌人,是雷严和一名清俊少年。所有人看到那张脸,都禁不住倒吸一口凉气——欧阳少恭!

另有一名巫祝打扮的男子,戴着面具,正在韩休宁身边,与她共同御敌。别人还罢,风晴雪却失声叫道:"大哥!"

两方斗法不止,身影错落中,大家看到,韩休宁身后的空中,正悬浮着一个男孩的身体,看样子……已是没有气息了。

一片血雾笼罩。血雾散去时,众人重新回到忘川的蒿草之间,心中疑问丛生:"刚刚那是什么?也是巫祝大人的回忆?"

红玉一副惊疑模样,喃喃道:"移……魂……"

风晴雪焦急不已:"大哥竟然在巫祝大人身边……那他后来、后来怎么了?还有另外两个人,不是……雷严和少恭吗……"

百里屠苏头痛欲裂,无数的记忆碎片在脑中闪过:"雷严……欧阳少恭……乌蒙灵谷之事果然与他二人有关!等一下……脑海里有什么……"

那边,沉浸在回忆之中的韩休宁的魂灵,则继续着她娓娓的自语:"村子结界消失的那一天,整年中唯一的一天……许多通晓法术与毒术之人忽然闯入,不由分说便开始屠杀,简直像一场噩梦……他们应是谋划已久,只为夺取焚寂剑灵……村人受女娲娘娘庇佑,血脉之中拥有灵力,然而大多数人并未修习法术,拼死抵抗,亦难逃噩运……我与巫咸大人……甚至不能去冰炎洞外守护族人,只留下其他巫祝……因为我们须得看守焚寂之剑……"

风晴雪脱口喊出:"大哥……"

"那个时候,巫咸大人从幽都赶来乌蒙灵谷还没有多久,尚未来得及以女娲娘娘所赐法器增强封印之力……果然有二人来到冰炎洞底……用铸魂石中的灵魂之力破坏封印巨剑,并且布下一个红色法阵,企图取走焚寂内的剑灵魂魄……"

风晴雪了然道:"刚才……我们看见的那个红色法阵,难道就是血涂之阵?"

"云溪他担心我,偷偷跑来冰炎洞祭坛……事情发生得太过突然……刹那间，我眼睁睁看着……看着我的孩子被对方的法术杀死……"

此言一出，所有人都惊愕地看向百里屠苏。

"死……是说……屠苏哥哥吗？"襄铃惊讶地捂住嘴，"怎么会呢？屠苏哥哥现在……不还好好的？"

韩休宁并不能感知周围人的心情，只是徐徐说道："我既伤心又焦急……焚寂剑灵眼看将被引走，乌蒙灵谷世世代代镇守此剑，怎能坐视其落入歹人之手……哪怕全族尽毁，亦不可令别人夺得焚寂之力……巫咸大人告诉我，血涂之阵乃是世上最诡异霸道的咒阵之一，昔日龙渊部族用作引魄移魂……于是，我萌生了一个可怕的念头……"

百里屠苏面色苍白，仿佛已经猜到发生了什么。

"我恳请巫咸大人代为抵挡那二人一时半刻，自己则趁他们分神之际，反过来借用血涂之阵的力量，加上女娲族封印之术，将被引出的焚寂剑灵封入了我儿体内……"

即使隐约有不祥预感，众人听到这里仍然吃惊不已。

方兰生忍不住叫出来："什么？"

"苏苏身上的封印……真的是巫祝大人……"

韩休宁语意哀伤，显是生前此举，死后亦不能释然："我族历代大巫祝因时常接近焚寂，体质渐渐变得阴煞，血脉相承，每一代都必须修习族中流传下来的古老心法方能缓解。可是到了云溪身上，心法却效用甚微，他的身体与焚寂剑灵十分相合……当时，他的命魂、四魄已被铸魂石吸走，余下的被我以法力暂时稳住，直到它们和剑灵魂魄一同被血涂之阵的力量封印……我不知道这么做究竟是对还是错。那一刻，我只想竭力守护焚寂之力不被夺取……在那以后，对方是否会想方设法破去封印之术，重新取走剑灵魂魄，亦非我能预测……得到了焚寂剑灵中的命魂，云溪或许……或许死而复生亦有可能……"

方兰生大吼一声："活过来又怎样！这种死而复生谁又稀罕！"

韩休宁却听不到这样的愤怒："他……要是活过来又将如何……会怨恨于我，还是……"

风晴雪痛苦地摇头，眼泪静静地流下来："为什么？太残忍了……苏苏是你的孩子，为什么要用自己的孩子做镇守凶剑的器具……那个封印令苏苏这么痛苦……原来、原来却是……"

红玉看向百里屠苏，只见他面上满是痛苦之色，冷汗满额。

"百里公子！"

"苏苏，你怎么了？"

百里屠苏脑中画面闪回。当年偷偷溜出村子后遇到的那位友好的大哥哥，这些年在梦境中一直面目模糊，如今却清晰了起来："我……我记起来了……村子结界……玉横……欧阳少恭……之前记忆有损，始终无法想起……小时候结识的那个异族人究竟何种形貌……原来竟是我、竟是我儿时贪玩，溜出村去，对欧阳少恭泄露了村中结界之事……"

其他人都担忧地看着百里屠苏。

"无怪乎……在始皇陵里雷严会……悭臾也曾说死而复生……我韩云溪……早已是一个死人……"

襄铃急得几乎要哭出来："屠苏哥哥不要这样讲……"

方兰生也不知该说些什么好:"木头脸……"

韩休宁静静地立在茫远的忘川河岸,蒿草间的流萤划过她的面颊,这个年轻的母亲对着缥缈的时空说道:"假如……这个世上真的存在死而复生……我希望我的孩子能够活下去……虽然一定会万般苦难艰辛……"

"娘,你可曾……觉得后悔?"

韩休宁并不能听到百里屠苏的问话,她只是自言自语道:"那个和自己母亲分离的孩子……你……还在吗?其实……你并非魂魄,对吗?"

明知母亲看不到,百里屠苏还是点了点头。

"我从你身上感觉不到亡魂的气息……若是你能够去到人间,若是有那么一天,遇见一个叫作韩云溪的男孩子,眉间一点朱砂……那,就是我的孩子……你可以替我带几句话给他吗?"

所有人听到韩休宁这样说,均是表情哀伤:她的儿子就在眼前,却阴阳两隔,无法相认。

"不!还是什么都别说了……我无话可说……那个孩子,我永远都将他当作下一任大巫祝来严厉地教导……任何时候,他为我族舍身,应是义不容辞……到最后,连我自己都已经忘记,我还是一个母亲……我毫不犹豫地舍弃了那个孩子,这样根本不配做母亲……我对不起他……然而心里虽然感到万分痛苦,却从来不曾后悔。假如光阴倒转,再来一回,我依然会如此选择……"

百里屠苏听到韩休宁这样讲,百感交加地看了她一会儿,终于把眼睛闭上。

离开嵩里的路上，众人均是缄默不语。

百里屠苏的脚步有些迟疑，他得到了想要得到的事实真相，但那真相未免过于残忍。

风晴雪一直观察着百里屠苏的举行，生怕他在这样的刺激下，煞气再犯，迷失自我："苏苏，巫祝大人的事情……你、你不要……"

百里屠苏望着远处的忘川——那冰冷而又明亮的魂之河，轻轻地摇了摇头："我……并不恨她。若在以前，大概早已是满心怨愤，然而，经历了这很多事之后，我不会再如那般。这个封印，虽令人痛苦煎熬……或许当日韩云溪就那样死去才是最好……"

百里屠苏转过身来面对大家："但若无此封印，百里屠苏这个人根本就不存在，不会拜入师尊门下，不会收养阿翔，亦不会……结识你们……"

方兰生惊讶地看着百里屠苏："结识……我们……"

百里屠苏垂首言道："或许正如女娲大神说的……冥冥之中自有所定……"

所有人正觉得五味杂陈，一个冰冷的声音却在不远处响起："呵呵！死而复生……当真，是一段精彩绝伦的旷世奇缘。"

这声音如此熟悉！曾如春风般悦耳，如今却如金针刺骨。

"欧阳少恭！"

欧阳少恭的身影从虚空中浮现，渐渐清晰："只可惜……有一处却讲得大错特错。请问，'百里屠苏'又是何人？"

他直视着百里屠苏道:"他从来都不存在!过去没有,现在没有,将来更不会有!你不过一缕亡魂,偷走了属于我的东西,苟延残喘,难看至极!"

"胡说!屠苏哥哥,屠苏哥哥明明一直都在!"

欧阳少恭并不理会襄铃,甚至当在场的其他人皆如空气,只是冷冷地向百里屠苏伸出手:"如今,终于到了物归原主的时候……你说呢,韩云溪?"

"你的东西?"百里屠苏蹙眉道。

欧阳少恭优雅地肯定道:"自然!我遗失的一半魂魄,先是为焚寂所得,后来又被那个女人用计藏到了眼前这具躯体里,难道……不该找你取回?"

这短短几句话,令众人俱是大惊,原来真相的背后还有真相,这一段孽缘,竟然……

"一半魂魄……"百里屠苏更是震撼不已:"你……同太子长琴有何关系?"

欧阳少恭轻笑:"你知道的倒是很多!若你想要唤我作太子长琴,亦是无妨。"

"什么?"方兰生骇声道,"那个仙人?仙人怎会是这样……"

欧阳少恭摇头叹息:"唉,小兰仍然这般孩子气!历练许久,却不见变得稳重,这可不好。仙人又当如何?任何生灵,皆是披毛戴角的畜生罢了。"

"漫长的时光,足以改变许多事情……"欧阳少恭的声音逐渐变得冷硬,"小兰是否曾经历过三魂七魄遭人硬生生分离,失却命魂,不得投胎、不得轮回,为活下去,只能抢夺其他人，甚至畜生的肉体与魂灵……"

红玉蹙眉低斥："你！一直在用度魂之术？"

"呵呵，度魂换身，稍有不慎便要形神俱毁，那种滋味想必你们都从未体会，亦是……十分美妙。"欧阳少恭笑得令人毛骨悚然，"可惜啊！太遗憾了！周遭之人始终不能长久为伴，当你一夕之间容颜变换，他们却将你视为怪物，此番情谊……实在消受不起！然而顾念旧情，我倒不便转身即去，总会将他们的身体细细切开，感受一下昔日亲人、爱侣那温热的鲜血……"

众人听欧阳少恭说这些，都已经惊呆，感到一阵寒意。

"欧阳少恭！你简直……你的血都是冰做的吗？？？"

"冰？"欧阳少恭轻笑，"小兰如此知我。你怎知我正是想弄个明白……那些人的血究竟冷还是热？为何前一刻温情细语，下一刻便能将朝夕相依之人当作怪物般惧怕鄙弃？果然，那血流出来的时候尚且温热，渐渐也就冰冷了……"

"你……"

欧阳少恭面上突然露出一丝哀伤的神色："唯有巽芳和别人不同，即使知晓度魂一事，依然待我如昔……那真是一段美好的日子，琴瑟合鸣、如沐春风，我几乎……几乎忘却过去所有苦难，只盼望一直如此沉溺下去……可是苍天连这点仁慈都不予我！"

他面色又转为狰狞："蓬莱天灾，巽芳亦就此离去……难道是获罪于天，无所祷也？难道是太子长琴注定寡亲缘无情缘，哈哈，这就是上天给予我的命运！"

"雷云之海幻境中，是……你和她……"

欧阳少恭沉默片刻，叹道："那处幻境，千觞已告知于我，当真……不错！待我令沉没的蓬莱故土重见天日，自可重新见到巽芳音容！"

"此话何意？"

"如我在青玉坛时所言，我将重建蓬莱，令其成为不死者的永恒国度，到那时我诚心诚意邀请诸位前去做客。"

方兰生跳脚道："我看你是疯了吧？把我们都变成焦冥摆着叫作客？"

"小兰何必动气！我既是诚心，亦不在乎多等一时半会儿，毕竟……这么多年、这么多事，也都等过来了。"

"当年你与雷严灭我全族，便是为了焚寂之剑内的那一半魂魄？"百里屠苏怒声质问道。

"魂魄自是要取回，焚寂也同样要带走。待我得到剑灵之魂，天下间除我以外，又有谁能够真正发挥焚寂凶力？可叹你那母亲，实在是心如铁石，连自己亲儿都愿意如此牺牲！哈哈，令人大开眼界，大开眼界！也令我寻访千百年得到的血涂之阵秘法，即使得知焚寂所在，依然功亏一篑！"

欧阳少恭说到此处，竟是心有所恨："更可笑的，便是雷严那个蠢物！冰炎洞因承受不住血涂之阵而坍塌，乱石将众人掩埋，他却只将你当作一具寻常尸体，弃之不顾，甚至连废墟之下的焚寂断剑都未取出！数日后，我在青玉坛由昏迷中醒来，即刻命弟子前去乌蒙灵谷找寻，却是人与剑皆不知所踪……"

风晴雪突然插话，是少见的神色严肃："少恭你……怎么找到这儿的？尹大哥呢？"

"找人又有何难？千觞早已在你们身上撒下无色无味的'冥蝶粉'，青玉坛自有方法追寻。你们当真是玩心甚重，居然跑来地界，害得其他弟子也不便来此，我只好亲自现身请人了。"

"你还没告诉我，尹大哥呢？"

欧阳少恭轻笑道："晴雪姑娘少安毋躁！你若想问，我自然知无不言、言无不尽……他害你们至此，晴雪却仍然记挂着他，果然是心地良善。可惜此处并非谈话之所，不如换个地方，我再细细说与你听？"

方兰生等人将风晴雪护住："晴雪凭什么要跟你走？前些日子青玉坛玉横之祸，其实也是你一手谋划的吧？"

欧阳少恭温和摇头："小兰，你将我看得忒低！那不过是雷严自作主张，当时我正身处昆仑山天墉城……"

百里屠苏心中顿生不祥之感："你去天墉城作甚？"

"自是得了消息，前去寻你啊！发觉你的的确确被移入剑灵魂魄，还丧失了一些记忆，好不可怜……"

"魔魅入梦……与此事亦有关联？"

"呵呵，谁让你有个厉害师父！我虽不惧他，却不愿做无谓争斗。"欧阳少恭叹道，"那只魔妖，自大而又贪婪……不过随意说上几句，它便入你梦中取你精神。紫胤真人爱徒心切，又岂会袖手旁观？果然甘冒风险，魂体相离，入你梦境施展'镇魔之术'，虽灭去魔魅，却也遭其邪气侵心，不得不闭关静养。"

方兰生怒骂道："太卑鄙了！你想把屠苏的师父支开，好下手取另外一半魂魄？"

欧阳少恭却淡然摇头："小兰莫急……封印不解，我又如何取到？杀死他虽是轻而易举，然尚未解封，太子长琴魂魄仍会继续存于尸身之中，他也将化为尸邪怪物。天墉城擅长解封法术，如此凶煞祸患，紫胤真人却迟迟未有动静，想必是怜惜徒儿性命，不忍解封除患，只得将他禁足于门派之中。呵呵，当真是个有情有义的好师父！然而，若这个弟子擅离昆仑，且因煞气失控，为祸一方，他还会不会、能不能……如此祖护呢？"

百里屠苏惊讶之中，想通了更多事情："擅离昆仑……肇临师弟身死……是你所为？"

"那人谩骂于你，难道还不该杀？"欧阳少恭斥道，"我的半身……怎可如此无用！明明焚寂在侧，何须忍气吞声？我不过……赠他一点药粉，几日后便死掉，倒也算得个痛快，只是确实劳你多承受了，毕竟是你们一同抄写典籍时发生此事，想必百里少侠亦是有口难辩……"

"你！"

"可惜世事总不能尽如人意……三番两次推波助澜……瑾娘扑命、铁柱观与狼妖一战、大巫祝化为焦冥……你却始终不曾真正神志大乱、邪煞侵心，委实叫人失望得很……"

前因后果，一切都已贯通，红玉被欧阳少恭之疯狂残忍气到发抖："你……竟想将百里公子逼迫至疯魔……"

"呵呵！今日一见，他体内凶煞之气仿佛更为平静……我却没有耐心再等下去！有些事情虽然好玩，但玩得太久，亦是无趣。"欧阳少恭高高在上地勒令道，"五日内请百里少侠回天墉城解开封印，随即前往祖洲以北的蓬莱国做客，其他几位也请同来,我定然……恭候大驾。"

"白日做梦!"

"呵呵,若是有人不赴邀约,我自然心急,我一心急,却不知会做出何事,不过,挥手之间令江南出现几座死城,倒也不算什么……"

"死城?疫病……"方兰生几乎要上前与他拼命,"你、你想故技重演,像对琴川那样……"

"琴川那般,不过小小儿戏!小兰怎会一直惦念在心?何况,每回皆同,岂不太过无聊?若好奇究竟将发生何事,亦可不去赴约,我一定……不令小兰失望。"

"你这混账!把人命当成什么?"

"人命?人命同其他畜生的命有何不同?天道亡万物、人杀人、人屠猪狗,小兰既然念佛,可曾去问过那些猪狗,对人又是如何作想?"

"你!"

欧阳少恭看着百里屠苏,冷冷威胁道:"百里少侠之师尊自是厉害,然道法仙术解不了疫病之祸。依我看,还是莫要牵扯其他人,否则诸位恐将更为烦心!那又是何苦?五日之约,勿忘勿慢!"

说罢,他优雅笑道:"今回,晴雪便先行一步,与我同去蓬莱。"

众人这才发现,不知何时,风晴雪竟已是木木呆呆地跟在了欧阳少恭身后,面色凝滞,双目微合。

"晴雪!"

"她是个好女孩!我曾赠她药丸,用以抑制体内瘴毒。此药亦另有他效，譬如……听从我极为简单之示意。服下一丸，药力即可持续一段时日。"

百里屠苏拔剑而上："不许将晴雪带走！"

欧阳少恭却长袖一展，施出莫名法术，携着风晴雪转瞬间退开百步之遥，之后身形渐渐隐去："百里少侠莫要焦急！晴雪若是乖巧，我自然好好待她。诸位去到蓬莱，我亦有所安排……令你们玩得尽兴，绝不怠慢……眼下……便先回人间去吧！呵呵，应该有人会寻你们……"

一阵耀眼的白光闪过，所有人措手不及，竟然全被那股强霸之力打入了忘川。

早发白帝

川东，白帝城。

此地古称子阳城，地处瞿塘峡口的长江北岸，东依夔门，西傍八阵图，三面环水，雄据水陆要津，乃是一座浑然天成的要塞之城。西汉末年，公孙述割据四川，自称蜀王，因见此地一口井中常有白色烟雾升腾，形似白龙，故自封"白帝"，在此建都，并将子阳城名改为白帝城。

这座山城看起来平静怡然，百姓安居乐业，吃吃麻辣火锅，打打麻将。来往的商贾旅客，也往往会被这里浓郁的市井气息所感染，觉得人生在世，好吃好玩格外重要。但也有人传言，江湖著名杀手组织"影煞"总坛，就在白帝城附近。因此，经常有前来寻找影煞买凶杀人的江湖人士在此驻足，只不过扮成平民模样，以免惊扰了这里的乡民。

百里屠苏于客栈醒来的时候，发现屋子里站满了人，方兰生怒目而视，襄铃拧着眉头，红玉满眼审视，而所有人的目光都是投向同一个人——尹千觞。

百里屠苏翻身坐起："尹千觞！你怎会在此？"

尹千觞咧嘴一笑："趁着少恭离开青玉坛，从那里逃了出来……应该说，他原本也没打算留下我。"

"这是何处？"

"白帝城。"尹千觞看出他的疑惑，主动解释，"你们身上有冥蝶粉，我使用追踪之法，一路找到了白帝城水边……"

百里屠苏蹙眉道："我们……在地界被少恭法力打入忘川……"

"这就没错了……忘川确是通向人间。"尹千觞抓抓头，"听红玉说晴雪被少恭带往蓬莱，我跟你们一起去救她。"

百里屠苏见大家都是一副无法置信的模样，于是问道："你，究竟有何目的？"

"这怨不得你……谁让我……唉！反正眼下人都在，一次说个明白。"

尹千觞平时没有正形，这会儿正经说起来，倒是简洁明快，三言两语就把事情交代清楚了。

方兰生更加愤怒："所以说，你听从欧阳少恭命令，一直把我们的事偷偷告诉他？"

"少恭曾救我性命，我不过报答他的恩情。"尹千觞叹道，"当初，我是受了嘱托，跟随百里屠苏的。太子长琴、蓬莱国、巽芳，这些我却没有从少恭那里听过，只知道他想自百里屠苏身上取回遗失的一半魂魄，却不料他竟会做到这个地步……"

"混账！事后再来假惺惺有什么用？"方兰生一副要吃人的模样。

百里屠苏却不恼不怒，只定定地看着尹千觞，问出他心中最在意的问题："你，究竟是不是晴雪兄长？"

其余人也都看着尹千觞，等待答复。

尹千觞却像是被这个问题难住一般，沉默不语。

"快说啊，是就是、不是就不是！有什么好想的？"

尹千觞苦笑道："是或不是……有那么重要？"

"到现在你还说这种话？"方兰生指着他的鼻子，"晴雪一心想找到自己的大哥，你又不是不知道！"

尹千觞又沉默了片刻，声音有些干涩地开口道："……如今这个我，所有记忆的起点，便是在青玉坛醒来的那一刻。当日脑中一片空白，并无半点过去……"

听到这些，百里屠苏心中已经明白，尹千觞便是巫咸了。他受血涂之阵的影响，就如自己一般，失去了记忆。

"少恭和雷严似乎想从我这里问出些什么，我却半点也记不起来。雷严恼怒之下，欲下杀手，少恭阻拦了他，并悉心医治我的伤势。待到痊愈之日，他任我离开青玉坛，只是让我自己想清楚，今后要怎样活下去……"

众人露出惊讶的表情。

"此后，世上便多了一个尹千觞。我漫无目的地遍访名山大川，发觉自己对这个人间既感到陌生，又十分喜爱。这般活着，悠闲惬意，沽酒而欢，无一不好。"尹千觞扶住额角，面露一丝苦笑，"直到最近几年，却渐渐想起一些往事……幽都……十巫……乌蒙灵谷之变……"

襄铃算是听明白了:"你真的……真的是晴雪的哥哥呀……"

尹千觞却摇摇头,"不……如今,我仅是尹千觞,浪迹天涯,无拘无束……"

红玉蹙眉道:"你不打算与晴雪妹妹相认?"

"呵,相认?"尹千觞哂笑道,"原本就没有什么兄妹,谈何相认?"

砰的一声,他眼前一花,脸颊重重挨了一拳,舌尖已有血腥味道。

百里屠苏斥道:"混账!"

尹千觞似是心有愧疚,并未躲闪,更不还手。

"这一拳,是替晴雪打的!"百里屠苏说道,"当日血涂之阵激发,冰炎洞崩塌,所有人非死即伤。我与你应是因此失去记忆……但我相信,你已经觉察晴雪可能是你妹妹。既然这样,你竟然还替少恭做事!"

尹千觞不答反问:"那你希望如何?我与晴雪相认?一开始便背离少恭?你告诉我,我成为风广陌又能怎样?回到娲皇神殿,一辈子待在布满瘴气、只有无尽黑暗的地下?阳光、草木、星辰……人间司空见惯之物对幽都人来说根本遥不可及……百里屠苏,难道你幼时便不曾想过离开乌蒙灵谷?难道你不是宁可前去归墟,都不愿在天墉城中禁足一世?"

"……"

这些言语,仿佛一把尖刀,直刺百里屠苏的脑海。

是啊,幼时日夜盼望,想要离开乌蒙灵谷;如今宁往归墟，也不愿再回到天墉城。

"凭什么女娲族就一定要接受这样的命运？一定得效忠神殿里那位高高在上的大神？"尹千觞缓缓擦去嘴角血丝，"那些遗忘之事……并不需要再回想起来。我宁可永远都只是尹千觞！"

众人不知该如何反驳尹千觞，都沉默下来。人皆有自私之心。尹千觞如此而行，所求的不过是掌握自己的命运。百里屠苏下山求药，方兰生弃婚逃家，和他又有什么不同？！

"来日方长，今次或许也争论不出任何结果……"红玉提醒众人，仍有更重要的事要做，"依我看，此事便先放下，我们不如想一想，该如何去蓬莱救出晴雪妹妹。"

尹千觞抹了把脸，复抬起头来，面色严肃道："据我所知……少恭打算以玉横邪力，将雷云之海中的蓬莱废墟强行由空间裂缝拉入蓬莱国内予以重建。这样做必会引发空间动荡，令东海掀起巨浪，来往船只尽毁，之后将是风雨海啸，沿海城镇恐有大灾。"

"这就是他说的……让蓬莱故土重见天日？"方兰生仅仅想象一下那场景，便觉得毛骨悚然。

"虽然我曾帮助少恭对付百里屠苏，但也不愿看他如此倒行逆施，我……同你们一起前去蓬莱阻止他。"

"你要跟着我们？"方兰生一百个不同意，"不行！你这混账不可信，谁知道你是不是又想耍什么阴谋诡计！"

"相信与否当然在你。但我已背叛少恭，没有回头之路，下次见面，他一样会毫不留情、痛下杀手。这时候还欺骗你们，对我没有半点好处。"

百里屠苏看着尹千觞，似是想明白了什么，对大家说道："你们几人与千觞即刻赶往青龙镇，若沿海将有大灾降临，须得告知向老板他们，传信至其他城镇，预为防范。"

"屠苏哥哥，那你呢？"

百里屠苏字字坚决："我，回昆仑山天墉城拜见师尊。"

"去寻主人？"红玉脸色微变，"公子不会是想……"

"他想什么？天墉城……"方兰生开始还未理解，想明白后不禁大叫起来，"难道是……解封？"

百里屠苏默认。

"这怎么行？绝对不行！少恭让你解开封印，是要取你魂魄，你就听他的？即使我们打败少恭……你三日后便要散魂，不还是只有死路一条？"

襄铃一听也急了，抓住百里屠苏的袖子，似乎这样就能阻止他："屠苏哥哥，不要！"

百里屠苏冷静分析道："以欧阳少恭之能，若不按他所说，江南死城并非妄言，亦不知他待晴雪又会如何……此局应无他法可解……"

襄铃语带抽泣："怎么会、怎么会没有其他法子呢？屠苏哥哥……我们、我们都努力想，一定能想出来的……"

"并无时间多想，五日……转瞬即逝，解封之事也未必顺遂，我须尽早赶回天墉城。"

"百里公子可还记得……"红玉也劝阻道，"女娲大神曾言，待大铸剑师襄垣醒来，你体中封印或许仍有一线希望……不该就此放弃……"

"何谓放弃？"百里屠苏脸色明朗，"我心中并未存此晦暗之念，只不过……无法再等到襄垣苏醒。比起一份缥缈无迹的期盼，眼前之事才是最为重要的。即便不为救人，也定要将欧阳少恭斩于剑下！此时此刻，我还远非他对手……然而当封印解开之后，煞力再无拘束，便可获得焚寂剑灵强大的力量，如此方能与之一搏！"

"木头脸你可想清楚了！就算要亲手报仇，也不用……"

百里屠苏摇头："太子长琴魂魄之事，自古延续至今，牵连无数……如今我必要将此孽因孽果一并斩断！"

"屠苏哥哥……真的就没有其他办法了吗……为什么一定要去天墉城……你这样……襄铃会很难过……很难过的……"地面上，滴滴答答，尽是由襄铃脸上跌落的泪珠。

百里屠苏摸摸襄铃的头："勿要伤心，我此行不为求死，只为更多人求生。若是得到更强的焚寂之力，去到蓬莱，亦能保护于你。"

"襄铃不要屠苏哥哥保护！"襄铃拼命摇头，"襄铃只要你活得好好的……不去解开封印……不离开我们……"

尹千觞也忍不住劝道："我说……难道就不能再想想，还有什么变通之法？命可是只有一条……"

百里屠苏的眼光在各人面上一一停留，像是感激，又像是作别："多谢诸位！但我……心意已决。此事牵连甚众，我并非一时冲动，思前想后，这已是……唯一的、最好的办法。"

"屠苏哥哥……"

"就此别过！届时……青龙镇相见。"

"木头脸……你……你怎么……"方兰生再也说不下去，闭眼把脸转到一边。

红玉深深一福："公子，既如此……请允许红玉陪你回到昆仑山。一开始，虽是遵从主人之命，于公子身边守护，然而多日相处，已将公子视作自己亲人一般……剑灵早该抛却七情六欲，此话或许可笑，却是我肺腑之言。"

百里屠苏点头："多谢红玉一路相伴左右，助我度过无数难关！承此盛情，无以为报，唯望此行顺遂，换得……万千生灵一夕太平。以后若是……待阿翔伤愈，请你们代为照顾它。假如它愿意留在瑾娘姑娘身边，倒也不必勉强。"

虽然不是最终的离别，但诸人内心之中都明白，百里屠苏踏上的乃是赴死之旅，心中绞痛，无法言说。

第十章 琴心剑魄

　　我愿意代替他的双眼,看尽繁花似锦、云卷云舒。我愿意成为他的双脚,踏遍天涯海角、山川万里。
　　我仍然、仍然没有放弃,令他复生的念头。

天墉旧事

天墉城，位于昆仑之巅，群峰环绕，清气所集。

依着山势，拾级而上，层层宫宇井然有序。此处的严整肃穆与青玉坛的离世随性不同，其恢宏庞大也与铁柱观的灰凉清简特异。

天墉城延续数百年，门派宗旨是"尊清抑浊"，门中弟子皆修习净化浊气之道法，他们认为浊气的污秽是阻碍凡人成仙的重要原因，因此要通过修炼自我净化。无我的修行方式令人净化自身，排除浊气，而本我的修行方式则容易助长浊气，这是天墉城所恪守的观念，因此他们对待妖的态度是恶妖必定除之，其余则因情况而异，或听之任之，或将浊气重者禁锢起来，予以观察教化。

在天墉城第六代掌门时，一位号为"紫胤"的道人受掌门诚意相邀前来，担任执剑长老。他带来了人剑合一的修行方式，以及铸造宝剑的方法，使得天墉城的门派实力大大提升，这也是为何后世对天墉城的印象总离不开以气御剑、制剑精良的原因。

第六代掌门过世前夕，恳请紫胤真人继任掌门的呼声颇高，甚至有长老与弟子提出，本门应该放弃传统的修行内法，而只专注于以人养剑、人剑合一。然而紫胤真人无心于掌门之位，也无意取代天墉城传统，自此往后几代，一直只是担任执剑长老，致力于将两种不同的修行方法进行融合。各代掌门对其十分尊重，各代弟子更是仰慕其风姿，无不想拜入其门下。

山风拂面，紫胤真人的白发却似不为风所动，他来至临天阁，这里是掌门涵素真人的所居之处。掌门此刻正闭目盘腿坐于蒲团之上，周身真气运转，未及睁目，便已感到紫胤真人前来，随即一阵绵长吐息纳气，收功站了起来。

"紫胤，此次你将百里屠苏逐出门墙，委实略有不妥，难道便不能将其带回天墉城，再寻方法救治？"涵素真人开门见山道。

紫胤真人摇头，道："百里屠苏一生多磨难而少喜乐，已养成极为坚毅之性情，决意之事，难有更改。我若将他强行带返昆仑，恐生其他事端。何况时至今日，门内一些弟子只怕亦难以宽待于他。"

"唉——"涵素真人捋着白须长叹，"都是我教导无方！多年来，我训诫门下弟子须得心怀慈悲、克己复礼，却屡见失德不义之举……陵端之事更是引人深省。本想遣他下山历练，收敛脾性，却不料做下此等大逆不道之举，我亦难辞其咎。由此想见，我平时执掌门派颇有疏漏，实是愧对先代掌门……"

"所谓'上德无为，而无以为；下德有为，而有以为'，掌门无须因陵端几人而多有自疑。"紫胤真人劝道，"何况，戒律长老已将陵端废去道术，逐出门墙，亦可警醒其他弟子……"

紫胤真人一语未毕，忽闻门外有通报之声。

"弟子陵珞，有要事向掌门与执剑长老禀报！"

两人互视一眼，涵素真人道："陵珞进来。"

"恕弟子失礼！"陵珞走进临天阁，躬身行礼。

"何事惊慌？"

"天墉城外，百里屠苏求见执剑长老！"

涵素真人闻言，面露惊讶之色，紫胤真人却是眉头微蹙。

"他可曾言明所为何来？"紫胤真人问道。

"未曾言明。"

"掌门，请容我先行告退。"紫胤真人一拱手。

"你且去一看，究竟所为何事。"涵素真人许道。

天墉城外，百里屠苏沿巨石夹道拾级而上，行至城门口，看着熟悉的双匕轮锁缓缓转开，门内是他再熟悉不过的景象——青石铺路，流水潺潺，更有巨剑凭空悬浮，环着层层秘术，在高天之下熠熠生辉。

紫胤真人负手而立，见到百里屠苏，微微颔首。

百里屠苏向师尊下拜，心中多有感慨，一声"师尊"还未喊出口，紫胤真人却先开口问道："所来为何事？"

"恳请师尊以天墉城法术，解我体中封印。"百里屠苏恭敬道。

"当真胡闹！"紫胤真人似是早已猜到百里屠苏所求，一脸不悦地甩袖道，"你们所遇之事，红玉已传书与我。那欧阳少恭固然倒行逆施，但解封散魂，灰飞烟灭，便是你所求？倘若为护苍生，亦可由我禀明掌门，于天墉城调派门人，前往蓬莱一战，你又何以至此？"

"弟子多谢师尊厚意！"百里屠苏道，"然弟子亦知，天墉城为天下清气所钟之地，平日多有妖魔环伺。将战力调遣出外，唯恐妖魔乘虚而入，后果不堪设想。且弟子丝毫未敢心存侥幸。与欧阳少恭一战，但知其人手段诡秘莫测，亦是心狠手辣。我天墉城仙术道法虽十分精妙，却难解欧阳少恭投毒生疫之灾。何况，此事起于太子长琴魂魄分离，我与欧阳少恭之间终要有所了结……弟子自知寿数无几，有生之时，若能斩断此番孽障因果，手刃仇人，弟子亦再无他求。凡此种种，望师尊明鉴。"

百里屠苏一番话说得十分恳切。此中道理，紫胤真人自然内心澄明。自古仁义难两全，纵使阅尽几百年的岁月变迁、人事更改，他仍是无法可解。

紫胤真人闭目长叹："今次，亦是想得清楚明白？"

"攸关性命，绝非一时戏言。"百里屠苏点头道，"弟子只觉，心之所向，无惧无悔！愿求仁得仁，绝无怨怼！"

"好一个……无惧无悔！"紫胤真人睁目道，"但你可曾想过，封印一旦解开，煞力由你所驱，若你下山之后凶煞侵心，丧魂失志，以此为祸人间，我天墉城又怎能就此放任？"

"望师尊信我！"百里屠苏单膝跪地言道，"弟子自认心意如铁，且身负上古战龙与女娲大神之法力，断不致如此软弱，迷失心志！恳请师尊成全！"

紫胤真人听闻百里屠苏似另有奇遇，不由一惊。

然而，他复又想到，无论何种神力加身，解封始终危及百里屠苏性命，不由叹道："……欲我成全之事，却始终危及你之性命……我若应允，情何以堪？你……起来吧！"

百里屠苏并未起身，抬头看着紫胤真人："师尊之意……"

"我亦不能在此妄作定夺，须得禀明掌门，商议而为。"

紫胤真人并未当即拒绝，百里屠苏感激颇深，连忙低头：

"弟子拜谢师尊！"

紫胤真人转身向临天阁行去，一边淡然道："若无他事，便在天墉城稍作歇息……你之住处，仍同往昔。"

百里屠苏慢慢站起身来，目送紫胤真人离开。青天广台，他孑立于此，神色惆怅。

"师尊……"他默默祈视。

"原来百里屠苏欲解除封印，与欧阳少恭一战……"

临天阁内，紫胤真人已向掌门说明情况。涵素真人心中震惊，抚须而思，眼中多有赞意："'求仁得仁，绝无怨怼'，百里屠苏有如此胸怀，正是吾辈侠义之道！若能留于昆仑，假以时日，与陵越一同将天墉城发扬光大，自妖邪环伺之中守此一方清气，亦为苍生之大幸！只可叹，他命途多舛……"他转头看向紫胤真人，"紫胤之意……是答应百里屠苏的请求，为其解开封印？"

紫胤真人点头："还望掌门思量。"

"百里屠苏体中封印虽极其霸道，然只需坐于昆仑山清气之巅，合以天墉城所长之法，解封却也并非难事。"涵素真人一皱眉，"令人忧心之处在于，封印既解，其体内凶煞邪力必然暴长，若心志不坚，任其下山，恐为祸患……"

"此事确不易与，但我心中已有计较。"紫胤真人道。

"如此，我亦不作多虑。紫胤行事稳重，定不会无缘无故这般言说。"涵素表示同意，"明日辰时，我便带四位长老往天墉城祭坛，为百里屠苏施行解封之术。"

"多谢掌门！"紫胤真人拱手道。

"何须言谢！若论辈分，你却比我高出不知多少。"涵素真人道，"数代掌门在位之时，你皆为执剑长老，只是你素来淡泊，凌驾尘世之上……三百年前，若非有你到来，门派剑术亦不会兴盛，天墉城始终承你此情。"

"掌门言重了！"紫胤真人谦逊道，"掌门既已决定三年之后传位于陵越，届时我也希望不再居于执剑长老之位，未来诸事，令他们自行历练即可。"

"此事……还须从长计议，待日后再与紫胤细说。"涵素真人抚须道。

天墉城，展剑坛。

百里屠苏行至此处，但见青色巨石上深深浅浅地插着一些钢剑，一时兴起，伸手拔出一柄，不想此剑虽插得几乎没柄，在石中却留隙甚大，他用力过猛，胸口一震，一枚墨色鳞片顺衣襟滑出。

百里屠苏将黑龙鳞捡了起来，看着鳞上花纹，若有所思，不想身后传来娇声："屠苏师兄？"

他赶紧将龙鳞收起，转身看去，竟是陵越与芙蕖。

陵越看到百里屠苏，眉宇紧蹙，开口言道："……师尊命我前来告知，明日辰时，请你于天墉城祭坛之上等待。"

百里屠苏没有想到紫胤真人这么快已作了安排，朝着陵越一拱手："多谢！"

"祭坛？"芙蕖疑惑道，"你们两个，到底在说什么呀？"见无人应答，她也不再追问，转而向屠苏道："屠苏师兄，我听师父讲，你已经被执剑长老逐出师门，这不是真的吧……"

"并非师尊有意逐我,是我自己执意不返昆仑。"

"为什么?"芙蕖声音低沉了下来,"还有啊,大师兄告诉我,屠苏师兄这一趟回来以后,就要去很远很远的地方,那到底是多远?"

百里屠苏一愣,看向陵越,陵越冲他微微摇了摇头。

芙蕖小师妹天真烂漫,而百里屠苏所经历之事,对她而言过于残酷,陵越不忍以实言相告。好在芙蕖并未注意二人神色,想到哪里便说到哪里:"师父想把掌门之位传给大师兄,三年以后将要举行仪式。三年后,屠苏师兄总该回来了吧?你一定会在的,对不对?"

百里屠苏不答,冲着陵越抱拳行礼:"恭喜师兄!"

陵越却是神色淡淡:"何喜之有……我曾经败于一人剑下,自此以后,再也无缘一战,心中虽存憾恨,亦是输得口服心服。师尊与我言明,不会继续居于执剑长老之位。若有朝一日我当真执掌门派,心目中早已定下执剑长老之人选……"陵越不再看着百里屠苏,转身仰首,似是对天倾述,"此人即将远行,那个位子便会永远空着,直到有一天,他从远方回来。"

百里屠苏听闻此言,心中亦是深受触动。

虽是多年同门,他们其实并不是那么的熟稔。

一来按照紫胤真人的安排,百里屠苏一直独来独往,不与其他弟子一同寝居修炼;二来他和陵越都像极了师尊,沉默寡言,面冷心淡,情感内敛深藏,即便彼此偶有见到,却也少言少语。

如今从头想来,二人说过的话都屈指可数。百里屠苏一直以为，师兄对自己的回护，不过是出于同为师尊门生，和陵越作为大师兄的职责。其实陵越作为这一代弟子之首，时时处处严于律己，以作表率，早已不是当年那个任性比剑的莽撞少年了。自己一介师门弃徒，何德何能，可以担任执剑长老？

他也十分明白，这只是师兄的真诚好意。能否回到天墉城并不重要，重要的是活下去。

师兄……我，不再回来了！

请代我，好好侍奉师尊。师弟相信，你定然可以光耀天墉城！

百里屠苏思绪万千，恍惚间听到芙蕖说："……所以屠苏师兄可不能离开太久，大家都在等着你呢！我，我也会想你……"芙蕖娇声道，"你答应我，三年内一定回来好不好？"

百里屠苏沉默片刻，看向芙蕖时，却是坦坦荡荡："好！此去一别，师兄与芙蕖都要保重。"

陵越听见师弟应承芙蕖，心中一惊，却立即体会到百里屠苏的用心良苦，二人相视不言。

而芙蕖并没察觉，只是自顾自开心地说着："屠苏师兄不用替我担心，我肯定过得好好的。像是上回闯了闭关禁地，有执剑长老说情，师父不也没舍得罚吗？就算执剑长老不管，大师兄也会帮着我的……"

少女娇声，有如莺啼，在这昆仑山巅，留下阵阵悦耳清风。

天墉剑阁前。

红玉凝视着面前那清癯孤高的白发背影："主人，我即将与百里公子同去蓬莱。待那处事了，我……仍会回到昆仑……"

紫胤真人远眺昆仑山海之间，并不回头，沉默片刻，淡淡道："数百年如白驹过隙，亦视日如年，你却依然窥不破吗？"

红玉眼中却是倔强之色："红玉从来不求寻觅大道，也不求超凡入圣，仅仅思慕一人……何错之有？"

她上前一步，将下山这些日子心中所想一一道来："主人曾言，身为剑灵，早该抛却浮生爱恨。如今想来，我的确是窥不破，这世间种种情仇，我依然……放不下，亦不能释怀。

"跟随于百里公子身边，见他许多时候心意果决、一往无前，心底亦十分钦佩，不由觉得……自己活得久了，反倒优柔寡断、患得患失起来。其实，求而不得，求而既得，不过在乎己心而已。"

紫胤真人似有所动，却并未言语。

红玉说完这些话，心中觉得轻快了许多："今次……若能再回到天墉城，之后千年万载，红玉仍有许多时日陪伴主人左右，已觉幸甚。"

紫胤真人看着远处，轻轻摇头："当真痴儿……"

红玉却笑了，走到紫胤真人身边，两人并肩一同看着远方天际："主人放眼望去，这山下滚滚红尘，又有几人不是痴傻！而换作红玉，倒宁可永远莫要窥得天道，莫要无爱无恨……"

两人静默站立。数百年的岁月流淌，并未在他们身上刻下怎样的印记，却留下了全然不同的心境。

清冷的蓝袍，火热的红衣，从远处看去，是好美的一幅画面！

青龙微雨

青龙镇。

这里曾经是繁华的港口，可是连日来暴雨如注，海上风浪四起，所有的船只都不能成行，渔家也无法出海打鱼。

雨下得太大，有如天庭震怒，天河倒泻。雨水无情地冲刷着一切，房檐，庭院，船只，庙宇。持续的雨声让人觉得烦扰，那种单调的持续不断的"哗哗"声，令让人们彼此之间说话都要提高音量。这样的雨下了一天一夜、三天三夜，慢慢地，人们也习惯了这个频率，麻木了，像是这世界本来就带着如此的背景音。

镇上的居民大多听从方兰生他们的警告，逃难去了。街上偶尔有人打着油纸伞往来，也都在收拾行装，准备远行，只有一些倔强的老者和修堤坝的村民滞留在镇中，没有离开。

大雨让一切都笼罩在潮湿的水汽中。

直到第四天，雨终于小了些。

向氏兄弟船厂的屋檐下，站着襄铃和方兰生。

襄铃伸手去接落下的雨珠："雨……总算小一些了呢……"

"昨天下那么大，海上风浪也大，听向老板说前两天也是，翻掉几艘大船，都没人敢出海了……"方兰生忧心忡忡地望着雨幕，"尹千觞那混账说沿海有灾，果然是真的！"

"他之前和你还有向大叔一起去修堤坝了？"

"堤坝当然要修，如果能加得更高、修得更牢一点，万一海上有什么大灾变，说不准还能防一下。"方兰生换了语气，"至于尹千觞……哼，他以为这样就算将功补过？"

襄铃的眼中更添惆怅："昨天夜里，襄铃路过酒馆的时候，看见他坐在里面，虽然喝着酒，却一副很难过很难过的样子。襄铃觉得……他的心里一定也不好受的。"

方兰生听襄铃这样说，也就沉默下来。

两人看着雨中的青龙镇，静默了好一会儿。

只听见雨声淅淅沥沥，放眼望去也只见雨幕阴沉，身上有些寒意。

"襄、襄铃……"方兰生的表情如天色般阴郁，"有件事……我……想要告诉你……"

襄铃看到方兰生的神色，"不好的事情吗？"

方兰生低下头不再看她，轻声说道："我已经想过……假如能从蓬莱回来……我打算……"他的声音不断小下去，小到听不清。

"什么？"

"我……会去孙家……"方兰生说出他此生最难启齿的一句话，"向孙小姐提亲。"

方兰生看着被雨点砸出一个个水洼的土地，而襄铃看着方兰生，眼睛瞪得大大的。

方兰生伴着雨声讲述："回到琴川时我才知道，孙小姐就是贺文君的转世……晋磊……我……我们亏欠她实在太多……自从去过自闲山庄，我就时常在梦中见到晋磊，曾经一度……

我分不清自己究竟是晋磊,还是方兰生……"

襄铃担忧地摇摇他的胳膊:"说什么傻话……兰生当然是兰生了!"

"可……我也是晋磊,是同样的灵魂生生世世如此轮回……我已经决定,会尽心照料孙小姐一辈子。就当是,还前世欠下的债,还有……也不想二姐再替我担心了……"

"但是……你不会难过吗?"

"没什么……可难过的。这样,才是最好。"方兰生的语气低沉,像坠入泥土的雨点,"我想了很久,想了很多遍……不是随随便便作做决定。二姐的事、屠苏的事……甚至少恭的事都让我明白很多很多……人活着,不能只顾自己开心,还有许多东西比这更加重要。我必须担起自己应负之事……至少不能再让二姐死不瞑目。"

襄铃没有说话。方兰生偷偷地看向她的侧脸,那张脸还是那么娇俏可爱,却堆满了惆怅。

"对不起,襄铃。"

"不用……不用跟我说对不起啊……"

但襄铃还是没有把头抬起来。

"你……会不会生我的气,看不起我?"

襄铃摇摇头,喃喃道:"怎么会呢……"

她转身面对方兰生,圆嘟嘟的脸上,挂着一些哀愁、一些迷茫:"襄铃永远不会看不起兰生……只是觉得兰生好像忽然变成大人了,一下子离襄铃好远好远……襄铃还是那个不懂事的襄铃,而兰生已经把我……远远抛下……"

方兰生有些哀伤地看着襄铃:"你这样就很好,真的很好……不要急着长大。变成大人……实在是一件太痛苦的事情……"

就要这样放下她了，从初见就在他心里面住下的姑娘！

襄铃忽然问："兰生，你……喜欢她吗？"

方兰生许久没有回答，反而有些冲动地问道："那……你呢？"

"咦？"

"哪怕只是一点点……你对我……究竟……"

心里一直压抑的期盼，这份心情终究难以放下。

"我……"襄铃嗫嚅道，"兰生……"

襄铃突然抬起头："其实我……"

就在这一瞬间，方兰生却忽地跳到她的对面——也就是雨幕之中，摆出噤声的手势："不，等一下……"

雨势虽然不大，却也很快淋湿了他的头发和衣襟。他的脸庞上模糊地飞着雨水，像是哭得一塌糊涂："别说！什么、都别说……我根本不该问……"

方兰生笑得很难看："只要襄铃的一句话……我就会背弃自己的所有决定……不忠不孝、不仁不义，我愿意背负一切的骂名……但是我……已经不配再这样做……"

连日大雨接天，似乎没有止息。

而欧阳少恭规定的期限，已在眼前。

蓬莱故国

蓬莱国。

风晴雪望着欧阳少恭的背影,心中满是愤懑。

她希望欧阳少恭会在下一刻转过头来,就像第一次遇见时那般温文尔雅,告诉她这从头到尾都是玩笑,但一想起他那疯狂扭曲的面孔,风晴雪不由得皱紧了眉头。

不知从什么时候开始,欧阳少恭的脚步放慢了,似是有些沉重……

山坡上吹过徐徐微风,风晴雪却难以感到一丝的柔意。举目四望,墓碑密密麻麻、矗立如林,每座墓碑后皆是高高鼓起的坟冢。坟冢上偶尔停下一只食腐的鸟儿,嘎嘎地怪叫两声,而后扑棱扑棱地扬长而去,让人不自觉地想起坟冢下的一具具白骨来。

风晴雪从未见过这般巨大的墓园,眼中的惊讶逐渐变为惆怅。不知何时,欧阳少恭已停下脚步,她几乎撞在他的背上,一个趔趄,险险止住。

"你可知这些长眠于此的人是谁?"欧阳少恭没有回头,淡淡一问,话语间充满平静。

"是谁?"

"死于天灾的蓬莱人……"答话庄重而沧桑,"还有我累世的亲人,朋友,爱侣……仇人。"

"仇人?"

"对。"欧阳少恭转过头,看着风晴雪,"虽然许多坟冢为空,但只要我能记起之人,皆会替他们立一个墓碑。"

看着风晴雪一脸迷惑,他继续道:"每一次度魂,俱是一次生死煎熬,即便最终存活下来,哪怕微动手指,亦感万蚁噬身之痛……新的身体不能操纵自如,能爬之前,只能躺,身旁无水无人,亦难逃一死;能走之前,只能爬,伤痕累累也不可停,否则,你将永远等不到站起的那一天。"

"……你,也会害怕吗?"风晴雪问道。

"我怕!却不是怕体肤之痛,怕的是有许多记忆,会在度魂时烟消云散。牵挂之人、憎恶之人,皆有可能就此自心中消逝。时时恐惧着,有一天自己会变成一个没有过去的人……"欧阳少恭苦笑了一下,"为何活着、为何悲喜忧欢……曾经说过的话、做过的事,都已不复记忆……"

风晴雪不再看他,低头不语,神色怅然。

欧阳少恭反而淡淡一笑:"晴雪当真心地极好,即便我现在已是你的敌人,你也会给予同情。"

风晴雪闻言,立时有恼怒之感。恻隐之心,人皆有之,但她也记得欧阳少恭的所作所为。

"带你来此,便是想要亲眼看一看,你……究竟会露出何种神色,惊惶、悲悯,抑或厌恶……"欧阳少恭闭眼,轻叹一口气,"总算……也没有令我失望。"

"不!"风晴雪蹙眉,"我并不想知道你过去的那些事。请你告诉我,尹大哥他现在怎么样了?他……到底是不是我的哥哥?"

欧阳少恭收起笑容:"兄妹情深,晴雪果然一直记挂。……不错,他确是当日巫咸。不过他如今性命无虞,你尽可放心。"

"他……大哥……"风晴雪问过自己无数次的问题被证实了，心中却依然一阵失措。

"乌蒙灵谷冰炎洞坍塌之后，大巫祝身死，我与巫咸重伤，雷严将我二人一同带回青玉坛。雷严认为血涂之阵引魂全无效用，焚寂已毁，青玉坛若想得到更为强大的力量，须得另觅他法，去寻其余六把凶剑，便寄望于巫咸醒来之后，由他口中问出凶剑下落。未曾料到，巫咸在血涂之阵力量的冲击下，失却了记忆。"欧阳少恭说来如唠家常，风晴雪却似心中劈过一道闪电。

"失去了记忆？所以他才会不记得我吗？"

"岂止不记得你！雷严发现他记忆全失，就要将他杀死，却被我拦下。"

"你……救了大哥？"

"只因为我发现，他是一个极其有趣之人。"欧阳少恭笑道，"身为女娲的巫祝，他的心中却存有异于常人的黑暗与愤懑。"

风晴雪摇头惊道："……你……你骗人！大哥怎么会……"

欧阳少恭不为所动："我救他，也不过是刹那转念。将巫咸杀死，虽可报他坏我大事之仇，却不如亲眼看到一位神圣高贵的巫祝渐渐堕为凡人。"

"堕为……凡人？"

"正是。任其离开青玉坛，将世上万物都摆在他的眼前，看他究竟如何自处。"欧阳少恭笑道，"尹千觞却也没有辜负我的期望。他终日饮酒作乐，放浪形骸，藐视礼法，必要时心狠手辣，毫无仁念。果然……人，始终都是能改变的！无论贫富贵贱,你当下所看到的,或许有朝一日将变成另外一个模样。"

"你……你把大哥当成什么?"

"我说过,他是一个很有趣的人。我将他看作真正的朋友,观月弄雪,赏花饮酒,与世间好友并无二致。"欧阳少恭摇头道,"只是有些时候,一边与他闲聊,一边会想着到底何时他才能寻回记忆。千觞感激我救他性命,但倘若有一天,感激忽然化作仇恨,那将是一件多么好玩的事情。"

"……就是为了……这个目的?"

欧阳少恭顿了顿,笑着说:"到那个时候,我会毫不犹豫地杀了他。因为他已经不是我的朋友尹千觞,而是那个曾经坏我大事的巫咸。可惜我似乎仍然不够了解他,他明明恢复了些许记忆,暗自护你,却欺瞒于我……"

"你是说……大哥想起来了?"风晴雪大惊,"那他为什么……为什么不和我相认呢?"

欧阳少恭不紧不慢道:"千觞从青玉坛逃了出去,想必会与百里屠苏一同来到此处。你们兄妹即将重逢,此中缘由,晴雪自行问他便是。"

"敌人也好,朋友也罢,终将变成焦冥,永留蓬莱……晴雪,你也一样……"欧阳少恭对风晴雪微笑,伸手去抚她头发。风晴雪偏头躲开,欧阳少恭面色一冷,把手放了下来。

风晴雪退了一步,怒目质问:"你为什么要把大家都变成焦冥?"

欧阳少恭笑道:"傻女孩,因为这样才能得到永恒啊!我也曾经狂热地追求长生之法,但那些不过都是虚幻,所有活物终难逃一死。我已不再奢求那般缥缈之物,无论爱过的、恨过的,将他们永远留在身边,作为我记忆的道标……这样便已足够。"

"……你……真是疯了……"

"疯?或许吧……上天罚我永世孤独,我偏要与命运去争上一争,让所有人都永远与我为伴!"欧阳少恭细细看着风晴雪,"不过,我可以将晴雪姑娘晚一些再变作焦冥。你的性情……委实有些像她,不如……多陪我说上几句话。"

"……她……又是谁?"

欧阳少恭侧过身来。身旁的墓碑石料圆润光滑,他把手轻轻地搭在上面,像是在抚摸情人般温柔。风晴雪这才看到墓碑上工工整整地刻着两个字——巽芳。

"我的妻子,巽芳。"说着,欧阳少恭闭上眼睛,似是在追忆着什么,睁开眼却是满目的惆怅,"虽然你不是巽芳,但你同她一样宽容善良,不会将半魂之人目为异类……正因为如此,百里屠苏才会倾心于你吧?晴雪莫要着急,很快你们便可重逢……"他把手放下来,露出微笑。

"或者说,是最后一次相见了。"

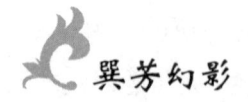

巽芳幻影

百里屠苏一行人到达蓬莱,却遍寻入口不得。

百里屠苏站在堤上观望,红玉和尹千觞摇着头从北边靠近,方兰生从南边跑了过来,后面跟着气喘吁吁的襄铃。人还未至,方兰生便大叫起来:"根本看不到路!这屏障已经将周围都封死了！"

百里屠苏抬起头来。此刻，天地之间被水色的圆界分隔，他们五人正是被罩于其内，有流光顺圆界而升，所到之处皆有亮纹疾行，周围的环境一下子变得模糊起来。

众人正皱眉苦思通往蓬莱之道，但见一条黑影从圆外挤了进来，由淡至深，化作一个青玉坛弟子模样，向他们抱拳行礼："失礼了！在下松音，特为丹芷长老传话而来。"

众人警惕相对，那影子却恭恭敬敬道："得知诸位如期赴约，长老十分欣悦，有请诸位前往蓬莱国最高处山上宫殿一聚，他自会在那里等候。"松音一抹邪笑转瞬即逝，"长老还特别交代，须向尹公子问候一声。"

尹千觞不禁皱眉。

"怎么，你要好心为我们带路？"方兰生哼道。

松音摇了摇头："长老有示，破解此中奥妙，于诸位而言想是不在话下，若说得太过明白，岂非无趣？"

"少废话！去他的有趣无趣，欧阳少恭到底搞什么鬼！"

松音并不理睬方兰生的恶言相向，又是淡淡一抹邪笑，身形也跟着淡了下去，转眼消失在屏障之中："由此一路，望诸位能够游玩尽兴！"最后留下一句嘲讽，声音已远。

方兰生手中忽然多出一颗念珠来，朝着松音消失的方向狠狠打去，却什么都没有打着，念珠弹向远方。

"可恶！"方兰生大骂道。

"莫着急。"红玉劝道，"欧阳少恭所思所想，断不能以常理而论。既已来此，唯有先遵其安排……谨慎之余，再伺机行事。"

一旁的百里屠苏径直走到前方，戒备地扫视了半周，忽然扭头向后："还有谁？出来！"

众目睽睽之下，又是一团暗影，化作一个略带愁绪的女子，怯生生地走了出来。女子长发飘逸，额上戴着一条珠坠，竟是在雷云之海中见过的名叫"巽芳"的女子。

"……巽芳？"红玉惊道。

"别靠前！"方兰生手中掐着念珠，厉声道，"你是鬼还是焦冥？"

巽芳没有回答，反是看着红玉，一脸错愕："你怎会知晓我的名字？"

"果然是巽芳……"

"你、你不是在蓬莱天灾中……"方兰生戒备道。

"蓬莱天灾……都是听少恭讲的吗？"巽芳道，"我……我并没有死。那时少恭……夫君他离开蓬莱去寻度魂之人，将我独自留下，却久久不归。我十分担心夫君，遂离开蓬莱，去中原寻他。未曾想到不久之后，天灾降临，蓬莱国毁于一旦……度魂时将失去一些记忆，或是带着些许错乱的回忆存活下来，后来夫君见到蓬莱国惨貌，伤心悲痛之中，只怕就此以为我早已死去……"

"你在此现身，意欲何为？"百里屠苏问道。

"你们……是要去找少恭对吗？可不可以带我一起去见他？"

"带你一起……这太荒唐了！凭什么？你想见他，自己去就是！欧阳少恭是我们的仇人，不是朋友！"方兰生拒绝道。

"我……我知道夫君一直以来做了许多错事，巽芳不求你们能够原谅他……我只不过想要见他一面,劝他别再这样下去……"

众人听到巽芳竟是存了劝说欧阳少恭之念,都难免疑惑。

"你不就是这儿的人吗?"襄铃问道,"干吗还要跟我们一块儿?"

"哼,难保不是居心叵测,意图害人!"方兰生捏着念珠道,"说不准就是欧阳少恭派来的怪物!他又在耍什么阴谋诡计?"

"不,我真的不会害你们。"巽芳摇头,柔声道,"身为蓬莱人,我自有回去的法子,但如今蓬莱已经变成一个妖岛,我孤身一人是找不到夫君的……"她的声音带着心酸,"我会一些蓬莱的法术,可以替你们打开去往那里的通道。"

"天底下哪有这么便宜的事?你有没有法子打开通道我不知道,但我觉得你一定有法子让我们大伙儿倒霉。"方兰生道。

巽芳不再强辩,对于方兰生的猜度只是无奈,她抬起头,默默看着众人。红玉似是信了,虽不言语,扭头看向百里屠苏时,眼神中满是征询之意。

百里屠苏忽然走到巽芳面前:"有劳姑娘施术开启通道,我们一同进入蓬莱。"

方兰生惊道:"什么,真要带上她?你可想清楚了!"

百里屠苏摇头道:"沿途本就凶险重重,此一则倒也不必计较。"

巽芳不展的愁容下,终于有了些喜色。百里屠苏朝她轻轻一点头,巽芳伸出一只手来,轻闭双眼,嘴里似是念着口诀,再一睁眼,整个圆界光纹蓦地一盛,随后便消失不见。

众人面前的视野终于变得开阔起来，前方一条道路曲折幽深，身边传来巽芳的话音："由此而去，只是迷离幻境，长路尽头便是真正的蓬莱国。"

几人陆续从巽芳身边走过。

"你先走！"方兰生排在最后，不客气地说。

巽芳礼貌一笑，走在了方兰生的前面。

一行人到了蓬莱国内，但见此处草木繁盛，乍看上去倒似一座荒岛，走过几步，却是重重瓦砾，断垣残壁。巨大的石柱倒在地上，矮矮的拱门断为几截，每处遗迹都像是曾被一双无形的大手蹂躏过，令众人顿感萧瑟。

转眼间巽芳已经越众而出，神情忧郁，疾步左行，转而右踱，像是找到了记忆中的宫殿，却无奈宫殿已变成废墟，使她几欲悲泣。

"以前的蓬莱国，想必是风光如画、美好安宁的人间乐土。"红玉对站定关注着巽芳的众人道。

巽芳终于止住脚步，叹息道："曾经，这里是我们最美的家乡……"她并不回头，似是不愿众人看到她难过的样子，"然而天灾忽至，大地震动、山石崩裂、房屋倾倒，无论是几世几代的基业，一夕之间，皆化作废墟荒土……"

"看，焦冥！"众人顺着裹铃所指看去，可不正是一些焦冥！显然它们是吞食了人的尸体，正在白日的阳光下飘散。

反而是巽芳的神情变化最快。她的神色由惆怅转为大惊，却又立刻愁容满面："这焦冥源自蓬莱的重生古法，然而终究是凡人痴心妄想，到我曾祖父那一代，已然将典籍封存起来，不容后世子孙再有开启之念……夫君他却……定然是将蓬莱人的尸首化作了……"巽芳说到这里,已悲伤得不能言语,只是闭上眼睛,摇了摇头。

众人跟着巽芳前行,越来越多的坟冢映入眼帘。开始只是散布在残垣断壁的周围,随着众人的深入,坟冢的数量逐渐变得稠密起来,直到走上一个高坡,但见漫山遍野无不竖着一块块石碑,肃然中令人吃惊。

只有一座坟前,搭着几朵盛开的鲜花。巽芳停住,看墓碑上刻着自己的名字,终于忍不住潸然泪下:"这是……我的坟……这是我最喜欢的花……"

红玉走上前去,轻轻挽住巽芳的手臂。

巽芳缓缓擦去脸上泪水:"我知道在你们心中,少恭是一个非常残酷的人,做过许多伤天害理的事情……"

"是啊,残酷……他的心比千年的寒冰还要冷硬!"方兰生道,"所有人都被他耍得团团转,像傻瓜一样!"

"但是……我所认识的少恭,曾经是一个很温柔,也很寂寞的人……"巽芳被勾起久远的回忆,"我十五岁那年,瞒着父母离开蓬莱国,到中原游玩。某天不知不觉在树林里迷失了方向,一直走到太阳落山,仍没有找到出路……那是个可怕的夜晚,山林深处出现了妖怪,它们追着我,要把我吃了!在我以为一定会死的时候,一个看起来只有四五岁的男孩子从林间出现,竟然把妖怪都杀死,救下了我……"

"不错,那便是几世度魂以前的少恭。"巽芳看着红玉吃惊的眼神,肯定道,"那个孩子把妖怪杀掉之后,带着他困兽般的眼睛一言不发地离开。我依然很怕……周遭血流遍地时,他的眼神里失去凶狠，皆是空无……可我更不敢一个人待在原处，只好跟着他一直走，走了很远，才来到一个漆黑阴冷的山洞里，那就是他住的地方……

"他并没有将我赶走，虽不发一言，却默默地把食物分给我。我不敢睡觉，只有睁大眼睛盼望太阳快点升起来。借着月光，我忽然发现山洞的石壁上有好多字。"

"字？"尹千觞疑道。

巽芳点点头："那些字诉说着一个人累世的孤独与痛苦，我不由得逐字逐句地看起来。隐含在字里行间的悲伤寂寞简直要令人窒息……那个孩子发觉我在读山壁上的字，反而露出一种冷冷的笑……一瞬间，我有了一个不可思议的想法，这些字，都是那个孩子刻下的！虽然他的年纪看起来还那么小，但我就是隐约有这种感觉，慢慢地……我在心里暗暗作出了一个决定……"

"什么决定？"襄铃问。

"天亮以后，我问那个孩子，要不要跟我一起回蓬莱。他那时的神情，我永远都忘不掉……那是一种极度的吃惊与不信，像是根本无法理解我为何会那样问。但是到最后，他还是不发一言，同我离开了那个山洞。

"我们回到蓬莱，他默默地陪在我身边，也渐渐长大，再也不曾流露出昔日那种可怕的眼神。因为蓬莱人的寿命很是长久，过了些年，他看起来竟是比我还年长了。我们不知不觉喜欢上对方，尽管蓬莱人从未有过与外族成婚的先例，我和他仍然成了亲。他孝敬爹娘，爱护弟妹，对我更是贴心关怀……

"那是我一生中最幸福的时光！在我心目中，这个世上没有比他更好、更温柔的人……"

"哼!"方兰生冷笑一声道,"你知道他后来是怎样草菅人命的吗?他把活人杀死、将死人变为焦冥!他随意散播疫病,使城乡无数人死亡!他为了取到魂魄,逼迫屠苏解开封印!为了重建蓬莱,他撕裂空间,将雷云之海的废墟强行拉到这儿,这样……还要害死多少沿海住民!"

说到此处,方兰生大喊道:"他早已经不是你认识的那个孩子了!还是说……你根本就没有认识过他?"

巽芳闭上眼睛,没有震惊,却像是经历了巨大的无奈,欧阳少恭那双空洞无情的眼睛在心中微微一闪。

"多说无益!我们越早一步到达蓬莱最高的宫殿,晴雪便多一分生机。"百里屠苏冷冷道,迈步前行。众人随后跟上,只剩下巽芳留在原处,哀伤地看了墓碑一会儿,摇摇头,转身离开。

未行几步,天空忽然裂开一道巨大的缝隙,周围电光交织,闪烁不已。

"这……"襄铃惊道。

"空间撕裂、电光驰骤,应当就是渐渐被拉入蓬莱的雷云之海废墟!"红玉蹙眉道。

"欧阳少恭这个混账!为一己之念,罔顾他人性命!"方兰生破口大骂。

"若非长老诚心相邀,诸位又如何能于蓬莱亲见此番盛景?眼下口出秽言,未免太过不该!"忽然有人声凭空传来。众人循声而望,又是一道暗影渐化为青玉坛弟子的模样,"在下元勿,打扰各位观天的雅兴了!"

"鬼鬼祟祟，又想耍什么花样？"方兰生戒备道。

元勿并不回答，忽然看到了巽芳："咦？何以多出一人？"

"虽是事出有因，同路而行，但不过一弱质女子，并非为我等助阵之人。"

百里屠苏上前挡住元勿的视线。

"也罢。"元勿笑道，"此处离蓬莱宫殿已然不远。丹芷长老命我相候多时，给诸位送上一份略有意趣的薄礼，望能笑纳。"

"暗云奔霄！"元勿话音刚落，大地开始剧烈震动，一阵尖锐的嘶鸣传来。

一只带翼的四蹄巨怪从远处踏火而来，在元勿面前急停，前蹄抬起，霎时间遮住光源，投下巨大的阴影。

尹千觞皱起了眉：此怪四蹄双翼，兽身妖面，行动速度极快，那妖首此刻正不断打量着在场的每一个人，似是能看透人心。

"让它先陪诸位贵客玩玩。"元勿道，"至于新来的这位美娘子，我自会向主人……"元勿话没有说完，忽然捂着胸口，跪在了地上。

那是尹千觞极快的一剑，由背而发，无声无息，瞬时将元勿的骨头击碎。

"尹公子……你……"元勿软倒在地上。

"不能让你就此回去。各位小心！这个怪物虽不通人语，却能看透人心，更会利用人心的弱点生出幻象！只要记得，接下来，各位所见都是虚无！"尹千觞话音刚落，暗云奔霄已按捺不住，双蹄一踏，地上石块飞溅，暗红色的烟雾四起，将众人隔绝开来。

"娘！"百里屠苏第一个喊道。

接着众人都发现，是自己的至亲至爱站在眼前。

"二姐……"

"榕爷爷？"

"主人？"

只有尹千觞愣了一下："少恭？"

欧阳少恭少年时的样貌出现在尹千觞眼前。

"呵呵！只可惜少恭早已不再是你这般模样，妖物受死！"说着，巨剑朝着"欧阳少恭"劈了下去。

那"欧阳少恭"也不躲，只淡淡地拧眉问道："千觞，可还记得是谁救你性命？"

尹千觞的剑锋被这句话震得偏了几分，当年景象一一浮现，面前的"欧阳少恭"又问道："可还记得你的名字由何而来？"

眼前一点涟漪，幻境层层晕开。

尹千觞看到一身素衣的自己，和当年的欧阳少恭在青玉坛交谈着。

自己的语气没有如今的洒脱不羁，却是内敛许多："我的伤已好了大半……唯过往之事全无头绪。听寂桐前辈说，你们是在衡山野外遇见我昏迷倒地，前几日我去那里看过，也未曾想起什么。闲暇时于青玉坛经楼内阅读经卷，只觉书中所言诸般事物无比陌生，竟像……以往全无涉及。"

欧阳少恭垂下眼，边弹琴边缓缓道："软红千丈，北方的荒沙千里，南方的林木葱郁，西方的遮天大雪，东方的沧海奔流，种种美好与浩大却是说也说不尽。如今兄台处境特异，若想弄个明白,还须亲眼见上一见。"

他的神色有些神往,听着欧阳少恭的琴音,惦念着外面的世界。

"兄台若是得空,不妨先想个名字,也好称呼。"

名字?

他有点头痛,但很快就把蒙昧的念头甩开,答道:"我在贵派经楼内读过一本书,上面说到一种叫作'酒'的东西。书中云'醉饮千觞不知愁',大概喝醉了就能抛开人世烦忧,如此甚好。"

他一直略显冷漠的脸上,浮现出一丝笑容:"便叫作'尹千觞'吧!"

尹千觞……那些,是这具身体最初的回忆,犹如一把尖锐的匕首,刺进他的心窝。眼前似笑非笑的,不就是当初那个少年?那个少年轻轻一语,就道出了他这新生者的命运——"既是上天恩泽,重活一次,何不随性而过?如此方不负此生!"

随性而过,不负此生……他几乎就要陷入这个幻境里。当年的欧阳少恭,还是个少年模样,却已字字洞世,背影孤寂,而自己……前世今生,一梦江湖。

任凭巨剑把对方劈散。

"这不是你们认识的人,这些都是幻象!"尹千觞大叫道。

在尹千觞带着法力的喝声下,众人纷纷清醒过来,心魔之下,不得已闭眼劈砍,将幻象斩断!

心魔既除,暗云奔霄又现出身来,振翅欲逃。方兰生见状,将手中佛珠甩入空中,那佛珠顷刻间变为磨盘大小,朝着暗云奔霄身上一套,它便动弹不得。百里屠苏一剑劈斩而下,妖物即刻身首异处。

"当真是玩弄人心之物。"红玉寒道。

"太过分了！"裹铃嘟着嘴，"就算是变出来的，也一样会让人难过呀！"

"哼！"方兰生收起佛珠，"反正快要到山上宫殿了，看他欧阳少恭还有什么手段，尽管使出来！"

玄天炽炎

蓬莱之巅，大殿。

欧阳少恭迎风站立，背影如山。狂风吹动他的袍带，似乎透着一缕仙人的淡然清气，又似乎隐含着悲伤。然而这股清幽的气息中，狂暴的力量嘶吼如猛兽。

众人踏入大殿，便为他的背影所慑，站在他巨大的阴影中，按剑戒备。

大殿高耸而空旷，流云在两侧飞逝，不见任何一个多余的人影。

"百里少侠，一路至此，可还游玩尽兴？"带着一贯的微笑，欧阳少恭缓缓转身。

那曾让所有人如沐春风的微笑，此刻却如此狰狞可怖。他如君王般俯瞰众人，似乎世间万物皆是他的玩具。

玉横被欧阳少恭的法力催动，浮在大殿高处，散着幽幽的灵光。它的威力竟能穿过蓬莱大殿的穹顶，飞向天外，正在牵引雷云之海下掩埋的蓬莱遗迹。

玉横的正下方是一座巨大的香炉，袅袅青烟升腾幻化。

"晴雪人在何处？"百里屠苏盯着欧阳少恭的眸子。

欧阳少恭笑而不语，拨弄着炉中的香木，神情惬意。

百里屠苏认识那座香炉。那正是欧阳少恭从不离身的博山炉。此刻它变成了庞然巨物，体量十倍于前。

炉上所刻的宫宇楼台，恰如眼前的蓬莱神殿，而流连其间的，便是他们在雷云之海的幻境中曾见到的巽芳夫妇。诸处楼台皆光华大盛，仿佛已经转活过来，只剩炉顶的一簇晦暗。

百里屠苏心里一沉，记起当日欧阳少恭所说："这炉唤作'蓬莱'，内里藏着在下一桩心愿……每离心愿得偿之日近上一步，莲瓣便亮起一层。漫漫时日之中，望见此光，便不致沮丧。"

如今他的心愿已只差一步之遥！

"晴雪人在何处？"百里屠苏又问。剑煞波动，他已经按捺不住了。

"既来之，则安之，少侠又何必急于一时？"欧阳少恭只是笑，转向尹千觞，"许久不见，千觞风采依旧！"

"少恭，既然你要叙旧，不如看看谁与我们同来。"尹千觞低声道。

一个窈窕的身影从众人身后转出。她漫步而来，如脚下踩着满池莲花。

"……巽……芳？"欧阳少恭震惊中艰难地吐出这个名字。

巽芳在距欧阳少恭十几步的地方停下，仿佛二人之间隔着一道雷池恨海，无法逾越。

"巽……芳……"欧阳少恭又说。这次却已经不是质疑，而是在呼唤他对面的女子。

本以为阴阳相隔两茫茫，却忽逢至爱在眼前，他心中鼓荡起从未有过的惊、喜、酸楚、畏惧，想要相信眼中所见，却又害怕这失而复得的幸福只是一场虚妄。

"夫君，是我……"巽芳轻声说，语中有不尽温柔，"我没有死于天灾，这些年一直在中原找你，找了……许多年……"

欧阳少恭大步冲下石阶，死死地盯着巽芳，似乎想洞穿一切虚妄："果真是你吗……"

他捧住巽芳的脸。他的手指冰冷无措，她的面容却温热如昔。

"巽芳！是你，你还活着！"欧阳少恭低吼，一把将巽芳揽入怀中，用了要把她捏碎般的大力，"对不起！对不起……那一次的度魂，我遇上极大的麻烦，直到几十年后才能回到蓬莱，入眼却是满目疮痍……巽芳，你原谅我！是我让你吃了许多苦，我没能早一些来接你……现在……回来就好……回来就好……"

巽芳轻抚他的额发："夫君，巽芳回来了！我们再也不要分开，好吗？"

欧阳少恭满眼狂喜："当然！无论何人何事，都休想再次让你我别离……"

隔世的情侣相依相偎，眼中再没有其他。众人和欧阳少恭虽然已是死敌，仍不免为之动容。

但幸福的静默和重逢之喜，终不能改变眼前的你死我活之局。

尹千觞忍不住道："少恭，你心爱之人既已回到身边，还不快停息玉横之力，速将晴雪放了！"

欧阳少恭痴痴望着巽芳，并不理睬，只是柔声道："巽芳，且等我片刻。待我将眼前琐事处理完毕，再细听你说这些年来究竟发生了何事。"

"夫君……"巽芳仰首看着欧阳少恭,难掩悲伤。

欧阳少恭转过脸来,神色立变:"雷云之海中的蓬莱故土即将重见天日,此乃我心中大愿,为何要停?"

"欧阳少恭,你明知道撕裂空间将引起海啸侵袭,这样会害死多少人?怎么还能面不改色地讲出这种话?"方兰生大怒。

"呵呵,小兰此言差矣!"欧阳少恭冷笑,"你倒不如抬头问问上天,一场天灾要夺去多少无辜性命?一句天上刑罚,又要改变多少人生生世世的命运?千年所见,我亦是……痛心疾首,由此发愿,将蓬莱建成一个没有世俗烦忧的永恒乐土!"

他又转向巽芳,眉目含情:"如今,巽芳也已回来,我更当尽心经营,令她过得无忧无虑。"

巽芳紧紧挽着欧阳少恭的手臂,欲言又止。

"只是在此之前,须得取回属于我的那一半魂魄,方能与心爱之人长相厮守。"欧阳少恭转向百里屠苏道。

"太子长琴,既是你的魂魄,给你也罢!"百里屠苏正色道,"但你为此屠我族人、毁我家园,如今更是只因一己私念,倒行逆施!"

"私念?何为私念?"欧阳少恭笑得张狂,"百里少侠当日远行海外,只为求得仙芝,救回母亲,难道便不是私念?小兰逃离琴川,只为避开成亲之事,难道亦非私念?人欲无穷,渴念丛生,世间岂有例外!"

"人欲无穷,然一己之事终究渺小。上天存好生之德,又怎能因心中欲念而罔顾众多生灵?"

"好一个，上天存好生之德，那上天为何却不顾念太子长琴？为何要令他堕入凡尘，永受磨难？"欧阳少恭由盛怒忽转漠然，将巽芳揽到身后，迎上诸人。

"你是我的半身，种种痛苦，想必感同身受！就算是梦境偶至，其中滋味想必也是终生难忘吧？"欧阳少恭看着百里屠苏，惋惜道，"你我二人虽同当难，可惜终归不能为友，唯有夺你性命，取你魂魄……我们——太子长琴，才能成为一个完整之人！"

百里屠苏皱了皱眉，并不答话。

欧阳少恭道："我知百里少侠已解开封印，却未免言行无拘了些，可是不再顾及晴雪性命？"

一道金光由殿顶投下。刺眼的金光一闪即灭，风晴雪倚在蓬莱大殿柱旁，亮色再生，却化作一条光锁，围在风晴雪腰间。

"苏苏！"风晴雪大喊。

"晴雪！"百里屠苏想要上前救人，却对上风晴雪身后欧阳少恭的眼睛。

"百里少侠若想留她性命，便请以焚寂自刎当场……尽管放心，我会很快将你的魂魄取走，绝不会让它们被吸入玉横之中。"

百里屠苏径直迎上欧阳少恭的目光："你放了晴雪，停息玉横之力，我即使自刎当场，亦无不可！"

"苏苏，不要！"风晴雪拼命地挣扎，但无能为力，她越是挣扎，光锁捆得越紧。

"不可！"众人也是一惊，冲到百里屠苏的身侧，提防他一时冲动，真的横剑自刎。

"哈哈哈哈！"欧阳少恭仰天狂笑道，"让你自刎，是顾念昔日的些许情分。封印既解，直接将你杀死，我一样能取到魂魄，你又凭什么与我说这些？再说巽芳已回到蓬莱，风晴雪已再无他用。我知少侠对她爱惜有加，定会记得将你们化为焦冥后置于一处，这也算功德一件了。"

"卑鄙无耻！"方兰生大怒，却忽见巽芳手心中一道光芒闪灭，风晴雪身上的光锁随之消失。风晴雪又惊又喜，身法瞬动，闪到百里屠苏身边。

"晴雪，可有受伤？"百里屠苏大喜过望，护着风晴雪退后。

"我没事……可苏苏你……你的封印……"风晴雪哽咽不能成言。

封印已经解开，百里屠苏的性命只在旦夕之间。想到屠苏终是难逃一死的命运，风晴雪只说半句，已经痛得说不下去。

百里屠苏摸了摸她的头发，找不到一句话来宽慰，只能露出一个极淡的笑来。

他不想安慰她说自己没事，三日之后必定要死的人怎么会没事？他笑，只是因他心中安慰，他为了这个女孩解开封印，而现在这个女孩平安了。

赌上了命的局，可得偿所愿。

"巽芳，为何放她？"事出突然，欧阳少恭不由失色。

"幸好少恭所用束缚之法乃是蓬莱法术，不然我当真无计可施。"巽芳语带决绝，"夫君，请你原谅巽芳！我不可能再同你长相厮守了。巽芳只盼你回头是岸，莫要再伤害更多生灵……"

欧阳少恭不能置信:"巽芳何出此言?你已回到我身边,还有什么事能分开你我?"

巽芳默然垂首,哀声道:"我服下了'雪颜丹'……"

欧阳少恭如遭雷击,呆立在那里,看着巽芳美丽的容颜,似乎听不懂她的话到底代表着什么含义。

巽芳却早已料到欧阳少恭的惊诧,娓娓道来:"夫君……你骤然见到我,只顾着欢喜,却忘了,蓬莱天灾已过去了那么多年,即便巽芳依然在世,亦是垂垂老矣,行将就木了啊……我是一个贪心的女人,心里只希望再次见到夫君之时,映在你眼中的,仍是从前那个巽芳。"

欧阳少恭花了很长时间去咀嚼巽芳话中之意,却想不通其中的关键:"巽芳,雪颜丹是我炼丹失败之物,一直封存于青玉坛丹阁之中,虽然有返老还童之奇效,却也含有剧毒,几日内便会令人毒发身亡……你……不,是何人偷得丹药给你服下的?"

巽芳淡淡一笑:"夫君可还记得,我当日曾经对你发过誓,只要巽芳存活于世一日,必要陪伴夫君左右,不离不弃?"

"记得,你我早已生死相许。"欧阳少恭痴痴地抚过她如雪的面容,不愿相信眼前的一切即将凋零。

"夫君离开蓬莱后,我日夜期盼,却始终不见你归来。于是我私自去了中原,寻找你的踪迹。人间的岁月过得真快啊……当有一天终于找到你时,巽芳……已经老了、难看了……我明白,夫君并不在乎我的容颜,但巽芳也只求能够陪在你的身旁……无论是以什么身份……"

"你……"欧阳少恭依然不明白巽芳作出了怎样的决定。

"夫君可还记得,在欧阳家,你五岁生日时收到一件非常喜欢的礼物……便是……我替你缝的小袄……"

"你……寂……桐……"前尘往事,浮现眼底,欧阳少恭只觉得大梦一场,雷严临死之时所留下的谜底,便在此刻残忍揭开。

他呆呆地站在那里,嘴唇颤动,方才的慑人气势顷刻间消失无踪。往事犹如闪电,在脑海中一幕幕不断闪现:五岁的他在房中试着那件小袄,寂桐在一旁温柔地看着他;十岁的他在山中寻觅草药,寂桐捧着水壶耐心地等待;青玉坛中,他成为丹芷长老,寂桐站在角落默默注视着他;翻云寨里,寂桐旧病复发,却强行压制着咳嗽,以免让他担心……他恍然发现,那个衰老的妇人,那个佝偻的身躯,在这个叫作"欧阳少恭"的人的生命中,留下的痕迹比他所以为的,要更多,更重。

寂桐……巽芳……寂桐……巽芳……

原来……如此……原来如此!

甘甜,还是苦涩?幸福,还是痛苦?

一时间记忆和情绪反复交织,欧阳少恭的表情也是瞬时数变。

"寂桐?桐姨!这怎么可能?"方兰生想起寂桐老态龙钟的样子,又对着眼前这正值芳华之年的女子,不由得惊呼。

巽芳笑容苦涩,说道:"夫君,我知道你体内太子长琴的魂魄力量已经快要耗尽,除非能寻找到另一半魂魄,否则过了这一世,便不能再度魂……然而,你为了这一半魂魄,苦心筹划、杀人如麻……我不愿你滥杀无辜,却也没有办法阻止……

我与雷严合谋，只是希望他能够将你关在青玉坛，我再慢慢想办法，令你放弃那些可怕的计划，可事到如今，就连我亦是沾染满手血腥……你恨我也罢，巽芳只求你不要再做这些事了！我没有几天可活，剩下的时日，唯愿能与夫君静静待在一处……如果要同你一起赎罪……我也愿意……"

欧阳少恭的眼神中充满了疯狂的色彩。他看着巽芳，温言道："赎罪？巽芳以为我有何罪？我又怎么会恨你？无论你做了什么，永远都是我最爱的妻子！你且等着，待我杀了百里屠苏，取回魂魄，再解你体内的雪颜丹之毒。我一定会有办法的！"

"夫君！"巽芳焦急唤道。欧阳少恭却已背转过身，不愿与她多言。

欧阳少恭负手而立，狂躁之色暴盛："很遗憾，内人身体抱恙，我不便陪诸君戏玩了！百里屠苏，若你仍要苦苦挣扎，我便直接将你杀死，取到魂魄，余下人等，通通变作焦冥！"

百里屠苏和欧阳少恭四目相对，彼此间锋利的气芒对冲，似在发出嘶嘶之声。

终于走到了这一步！魂兮归来，命定的相逢。千年之后，命运的转轮走到了终点，一切恩怨纠葛都将终结于此。

百里屠苏身上渐渐有黑气溢出，暴戾之相初现。他一仰头，聚起了两眸的赤色光芒。

欧阳少恭冷笑："很好，便请百里少侠让我见识一番凶剑焚寂的力量！"

焚寂之上，黑气奔行如飞！

"戮魂诀！"百里屠苏身形仿佛电光。

煞气在他的身体里横冲直撞，想要夺路而出，蓬莱大殿被剑芒照得雪亮。

欧阳少恭只是如拂柳般挥手。他的身上光华微露，便将交缠嘶吼的剑芒吸了过去。

"百里少侠既是知音，不如听首曲子。"欧阳少恭翻掌，掌中以微光凝作七弦长琴，手指轻捻慢挑，奏出瑶山遗韵。他以震音为线，震线为韧，刚迎上百里屠苏"戮魂诀"的剑气，又一扫弦，旧力未灭，新力又发，排山倒海般涌了过去。

百里屠苏的剑煞都被这巨大的气浪所阻住。气浪席卷天地，在它的面前，百里屠苏只是一片枯叶，他只能覆手一转，以剑背抵挡这波音浪。音浪和焚寂接触的瞬间，焚寂发出近乎断裂的哀声。

方兰生他们还在蓄势，百里屠苏狂暴的剑势已被欧阳少恭随手化解，其反击之力几乎掀翻了百里屠苏。

"这便是欧阳少恭真正的力量？"每个人心下都惊怖不已。

欧阳少恭微微点头："百里屠苏，你的进境之快，实在远远超乎我想象。除去焚寂的邪力，你的体内还有其他几股力量交织，想必另有奇遇……不错，当真不错！"他目露轻视之色，"然而，又有何用？"

他第三次拂弦，再起狂潮。

前后相继的三排音浪撞在焚寂上，强力之下，百里屠苏单膝跪地，吐出一口灼热的鲜血。

生死之间，不容犹疑。风晴雪、红玉、方兰生和襄铃同时出手，夹攻欧阳少恭。

巨镰自上而下，挟着女娲族的灵力袭来。"霜月葬天"，出手就是绝杀的招数。

乱红飞暮,红玉的双剑上转动着影龙般的烈光。

千狐幻影,襄铃的碧海青天扇幻化为成千上万。

欧阳少恭并不招架,任那些凌厉的攻势落在自己身上,却未造成任何伤害。

方兰生掌间佛珠推送,一道刚正肃杀的真气化为拳型攻去,尹千觞紧随着这一击,挥出巨剑。

本应致命的招数,皆被欧阳少恭周身金芒挡住。他轻蔑地望着众人,任攻势如潮,他却似闲庭信步。

"流霞归元……"红玉忽有所悟,大惊道,"他竟有这般神功护体!"

"不愧是上古剑灵,眼力不错。"欧阳少恭笑道,"那么想必你也知道,流霞归元,并无破解之法!"

他长袖一震,光若长龙,向所有人呼啸而来。

这时众人才明白,百里屠苏刚才接下的一招是何等刚猛绝戾。他们没有焚寂为助,在这排山倒海之力中,完全没有反抗的余地。连续几声闷哼,众人在同一刻被击倒在地。

剑煞再动。

百里屠苏靠着焚寂的煞气支撑,冲破了有如沧海龙吟的灼目白光。焚寂的剑光纷纷而落,变幻莫测,每一击都是致命的剑招。数百数千的剑招合于一处,每一斩的剑气都和前一斩的剑气叠加,硬撼欧阳少恭的流霞归元。

天下什么剑招能够硬撼流霞归元?红玉惊得瞪大了眼睛,这剑意里有很熟悉的影子……

欧阳少恭竟被那狂暴的剑气逼得连退几步。

"哼！紫胤真人的绝招吗？"欧阳少恭惊讶之后，复又冷笑。

百里屠苏使出的，赫然是紫胤真人的"空明幻虚剑"。仙家剑意，屠龙剑胆。

当日在紫榕林外，紫胤真人给百里屠苏留下一本剑谱，其中记录了他毕生精研的绝学。明明是一个叛出师门的逆徒，紫胤真人却终究舍不得任他将天赋浪费。作为师父的紫胤真人，和那个遗世独立的紫胤真人，终究还是不同的。

活了几百年，看穿了尘世，却还留着一丝尘世中的心意。

百里屠苏知道这一战迟早会到来，日日夜夜都在默记师尊的剑谱。习剑千日，只为此时斩出的一瞬间。

欧阳少恭盛怒中振开大袖，金光沿着他的衣袍流动不居，水晶般的透明甲胄贴着他的身躯现形。

一对金鹏巨翅舒展开来，他御风而起，俯仰天地。前一刻他还是凡人，这一刻他已经化身神祇；前一刻他还可以被称作"对手"，这一刻他已如高山巍峨，如沧海浩荡。

人能伐山吗？人能斩海吗？如果不能，那么天地间也没有人能撼动此刻的欧阳少恭。

欧阳少恭双翼舒展，金色威光笼罩整座大殿，向着众人劈面压下，压得众人无法呼吸。

百里屠苏挺身挡在众人面前，再度振作剑煞。煞气结成茧一般的护壁，可道道金光穿过屏障，如同利刃刺穿绵纸，钻进他的身体里。这些暴烈的力量狂龙般游动在百里屠苏的脏腑间，他的气血翻涌如潮，脸色从血红变为铁青，忽又变得苍白如纸。

"苏苏!"风晴雪意识到欧阳少恭的金色威光中有什么不对。

百里屠苏挥手制止她,令她不可上前。他自己单膝缓缓跪地,片刻之后,周身的血脉鼓胀起来。随着一声爆响,鲜血四溅,血箭的威力竟然切入坚硬的石柱!百里屠苏胸前血脉炸裂,从他身体里溢出的威光凝结为虬龙。

欧阳少恭是以气化龙,把真气灌入百里屠苏的身体,从内到外摧毁煞气的保护。

百里屠苏沉重地倒下,有什么东西从他的怀中掉出,滚落到欧阳少恭的身前,色如一片干凝的墨迹。

"苏苏!"风晴雪扑到他的身边。

百里屠苏眼神暗淡,已经是垂死的征兆。

欧阳少恭并未在意那墨迹似的东西,以神临般的姿态缓步上前:"请少侠再来比过!只是这一回,你怕不如方才那般好运了。"

"少恭……不要!"巽芳苦苦哀求,"今时今日,还要造多少杀孽呢?"

"就算是杀孽,也是最后的杀孽了。一切即将终结!"欧阳少恭浮于空中,露出那令人熟悉的、春风化雨般的笑,"百里屠苏,或者该称你为韩云溪,由我亲手再送你这最后一程!"

金色羽翼翻卷如凤首箜篌,他的招数中夹着空灵之音,可这是催命的乐曲,铺天盖地的金色威光涌向百里屠苏。

他恣意弹奏,心意融会于乐曲中。

百里屠苏看着海潮般的威光，拼尽最后的力量挺身站起。此时，一道冰蓝的屏障包围了他，是风晴雪双臂画圆，灵力源源不断输出，凝聚出一道冰盾。

威光与音潮连绵不绝，轰击在冰盾之上。风晴雪的灵力在欧阳少恭面前，无异于螳臂当车，冰盾瞬间龟裂。风晴雪见状，将一口鲜血吐在冰盾上，血丝在冰盾中蔓延。

她用自己的血加固了冰盾，泛红的巨盾重新焕发光辉。

"幽都之血？"欧阳少恭赞叹道，"好！看你还有多少血来保护你心爱之人。"

他恣意弹奏，琴声中龙吟虎啸，挥洒出的威光连续轰击在冰盾上，溅起的冰尘直涌上大殿顶部。

风晴雪的手腕上崩出数道裂口，鲜血不断融入冰盾。这是以她本命元气凝聚成的防御，冰盾崩溃的那一刻，她和百里屠苏都将死去。

欧阳少恭轻笑，金色威光中传出万剑震鸣的声音，金光凝聚为成千上万的利剑，刺向血色的冰盾。

"苏苏……"风晴雪轻声说。

可惜还没有来得及去看桃花谷中盛开的桃花……

然而此刻一把巨剑斩破漫天威光。这一剑是如此的浩荡，如此的倜傥，如醉后的一曲狂歌。它插在冰盾之前，切开了如潮的威光。

"千觞兄妹情深，令人感动。"欧阳少恭大笑。

尹千觞并不言语，只立身于巨剑之前，巨剑带着风雷之势遥指欧阳少恭。

欧阳少恭迈步于虚空中，眼前古琴仿佛化身为一柄金色的剑,无数闪着光芒的剑意猛然刺出,尹千觞顿时全身上下鲜血淋漓。欧阳少恭单凭剑意的威压,已经足够让他伤痕累累。随着欧阳少恭挥手,古琴音波荡出数里之遥,飞出大殿,斩切层云!

那力量穿透了蓬莱大殿的基石,卷起无数飞石,斩向尹千觞。

此情此景,令尹千觞明白,自己这些年疏于修行,比起当年在乌蒙灵谷对战欧阳少恭的时候已经远远不如。

可是不能输,因为身后就是风晴雪!

所有的人,都有一个不能输的理由。哪怕是一个醉汉、一个赌徒,也有想要保护的人。

巨剑迎着狂潮般的琴音重重斩下。

"大哥!"风晴雪高呼。

尹千觞已经没有力量阻挡欧阳少恭这一轮的进攻,所以他没有以剑封挡,而是剑斩狂潮。他只能以牺牲自己为代价,为背后的二人斩开剑潮。

三个身影同时出现在欧阳少恭背后。

红玉的双剑如天外飞梭,襄铃的羽扇振出火树银花,她们两人夹攻欧阳少恭的左右。真正的进攻则是在欧阳少恭背后的方兰生。雷音伏魔!一百零八颗天罡如意珠,颗颗震动,万佛念诵,金刚伽蓝俱现,龙象长嘶。

他们没有去救尹千觞,因为已经没有用。尹千觞用命换来的机会,他们必须把握住,因为此刻欧阳少恭背后已是空门大开。

"愚不可及!你们太过小看流霞归元。"欧阳少恭大笑,金色羽翼舒展到极致,千万翎羽自鸣,音潮席卷背后的三人。

他将手中虚象古琴脱手掷出，在空中发出烈日般的光华。

每个人的心中都充满了绝望。是的，无法战胜！他们以为的欧阳少恭，只不过是他一根小指的力量。流霞归元便是这样的防御，无懈可击！

他们不可能破掉欧阳少恭的屏障，却已经要被摧枯拉朽般击倒。

没人能救他们了，他们……要输了！

然而，澎湃的气浪把欧阳少恭面前那片墨迹似的东西卷了起来。看起来那么单薄的东西，在他的神威下如黑色蝴蝶般随时都会碎裂，它起伏着，就像蝴蝶翻飞在暴风雨中。欧阳少恭伸手想要拨开这碍眼的东西，但就在他的手指触及那东西时，一丝血线留在了空气中。

疼……

他不敢相信，怔怔地看着自己的手指，那上面传来了疼痛，没有破绽的流霞归元，居然被这片单薄的东西切开了一道口子！

细小的伤口在最后一瞬阻止了欧阳少恭的绝杀，但是残余的剑潮、威光和音浪仍旧将众人震退。鲜血四溅，风晴雪用身体托住了奄奄一息的百里屠苏，尹千觞全身衣甲碎裂，鲜血横流。

欧阳少恭震惊地举起那墨片。那是一个鳞片，黑色的鳞片，上面满是云水般的翠纹。

"悭……"他喃喃自语。

那个名字，那个被尘封千年的名字正要从记忆之井中浮起，有个声音在呼唤他："太子长琴……"

不对……他是欧阳少恭……

可他也是太子长琴。能伤害太子长琴的东西，是记忆。

累世以来，度魂令他失去了太多记忆，以至有些东西已被他渐渐遗忘。

百里屠苏微微睁开双眼，气若游丝："太子长琴，你还记得吗……悭臾……这是它的龙鳞……"

"悭臾……"

不错，正是这个名字。

欧阳少恭心中绞痛，记忆的深井中，黑龙盘旋升天。

百里屠苏低声道："……天界战龙悭臾，曾经榣山水湄边的一只水虺……去祖洲之时，见到一处与榣山风貌全然相同之地……悭臾……就在那儿沉睡。它的寿数已经快要行到尽头……却依然记挂自己的挚友……太子长琴…………不是我……是你……"

"……水虺……悭臾……"欧阳少恭喃喃。

"少恭……你怎么了？"巽芳不安地问。

"……祝融……不周山……天柱倾塌……"

欧阳少恭默念着这些字眼，眼神迷离。

恍惚间，已是回到高山之畔，他是那么惬意悠闲，对着幽谷深潭抚琴，身边水虺是他的知音。

可他却要离开了。

"悭臾……父亲已决意随伏羲大人前往天上，我定然只有同去。初建天庭，诸事未定，想必众神皆会忙碌许久，如此一来，未知何时才能重返榣山……"

悭臾怅然若失，口中却说道："太子长琴，待你空下来的时候，再来榣山找我玩儿，还有几百日，我便能化蛟了。"

太子长琴遗憾道："听闻虺五百年化蛟，千年化龙，再五百年为角龙，千年为应龙，可惜我却无缘亲眼一见。你胸中既有大志，本不该埋没，望勤加修行，早日得偿所愿。"

悭臾应道："一定会的！等我修成应龙，呼风唤雨当然不在话下，也能实现当初和你的约定。"

约定？他们有过约定？

是的！有过……

可已经……忘记了……在那时间的长河之中……

欧阳少恭神情恍惚，口中喃喃："……榣山……悭臾……它曾经与我约定，待修成通天彻地的应龙……要我坐在它的龙角旁，乘龙御风，看尽山河风光……然而天柱倾塌，天庭降罚……太子长琴被贬下凡尘……悭臾……成为女神坐骑，永失自由……"

尹千觞见此情景，再顾不得其他，断然喝道："快，趁此机会破他的流霞归元！否则待他清醒，便错失良机！"

方兰生见昔日挚友如癫如狂，心中原本是纷乱如麻，可尹千觞的话惊醒了他。

琴川那些无辜化作焦冥的乡民，沿海那些被海啸吞噬的渔夫，还有乌蒙灵谷、翻云寨、甘泉村……还有……二姐！

方兰生咬着满是血丝的牙齿，低吼一声，运起天地伏魔之势。

雷音伏魔！

罡声震耳，欧阳少恭承受着剑光和佛力，更难以分辨记忆与现实，越发癫狂起来："……太古之约……不复践言……何以……飘零去……何以少团栾……何以别离久……何以不得安……哈哈……哈哈哈哈……"

笑声中全然没有喜悦，而是千年的苦痛。

巽芳泪如雨下。她所爱的这个男人，早已被命运折磨得不成人形。

欧阳少恭的笑震动整座大殿："多谢……百里少侠让我忆起一些……过去的美好之事……但你们当真以为，我会就此耽于往昔，丧魂失智？往事俱如烟云，如今我已不再是那个擅弹琴曲的仙人，而即将成为蓬莱国的永恒之主！你们，都将化身焦冥，成为我永远的臣民！"

金色威光再现！红玉和方兰生的所有攻势皆被拦住，他们射出的剑光、祭出的佛法反压在自己身上，皮开肉绽。

百里屠苏艰难地站了起来。

他本已伤痕累累，连呼吸都困难到极点，但他居然站了起来，提着焚寂。

"没有完，欧阳少恭。"他轻声说，黑色的火焰在他瞳中燃烧。

他将焚寂刺入手臂！

鲜血冲刷着凶剑的每一道纹路，焚寂黑气暴涨，像是凶猛贪婪的怪兽被咒语释放，将所有鲜血都吸食了进去。百里屠苏缓缓走向欧阳少恭，一步一印，散着浓郁的黑色煞气，像是来自幽冥的凶鬼。

鲜血带着他的魂魄之力灌入焚寂，他以自己的鲜血为食，喂养着这柄上古凶剑。

凶剑完全复苏！焚寂上一团赤光聚起，曾在冰炎洞中为血涂之阵折损的剑刃发出火焰的光芒。

百里屠苏体内的煞气不再横冲直撞，而是循序流转。他不再抗拒这把剑，而是和剑融为一体。

欧阳少恭脸上第一次露出了警惕的神色。

百里屠苏长啸，眨眼间焚寂已刺到对方跟前。欧阳少恭连连挥出金色威光，但此刻的威光在焚寂的剑锋前迭次崩溃，剑锋所到之处，威光溃灭！

欧阳少恭一惊，化出古琴虚象抵挡，黑红色的剑气游走在两人之间，发出阵阵咆哮。

他们贴得极近，彼此怒视。周遭的人第一次发觉，他们的侧颜竟是如此相像！

"还差得远！"欧阳少恭怒吼。

"再试一剑！"百里屠苏再度挥剑，黑气飞向四周，半边蓬莱宫殿燃起熊熊大火。

炽焰中，欧阳少恭忽然觉得不安。

焚寂的威力他曾领教过，该剑已经是世间无双的利器，但这熊熊燃烧的黑焰……不……这不是剑气，而是某种凶术！

他感觉到危机的降临，到底有什么超出了他的计算？

他的立身之处瞬间被黑色烈焰吞噬，流霞归元曾固若金汤，此刻却被焚寂之火蚕食着，逐渐崩溃。黑火吞噬着流霞归元的灵力，越燃越凶。

百里屠苏的双足深陷在蓬莱大殿的石砖之中，燃烧得最厉害的是他自己，他全身已被黑色火焰包围，他就是火种！

这种凶悍霸道的火焰，毫无疑问是剑中的上古凶力，是令伏羲和女娲都忌惮的凶剑之力！这并非百里屠苏自己的力量，而是被解封的凶剑内栖息着的魂力。

要想扑灭火焰，只需掐灭火种。

欧阳少恭毫不犹豫，手指一挥，七弦齐振。百里屠苏不闪不避，无数由琴上发出的音波，正中他的心脏之处。他身子晃了晃，仍没有倒下。黑血自他的齿缝中渗出，他赤瞳闪动，猛推剑柄。

焚寂之火吞噬一切灵力，欧阳少恭原本没有破绽的金鹏翅被灼烧之后，竟缓缓碎裂。金羽还未坠地，就被煞气吞没，火舌一舔，便化为飞灰。

欧阳少恭只能以手掌攥住剑锋："你！"

"欧阳少恭，你难道从未想过？"百里屠苏轻声说，"你和我，就像镜子的两面。我的心脏被你刺穿之时，也是你的心脏被我刺穿的时候。宿命中我们同生也共死，能烧掉你羽翼的，只有以我灵魂催动的焚寂。"

"可笑！"欧阳少恭震惊。

百里屠苏背后，黑色的煞气中，升腾起朦胧的幻影。

他凝力运剑，烈焰般的焚寂穿破古琴虚象，毫无阻碍地插入欧阳少恭的胸口！

欧阳少恭随着百里屠苏的一剑之势坠落于地，整个蓬莱大殿为之震动。

百里屠苏保持着最后一刺的姿势，而欧阳少恭双目被血色慢慢覆盖。他用尽最后的气力，将焚寂从自己的身体里拔了出来。百里屠苏退后数步，插剑于地，黑色煞气随风而散，他眼中赤色渐渐褪去。

二人仿佛兄弟，凝视彼此。

又像是隔着千年岁月，今人看向古人。

远古之约

摇摇欲坠。

"夫君！"巽芳扶住欧阳少恭。血从欧阳少恭的心口汩汩流下，他倔强地支撑住身子，身周那刺眼的金色光芒都已消失，唯见长发低垂，尽显颓败。

"想不到……竟会败在你的手下！自己被自己打败吗？"他的语气似又恢复了往日的儒雅，却带了无法忽视的自嘲，"这种感觉真是奇妙……"

蓬莱大殿中，焚寂之火炙热肆虐，大殿顶部咔嚓作响，不时便有碎石落下。每隔一阵，宫殿就像是受了惊扰一般，剧烈晃动。

百里屠苏立在欧阳少恭面前，黑衣浴血，手中死死握着焚寂，好像提防着他再度发难，一刻也不敢放松。风晴雪护在百里屠苏身侧，一双水色的眼只绕在他身上。

这画面在其他的人看来，与那一侧巽芳护着的欧阳少恭，是如此相像。同一个人的两半魂魄，兜兜转转，对峙于此，好像命运的一个玩笑。

众人看着欧阳少恭,心中莫不是百感交集。

欧阳少恭神色不断变幻,时而感伤,时而癫狂:"难道……我所追求的……注定毫无所得……这个世间,固然有令人欢喜之事,但实在太过短暂,徒然余下无尽哀伤……化为焦冥……无喜无悲、得到永恒……又有什么不好……"

"欧阳少恭,不要一厢情愿了!这样也叫永恒?无知无觉,情感尽丧,只是一具空壳而已!"方兰生愤怒言道,"假如……真的那么好,你自己为什么不去变作焦冥?!"

"我同他们,同你们……是不一样的……"欧阳少恭捂着伤口,抬起头来,仍然是那么骄傲,鲜血浸润他白皙修长的手指,显得格外触目惊心,"我……是这个永恒国度的主人……要不断让更多人获得永生……"

"欧阳先生……"是百里屠苏喑哑的声音。

欧阳少恭乍闻这熟悉的旧称,心绪如弦,拨出一串泛音。

时间仿佛回到翻云寨初见,百里屠苏那么认真地对他说:"若蒙不弃,我想与欧阳先生一同去找寻其他玉横碎片。"

又好像回到琴川泛舟之时,百里屠苏听了他的琴曲,说:"先生高志!无怪乎琴曲中隐有沧海龙吟之象。"

还有在青玉坛的那一夜,百里屠苏始终那么相信他:"先生助我良多,能结此友谊,亦是百里屠苏一生之幸。"

他们是同一个灵魂的两面,所以命运羁绊交织,相惜相杀。

他们却也如此不同,他设计他、骗他、害他,如今还想杀了他,他却仍然叫他一声——"欧阳先生"。

"你说的,并没有错。"百里屠苏望着欧阳少恭,眼神复杂难明,语气却坚定无比,"人生在世,苦痛永远多于欢乐,但人……至少可以选择生死,你不能为任何人作出决定。即便命如你我,不也同样想要努力活下去?活着,虽然令人感到痛苦,然而美好之事,却唯有活着才能经历。你痛恨天庭一个刑罚,毁灭太子长琴生生世世,但你一念之间,亦是亡去别人生生世世,与天庭又有何不同?"

他的气息因为这番话而变得急促不稳,声音却越发明朗笃定:"看清楚!你和我,既不是怪物,也不是神!我们,都只是一介凡人!生老病死,无可逃避,这才是人之所以为人!"

他的话语振聋发聩,令整个蓬莱宫殿中的人都陷入长久的缄默,只有焚寂之火借着此处无尽的灵力燃烧不熄。一块巨石从屋顶坠落,砸在香炉之上,激起一片呛人的香灰。

香炉闪了一闪,那象征着愿望得偿的光芒倏然灭去,化为一尊凡物。

"……屠苏……"欧阳少恭念着这个名字,叹息如同隔世,"只可惜……你我注定成仇。"

……无论如何,都太晚了,不是吗?

如果再早几世找到他的半身,他是不是不会采取这样决绝的手段?

如果那一次度魂顺利,他能及时赶回蓬莱,回到巽芳身边……

不,没有如果了。

玉横失去了欧阳少恭的操纵,从空中缓缓而降,光波顺其边缘流淌,恰好落在风晴雪身旁。百里屠苏示意风晴雪收好玉横,道:"也算是对女娲大神有所交代了……"话音未落,已是气力不支,单膝跪倒在地上。

"苏苏!"

"百里公子催使焚寂之威,虽破了欧阳少恭的流霞归元,自身却也无法承受焚寂凶力的负荷,已是强弩之末,加之硬撑了欧阳少恭的几次攻击……"红玉蹙眉道。

"无妨。"百里屠苏缓了一口气,摇摇头,"都快些离开吧!此处承受不住焚寂之力,即将坍塌。"

众人点点头,互相搀扶着起身。

蓬莱宫殿中回荡着欧阳少恭绝望的笑声:"你们几人亦是伤及元气……不可再使用腾翔之术……就让这焚寂之火熊熊燃烧,焚毁一切……将所有人……都化为灰烬吧…………"

"少恭,到这一刻,你仍要别人陪着你死?"方兰生斥道。

"我不甘心……怎能……甘心……"欧阳少恭面上不再有一丝笑容,累世的痛苦此刻攻上心头,"……永生永世……被命运……所束缚……"

他脚下趔趄,再不能自持,动作间令剑伤撕裂得更深,腥血大片涌出,将长袍前襟浸染成红色。身旁的巽芳泪痕满面,努力掩着他的伤口,将他移至殿旁一块大石上。

"巽芳,对不起……"欧阳少恭眼神扫过遍地残垣,最终定格在巽芳的双眼,"到最后我还是不能重建蓬莱,令你过得开心幸福……"

"只要是和你在一起,哪里都无所谓……"巽芳眼中含泪,却露出甜美的笑容,那是深陷在爱情中的女子才会有的笑容,就像雷云之海幻境中的倩影。

红玉转过头来，看向欧阳少恭和巽芳："巽芳姑娘，你……"

"你们走吧。"巽芳依在欧阳少恭的怀中，她最后的一点灵力，都化作止痛的白光，萦绕在欧阳少恭的身周，"我要陪夫君静静地待上一会儿……"

这一段千古的纠缠，今日便走到了终点。

众人再不多言，转身欲走。尹千觞却忽然停住脚步，朝着欧阳少恭的方向走去，在离欧阳少恭和巽芳几丈远的地方，他选了一块石头坐下，仰头喝起酒来。

"大哥？"风晴雪有些焦急，朝着尹千觞喊道。尹千觞却当作没有听见。

风晴雪奔上前去，蹲下身子望着他："大哥！我知道你就是大哥了！跟我回幽都去看看好不好？婆婆还在盼着你……"

尹千觞不发一言。

风晴雪执拗地叫道："大哥！"

尹千觞嘴角一咧，无奈笑道："晴雪妹子，你弄错了吧？我这样的坏人怎么会是你大哥？"

"大哥，少恭都已经告诉我了……"

尹千觞脸色一黯："尹千觞不配有你这样的妹妹。快走吧，愿你今后一生快乐，最重要是活得开心，不要勉强自己。"

"让我走，那你呢？"风晴雪道。

尹千觞一口酒灌了下去，露出笑容："我？我要陪少恭这最后一程。"

"大哥，为什么？"

尹千觞自嘲地笑笑，他的脑中浮现出当年的欧阳少恭。那不过也就是十五六岁的模样，背影却是那么孤独和沉重，不知道什么时候就会垮下。

"因为度魂，他没有真正的亲人，却有数千载的记忆延续，却又因为度魂而逐渐忘却这些记忆，最后只剩下数千载的无边孤寂，令他变得贪婪而疯狂……对很多人而言，少恭是十恶不赦之徒，但是对我来说，他却是给了我一次重生之人……至少，最后让我陪他一会儿，妹子你不会阻止尹大哥的小小心愿吧？"

"大哥，你……"风晴雪欲言又止。

自从大哥离开幽都，她每时每刻都盼着他回来。可是八年过去了，当她终于找到他的时候，大哥已是另外一个人，不愿意与她相认，更不愿意回家……

"大哥，不管你选择怎么个活法，你永远是我的大哥……"

尹千觞将脸偏到一边，眉眼都陷在阴影里："去吧。幸好我酒壶里还留了些酒。"

"晴雪妹妹，这地方越来越不安全了，快走吧……"红玉见状，拉住风晴雪朝外走去。风晴雪跌跌撞撞中，不断转过头来，但见火场之中不时落下纷纷的石雨，仿佛一场华丽的谢幕。那舞台上，巽芳和欧阳少恭紧紧相依在一起，尹千觞坐在离他们不远的大石头上，仰头痛饮。

蓬莱大殿的出口，忽然一阵剧烈的震动，承重的巨柱慢慢地破碎、倾倒，连带着一片片的石板坠落。

"这里快要塌了！"方兰生惊叫道。

百里屠苏看着手中焚寂，心中已有计较："我送你们走，趁我……还能一借焚寂之力！"

"百里公子……"

百里屠苏伸手阻止："不要多说，不然一个都走不掉！"语毕，他扭转掌心，再度催动焚寂之力，运起真气，襄铃、方兰生、红玉三人依次被他释出的光柱包裹，一闪便不见了。

风晴雪见他重伤之下这样过度耗费真元，已是涸泽而渔，不忍和痛楚如万千钢针穿心而过，才要劝阻，百里屠苏手中释出的光柱已笼罩了她，只是这一次光芒微弱了许多，已不足以将她传送出蓬莱大殿。

百里屠苏终究只是凡人，力战至此，真元已不能为继，终于跪倒在地上。

风晴雪从光柱里走了出来，将百里屠苏的身体牢牢扶住……

"把我们都送走了，你怎么办？"风晴雪定定地看着他，仿佛他们所在之处并不是火海地狱，而是桃花谷中，岁月宁静，"我不走……不跟你分开……"

百里屠苏手腕微抬，再次试图施法送走风晴雪。徒劳的尝试引发更加剧烈的痛苦，他的五脏六腑已被欧阳少恭的力量所伤，残破不堪。

"苏苏你停下！别再耗费力气了！"风晴雪使力制住他的手，将百里屠苏揽在怀里，"我不怕死，只要我们在一起。我们说过，要一直在一起。"

她的眼泪不停滴落，双臂带着颤抖，抱得那么紧。她明白，自己即将失去最重要的东西，无力挽回。

"晴雪……"百里屠苏从没见过这样的风晴雪。她一直都是那么温暖，就算偶有悲伤，也是瞬间就烟消云散，很快便笑意盈盈。

我不能让她死！

不能！

百里屠苏迷蒙的视线中闪过一丝幽绿的光芒，他心念一转，深呼吸了几次，手掌摊开，运力召唤，那片滚落在地的悭臾龙鳞似乎感应到了，飞至他的掌心，渐渐发出耀眼的光芒："晴雪……我不会……让你死……"

蓬莱岛边，已然落在安全地带的几人焦急地等待着。

山顶恢弘的大殿，像是化作一堆祭天的木柴，热烈地焚烧着，烟雾弥漫，不时传来天崩地裂的巨响。木石构件顺着山体滚落，碾压过无数的草木。

百里屠苏和风晴雪却始终没有出现。

"他们……"方兰生手持佛珠，内心如焚。如果此刻祝祷有用，他会求遍满天神佛。

"屠苏哥哥不会有事的……"襄铃攥着小拳头，却止不住眼泪，"他最厉害了，一定不会有事的。他们都会回来的……"

红玉不发一言，蛾眉深锁，只是不断向山顶的烟云中张望。

天空中一道雷鸣般的巨响，有刺眼的白光撕破云层。

几人惊望过去，却见云雾之中出现庞大龙影，鳞爪微现，渐渐飞远。

金瞳的黑龙翱翔于天际，一腾一跃，俱是人间百里之遥。

巨大的龙角如深海的珊瑚，旁边却倚着两个人。

男子面孔苍白虚弱，身上遍是伤口和血迹，显是刚刚经历了一场生死之战。

女子将男子搂在怀中，眼中含泪欲滴。她已摘去了从不离身的手套，莹白的手指抚过男子的脸颊，指尖有蓝色的幽光闪耀。

乘龙飞翔，该是多么潇洒快意，只是男子的呼吸渐渐微弱，脚下掠过怎样的山河美景，都无法再留意观看了。

百里屠苏的手垂在黑绿色的龙鳞上，龙鳞冰冷，像他的手一般："悭臾……要去哪里？"

黑龙悭臾并未开口，只是以意念作答："不周山龙冢。几日之后……便是吾的死期。"

百里屠苏露出淡淡的笑容："这样……也算实现了你与太子长琴的……远古之约吧？"

"哼！小子，到现在才召唤吾……差一点就等不到了……"

悭臾载着二人向西北而去，天空中有晶莹的雪花落下。据说应龙飞向不周山归天的时候，即便是八月也会飘起细雪。那些雪花乍看去一模一样，可若细细分辨，每一片都有不同。

百里屠苏只觉一阵浓浓的倦意袭来。无尽的黑暗在召唤着他，他的身体变得轻盈，像是就要被风吹散。

"晴雪……"他拼命地睁开眼。风晴雪就在眼前，他长长地舒了一口气。

是了，已经没事了。

他打败了欧阳少恭，夺回了玉横，制止了那场灾厄。

晴雪安全了，朋友们都安全了。

一切都结束了。

自己的终点,也将要到达。

过往人事,在他的脑海中一一闪过。那些,都再也见不到了吧!

百里屠苏的气息渐渐微弱,即将陷入永久的沉睡。

风晴雪惊惶地攥住他的手:"苏苏,你醒一醒!你别死、别死……不要就这样离开……"

她心下是明白的,百里屠苏已然解开了封印,几日内便会化为荒魂,不再存在于这个世间。方才的大战,他重伤之下,复又殚精竭虑……

百里屠苏的目光已经涣散,却盛着如水般的温柔,凝视眼前的风晴雪:"晴雪……给我……唱支歌好吗……在雾灵山涧时,你唱的那支歌……很好听……我一直记得……"

风晴雪使劲点点头,哼唱了起来,清越的嗓音下,掩着彻骨的悲伤。

那是熟悉的调子,就如初见时一样悦耳悠扬。听者并不能分辨出歌词到底唱了些什么,却能感觉到其中的圣洁美好。

"……我的魂魄……快要散了……"百里屠苏用最后一点气力,反手握住了风晴雪的手,"化作荒魂之后……希望……在你身边多留一会儿……哪怕只是……片刻也好……"

"苏苏……"风晴雪泣不成声,只觉得怀中之人越来越轻,渐渐变得空幻虚无,再也握不住……

百里屠苏合上了眼,笑容和声音都变得茫远。

"韩云溪……太子长琴……焚寂……百里屠苏……这一生不知作为谁而活……不过……不管是谁……到这一刻……虽有遗憾……并无后悔……"

尾声

曾经有人告诉我，对生死之事毫无执念的人，只是因为还没有经历过真正绝望的别离。仿佛诅咒一般……我喜欢的人，就这样离我而去……

我们曾经约定，要在一起。一起看许多风景，走过不同的城镇村庄，或许还能帮一帮那些遇上困难的人。

这些都不能实现了。

我连他的转世也无法寻找，因为——他根本入不了轮回。

苏苏在我怀中停止呼吸的那一刻，我终于明白了，什么叫作真正的绝望。

他的身体渐渐冰冷，而魂魄化为七彩的光珠，围绕在我身边，徘徊不去——正如他所说……多留一会儿，哪怕只有片刻。

我伸手去触摸，却什么也碰不到、抓不住。我从未如此害怕，我害怕下一刻他的魂魄便会消散无踪。

那样的别离，将是永别。

我从怀中摸出玉横，那其中曾经吸纳无数无辜魂灵，此刻已被消耗殆尽。玉横温热，似乎在提醒着我，原来任何人，包括我……面对生死之事，也不能看透。

魂魄进入玉横，苏苏便不会就这样消散无踪。

我想起婆婆说过，器物没有正邪之分，只看掌握它的人是怎样想……

我不禁祈求……这世上有没有真正的重生之术，不用以害人作为代价。

他这样短暂的一生，许多美好之物都还来不及经历……

我只希望……他能够重新活过来。

于是我祈求娲皇神殿中的那位大神，赐予我如灵女一般长久的寿命。而我将再也不能转生，和他一样，成为无法轮回之人。这一世死去，我也将化为荒魂。

世上的事，都是有代价的。可我永远不会后悔，就像他一定也不曾后悔。

外面的世界真是广大，用双足行走，穷尽一生也不能走遍天下。我曾经多么想出来看一看，探寻那些美好的东西。此刻，却难免觉得孤单。

今年的第一场春雨，兰生和孙小姐有了他们的小女儿。我曾走过他们的窗前，所有人都是那样高兴。

襄铃即将前往青丘之国，那里是她的父族所在。而红玉姐再也没有离开过昆仑山。

瑾娘一直照顾着阿翔，青龙镇的兄弟俩造出了更好的大船。

所有的朋友们都过得很好。而大哥，再也没有消息。

……一年又一年过去，我走过许多许多地方，始终没能找到重生之法，却帮助了很多遇到困难的人。我们二人的约定，便由我一人先开始吧。

我想……如果他还活着，应该也会因为这样而开心吧？

我愿意成为他的双眼，看尽繁花似锦、云卷云舒；我愿意成为他的双脚，踏遍天涯海角、山川万里。

我仍然、仍然没有放弃，令他复生的念头。

一年又一年……我已经不记得过去了多久。我追寻过无数关于死而复生的传说，一次次地燃起希望，然后破灭。

时光的流逝渐渐变得模糊，远方再没有故人的消息传来。

我不知道自己这一生将有多长、还有多长，我只知道，无论如何，在这一世走到尽头之前，我都会继续寻找下去。

曾经和苏苏一同看星星的那片谷地，年复一年，开满了桃花。桃花谷是灵气所钟的好地方，我建起一座隐世的小村庄，收容那些需要帮助的人，时不时地回去看看。

总有一天，我会和苏苏回到桃花谷，到那时，我们再也不分开。

听说——在遥远的极北之地，隐约有关于亡者重生的传说，不论这样的传说是真是假，也不论所求多么不易企及。

我，又将起程。

后来……桃花幻梦

九百年后。

桃花乡。

春日的午后,阳光懒懒地照进山谷里,满谷桃花盛开,正是花气袭人的时节。

一个女子坐在木屋的窗前,一袭白衣,外披着蓝色斗篷。

尽管在室内,她仍然罩着斗篷的风帽。阴影掩着她的眉眼,只露出细白的下颔。

看她绯色的嘴唇,像是十六七岁的妙龄少女。可是十六七岁的少女,绝没有她身上那份如水的沉静。

身后,一个清脆的声音唤她:"晴雪。"

女子转过头来,一个小男孩走到她身旁,清秀的眉眼之间,还有点刚睡醒的惺忪。

"醒了啊。"女子轻抚过他的短发,"睡得可好?"

"晴雪,我刚才梦到你了。"男孩声音还稚嫩,语气却像个大人般正经。

"是吗?"女子的嘴角扬起温柔的弧度,"梦见了什么?"

"我梦见和你坐在山上看星星。"男孩的眼中闪现一丝迷惑之色,"梦里的晴雪并不是这样的打扮……但我心里知道,那就是你。"

斗篷下的身体轻轻一震,风帽垂得更低了。女子沉默了一会儿,为男孩整了整衣襟,提醒道:"你不是约了阿蒙他们,午睡后一起玩的吗?快去吧。"

"嗯,差点忘了!"说起玩的事,小男孩兴奋起来,露出这个年纪该有的雀跃,"那我带着翔三爷一起!"

说着,他轻快地跑出门,朝着屋外的鸟架一个呼哨,一只白羽黑纹的海东青从架上一跃而起,随着他向远处飞去。

"小心些,别摔着了!"女子追到门口,嘱咐道。

直到那小小的背影融入午后的阳光中,女子才回转屋内。

木屋有些简陋,家具摆设都是粗制,女子想着小男孩提起的做梦一事,不由得有些恍惚,缓缓摘下了风帽。

风帽下,露出一张白皙灵秀的面容,那是几百年来都未曾改变的容颜。

村里。

田间小径上,男孩一路小跑,一口气跑到了一棵大树下。树下站着几个孩童,都和他年纪相仿,八九岁的样子。

"屠苏!"为首的女孩欢快地跑过来,花裙子翩翩飞舞,像是一只彩蝶,"你可来了,我们等你半天啦!"

屠苏一扬手，那叫作翔三爷的海东青听话地落在树枝上，鸣叫了一声。

女孩扑哧一声笑了，对翔三爷挥挥手："翔三爷也来了，今天还是这么威风呢！"

翔三爷看上去心情大好，高高地昂起头，左右晃了晃脖颈，然后箭一般飞入空中，一会儿就消失不见了。

"翔三爷飞得真高、真远……"女孩身后，个子稍微高一些的男孩子叹道，"外面的世界一定很有趣，我也想去看看。"

"阿蒙，你别羡慕翔三爷了。"另一个男孩子虎头虎脑的，拍拍胸脯道，"我娘说了，等咱们长大了，也能出去的，只要不带外人回来就没事。屠苏你说是不是？"

屠苏却没有随声附和。他并不那么想去外面的世界，他打心底里觉得，现在的生活就很好很好，不需要改变。

阿蒙颇有点老气横秋地说："我现在每顿都吃三碗饭，我一定要快点长大，去外面看看。"

"桃花乡有什么不好？别老说这些啦！"女孩白了一眼阿蒙，又戳了戳那个虎头虎脑的男孩，"小石，你快想想，咱们今天玩点什么？"

梁小石有点讨好地说："夏儿，你说到湖边用小石头搭房子好不好？每个人都盖一间！"

"好啊！"夏儿高兴地拍手。

阿蒙双手背在脑后晃晃头："这有什么好玩的……"

"村子就这么大，你说有什么好玩的呀？"夏儿哼了一声，转而拉着屠苏问，"屠苏，你去不去？"

"我去啊。"屠苏点点头。

"那咱们走,阿蒙爱去不去!"夏儿一手拉着屠苏,一手拉着梁小石,往湖边走去,"得捡好多好多石头,才够搭一个大房子!"

阿蒙见他们真的走了,挠挠头,也跟了上去。

木屋。

门口传来叩门的声音,女子又戴上了风帽,打开门,迎进来一位老妇人。

"晴雪姑娘……"老妇人坐到桌前,桌上放着两杯刚沏上的热茶,香气氤氲,可见女子已经料到她的来访。

"阿蓉已经决定了吧?"女子的年纪分明只够做老妇人的孙女,称呼她的时候,却像是叫一个晚辈。

"是的……"阿蓉理了理自己斑白的鬓角,叹息道,"虽说这些年来我也是享清福,但毕竟年纪大了,比不得年轻人。"

"人选定好了吗?"女子抿了一口茶,风帽下垂下一缕青丝。

"晴雪姑娘放心,接替村长位子的阿秀是个好孩子,一定能好好照顾大家。"

"我不担心这个。"女子摇摇头,"只是有点儿舍不得。"

阿蓉絮絮地说着一些村长交接的安排,女子仔细听了,点头道:"阿蓉也的确该歇息歇息了,这些年实在麻烦你太多。"

阿蓉听到这话,竟慌忙拜倒在地:"姑娘说的哪里话!当年叶家祖上获罪,被朝廷下令株连九族,要不是您帮上一把,我们这一族的血脉早就断了……"

女子一把搀住了阿蓉,将她安顿回椅子里:"那都是些陈年往事了。"

阿蓉却急急地补充道："不仅我们叶家，村子里其他人的祖辈，也都是有许多缘由，在外面待不下去，姑娘让他们来桃花乡安居，那是天大的恩惠啊！"

"什么恩惠，只是缘分罢了。"女子淡然地笑笑，把阿蓉面前的茶水续上，"阿蓉，我看这几百年下来，村里的人由少变多，又慢慢地越来越少，或许再过上两代，也就不需要村长了。"

"晴雪姑娘是说那些离开村子的人……"阿蓉接过茶杯，神情也难免惆怅，"年轻人啊，总觉得外面的天地才叫新鲜……不也有吃了苦头再回来的？要我说啊，哪儿也不如咱们桃花乡好。"

"人的心思总归禁锢不住的。"女子摇摇头，"外面天地广阔，强迫他们一辈子待在这小小的地方，未免太过可怜。"

她好像忆起了什么遥远的往事，一抹笑容漾在唇角："小时候我大哥离开家乡，一去不回。我总是猜想，他大概是在外面玩得迷了路，不记得怎么回家了。于是我就出去找他，想找到他，把他带回家。"

"外面的世界真的很漂亮……"她白皙的手指拨弄着茶杯，那些事已经过去了很久，却仍如在眼前般清晰，"等我好不容易找到了大哥，他却不肯跟我回家了。他宁愿忘记一切，变成另外一个人，也不想回到过去的世界里。"

"这些我都懂。"女子笑了笑，神思又回到眼前，"何况，大家一直都谨守着规矩，不把外人带进村来，已经很让人欣慰。"

阿蓉看着女子，语气中有些担忧："那您自己呢？打算就这么永远待下去？"

半响的沉默，直到茶水的香气都随着热度散尽了，女子才开口，声音变得有点沙哑："阿蓉你知道，屠苏……他的'身体'和别人不一样，不能去太远的地方……"

女子目光注视着床榻上叠得整整齐齐的男孩衣服，说道："或许，再过上几年会好些……到那个时候，我再问他，想不想去外面看看。"

"这样……也很好。"阿蓉随着她的视线看去，微不可闻地叹息一声，"他还是会慢慢长大，而你却不会老，你们两个，终于也可以相守一世。"

女子摇摇头："阿蓉想到哪里去了！我早已不再祈求那些。如今的每一天，都像是从上天那儿偷来的。假如没有机缘巧合，得到辟邪之骨……"

阿蓉点点头，道："我知道……妖兽辟邪死后，感风成灰，想要它的骨头，必须在它活着的时候，生取其骨，或是令它心甘情愿交付……姑娘为了这块辟邪之骨，付出了许多代价……"

提起那一段往事。女子仍然觉得惊心动魄，但她只是笑笑，没有多说什么。

阿蓉望着女子的背影。斗篷罩着她纤细的身体，从背影看不出她的年纪，也看不出她的情绪。

"……我别无所求，只希望屠苏能够平平安安长大成人。虽然用辟邪之骨、还有女娲娘娘的法术，令他复生，但他已经不记得从前的事了，把我当成一个长辈、一个朋友。也好！以后他想和谁在一起，喜欢上谁，只要他开心，我就安心了。"

女子说这些话的时候，并未含着半分委屈，而是通达诚。

阿蓉却在一边泪盈于眶："姑娘……"

女子反倒走过来安慰起阿蓉："阿蓉，你哭什么？人不该太贪心的，对吗？"

阿蓉抬起头，看到风帽下那张容颜，她的笑容是如此清澈，相信她是真的快乐的。

"现在这样，我已经很高兴了。我都记不清，自己有多久没像这几年这么开心过。"女子轻声地补充道，"只愿……我的魂魄别那么快走到尽头，我……还想多陪陪他。"

湖边。

湖水宁静，村落也宁静，只有湖边的这一块地方，是桃花谷里最热闹的所在。

三个男孩子趴在地上，围着夏儿，像绿叶衬着红花。

夏儿专心致志地搭着她的石头房子，完全没在意裙子沾上了泥土。

而吃得饱饱的翔三爷，正在不远处的草地上跳来跳去，好像在活动身体。

夏儿小心翼翼地把几颗红色的小石子垒上，然后开心地拍拍手："好了，搭好了！"

梁小石伸了一个大懒腰，埋怨道："总算是搭完啦……明明说好每人搭一个的，结果我们捡的石头全被你拿走了……"

夏儿才不在乎他的抱怨，开心地欣赏着自己的作品："嘻嘻，男孩子搭出来的不好看嘛！我帮你们搭还不好？"

屠苏端详着面前的石头房子——说是房子，其实也不过就是用彩色石子垒成的几个方框，一个大些，两个小些，最漂亮的那些石子，也大多放在了大些的那个"房子"上。

还没等屠苏开口，阿蒙就问出了他心中的疑问："夏儿，我们有四个人，为什么只有三间房子啊？"

夏儿得意地解释道："左边这个是小石的，右边那个是阿蒙的，中间最大的那个嘛，是我和屠苏的。"

梁小石站起身来，瞪着眼睛质问道："干吗你们俩在一块儿，我和阿蒙就得去边上？"

其他两个男孩也跟着站起来，阿蒙看着夏儿，屠苏仍然看着那几个"房子"，若有所思。

夏儿磨磨蹭蹭地爬起来，掸掸裙子上的土，忸怩了半天，才回答道："我……我长大了要做屠苏的新娘子嘛！阿娘说过，两个人成亲了，就得住在一起……"

屠苏听到这话，露出略微吃惊的表情。

"什么，什么新娘子？就像前年隔壁珍姐姐去了钟哥家那样？"梁小石哇哇叫了起来。翔三爷也被惊动了，歪着头看过来。

夏儿有点羞涩地点点头。

梁小石把头摇得跟拨浪鼓似的："不对不对！那还有我和阿蒙呢，你干吗非选屠苏？"

阿蒙瞥了梁小石一眼，转过头去，不看夏儿："哼……我才不稀罕！"

夏儿一跺脚，大声道："谁叫你们昨天都不肯上树替我捡风筝？就屠苏帮我！"

阿蒙梗着脖子，背着身不说话。

而梁小石却被夏儿问住了，面有难色，嗫嚅道："我……我怕高……"

夏儿见了两人的反应，小鼻子一皱，哼道："没话说了吧！我就要当屠苏的新娘子！"

屠苏却摇了摇头，稚嫩的面孔上又露出那种认真的表情："夏儿，对不起！我不能和你住一块儿。"

夏儿美丽的眼睛睁得圆圆的，像是不相信屠苏说出的话："为什么啊？"

"我……"

屠苏还没说完，夏儿恍然大悟地打断了他："我知道了！是不是小石偷偷送点心给你吃，叫你别理我，我就会和他要好？"

屠苏连忙摆手："没有，不是……"

梁小石也跳了起来："我哪有？"

夏儿气鼓鼓的，根本听不进去两人的话，小手一指小石的鼻子，凶道："哼！梁小石你这个坏蛋，我不会让你得逞的！我家里也有许多好吃的，我马上就拿来给屠苏！"

话音未落，夏儿已经往自家的方向跑去。

梁小石伸手去抓她，可是女孩就像蝴蝶乘风而去，他连片裙角也没抓住。

"夏儿！喂、喂！"梁小石呆愣片刻，沮丧地一屁股坐在地上，"她为什么冤枉我？都不肯听人讲清楚……"

屠苏也不知道该怎么安慰他，倒是翔三爷飞了过来，啄了啄梁小石的手指。

小石一拍脑袋,补充道:"啊,夏儿是忘了吧?她娘正要抓她学绣花呢,先前偷溜出来,现在回去,哪还能逮到机会跑啊?"

阿蒙突然在旁边冷冷地甩了一句:"真没意思!我先回家看书了。"

说完,就一个人跑远了。

湖边只剩下屠苏和梁小石,还有蹦蹦跳跳的翔三爷。

梁小石垂头丧气地坐在地上,屠苏倒像是松了一口气似的,在湖边的草地上躺了下来,半眯着眼,感受和煦的风吹过脸颊。

梁小石自己坐了一会儿,大概是觉得无聊,也爬到屠苏的身边躺了下来,胳膊肘顶顶屠苏,问道:"你说……为什么村里几个女孩子都对你好,连夏儿也想做你的新娘子?因为你长得好看吗?"

屠苏不以为意地答道:"夏儿总是变来变去,过两天她就把这事给忘了。"

"那要是……她一直记着呢?"梁小石却还是纠结着,可见心里是多么在意这件事,"而且,我一直觉得,所有女孩子里,你就对她特别好……"

屠苏睁开了眼睛,不再是那副惬意享受春光的模样,他坐起身来,一字一句地说道:"我和夏儿,是不能住在一块儿的。"

梁小石也坐了起来,紧张地等着听他下面的话。

"因为，我……已经有喜欢的人了。"

这话说得直白又认真，梁小石一时间有点蒙："喜、喜欢？谁啊？"

屠苏沉默片刻，回头看向夏儿搭的那个"大房子"，仿佛想象着以后的场景。

"是晴雪。"他又看着梁小石，坚定地说，"长大以后，我也要一直和晴雪在一起，一直保护她。"

梁小石似乎终于醒悟过来"喜欢"这句话的意思。那句喜欢，不是小孩子那种随随便便的喜欢，而是真正的"喜欢"。

他突然觉得，屠苏和自己很不一样，和村子里的孩子们都不一样。阿蒙也爱装老成，可是他说话的时候，你能够感觉到，他就是在努力模仿大人的样子。

可屠苏不同。他说出一句话的时候，你就知道他不是说说玩的，更不会说过就忘，他心里想什么，若是说了出来，就必定是会做到的。

可梁小石还是不懂："爹和娘说过，喜不喜欢这种事……得我们年纪再大一点才明白，屠苏你怎么会知道呢？"

屠苏看了梁小石一眼，垂下眼帘："就是知道。"

梁小石又想了一会儿，问出了另一个疑虑："晴雪姐姐不是你的亲姐姐，也不是你娘……但你爹娘不在身边，是她照顾你好多年……这样，也能让她做新娘子吗？"

"为什么不能？"屠苏反问道。

梁小石挠挠头，接下来的话说得有点迟疑："我、我听人说……他们说，晴雪姐姐……其实是妖怪……"

"不许乱讲！"屠苏突然站了起来，他的表情变得凌厉而凶猛，吼得梁小石一下子闭上了嘴。

翔三爷也跳到屠苏肩上，冲梁小石愤怒地鸣叫。

梁小石从没见过这样的屠苏，他发怒的样子有些吓人。

"屠苏……你、你别生气，我没这么想……"梁小石战战兢兢地解释道，"只是……你说，晴雪姐姐为什么一直不老呢？娘告诉我，她从很久以前就是这个样子了……"

屠苏一时陷入了沉默，似乎也想不出什么话来反驳。最后他甩了甩头，就像要把烦恼的念头都甩掉："反正晴雪就是晴雪，不是什么妖怪！"

梁小石也觉得自己说了不恰当的话，讪讪地爬起来，两手绞着自己的褂子。

屠苏低声道："有一回，我听见村里的女孩子们……在说晴雪坏话，说她是……只有夏儿没有……所以，我会对夏儿好……"他拉了拉小石的胳膊，"你以后也别再讲那些了。"

梁小石见屠苏还肯理睬自己，不禁松了一口气："我听你的！那，我们还是好朋友吗？"

屠苏用力地点点头："当然！"

湖边。

梁小石已经走了。他心里惦记着夏儿，要去看看她是不是被她娘抓住了。

屠苏长长地出了一口气，大字形躺倒在湖边的草地上。

春草嫩绿，微微扎着他的脸，有点疼，还有点痒。

他的心里有点乱。梁小石的话虽然没有恶意，却一直在他的脑中盘旋。

"他们说……晴雪姐姐……其实是妖怪……"

"你说,晴雪姐姐为什么一直不老呢?"

"这样,也能让她做新娘子吗?"

屠苏摇了摇头,揪下一把青草,闻着断面的草汁味道,清新,带着阳光和泥土的香气。

这种自然的香味让他平静,小小的头脑中不再纷乱。他闭上眼睛,喃喃地对自己说:"……妖怪又怎么样?"

他这样想着,浅浅地笑了出来,心里面放松了,倦意就笼罩上来。

他的身体不像同龄的男孩子那么好,很容易觉得疲惫,睡得也比梁小石他们多。

而且,个子也长得有点慢……

这样一来,什么时候才能长大,才能照顾晴雪呢?

嗯,今晚我也要吃三碗饭……

最近总是做梦,睡意蒙眬,好像又看到了什么画面。

是晴雪,却又不像晴雪,一样的面容,却扎着俏皮的辫子,打扮轻巧利落。

那是,以前的晴雪吗……

晴雪在笑,大大方方地凑近来,说道:"我叫风晴雪,交个朋友吧!你这人挺好玩的,养的鸟也这么威风!"

"风……晴雪吗?"

梦境一闪,似乎又到了另一个地方。晴雪站在一片幽暗中,定定地看着他,那种温柔的眼神,屠苏从未见过。虽然平日里晴雪待自己也是极好的,但那是不一样的。

"苏苏……我想陪着你，陪你走过很多地方，看不同的城镇村庄，帮一帮那些遇上困难的人，一起走、一起看……我愿意做你说过的那样一个人……"

苏苏？这个名字好熟悉，是在叫我吗……

视线变得模糊，最后看到的画面，似乎是一个泥人……泥人……好像在家里看到过，被晴雪小心翼翼地收藏着……怎么回事？

他猛地醒来，睁开眼，眼前正是晴雪关切的面容。

"屠苏？哪里不舒服？"

屠苏眨了眨眼睛。眼前的晴雪，整张面孔都被拢在风帽之下，温润沉静，像是经过千百年孕育的一颗珍珠，柔美而不刺眼。

"没……"他闭上眼睛，方才所见的画面似乎都消失无踪了，"我好像、好像看见……"

"什么？"晴雪蹲下身子，将屠苏轻轻地揽起。

屠苏顺势从地上爬起来，摇摇头："晴雪……你姓风吗？"

"啊……"晴雪正在为他掸落尘土的动作为之一滞，"是啊。"

已经很久很久，没有人提起她的姓氏。

整个桃花乡的人，都管她叫晴雪姑娘，晴雪姐姐，并没有人知道她姓风。风晴雪，这个名字，遥远得像是一个梦。

那一年，她带着玉横，去求见娲皇神殿的那位大神，请求她赐予自己灵女一般长久的寿命。作为一名不能侍奉在神殿内的灵女，她放弃了自己的姓氏，也放弃了转生的权利。

只为有足够的时间，找到令那个人复生的办法……

九百年了……竟然已经九百年了。

她带着他,已经在这人世间,流浪了九百年。

她看着眼前的男孩,屠苏,他的容颜、他的神情,都与她心底最温暖的记忆相同。

这是值得的吧……

漫长的坚持和追寻,都是值得的吧!

"晴雪……"屠苏伸出手,去拭晴雪的脸庞,"你怎么哭了……"

晴雪摸摸自己的脸,真的有水迹滑过,她把眼泪擦去,笑道:"没事。我只是看到屠苏,就很开心。"

"晴雪。"屠苏怔怔地望着她的眼睛,"你……为什么要和我一起生活呢?你真的认识我爹和我娘吗?"

晴雪的眸子里,闪过一瞬间的讶然,紧接着垂下了眼帘:"嗯。我发过誓,要替他们照顾好屠苏。"

"那他们还回来吗?"屠苏问。

晴雪点点头:"当然!他们去了很远很远的地方,但是总有一天会回来吧。"

屠苏低下头,沉默了一会儿,不知在想些什么。忽然,他扑进晴雪的怀中,一把抱住晴雪,轻轻地用头靠着她。

他执拗地说:"就算他们都在了,晴雪也不许离开。"

晴雪环住他小小的身子,那么温暖。

翔三爷停在榕树的枝丫上,安静地望着两人。

晴雪柔声问道:"你今天怎么了?是不是小石他们说了什么?"

"没有。"屠苏仍然将脸埋在晴雪的怀里,"我觉得……现在这样很开心。"

他的声音闷闷的,却一字一句讲得很明白:"和小石、夏儿、阿蒙、翔三爷他们玩儿很开心,就算是一个人,看看天上的鸟、树上的花、水里的鱼,也很好很好。最重要的是,晴雪一直在身边,永远都不要变。"

晴雪看不到屠苏的表情,屠苏也看不到晴雪的表情。

心跳的声音,却是一样的温柔。

"一定不会变的。"

屠苏点点头,牵起了晴雪的手:"晴雪,我们回家吧。"

春耕季节,乡民们料理完了田地,三五成群地回家,家家户户的屋顶都升起了袅袅炊烟。山谷里桃花盛开,湖泊中鱼虾结伴。

而晴雪的身边,屠苏正欢快地跑来跑去,似乎刚才的心事已经烟消云散。

这就是她梦想中的生活了!

经历过几百年的挫折,经历过几百年的旅程。

她执着追求的,不就是这样的画面吗?

屠苏小跑着冲进了桃花林,又很快跑回她的身边,手里拈着一朵桃花,藏在背后。

"晴雪。"屠苏扬扬手,示意晴雪俯下身子。

"什么?"晴雪疑惑道。

"别动,你别动……"屠苏轻轻地将桃花插在她的鬓间。

插好之后，屠苏退了一步看了看，又走上前，将晴雪的风帽缓缓摘下，露出她比桃花还清秀的容颜。

"你这样子更好看。"屠苏满意地笑了笑，接着又跑远了，"晴雪，你先回去吧，我去折几枝最美的桃花给你插到瓶子里！"

有暖风拂过，桃花林里落英如雨，如梦似幻。

晴雪愣愣地站在那里，风掠过她的发梢，让她觉得，这个春天有什么变得不一样了。

夜幕低垂。

整个桃花乡，都陷入甜梦之中。

屠苏却忽然睁开了双眼，眼中有迷茫之色。

冥冥之中，似乎有什么力量在召唤他，和着他呼吸、血脉的节拍，不安地跳动。

他蹑手蹑脚地起身，不想打扰到里屋的晴雪。

他不知道是什么在等待着自己，但他必须去看一看。

屠苏推开了房门，赤脚走过村庄。那种牵引时隐时现，他走得很慢，在夜风中辨别着方向。

山谷的深处，好像有红光闪耀。只一瞬，就又消失无踪。

他随着心跳的指引，走进了山谷。

穿过片片桃林，绕过湖水之畔，屠苏竟然看到一条从未见过的小径。

他和玩伴们每日在湖边玩耍，桃花乡地方并不算辽阔，几乎每一块土地他们都踏遍了，可从未发现过这样一条小径。仿佛是一夜之间，仙人开辟出的道路。

他眸中迷惑之色更深，但是那种呼唤是如此的难以抗拒，他咬了咬下唇，走上了小径。

神秘的力量驱动着小径延伸，两侧的树木藤蔓次第展开，眼前的景象让他忍不住怀疑是在梦中。

不知走了多久，小径尽头出现一个幽深冰冷的洞口。

召唤着他的力量变得更加强烈，万籁俱寂，屠苏只能听到自己剧烈的心跳。

怦怦，怦怦。

他握了握拳头，走进了神秘的洞穴。

好冷！

踏入洞穴，就仿佛踏入苦寒的极北之地，所有的钟乳石上都覆盖着冰霜。

这里和洞外，分明是两个世界。

可是，脚底却觉不出那刺骨的冰冷。这种寒冷，不是天工造物，而是人为的。

洞穴内只有笔直的一条路，路的深处闪耀着红色的光芒。他能够感觉到，就是那光芒吸引他来到此处。

他不由得屏住了呼吸，向着红光走去。

眼前的画面渐渐清晰，是一柄古剑，冰封在岩壁之上，剑身中流淌着红色的微光。

屠苏痴痴地走上前，隔着冰层，抚过古剑的剑柄，有一个名字喃喃脱口而出："焚……寂……"

红光忽然大盛，像是在回应他的呼唤。

"焚寂……"屠苏的眼神变得更加复杂，惊讶、迷茫……

那把剑在他的脑中盘旋舞动,牵起了更多的画面,一时不及分辨。

突然,他的心狠狠地揪痛了一下。他的目光越过焚寂,向洞穴的深处望去,那里,一定有更重要的东西……

他的脚步有些迟疑。那种强大的呼唤,像是即将撕破迷雾、揭开真相的手。

洞穴的最深处,一棵冰晶的大树正在散发着寒气,整棵树都呈现着和焚寂一般的红色光芒。

而那树干之中,隐着一个模模糊糊的身影。

"是谁……在那里?"

屠苏轻轻地开口,没有回答。

他迟疑地走近,冰晶中的影子,渐渐清晰。

"这是……"

屠苏的眼睛慢慢睁大。沉睡在冰晶中的男子,约莫十七八岁,和他有着相似的面孔,唯一的不同,便是眉心多了一点朱砂痣。

男子合着双眼,面容安详,像是已经沉睡了千百年。

冰晶内外,两张俊朗的面孔相对。

尘封的一切,即将醒来。

本书由网元圣唐授权新星出版社出版，未经网元圣唐授权，任何人不得自行或授权任何第三方对本产品进行修改、制作、销售、复制、伪造等或任何其他类似行为。

网元圣唐保留所有对任何侵权采取法律措施的权利。

图书在版编目（CIP）数据

琴心剑魄 / 某树，宁昼著． —— 北京 ：新星出版社，2020.6
（古剑奇谭）
ISBN 978-7-5133-4053-3

Ⅰ．①琴… Ⅱ．①某… ②宁… Ⅲ．①侠义小说-中国-当代 Ⅳ．①I247.5

中国版本图书馆CIP数据核字(2020)第083655号

古剑奇谭 琴心剑魄
某树 宁昼 著

统筹策划：翟德芳
责任编辑：孙志鹏
特约编辑：陈潇潇
责任印制：李珊珊
装帧设计：次元书馆

出版发行：新星出版社
出 版 人：马汝军
社　　址：北京市西城区车公庄大街丙3号楼　100044
网　　址：www.newstarpress.com
电　　话：010-88310888
传　　真：010-65270449
法律顾问：北京市岳成律师事务所

读者服务：010-88310811　　service@newstarpress.com
邮购地址：北京市西城区车公庄大街丙3号楼　100044

印　　刷：大厂回族自治县彩虹印刷有限公司
开　　本：910mm×1230mm　1/32
印　　张：16.875
字　　数：327千字
版　　次：2020年6月第一版　2020年6月第一次印刷
书　　号：ISBN 978-7-5133-4053-3
定　　价：88.00元

版权专有，侵权必究；如有质量问题，请与印刷厂联系调换。